Serie dirigida

por Edurne Portela

Títulos publicados:

El rey en la sombra, Maaza Mengiste
Luces de invierno, Irati Elorrieta
Una nueva tierra salvaje, Diane Cook
Sin tocar el suelo, Jokin Muñoz

Una nueva tierra salvaje

DIANE COOK

Una nueva tierra salvaje

Prólogo de
Edurne Portela

Traducción de Inés Clavero
y Montse Meneses Vilar

Galaxia Gutenberg

Título de la edición original: *The New Wilderness*
Traducción del inglés: Inés Clavero Hernández y Montse Meneses Vilar

Publicado por
Galaxia Gutenberg, S.L.
Av. Diagonal, 361, 2.º 1.ª
08037-Barcelona
info@galaxiagutenberg.com
www.galaxiagutenberg.com

Primera edición: abril de 2022

Preimpresión: gama, sl
Impresión y encuadernación: Romanyà-Valls
Pl. Verdaguer, 1 Capellades-Barcelona
Depósito legal: B 135-2022
ISBN: 978-84-18807-89-3

Para mi madre, Linda, y mi hija, Cazadora
Y para Jorge

... me alegro de que nunca vaya a ser joven sin una tierra salvaje en la que serlo. ¿De qué sirve toda la libertad del mundo sin un punto virgen en el mapa?

ALDO LEOPOLD
Traducción de
Ana González Hortelano

Get me out of here, get me out of here
I hate it here, get me out of here

ALEX CHILTON

Prólogo de Edurne Portela

Diane Cook publicó *The New Wilderness* en 2020. Es un libro que sale a la luz en el momento de la pandemia del Covid-19 pero que, evidentemente, se concibe antes de que nuestro planeta parara y comenzáramos a ver la vida a través de la ventana y, desde ella, observáramos cómo la naturaleza ganaba terreno ante nuestra ausencia. Y, sin embargo, da la sensación de que Diane Cook escribió *Una nueva tierra salvaje* en respuesta a este nuevo periodo de la humanidad que comenzó a principio de 2020 y del que todavía, dos años después, no conocemos todas sus consecuencias. Es uno de los superpoderes que otorgamos a las escritoras y los escritores sagaces: ser capaces de leer los signos del presente y anticipar a través de su imaginación el futuro. En realidad, no es un superpoder: es la capacidad de observación, la fuerza de la imaginación, el manejo del lenguaje simbólico lo que hace que leamos novelas como esta y pensamos en su habilidad anticipatoria.

En esta novela no hay ciencia ficción ni aparatos extraños, a pesar de estar situada en un futuro que podría llegar dentro de cientos de años o pasado mañana mismo. Sus protagonistas abandonan la Ciudad y se adentran en la Reserva, un territorio ignoto que reúne toda la hostilidad y toda la belleza de la naturaleza salvaje: una nueva naturaleza en la que la norma fundamental para habitarla es la de no dejar huella humana. Los y las protagonistas forman la Comunidad, un pequeño grupo que es objeto de estudio para determinar si el ser humano es capaz de integrarse en esta nueva naturaleza sin causar daño. La única manera de que así sea es siguiendo las estrictas normas que tienen que cumplir a rajatabla bajo amenaza de ser

13

expulsados, volviendo al estado de vida primitivo de nuestros antepasados nómadas, cazadores y recolectores. Fuera de la Reserva está la Ciudad donde se apiñan sus habitantes, donde el aire enferma a los niños, donde todos los colores son artificiales. El resto del territorio planetario está dedicado a la explotación de recursos o a almacenamiento de basura. La supervivencia en la Reserva parece, frente a ello, todo un privilegio.

Sin embargo, en las páginas de esta novela no encontrarás una defensa de la Naturaleza como ese lugar idílico que proteger o al que regresar para curar todos los males de la humanidad, tampoco una defensa del buen salvaje en estado natural frente al ser humano corrompido por el progreso y el capitalismo feroz. No es una novela moral o naíf ni una novela ecologista, ni siquiera una novela distópica, aunque lo parezca. Es una obra que explora la condición humana en una situación tan adversa como ininteligible para el humano del Antropoceno: intentar sobrevivir luchando contra todo lo que el progreso y la civilización nos han enseñado. Nos invita a pensar sobre la capacidad de adaptación y supervivencia, la incertidumbre y el control, la diferencia entre crueldad e instinto, el individualismo frente al interés común, sobre cuánto pesan en nuestro comportamiento y en nuestros deseos la educación sentimental y el adiestramiento cultural, cuánto son capaces de soportar sin romperse los vínculos filiales, el amor de una madre o una hija. Hay un momento en las primeras páginas de la novela en el que se recuerda a los primeros miembros de la Comunidad que murieron al adentrarse en la Reserva: «... si bien la pérdida de Jane les había entristecido porque era buena cantante, lo que aún echaban de menos era el cuchillo». En esta nueva tierra salvaje tiene poco espacio el apego y mucho menos el sentimentalismo.

Para esta edición tenemos el privilegio de contar con la excelente traducción de Inés Clavero y Montse Meneses Vilar, que han conseguido reflejar a la perfección la voz narrativa en el que hay iguales dosis de crueldad y ternura, desnudez y poesía. Es una voz que oscila entre la perspectiva de Bea y la de su hija Agnes, una voz que a veces narra como si le faltara aliento y otras se detiene a observar la belleza trágica de la naturaleza, que crea diálogos contundentes y descripciones certeras. Es posible caer en la tentación de leer esta novela de forma compulsiva porque la trama engancha como si fuera un thriller, pero sería una pena perderse el placer de saborearla detenidamente.

Primera parte

LA BALADA DE BEATRICE

El bebé emergió con el color de un cardenal. Bea quemó el cordón umbilical en algún punto entre ambas, lo desenrolló del frágil cuello de la niña y, aunque sabía que era en vano, levantó a su hija, le dio unos golpecitos en el pecho blando y le insufló aire varias veces en la boca viscosa.

A su alrededor se expandía el canto peculiar de los grillos. A Bea le escocía la piel por el calor. El sudor se le secaba en la espalda y el rostro. El sol había alcanzado su punto más alto y, antes de que se diera cuenta, caería de nuevo. Desde el punto donde estaba arrodillada, distinguía el Valle, con su salvia y sus pastos secretos. A lo lejos se alzaban cuellos volcánicos solitarios y, más cerca, unos montículos de barro que parecían hitos que indicaban el camino a algún lugar. En el horizonte, la Caldera se veía blanca y definida.

Bea se puso a excavar la tierra dura con un palo, a continuación con una piedra, hizo un hoyo y lo alisó con las manos. Metió dentro la placenta. Luego a la niña. El agujero no era muy hondo y la barriga del bebé sobresalía. El cuerpecito, húmedo tras el parto, retenía la arena gruesa y unos minúsculos capullos dorados separados de sus tallos por el calor del sol. Bea le espolvoreó un poco más de tierra sobre la frente, sacó unas hojas verdes marchitas de su zurrón de piel de ciervo y se las puso encima. Cortó algunas ramas rugosas de salvia que había alrededor y las colocó sobre la tripa hinchada y los hombros ridículamente estrechos. El bebé era un bulto deforme de verde vegetal, de rojo sangre oxidado, un mapa apagado de venas violáceas bajo el tejido mojado.

Los animales, que lo habían percibido, empezaban a congregarse. En el cielo, un ciclón de águilas ratoneras bajó como si quisiera comprobar el progreso y, después, con una corriente de aire, se elevó. Bea distinguió el mullido andar de los coyotes, que se abrían paso entre la salvia floreciente. Una madre y tres crías escuálidas aparecieron bajo una sombra discontinua. Oyó, entre bostezos impasibles, que sus gemidos se mitigaban. Esperarían.

Se levantó viento y Bea inspiró el calor terroso. Echaba de menos el olor a cerrado de la sala del hospital donde haría unos ocho años había dado a luz a Agnes. La manera en que el camisón que le daba picores se le había estirado por el pecho y se le había enredado al intentar volverse hacia un lado. El aire fresco que sentía en las caderas, entre las piernas, donde el médico y las enfermeras miraban fijamente, donde hurgaban y de donde sacaron a Agnes. Había odiado aquella sensación. Estar tan expuesta, manipulada, como un animal. Sin embargo, aquí era todo tierra y aire caliente. Aquí había tenido que guiar ella misma el pequeño cuerpo hacia la salida con una mano –¿estaba embarazada de cinco meses? ¿De seis? ¿Siete?– mientras con la otra había espantado a una urraca que bajaba en picado. Había querido estar sola en ese momento. Pero qué no habría dado por una mano enguantada que la explorara, por sentir el aire viciado y recirculado, el zumbido de las máquinas, por estar sobre unas sábanas limpias antes que sobre la tierra del desierto. Por un poco de comodidad aséptica.

Qué no habría dado por su madre.

Les chistó a los coyotes. «Largo», les dijo, tirándoles la tierra y los guijarros que acababa de remover. Pero ellos se limitaron a echar las orejas hacia atrás, la madre se sentó sobre los cuartos traseros y las crías empezaron a molestarla, mordisqueándole el hocico. Probablemente se había desviado del resto de la manada para conseguirles algo a sus cachorros o para que pudieran entrenarse buscando comida, el entrenamiento de la supervivencia. Eso es lo que hacían las madres.

Bea espantó una mosca que se acercaba a los ojos del bebé, que en un primer momento había parecido tener la expresión desconcertada de haber fracasado, pero que ahora parecía acusadora. La verdad era que ella no había querido al bebé. No aquí. Habría estado mal traerlo a este mundo. Es lo que había sentido durante todo ese tiempo. Pero ¿y si la niña hubiera percibido su terror y hubiese muerto por no ser deseada? A Bea le costaba hablar y le dijo: «Así es mejor». Los ojos de la niña se empañaron con las nubes que pasaban por encima.

Una vez durante una caminata nocturna, en la época en que había tenido linterna y aún le quedaban pilas para encenderla, había atrapado dos ojos relucientes en el haz de luz. Dio unas palmadas para ahuyentarlos, pero solo consiguió que el animal bajara la mirada. Era alto, pero estaba agazapado, quizá sentado, y Bea temió que la estuviese acechando. Se le aceleró el corazón y aguardó el terror frío que por aquel entonces ya había sentido en un par de ocasiones. La sensación de estar en peligro. Sin embargo, no llegó. Bea se le acercó. De nuevo la criatura estaba con la mirada gacha, suplicante, como un perro obediente pero sin ser un perro. Tuvo que aproximarse más hasta descubrir que era una cierva con el lomo inclinado y las orejas en punta, que agitaba la cola resignada. Entonces vio otro ojo, pequeño, en la luz, que no la miraba, sino que se estremecía, tembloroso. La cierva se levantó y, acto seguido, el ojo tembloroso se tambaleó también para ponerse en pie. Era un cervatillo reluciente que se sostenía sobre sus inestables patas de palillo. Sin saberlo, había presenciado un nacimiento. En silencio, a oscuras. Bea se había topado sigilosamente con la madre, como un depredador. Y en ese momento el animal no había podido más que bajar la cabeza como pidiéndole que le perdonara la vida.

En aquella época había pocas cosas de las que Bea se permitía arrepentirse, en esos días impredecibles en los que no había más que supervivencia pura y dura. Pero aquella noche le hubiera gustado caminar por otro lado, no haber encontrado esos ojos en la luz, y que la cierva hubiera podido parir, acariciar y limpiar a lametazos a su bebé, que hubiera podido tener la oportunidad de darle una primera noche perfecta antes de que comenzara la tarea de supervivencia. Sin embargo, la cierva se había alejado con pasos pesados, agotados, seguida del cervatillo desorientado y trastabillante, y ese había sido el comienzo de su vida juntos. Por eso, hacía días, cuando Bea dejó de sentir las patadas, los hipos y las palpitaciones y comprendió que el bebé había muerto, supo que quería estar sola durante el parto. Sería el único momento que tendrían juntas. No quería compartirlo. No quería que nadie fuera testigo de su complicada versión del duelo.

Bea escudriñó a la madre coyote. «Tú lo entiendes, ¿verdad?».

Impaciente, la hembra dio un brinco y se lamió los dientes amarillos.

A lo lejos, desde alguna sierra no muy alta, de una de las muchas estribaciones que estaban por llegar, oyó un aullido triste; algún lobo observador había visto a los pájaros carroñeros y señalaba que había una presa.

Tenía que irse. Se estaba ocultando el sol. Y ahora los lobos lo sabían. Había observado que su sombra se había alargado y estrechado, algo que siempre la entristecía, como si estuviera viendo su propia muerte por inanición. Se puso de pie, estiró las rodillas que tenía marcadas por la arena y se sacudió el desierto de la piel y el sayo. Se sintió ridícula por haber intentado resucitar lo que sabía muerto. Pensó que la Reserva la había despojado de todo sentimentalismo. No le contaría a nadie ese momento. Ni a Glen, quien parecía querer una hija propia más de lo que estaba dispuesto a reconocer. Tampoco se lo diría a Agnes, aunque sabía que querría conocer la historia de la hermana que no llegó a materializarse, desearía comprender todos los detalles secretos de su madre. No, se ceñiría a los datos básicos. El bebé no había sobrevivido. Como tantos otros. Pasemos a otra cosa.

Se dio la vuelta sin volver a mirar a la niña que había querido llamar Madeline. Le asestó una patada a la madre coyote que fue a parar a sus visibles costillas. El animal soltó un gañido, se escabulló y luego le enseñó los dientes, pero tenía preocupaciones más importantes que entrar al trapo con un insulto humano.

Bea oyó el enfrentamiento y los aullidos tras ella. Y aunque la excitación en aumento de los perros se parecía al llanto de un recién nacido, sabía que era simplemente el sonido del hambre.

Un atisbo inequívoco de camino llevaba hacia el campamento. Costaba distinguir si era del propio impacto de la Comunidad, de animales que creaban sus propios senderos, o un vestigio de lo que había sido la tierra antes de convertirse en el Estado de la Reserva. A lo mejor había sido ella sola quien lo había marcado. Visitaba el lugar tanto como podía siempre que migraban por el Valle. Por ese motivo lo había escogido para Madeline. Ofrecía unas vistas que tenían algo sutil. Parecía un valle escondido. La depresión de hierbas verdosas y arbustos agrestes se encontraba ligeramente más baja que la tierra alrededor, por lo que ofrecía vistas secretas al horizonte y a los montes oscuros que había allí. Todo el terreno visible formaba un mosaico de colores borrosos y apagados. Era hermoso, tranquilo y reservado, pensó. Un sitio de donde alguien no querría irse. De nuevo, sintió un alivio fugaz por que Madeline se quedara allí y no tuviera que enfrentarse a un paisaje impenetrable con ella, una madre que se sentía incapaz de apañárselas en él con gracia.

Oía las voces de los demás en el campamento. Le llegaban por el terreno llano y vacío y caían a sus pies. Pero no quería volver con ellos y sus preguntas o, lo que sería peor, su silencio. Se desvió y subió las rocas hacia la pequeña cueva donde a su familia le gustaba ir a pasar el rato. Su guarida secreta. Vio a su marido, Glen, y a su hija, Agnes, en lo alto, arrodillada en la tierra, que estaban esperándola.

Glen fruncía el ceño concentrado mientras daba vueltas en la mano a una hoja que cogía por el tallo, la escudriñaba desde todos los ángulos, y le señalaba algo en el nervio a Agnes para que se fijara en un detalle destacado dentro de su forma común. Ambos se inclinaron para observarla más de cerca, como si la hoja les estuviera contando un secreto, y sus rostros adoptaron una expresión de embeleso.

23

Cuando Glen la vio aproximarse, la saludó y le indicó con la mano que se acercara. Agnes hizo lo mismo, agitó el brazo con un gesto amplio y torpe, sonriendo con el diente que se había partido hacía poco en una roca. *¿Por qué no podría haber sido un diente de leche?*, había pensado Bea, con la cabeza de su hija entre las manos, mientras evaluaba los daños bajo el labio brillante, ensangrentado. Agnes se había quedado quieta sin decir nada y le cayó una lágrima que le recorrió la cara sucia. Fue la única manera que tuvo Bea de saber que el accidente la había perturbado. Como un animal, Agnes se paralizaba cuando tenía miedo y huía cuando se sentía en peligro. Imaginaba que eso cambiaría cuando se hiciera mayor. Que se sentiría menos como una presa y más como un depredador. Era algo que había en la sonrisa de su hija, un conocimiento al que no podía ponérsele nombre. La sonrisa de una niña que esperaba su momento.

«Es un aliso», decía Glen cuando llegó Bea. Él le cogió la mano y la besó con ternura hasta que ella la retiró a un costado. Vio que le miraba el vientre y se estremecía.

Él había preparado agua caliente en una tosca escudilla de madera, pero ahora ya estaba a temperatura ambiente. Bea se agachó junto a ellos, se levantó el sayo y separó las rodillas. Se echó agua por debajo del faldón y con cuidado se lavó la entrepierna, los pliegues estirados, ajados, los muslos salpicados. Se sentía en carne viva, pero sabía que no se había desgarrado.

Agnes adoptó la misma postura, abrió sus menudas piernitas de rana y comenzó a echarse un agua imaginaria, observando atentamente a Bea. Parecía decidida a no mirar donde había estado el bebé.

Se encontraba en una especie de fase en la que lo imitaba todo. Bea lo veía en los animales. Lo había visto en otros niños. Sin embargo, en Agnes había algo que la desarmaba. Hasta hacía poco la había entendido. Más o menos en la época en que las hojas habían cambiado de color, Agnes se había convertido en una desconocida para ella. No sabía si esa brecha era algo que todos los padres experimentaban con sus hijos, o si era cosa de madres e hijas, o si se trataba de alguna dificultad especial por la que ellas tendrían que pasar.

Aquí a Bea le costaba descartar las cosas normales porque todos los aspectos de su vida eran de todo menos normales. ¿Se comportaba Agnes de un modo habitual para su edad o cabía la posibilidad de que se creyera lobo? Acababa de cumplir ocho años pero no lo sabía. No contaban los cumpleaños porque no contaban los días. Pero cuando llegaron, Bea se había fijado en varias flores que acababan de florecer. Y al cabo de poco Agnes cumplió cinco años. Era abril en el calendario. Durante los primeros días de caminata, Bea había visto un campo de violetas. Cuando volvió a verlas, le pareció probable que hubiera pasado un año: habían sentido el calor del verano, habían visto cambiar el color de las hojas y habían tiritado en las montañas nevadas. La nieve había desaparecido. Había visto violetas cuatro veces. Cuatro cumpleaños. Sabía que en algún momento desde la última luna llena había sido el cumpleaños de la niña, cuando había visto violetas en una zona con hierba cerca de donde habían acampado por última vez. Cuando habían llegado, Agnes estaba tan enferma que Bea no sabía si volvería a ver violetas con su hija. Pero ahí estaban, y Agnes saltaba entre ellas.

Bea se arrastró hacia el fondo de la cueva. Detrás de una roca, de un hueco que había hecho la primera vez que habían acampado ahí, sacó un cojín y una revista de arquitectura y diseño donde había salido una de sus reformas de decoración. Era de tirada nacional y la publicación había supuesto un momento clave en su carrera, aunque poco después, se había ido a la Reserva. Esos eran sus tesoros secretos que había traído escondidos de la Ciudad, y más que irlos cargando de un sitio a otro, exponiéndose a que la ridiculizaran o a que se deterioraran en contacto con los elementos, los escondió e hizo caso omiso de las reglas especificadas en el Manual. Cada vez que pasaban por el Valle, algo que hacían varias veces al año, Bea desenterraba sus tesoros para poder sentirse un poco más ella misma.

Se sentó junto a Glen y abrazó el cojín. Después se puso a hojear las páginas de la publicación, recordando las decisiones que había tomado y por qué. Recordando qué se sentía al tener un hogar.

—Si los Agentes Forestales encontraran esto, tendríamos un problema —dijo Glen, como cada vez que ella sacaba sus tesoros, siempre tan preocupado por cumplir las normas.

Ella frunció el ceño.

—¿Y qué van a hacer? ¿Echarnos por un cojín?

—A lo mejor sí. —Glen se encogió de hombros.

—Relájate. No lo van a encontrar nunca. Y yo lo necesito. Necesito recordar cómo son los cojines.

—¿Es que yo no soy buen cojín? —dijo con mucha dulzura.

Bea lo miró, Glen estaba en los huesos. Ambos lo estaban. Hasta su barriga, que apenas había sobresalido con el bebé, parecía haberse hundido enseguida. Cuando lo miró, él esbozó un amago de sonrisa. Ella asintió. Y él también. Luego exageró un bostezo, largo, lánguido y sonoro, mirando a Agnes, que la imitó estirándose con los puños cerrados.

—Mañana es un día importante —dijo Glen—. Empezamos el viaje para llegar al Control Medio. Y de camino cruzaremos tu río favorito.

—¿Podremos nadar? —preguntó Agnes.

—Tenemos que meternos en él para cruzarlo, así que sí.

—¿Cuándo?

—Probablemente dentro de unos días.

—¿Cuánto son unos días?

Glen se encogió de hombros.

—¿Cinco días? ¿Diez? ¿Unos cuantos?

Agnes resopló.

—Eso no es una respuesta.

Glen le dio un empujón suave y rio.

—Llegaremos cuando lleguemos.

Agnes frunció el ceño como Bea.

—¿Ya está todo recogido? —preguntó Bea.

—Casi todo, sí. Tú no te preocupes.

Bea le dio un buen apretón al cojín que tenía en el regazo.

Estaba húmedo y olía a rancio, pero le daba igual. Enterró en él la cara y se imaginó que podía transferirle amor a su niñita. Suspiró y levantó la vista.

Agnes la observaba, abrazando el aire, fingiendo que también tenía un cojín, o tal vez a su propio bebé, con la misma sonrisa agridulce que Bea acababa de esbozar.

El ajetreo y el ulular de los búhos se fueron aquietando con el atardecer.

En el campamento algunos miembros de la Comunidad permanecían junto a la hoguera, pero la mayoría estaba en el círculo que formaban alrededor para dormir. Bea y Glen se acomodaron debajo de la piel de alce que usaban como ropa de cama. Como siempre, Agnes se colocó a sus pies. Con la mano le rodeaba el tobillo a Bea como si fuera una enredadera.

—A lo mejor hay algún paquete interesante en el Control —murmuró Glen—. Quizá haya chocolate o algo parecido.

Aunque Bea musitó una aceptación, la verdad era que ya no podía comer esas cosas sin que le sentaran mal, como si el cuerpo se le revolviera con lo que más le había apetecido en su vida anterior.

En vez de chocolate, hubiera preferido que Glen le hablara de la criatura que acababa de enterrar. O eso pensó. ¿Qué le iba a decir? ¿Qué podía decirle que no supiera él ya? Y, ¿de verdad tenía ganas de hablar de ello? No. Y él también lo sabía.

Miró a Glen y con la luz de la hoguera vio un atisbo de esperanza en su rostro. Él sabía que el chocolate no podría aliviar una turbación como aquella, pero tal vez la sugerencia podía tener el mismo efecto que el del chocolate. Ella se acomodó entre sus brazos.

—Sí, no me iría nada mal un poco de chocolate —mintió.

A su alrededor, Bea oyó los sonidos del mundo salvaje mientras también se preparaba para irse a dormir. Los búhos de madriguera arrullaban y alguna otra bestia emitió un chillido; unos voladores nocturnos rozaban el cielo entre las estrellas. A medida que la hoguera se iba apagando con un siseo, oyó que los últimos miembros de la Comunidad iban a tientas hasta sus camas y se acurrucaban en ellas. Alguien dijo: «Buenas noches, gente».

Bea sentía el latido de la sangre en la mano caliente de Agnes que le asía el tobillo. Acompasó su respiración y la ayudó a concentrarse. *Tengo una hija*, pensó, *y no tengo tiempo para deprimirme*. Había alguien que la necesitaba aquí y ahora. Se prometió pasar página rápido. Es lo que quería. No le quedaba otra. Así es como vivían ahora.

El Río 9 bajaba impetuoso y crecía contra las orillas, y a la Comunidad le pareció completamente distinto al río al que estaban acostumbrados. Tanto que habían vuelto a consultar el mapa, intentando cotejar los símbolos con lo que había ahora y lo que su recuerdo insistía en que debería estar ahí. Desde que llegaron al Estado de la Reserva lo habían cruzado muchas veces. A partir de los encuentros que habían tenido con él en otros puntos, lo habían considerado un río remolón por cómo serpenteaba de un lado a otro entre rocas y tierra desde las faldas de la montaña hasta la pradera de artemisas. Tenían un vado que consideraban seguro, o todo lo que podía serlo el cruce de un río. Sin embargo, parecía como si una tormenta hubiera alterado la ribera y hubiera sumergido la parte de isla donde solían reagruparse antes de intentar llegar al otro lado. Era una islita muy práctica, pero ya no estaba y no sabían dónde podía estar el cruce. Tal vez la misma tormenta que los había retenido desde el último verano al otro lado de las montañas también había rehecho el río.

Primero bajaron ellos y después los niños a un pequeño rellano en la casi inexistente orilla donde crecían plantas, de un verde que se encontraba exclusivamente junto a los ríos. Estaban la hierba, el musgo y los árboles que resistían, tan delgados que podían quebrarse entre dos dedos, y sus hojas nuevas de primavera que se zarandeaban con su verde aceitunado. Fueron pasándose la ropa de cama enrollada, los morrales con carne ahumada, cecina, penmican, piñones que habían recolectado, preciadas bellotas, arroz salvaje, espelta, un manojo de cebollas silvestres, la tienda de ahumado desmontada, sus carteras personales, arcos y flechas para cazar, la bolsa con escudillas de madera para comer y las astillas de madera y piedra que utilizaban como utensilios, la valiosa caja de valiosos cuchillos, la Bolsa de los Libros, el Hierro Colado, el Manual y las bolsas de basura que llevaban consigo para que en el Control los Agentes Forestales las pesaran y se deshicieran de ellas.

En el agua, un leño suelto, sin corteza ni ramas, cabeceaba y bajaba con la corriente a pesar de que no había árboles en los parajes. Debía de haber viajado desde las estribaciones de la montaña y el insólito torrente lo había llevado hasta allí. En un río más remolón, o en una parte más remolona, se habría quedado rezagado en un remolino aguas arriba o hubiera acabado en una orilla, pero aquí rodaba por los rápidos. Unos rápidos en los que ni habían reparado las veces anteriores que lo habían cruzado, cuando el caudal era escaso y las aguas bravas que pudiera haber eran como un finísimo sombrero que llevaban puesto las piedras del río. Vieron bajar otro leño, tras lo cual Caroline dio un primer paso tímido hacia el agua.

Ella era la guía que cruzaba el río. Era quien tenía el paso más firme y el centro de gravedad más bajo. Se agarraba al suelo con los dedos de los pies como si fueran los de las manos. Unos bonitos dedos que durante años habían estado desaprovechados en la Ciudad apretujados dentro de unos zapatos. Era la persona que más había aprendido sobre el comportamiento del agua. Se le daba bien entender cosas que parecían erráticas.

–Vale –gritó por encima del rumor del río, con los pies firmes y sumergidos en los primeros centímetros de agua mientras comprobaba la fuerza y decidía si debía continuar–. La cuerda.

Carl y Juan le alcanzaron un extremo, que se ató alrededor de la cintura y, a su vez, se dieron otra vuelta, Carl por detrás de Juan, y sujetaron la cuerda mirando a Caroline. Los niños y el resto de adultos se quedaron lo más lejos posible.

Ya habían intentado cruzar en otros dos puntos, pero Caroline, ya fuese con los pies en la tierra o metida en el río hasta la cintura, siempre acababa volviendo a la orilla. «Es demasiado hondo», o «va demasiado rápido» o «¿veis ese borde? Debajo del agua habrá un hoyo que se nos llevará».

En esta ocasión, la tercera, llegó a mitad de camino. Desde la orilla, parecía prometedor. Hizo una pausa y ladeó un poco la cabeza, como un coyote escuchando la llamada de la Reserva: *amigo o enemigo, amigo o enemigo*. Tenía las manos sobre las aguas bravas, que rompían contra su cuerpo y seguían su curso por detrás de ella. Caroline se volvió hacia el grupo y levantó una mano como si fuera a advertirles de algo. Justo cuando abrió la boca para hablar, salió a la superficie la punta de un tronco, se oyó un porrazo tremendo y de una zambullida Caroline desapareció.

A continuación, el río, como si se tratara de un oso al que hubieran despertado, tiró de la cuerda y Juan se desplomó. Intentó clavar los talones y empezó a berrear mientras la cuerda le apretaba la cintura. Carl tiraba de su lado, no para ayudarlo sino para que la cuerda se aflojara y evitarle a Juan el tormento que estaba sufriendo.

Bea permaneció atrás con el resto, sujetando a Agnes por la espalda. Se acordó de que antes siempre ponían a alguien con un cuchillo junto a los que estaban con la cuerda por si era necesario cortarla si sucedía algo como ahora. Pero nunca había pasado nada igual, y Carl y Juan decidieron que eran lo bastante fuertes para evitar una catástrofe como esta. Además, de todos modos, a nadie le hacía gracia ser el responsable de cortarla. Aun así, en cada río, tenían largas discusiones sobre si hacía falta o no que se preparara alguien para cortarla. Cuando decidían que era imprescindible, nadie se ofrecía voluntario, de modo que lo echaban a suertes y quien perdía se pasaba el rato cagado de miedo. Y como no ocurría nada malo, les fastidiaba haberse preocupado y esforzado tanto en balde. Así que al final, en realidad no hacía mucho, habían decidido que ya no necesitaban tener a nadie preparado para cortar la cuerda.

Era evidente que se habían equivocado.

De un gesto, Bea le cogió a Carl el cuchillo que llevaba en el cinturón, se lanzó y cortó la cuerda por delante de Juan, que fue a parar a la orilla, donde se desplomó y aulló aliviado. Carl, maldiciendo, salió catapultado hacia atrás con los demás, y todos rodaron y se enredaron entre la maleza. Caroline, que en teoría seguía atada a la cuerda y lo más probable es que estuviera muerta, se precipitó río abajo.

Carl gateó para ponerse en pie.

–¿Por qué has hecho eso? –le gritó.

–No quedaba otra –dijo Bea mientras le devolvía el cuchillo y se lo metía en la funda que llevaba en el cinturón.

–Pero sí yo lo tenía controlado. Lo tenía controlado, joder.

–No, para nada.

Carl farfulló:

–Era la mejor cuerda que teníamos.

–Hay más.

–No como esa. ¡Era la que teníamos para los ríos!

–Ya conseguiremos otra.

–¿Dónde? –vociferó, mientras se tiraba de los pelos con exagerados gestos de frustración y miraba alrededor, al vacío de la Reserva. Aunque el sentimiento era real. Estaba que echaba chispas.

Bea no respondió. A lo mejor podía convencer a algún Agente Forestal para que les diera algo largo y grueso con la misma utilidad, pero no pensaba prometérselo. Advirtió que aunque nadie se había puesto de parte de Carl, tampoco la habían defendido a ella. Todos se habían apresurado a ocuparse con alguna tarea insignificante como inspeccionar morrales, quitarle algo del pelo a alguien o comerse una hormiga para pasar el momento. Excepto Agnes, que observaba con una neutralidad desconcertante.

Bea ayudó a Juan a ponerse en pie, y el doctor Harold corrió a aplicarle un ungüento en las heridas que le había provocado la cuerda en la cintura y en las manos. No serviría de mucho. Ninguno de los ungüentos del doctor hacía gran cosa.

Debra y Val corrieron a lo largo de la orilla para ver si Caroline reaparecía. Y así fue, unos treinta metros río abajo, con el pelo enredado entre las ramas de otro tronco, boca abajo y con el cuerpo flácido. Por un momento el cuerpo y el leño se engancharon con algo, pero después se soltaron y bajaron por el río a toda velocidad. No había manera de recuperar la cuerda. Y no se podía hacer mucho por Caroline.

Dedicaron unos instantes a reagruparse, beber agua y pasarse el morral de cecina. Debra pronunció unas palabras amables sobre Caroline, mencionó que al ser la guía del río había sido fundamental para la supervivencia del grupo y la echarían de menos. «Me enseñó mucho sobre el agua», añadió visiblemente afectada. Caroline y ella habían sido muy amigas. Bea echó un vistazo a las caras de los demás, intentando descifrar qué sentían. Ella creía que Caroline había sido distante, pero se guardó la opinión para sus adentros. Se mordisqueaba un nudillo con impaciencia mientras aguardaba a que el ritual silencioso concluyera.

Después estuvieron debatiendo sobre la última intención de Caroline. Se había dado la vuelta y había abierto la boca para decirles algo sobre el vado. Pero ¿qué había querido decirles? Antes de que la golpeara el leño, ¿había intentado dar el visto bueno con el pulgar hacia arriba o poner el pulgar hacia abajo? ¿Qué expresión tenía antes de la mueca de sorpresa y dolor? Al final resolvieron que ese lugar seguía siendo el más prometedor para cruzar, a pesar de la desaparición de su compañera. Juan tomó el relevo y se aventuró sin cuerda por el río. Cuando se acercaba a la parte media, se dio la vuelta y les dio su aprobación. En fila india arrastraron los pies con cuidado, con los niños pegados a la espalda de los adultos. Resultó ser un vado bastante bueno, y si no hubiera sido por aquel leño, habrían llegado a la orilla opuesta fácilmente. Pobre Caroline. Tuvo mala suerte, decidió Bea.

Una vez los niños hubieron cruzado, los adultos fueron pasándose los artículos más pesados y voluminosos en cadena por encima del río: el Manual, el Hierro Colado, la Bolsa de los Libros, la basura, la ropa de cama, la tienda de ahumado desmontada, los morrales con comida, las escudillas de madera y las tablas de utensilios, después todos los fardos, uno por uno, de orilla a orilla. Y en cuanto volvieron a atar y colocarse los bártulos, echaron a andar otra vez. El sol los secó al momento. Escupían la tierra limosa que levantaban al pisar. Las caras les quedaron polvorientas y pringosas. Tapándose una fosa nasal, enviaban los mocos al suelo y caminaban penosamente por el campo de artemisas que se desplegaba como un mar a su alrededor.

Cuando la luna iluminó el camino, pararon a pasar la noche. Encendieron una pequeña hoguera y se dispusieron alrededor. No desenrollaron las pieles grandes ni sacaron las más pequeñas. Para lo que iban a dormir el esfuerzo no valía la pena. Al alba reanudarían la marcha. Cuando querían moverse rápido, funcionaban así.

En el horizonte Bea divisó el destello de una luz exterior que alumbraba el Control Medio. Estaban cerca.

—Solo un par de historias rápidas —dijo Juan y, bostezando, empezó a contar una de sus favoritas del *Libro de las fábulas*, que solían llevar en la Bolsa de los Libros pero que habían perdido en una riada hacía un tiempo. Las habían contado tantas veces que se las sabían de memoria.

Los niños se habían dormido encima de unos pequeños montículos al pie de la hoguera. Menos Agnes, que, como niña mayor de la Comunidad, insistía en quedarse despierta con los adultos para informar a los más jóvenes sobre las decisiones que se tomaran que pudieran afectarles. Aunque de noche y junto al fuego eso no pasaba nunca, simplemente le gustaba quedarse despierta. Bea no se lo discutía. Se regocijaba con la inquietud de Agnes. No olvidaba la etapa en la que había sido una niña frágil y delicada, tan enferma que era incapaz de mantener los ojos abiertos.

Bea se agachó junto a Glen, que soltaba gruñidos aplicado a la tarea que tenía entre manos.

—¿Cómo van esas flechas? —le preguntó sacudiéndole el hombro.

—Puntas de flecha —dijo él entre dientes—. Bien.

Estaba abstraído, esforzándose porque la punta quedara bien. Ella observaba desde atrás. No servirían. Las lascas eran demasiado finas. Bea sonrió para animarlo. Glen era un pésimo cazador y era consciente de ello. Ella sabía que eso lo frustraba. El auténtico cazador de la Comunidad y proveedor de gran parte de la carne que comían era Carl. Por eso Glen intentaba mejorar en la fabricación de herramientas, quería ser de utilidad en el modo en que siempre había querido serlo. Pero a Carl, por supuesto, también se le daba muy bien fabricar puntas de flecha, y ya tenían de sobra. Aunque ella se ahorraría el comentario. Vio que fruncía el ceño, concentradísimo. A pesar de sus limitaciones, aquí se lo pasaba en grande. De niño se había dedicado a leer en exclusiva relatos acerca de la vida primitiva. En sus años mozos lo único que le había interesado eran las historias de los hombres de las cavernas. Ahora era profesor universitario, se había especializado en la evolución del ser humano desde que había dado los primeros pasos erguido hasta la invención de la rueda. Conocía la esencia de la naturaleza humana, el cómo y porqué detrás del declive la civilización. Sin embargo, cuando se trataba de vivir de manera primitiva, lo curioso es que se le daba asombrosamente mal.

Se habían conocido en la Ciudad. Habían contratado a Bea para decorar el piso de la universidad donde Glen se había instalado después de que su primer matrimonio terminara. Para ser un piso era sorprendentemente grande, y por lo que dedujo debía de ser una persona importante. Mientras le enseñaba muestras y le explicaba dónde colocaría cada cosa, él le relataba el origen de todos los objetos que había escogido para su hogar. Hacía que el trabajo de Bea pareciera relevante, como un guardián de la historia, de la utilidad, y se casaron. Se comportaba como un padre con Agnes, cuyo verdadero padre era un trabajador de la extensa Zona Industrial de las afueras de la Ciudad, a la que había ido con un permiso de fin de semana. Bea sentía predilección por los hombres así, ya que tenían buenas manos y estaban de paso, y le gustaba su vida y su trabajo tal y como eran en ese momento. También quería a Agnes con locura, aunque sentía que la maternidad era como un chaquetón pesado que estaba obligada a ponerse a diario hiciese el tiempo que hiciese.

Glen había supuesto un cambio agradable. Estaba preparada para él en el momento que llegó. Había albergado la esperanza de que le cambiaría la vida de una manera sorprendente, pero nunca llegó a imaginarse hasta qué punto sería así. Él era quien estaba al corriente del estudio que quería enviar al Estado de la Reserva a un grupo de personas. Cuando en la Ciudad las cosas empeoraron y la salud de Agnes, como la de muchos niños, se deterioró, él mismo ofreció sus servicios a los investigadores a cambio de tres plazas para Bea, Agnes y él. Bea había acertado con su presentimiento: era una persona importante en la universidad, y los investigadores aceptaron su propuesta sin pensárselo dos veces.

Costó casi otro año de trabajo y espera conseguir el permiso para introducir humanos en lo que esencialmente era un refugio de vida silvestre, la última zona salvaje que quedaba, así como reunir la financiación necesaria y encontrar más participantes. En un principio habían querido buscar veinte voluntarios especializados con conocimientos de flora, fauna, biología y meteorología. Un médico o una enfermera de verdad, y no un simple herborista aficionado. También habría estado bien contar con un cocinero, pero al final tuvieron que completar el grupo con personas que simplemente estuvieran dispuestas a ir. Parecía arriesgado, decía la gente. Era arriesgado. Era algo tan desconocido que incomodaba. Una idea drástica con una realidad aún más drástica. Peor que el suicidio, Bea recordaba haberle oído decir a una madre de su edificio. Había sido una idea difícil de vender. Mientras tanto, Agnes cada vez estaba más enferma.

Durante aquella época, cuando Bea acunaba a su hija para dormirla, a veces se preguntaba qué haría si el plan de Glen no funcionaba o si tardaba demasiado. No se le ocurrían otras opciones para salvar a Agnes. La medicación ya no era suficientemente fuerte. Cada vez que tosía, el pañuelo se teñía de rosa sangre. «Lo que necesita esta niña –había dicho su doctora con pesar– es un cambio de aires». Como esa posibilidad no existía, les recomendó cuidados paliativos, por lo que Bea se encontró por completo a merced de Glen y su ridícula idea.

Hacia el final de la espera, justo antes de que obtuvieran el permiso –no se lo había contado a nadie ni lo haría nunca–, había empezado a mirar hacia el futuro, hacia una vida después de Agnes. Había empezado a despedirse. Sintió un consuelo tremendo al alcanzar ese punto. Y entonces, con muy poco tiempo para prepararse, autorizaron el estudio y el grupo de veinte personas, y tuvieron que empezar a probarse la equipación del ejército, acudir a las revisiones médicas, llevar muestras de orina, hacer entrevistas de admisión, empaquetar sus pertenencias, rematar los últimos flecos y después, sin mucha pompa, irse. Bea no daba crédito ante el cambio radical, no estaba segura de que todo aquello fuese real, ni siquiera cuando en las primeras noches en la Reserva la temperatura cayó en picado y se encontró luchando por proteger a Agnes de un modo distinto al que lo había hecho hasta entonces.

Ya en aquel primer atardecer, cuando el sol se puso antes de que hubieran encendido una hoguera, había parecido un simple juego. Cuando el estómago se les hacía un nudo por haber comido mal o, al cabo de poco, por no haber comido suficiente. O cuando un oso hambriento les saqueó el campamento. Después falleció la primera persona, de hipotermia. Otra al equivocarse identificando una seta. Otra de las heridas provocadas por el ataque de un puma. Y posteriormente otra en un accidente escalando. Daba la sensación de que habían escapado de un monstruo escondiéndose en un armario para encontrarse a otro dentro, con las garras al descubierto, entre las perchas. No podían quedarse ahí de ninguna manera, ¿no? Era como una horrible broma pesada.

Se imaginaba que en cualquier momento Glen la tomaría de la muñeca y se la llevaría con Agnes de vuelta a la cerca de la frontera, a la civilización. Pero eso no ocurrió nunca. Terminó por comprender que la tierra que recorrían fatigosamente día tras día sería interminable. Y si llegaran a encontrar un final, una frontera, una alambrada, un muro de granito, comprendió que se limitarían a dar la vuelta y seguir. ¿Cómo iban a regresar a la Ciudad? Agnes era como un potro que curioseaba, que buscaba los límites. Y por primera vez en su vida, estaba sana. Por primera vez, Bea se permitió creer que Agnes duraría en la tierra. Además, ella misma sobrevivía cuando otros, personas más fuertes que ella, habían fallecido. Eso le calmaba la ansiedad y le inflaba el ego. Quizá sí que tenía mano para esto de la supervivencia. *A lo mejor había sido la decisión acertada. A lo mejor todo saldría bien. A lo mejor no estamos locos.* Ese era su mantra. Lo pensaba casi a diario. Lo pensaba ahora.

Bea miró alrededor del corro a los rostros deformados por la luz centelleante de la hoguera. Observó que desde el episodio del Río 9 había una pesadumbre en el grupo. Desde lo de la cuerda. Desde lo de Caroline. Nadie le dirigía la mirada. Le habían pasado la bolsa de cecina sin mediar palabra y se la habían quitado demasiado deprisa. Era como si la pesadumbre estuviese dirigida a ella, algo que le parecía ridículo. Ni que decir tiene que ya habían perdido cosas importantes y no habían marginado a nadie por ello.

Estaba la taza de té de los momentos ceremoniosos, que habían utilizado durante los rituales que habían establecido al principio para los distintos hitos de su nueva vida.

Era de Caroline, que la había heredado de una línea de familiares que habían sido primeros pioneros del Nuevo Mundo. Fue absurdo traerla a la Reserva, pero era un objeto fino y bonito, con un ribete dorado descascarillado y un colorido escudo de armas del lugar de donde habían huido sus parientes. Iba dentro de una caja de madera forrada de terciopelo viejo y deshilachado, donde la llevaban guardada hasta que la necesitaban. Era absurda pero le tenían cariño. Vertían en ella tisanas de flores, de raíces o de huesos, dependiendo del ritual o de la estación, y se la pasaban alrededor de la hoguera. Sujetarla entre las manos les producía una sensación placentera, y aunque en la Reserva había muchas cosas de aspecto delicado, en realidad, nada lo era. ¿Huesecillos huecos de pájaro? ¿Telarañas muy finas? ¿Líquenes que parecían filigranas? Son cosas rudas, bastas. Sin embargo, la taza de té era un objeto delicado de verdad, y cuando pasó a formar parte de sus posesiones, los hacía también a ellos delicados. Y eso, cuando en cualquier otro momento debían ser duros, era una especie de bendición.

La habían perdido en el accidente que habían tenido escalando. Se dirigían hacia las montañas a pasar el invierno porque en las llanuras el clima era demasiado duro y no había comida, mientras que las cuevas y los montones de nieve que se formaban en la sierra eran buenos cobijos donde, llegada la primavera, se fundía cualquier indicio de su paso por allí, que era como desaparecer sin rastro. Thomas llevaba la taza en el morral. Al escalar, perdió pie, y cayó de espaldas en una repisa con la que nadie más había tenido dificultades. Se despeñó y el contenido de la bolsa quedó esparcido sobre las rocas inferiores. Aunque todos suspiraron al ver la caja volar por los aires y abrirse al chocar contra una roca, no dijeron nada durante todo el descenso de Thomas. Excepto Caroline, su esposa, nadie estaba muy unido a él. No había llegado a acostumbrarse a la Comunidad. Cuando se conocieron les había explicado amablemente que no era una persona que se sintiera cómoda en grupo.

La taza de té salió despedida de su protección de terciopelo, voló bajo el sol con su ribete dorado lanzando destellos y algunos de los que estaban cerca intentaron alcanzarla. Incluso Thomas, a media caída, que llegó a extender el brazo en un intento por cogerla antes que para agarrarse de algún sitio y frenar su descenso.

La tacita aterrizó y se hizo añicos, y el polvo de porcelana se asentó en las rocas como si fueran cenizas de huesos. Hubo quien recogió algunas esquirlas y las guardó de recuerdo en un morral de piel. Pero cada vez que buscaban algo dentro se cortaban, y al final acabaron depositando los trozos discretamente por el paisaje a su paso, ya que eran lo bastante pequeños como para desaparecer en la tierra.

Naturalmente, el pobre Thomas había continuado su caída, y era de suponer que había muerto. Un par de personas bajaron un tramo de la montaña, pero no lograron verlo y él no respondió a sus llamadas. De modo que la Comunidad dedicó un momento a decir unas palabras y consolar a Caroline, y a continuación reemprendieron la marcha. Ya no hacían demasiados rituales, en gran parte porque ya no tenían taza. Lo cierto era que requerían tiempo y esfuerzo, y cuanto más llevaban en la Reserva, menos ganas tenían de celebrar nada. Al principio, cruzar un río había sido una hazaña destacable, pero ahora ni siquiera les apetecía señalar la primera vez del año que lo hacían. Además, Bea sabía que sin la taza no había sensación de ceremonia. Se limitaban a beber té. Aun así, nadie habló mal de Thomas después del incidente. Si hubiese sobrevivido, no le habrían hecho el vacío en la hoguera. Nadie lo culpó por haber perdido la taza, por lo menos no en voz alta. A Bea le hubiera gustado que se acordaran.

Buscaba a Debra con la mirada a través del fuego, pero ella la esquivaba. Tenía la boca cerrada y una expresión severa. El morral de Caroline estaba a su lado y con el dedo tocaba la suave correa de piel. De golpe, Bea se dio cuenta de que tenían que haber sido más que amigas. Debra había llegado con una esposa mucho más joven que ella y Caroline con un marido mayor. Ninguno de los cónyuges seguía allí: una había desertado y el otro había muerto. Que se hubieran juntado era lógico, supuso Bea. Debía de haber sido algo reciente. En el círculo dormían al lado, pero no juntas. Hubiera pasado lo que hubiera pasado, lo habían mantenido en privado. Una tarea nada fácil en la Comunidad.

Por hacer algo el doctor Harold se puso a aplicar un bálsamo sobre un trozo de madera vaciada. Bea lo miraba fijamente, como para que le hiciera caso, pero incluso a través de la luz de la hoguera, veía que estaba como un tomate. Carl no podía evitar ponerle mala cara y demostrarle que seguía dolido por lo de la cuerda. Bea no se molestó en mirar a Val, no la soportaba, y el sentimiento era recíproco. Quien le sorprendió fue Juan, que, al contar la historia, se iba deteniendo un instante con cada uno de ellos antes de pasar al siguiente. Sin embargo, al llegar a Bea sus ojos la saltaron ansiosos, puede que con rabia. *Pero si te salvé la vida,* quería gritarle ella.

La única persona que le prestaba atención era Agnes, que observaba sus acciones y las imitaba irritantemente. Cuando

Bea se rascaba el tobillo, Agnes se rascaba el suyo. En silencio, Bea vocalizó «para», y Agnes hizo lo mismo. Bea sacudió la cabeza y puso los ojos en blanco. Como Agnes, que teatralmente se burlaba de ella. Entonces, cuando ya empezaba a enfurecerse, la niña le puso una mano en la rodilla, como hace un adulto que consuela a otro, le sonrió enseñándole el diente roto, y ella se ablandó con la sonrisa boba de su hija y el calor de su mano. Quería que alguien fuese amable con ella. Un poco de amor incondicional. Fue a abrazarla, pero Agnes, arisca, se escabulló. Probó con otra táctica. Bostezó para que la niña bostezara. Estiró los brazos para que ella también lo hiciera. Se recostó e intentó que se echara con ella, pero Agnes no se dejó engañar. No quería dormir. Se cruzó de brazos, contuvo un bostezo real y se fue con Glen, que presionaba las virutas de sílex a sus pies con curiosidad. Bea, abatida, se levantó temblando, ya que se encontraba lejos del fuego. No quería dormir en el mismo corro que esa gente. En la distancia, detrás de algún cuello volcánico, parecía que unos coyotes se dijeran entre ellos: *amigo, amigo, amigo*, como con un canto a la tirolesa, y con tal comunión Bea se sintió desamparada.

Si distinguía algo era gracias a la luz de las estrellas y al olor. Se puso a olfatear y encontró la bolsa de Glen con su ropa de cama. Se notaba el olor de los tres impregnado en ella. La extendió en el suelo un poco apartada de la hoguera. Oyó un crujido detrás y se tensó, hasta que notó las manos de Glen, que le masajeaba la espalda.

—Un día complicado —le murmuró cerca de la nuca. Ella se dio cuenta de que se sentía mal por no haberle hecho caso en la hoguera.

—Tú habrías cortado la cuerda, ¿verdad?

—Por supuesto.

Sintió que las mejillas de Glen esbozaban una sonrisa mientras le daba un beso en la sien.

—Pero...

—Quizá habría esperado un poco más.

—No me jodas, Glen. ¿Qué pasa, que he matado yo a Caroline?

–Ah, no, de eso nada –dijo él con paciencia, invitándola a echarse–. En cuanto ese leño la atacó, Caroline estaba sentenciada.

–Entonces, ¿qué importancia tenía el momento?

Glen se encogió de hombros.

–Supongo que ninguna, pero si ya estaba muerta, ¿qué prisa había?

–Juan.

Glen negó con la mano.

–A Juan no le iba a pasar nada.

Bea pataleó y Glen volvió a colocarle las manos sobre los hombros.

–Mira, lo de Juan no era nada. Caroline estaba perdida, pero la cuerda no. O por lo menos no hasta que tú la cortaste. La gente necesita un poco de tiempo. –Hizo una pausa y se encogió de hombros–. Era una cuerda muy buena.

Agnes apareció justo en el momento en que Bea y Glen se habían quedado en silencio porque la conversación había terminado, pero ella se lo tomó como algo personal.

–No hace falta que os calléis –dijo ceceando furiosa–. Yo sé mucho. Soy madura para mi edad.

Glen la cogió de la cintura y le dio la vuelta.

–Ya hemos acabado de hablar –dijo cantarín mientras la levantaba unos centímetros del suelo, y ella a regañadientes transformó los resoplidos en risas, y estas en gritos de alegría. La bajó a la cama, y ella se colocó como siempre hacía, a los pies de ambos.

Glen y Bea se hicieron un ovillo y en el silencio posterior la mente de Bea se fugó al sofocante cielo blanco que se cernía sobre ella en el momento en que tuvo a Madeline, y agradeció la distracción cuando Agnes, a los pies de la cama, murmuró:

–Estoy triste por Caroline.

–¿Sí? –Bea no logró contener su sorpresa, y por el bufido de su hija percibió que la había desconcertado.

–Sí –confirmó Agnes, aunque más bien lo dijo con tono de pregunta.

–Bueno, ella siempre te trató bien. –Si tenía que ser del todo sincera, pensaba que Caroline era más distante que Thomas y nunca le había acabado de gustar. No es que se alegrara de que hubiera muerto, sino que su pérdida no le afectaba tanto y no se sentía cómoda con lo intensamente que se estaba viviendo el duelo. Ya bastante tenía ella con que la culparan por lo de la cuerda como para que encima todos estuvieran llorando a Caroline. Puso los ojos en blanco en medio de la oscuridad. Nunca sabía cuál era la mejor actitud que adoptar con los hijos: ser un modelo de compasión o ser simplemente sincera. Agnes era simpática con todo el mundo, aunque no tanto con su madre. Así que, una vez más, se guardó su opinión sobre Caroline para sus adentros. –Era muy divertida –dijo gesticulando a oscuras.

–Es que –se aventuró Agnes–, me hubiera gustado mucho que la hubiéramos salvado.

Hasta su propia hija creía que había ido demasiado rápido cortando la cuerda.

–¿Tú también? –le espetó–. Y me imagino que además echarás en falta la cuerda.

–Bueno, bueno –intervino Glen, rodeando a Bea con el brazo y revolviéndole el pelo a Agnes–. A dormir se ha dicho.

Bea vio los dientes de Agnes, que sonreía en la penumbra, y se dio cuenta de que le estaba tomando el pelo. Quedaba claro que Agnes había oído suficiente conversación como para saber, o querer saber, cómo se tomaría Bea ese comentario. Era algo a lo que jugaba últimamente: a lanzar pullas y poner miradas cómplices. Como había hecho de pequeña, buscaba los límites, pero ahora lo hacía con una mordacidad y una aspereza que iban dirigidas a ella. En los últimos tiempos estaba jugando a muchas cosas, y Bea sentía que no lograba seguirle el ritmo.

Agnes se acurrucó debajo de las pieles y con la mano le agarró el tobillo a Bea, como cada noche. Ella resistió el impulso de alejarlo. Intentó acomodarse entre los brazos de Glen, pero le hervía la sangre y, más que abrazada, se sentía atada.

Enseguida, Agnes se sumió en un sueño despreocupado y su respiración se asemejaba a unos pesados cortinajes arrastrándose por el suelo. Por supuesto que los había oído, pensó Bea.

Agnes siempre estaba escuchando. Y tenía razón. Sí que parecía saberlo todo. Y también parecía mayor, más madura, de lo que era. Bea había perdido completamente de vista al bebé que fue. Le costaba creer que hubiese sido otra cosa antes de la persona complicada que tenía a sus pies. Era bajita, pero fuerte, como si ya se hubiera desarrollado por completo. Mucho más que los demás niños. Glen siempre le daba más carne de la que se servía él. Como si estuvieran sincronizados, mientras dormían, él se sumó a los ruidos de ella. Bea permaneció con los ojos como platos en la noche cerrada.

Por la mañana una camioneta aceleró hacia ellos levantando polvo. Detrás, a lo lejos, el sol centelleaba sobre el tejado del Control Medio. Cuando el vehículo se detuvo, vieron que era Gabe, el Agente Forestal. Era hijo de un alto cargo de la Administración, él mismo se lo había contado al grupo en una ocasión, como si fuera una amenaza. No caía muy bien.

Algunos Forestales disfrutaban charlando al aire libre con la Comunidad. Pero no era el caso de Gabe, que parecía desconfiar de todos ellos y del suelo que pisaban. Siempre llevaba el uniforme impoluto y se movía con precaución, como si no soportara ensuciarlo.

Apagó el motor, esperó unos instantes y a continuación apoyó la mano un buen rato en la bocina. Los pájaros que previamente habían estado escondidos entre los arbustos se dispersaron en una nube. Les llegó el eco del estruendo de la bocina desde un lejano cuello volcánico.

Los miembros de la Comunidad, con todo recogido y listos para irse, se concentraron alrededor de la camioneta.

—Tenéis páginas nuevas del Manual en el Control Bajo.

—Pero si ya casi hemos llegado al Medio —le explicó Bea—. Nos dijeron que estarían ahí.

—Y el correo —añadió Debra, que había dejado muy claro que hacía mucho tiempo que no recibía carta de su madre, que era mayor. No sabía muy bien qué pensar sobre esa falta de noticias.

–Bueno –dijo el Agente, alargando las vocales y dando talonazos al lateral de la caja de la camioneta–, no sé qué deciros. Lo que sí sé es que en el Control Medio no hay nada para vosotros. Nada de nada. Tenéis que ir al Bajo. –Entornó los ojos en dirección al horizonte como un explorador.

–Pero si el Control Medio está justo ahí –insistió Bea, señalando el tejado que ardía bajo el sol.

–Ahí no hay nada para vosotros.

–Pero...

–Tenéis que ir al Bajo. Y sabéis dónde quiero decir, ¿no? Aunque se llame Bajo, no lo es.

Se quedaron mirándolo sin comprender.

Él frunció el ceño y sacó un mapa mal dibujado con todas las ubicaciones de los puestos de control. Señaló el punto al que se refería, una equis en la parte inferior del mapa.

Carl refunfuñó:

–¿Control Medio Bajo? ¿Por qué tenemos que ir hasta ahí?

–Medio Bajo no, Bajo.

–Pero si está aquí, justo en el medio –señaló Carl–, y es más abajo.

–A ver, este se llama Control Bajo. Y tenéis que ir allí. Y sanseacabó.

–Pero ¿por qué?

–¿Por qué? –Gabe se puso a rascarse la cabeza con sorna–. ¿Que por qué? Porque en el último campamento que montasteis lo dejasteis todo hecho una pocilga, por eso.

–No, no es verdad –dijo Bea. Se habían encargado de hacer un barrido para encontrar microbasura como hacían habitualmente. Y habían encontrado la misma cantidad que en los otros sitios por donde habían pasado.

–Era como si hubierais estado una eternidad. La vegetación estaba destrozada. Se necesitarán años, puede que una vida entera, para recuperarla. Si es que se recupera. –Al Agente se le había acumulado saliva en la barba.

Bea vio que Carl se iba irritando y le sonrió congraciándose.

–Pues sí que me sorprende. Yo tengo la sensación de que apenas sacamos los bártulos de lo poco que estuvimos.

45

Era mentira. Se habían quedado allí mucho más tiempo del que debían. Todos lo sabían. Y Gabe también. Era el tira y afloja habitual entre los Agentes Forestales y la Comunidad. Bea supuso que habrían pasado aproximadamente media estación –una cantidad de tiempo escandalosa para permanecer en un sitio– y la única razón por la que habían empezado a moverse era que ella había querido distraerse y no pensar en Madeline. Y que la gente quería su correo. Solo tenían permitido parar cuando necesitaban cazar, recolectar y preparar los alimentos que tenían. El límite para permanecer en un sitio era de siete días, según especificaba el Manual. Sin embargo, casi nunca lo respetaban. Una vez habían parado, costaba volver a ponerse en marcha y recoger todo de manera que fuera relativamente fácil de transportar durante el futuro previsible. El ahumadero era frágil y complicado, y después de la caza iban cargados de carne. En general eso era positivo, pero suponía mucho más peso que acarrear.

–Pero por favor –dijo el Agente–, si hasta esto está hecho un desastre. ¿Y cuánto lleváis aquí?

–Una noche.

Él negó con la cabeza y dijo:

–Increíble. Bueno, a lo mejor lo que pasa es que no se puede evitar el impacto de un grupo tan grande. Siempre lo he pensado. Siempre he creído que no hay ninguna justificación para esto. Para que esté aquí un grupo. Yo ya dije que no deberían permitiros la entrada. ¿Os lo había comentado alguna vez?

–Sí –dijo Bea.

–Pues no soy el único con esta opinión –añadió satisfecho con una sonrisa sardónica.

–Si te sirve de consuelo, somos la mitad de los que éramos –repuso Bea con tacto fingido, acordándose de los muertos.

Él la fulminó con la mirada.

En general a ella le caían bien los Forestales, incluso los que eran mala gente. Era divertido bromear con ellos, y por eso se había ofrecido voluntaria para ser el enlace de la Comunidad. Descubrió que con una sonrisilla los desarmaba con facilidad. Eran jóvenes y siempre parecían novatos, por más que llevaran tiempo en el puesto. Para ella siempre serían cachorros de orejas suaves. Menos Bob, el Agente del Control Medio, que era mayor, y tenía canas en las patillas y el bigote. Él era un igual. Hasta se atrevería a llamarlo amigo. Un buen amigo, incluso. En cambio, con estos chavales se divertía.

—Dejadme añadir también que ya habéis estado muchas veces en ese campamento —comentó Gabe con tono monótono. No podía dejarlo pasar. Carl iba de acá para allá, resoplando. Pronto estallaría.

—Pensaba que las reglas solo hacían referencia a la duración —dijo Bea tímidamente.

—No. Se trata de vuestra presencia. Obstaculizáis las oportunidades de que se desarrolle vida silvestre cuando no dejáis de ir allí y os quedáis tanto tiempo. No hay ningún animal que quiera crear su hogar en un sitio donde no paráis de entrar y salir.

—Nuestra presencia no tiene nada que ver —explotó Carl mientras buscaba furioso el Manual para demostrar su argumento.

El Agente sonrió y Bea suspiró. Pensaba que hasta el momento iba ganando en esa especie de juego, pero ahora Carl lo había estropeado.

Gabe colocó una mano pesada sobre el hombro de Carl.

—No te molestes. He visto todo lo que necesitaba ver. Lo que importa es el impacto. Y el vuestro es grave. Ya lo he descrito detalladamente en mi informe y se lo remitiré a mis superiores con el sello URGENTE. Si cometéis infracciones de este tipo, os podrían echar. —Su mirada era tan severa como su voz inquebrantable. No había generosidad—. Lo que debéis hacer es empezar a caminar en dirección al Control Bajo. —Señaló algún punto lejano, en una dirección donde no habían estado nunca—. Como se os ordena.

Ya los habían desviado antes de ruta, dos veces para ser exactos. Una debido a un incendio controlado (si hubiese sido natural, se aseguró de recalcar el Agente, de acuerdo con el Manual, no los habrían desviado). En otra ocasión había sido porque en el Control Alto se había desbordado una fosa séptica. Los habían dirigido al puesto de control más cercano para solucionarlo. Pero esto parecía innecesario, una tarea concebida para ponerlos en peligro. Miraron el mapa. El Control Bajo estaba más lejos de lo que habían estado nunca. Representaba un castigo. Una invitación a una marcha forzada. Glen se llevó a Carl para atrás, lo alejó de la mano del Agente Gabe por si decidía propinarle un puñetazo.

–A ver –dijo Glen–, pensábamos que habíamos revisado bien la microbasura y asegurado la resilvestración, pero la próxima vez estaremos más atentos, desde luego.

–Si es que hay una próxima vez –soltó el Agente, que se desplomó ligeramente. Sabía que el encuentro estaba llegando a su fin y parecía arrepentido. Quizá Bea lo había juzgado mal. Tener a la Comunidad allí podía darles algo que hacer a los Agentes Forestales.

–Bien, tomamos nota –dijo Glen–. Ahora al Control Bajo, ¿verdad?

–Sí.

–Estupendo. Recogeremos hoy. Con este tipo de expedición por delante hay que hacerlo bien, pero mañana a primera hora nos dirigiremos hacia allí.

La Comunidad suspiró.

Glen sonrió.

–A ver, equipo, yo personalmente estoy impaciente. Quién sabe qué maravillas nos esperan.

Solo Agnes se alegró y se puso a vitorear.

–Esa es mi chica –dijo Glen, sonriéndole agradecido.

Ella le devolvió la sonrisa.

Gabe se volvió a meter en la camioneta y se fue, mirándolos por el retrovisor con los ojos entrecerrados. Glen no dejó de sonreír hasta que el vehículo alcanzó la cima de una loma y desapareció. Entonces relajó la expresión. Se masajeó las mejillas.

–Bueno –dijo Debra, colocándose la mochila–, yo no pienso dar la vuelta. Y menos estando tan cerca del Control Medio.

Dio unos pasos hacia el tejado centelleante. Glen levantó la mano.

–Espera.

–No me digas que tenemos que discutirlo –dijo Juan.

–Pues claro que tenemos que discutirlo. Necesitamos consenso –explicó Glen.

Todos protestaron.

–Pero es que estamos a menos de dos kilómetros –insistió Debra, que ya se encaminaba hacia allí.

–Bueno, a algunos no nos gusta ir al Control y preferiríamos evitarlo cuando es posible –comentó Val, que solo lo decía por complacer a Carl, que odiaba ir.

–Pero ¡las cartas! –gritó Debra.

–Debra, nuestras cartas ni siquiera van a estar ahí –la reprendió Carl.

Ella agitaba el brazo en dirección al Control.

–Pero es que está ahí mismo.

–Para empezar, Debra, lo del empeño en llegar a un consenso es cosa tuya, así que no te quejes –dijo Carl.

Ella arrugó el gesto. Normalmente le encantaba el consenso, había sido ella quien había propuesto la idea a la Comunidad.

–En segundo lugar, ¿no te das cuenta de que hacen esto para que desobedezcamos y puedan redactar otro informe y así, tal vez, puedan echarnos? –advirtió Carl.

–¿Desde cuándo te preocupan tanto las reglas? –le devolvió Debra.

Carl se sonrojó enfurecido. Odiaba las reglas, sobre todo cuando sus deseos coincidían con ellas.

–Escuchadme, equipo, lo hacen para que vayamos a otro sitio. Nos están diciendo que hemos sido unos vagos –dijo Glen–. Y a mí me parece una crítica válida.

El atractivo de seguir la misma ruta cada año que llevaban en el Estado de la Reserva era indudable. Si conocían la ruta, sabían a qué atenerse. Esas plantas que crecían en una época determinada y en un sitio determinado. Tales bayas crecen más allá de esas montañas, allá. Habían aprendido a leer la tierra y a decidir dónde había movido una perdiz nival su madriguera después de haber encontrado la primera. Aprendieron cómo pensaban los animales y eso los convirtió en mejores cazadores. Habían aprendido a sobrevivir en este cuadrante del mapa. Todo eso, ¿les permitiría sobrevivir en otro sitio? ¿En cualquier otro lugar? Al principio ya habían experimentado las privaciones que había conllevado el aprendizaje y habían salido airosos, con vida. No querían volver a pasar por todo aquello.

–Pero ¿y si lo que ocurre es que no debemos volver? –El doctor Harold se había separado del grupo y ahora iba de acá para allá. Se había alejado tanto que su pregunta casi no se oyó. Como un susurro, como un secreto solo para él.

–No te pongas paranoico, doctor –le respondió cariñoso Glen, y él pareció sorprenderse de ser el centro de atención.

–No lo estoy, pero mirad. –Cogió el mapa y señaló un punto–. El Control Bajo ni siquiera es el siguiente puesto de control. Es un lugar, un lugar que está muy lejos de aquí, pasada otra cadena de montañas. Esto son dunas. Esto son lagos secos. Y aquí –recorrió el mapa con el dedo– está el único río que veo.

–Ay, no –dijo Debra.

–No quiero decir que no haya ninguno –se apresuró a decir–, pero no lo sabemos. No sabemos qué nos encontraremos cuando lleguemos allí. A lo mejor terminamos en un sitio del que no tiene sentido volver.

La idea de no regresar los puso más serios.

Val dijo tímidamente:

–Bueno, tal vez deberíamos ir a echar un vistazo al Control Medio para asegurarnos.

Se oyeron unos cuantos murmullos de conformidad.

–Quizá deberíamos consultarlo con el Agente Bob.

–A lo mejor Gabe está equivocado.

Desde fuera del círculo, el doctor Harold gritó de repente:

–Además, ¿quién se supone que es ese tal Agente Gabe?

–Vale, vale –interrumpió Glen–. Nos estamos exaltando por algo tan ridículo como desconocido. No lo olvidéis, todo es tierra, nada más.

Carl lo interrumpió.

–Y nosotros somos personas que vivimos en la tierra. Viajamos por ella. La conocemos. Vamos donde queremos cuando queremos. Y podemos volver aquí cuando nos convenga. No hay nada de qué preocuparse. Así que propongo ir a un sitio nuevo. Vayamos al Control Bajo.

–Pero este es el sitio al que llegamos –dijo Juan–. ¿Quién sabe cuándo volveremos?

Carl se llevó la mano a la frente.

–Volveremos cuando queramos volver. ¿Es que no habéis oído lo que acabo de decir? Somos soberanos de nuestra propia experiencia. Así que demos la vuelta.

A Bea no se le había pasado por la cabeza la posibilidad de no volver a este lugar. No parecía posible. No sabía cómo vivir en la Reserva sin su querido Valle escondido y los viajes al Control Medio. Una cosa era no saber qué animal los acecharía mañana, y otra no saber en qué cueva esconderse cuando eso pasara. Le subió el temor por la garganta y con voz ronca dijo:

–Me gustaría despedirme de Bob.

Carl levantó las manos.

–Nadie me hace ni caso.

Val intentó darle una palmadita en la espalda, pero él se sacudió.

Glen sonrió a Bea y asintió.

–Entonces vayamos al Control Medio. –Se puso a asentir con la cabeza mirando al círculo hasta que todos los adultos dieron su conformidad. Carl, el último, se quedó mirándolo enfadado antes de hacer el gesto brevemente–. Buen trabajo, gente.

Glen miró de nuevo al horizonte para ver si el Agente se había ido de verdad y el polvo que habían levantado los neumáticos de la camioneta se había asentado. Luego silbó, hizo un gesto con la mano y empezaron a caminar.

Llegaron al Control Medio justo cuando empezaba a caer el sol. La luz rosa rozaba el tejado del edificio, sus numerosas ventanas y la camioneta del Agente Bob, a la que se estaba subiendo.

Al verlos, se bajó.

–Vaya, vaya –dijo con una sonrisa burlona–. No deberíais estar aquí, pero la verdad es que me alegro de veros.

Algunos sonrieron. Bea estaba exultante. Agnes saludó tímidamente desde detrás de su madre. Carl se paseó alrededor de la pequeña y cuidada construcción y meó contra la pared con un chorro alto.

Bob se dirigía hacia Bea con los brazos extendidos como si fuera a abrazarla, pero acabó dando una sonora palmada con una gran sonrisa visible bajo su poblado bigote. Era una especie de vaquero, pero no de los salvajes, sino más bien de los que contratarían en una fiesta infantil.

–Ya sabéis lo que hay que hacer –les dijo–. Pesad la basura y poneos de acuerdo en qué vais a contarme. Os espero dentro.

El Agente se dio la vuelta, le chocó la mano a Glen, que parecía sorprendido al ver que le había seguido el juego instintivamente, y entró corriendo al edificio. Al encender las luces, Bea percibió por encima del zumbido de los grillos del desierto el del fluorescente.

Val y dos de los niños, Hermana y Hermano, pesaron la basura, y los demás se pusieron a clasificar. En la espita, que sobresalía del pequeño edificio beis, enjuagaron el Hierro Colado y otros recipientes. Debra se quitó sus mocasines estropeados y se deleitó con el césped desigual que formaba un perímetro verde alrededor del recinto. Restregaba los dedos de los pies entre las briznas de hierba.

Los fluorescentes cegaron por unos instantes a Bea al entrar. Se tapó los ojos con las manos y poco a poco separó los dedos hasta que fue capaz de mirar a Bob detrás del reluciente mostrador.

–Os echamos de menos esta primavera –dijo.

–Nos quedamos atrapados al otro lado de la montaña con esa tormenta. Era más lógico operar en esas laderas. Se estaba muy tranquilo allí.

–Sí, una tormenta que llegó espeluznantemente pronto. Cada vez llegan antes.

–Sí. Y luego, ya sabes, era primavera, la caza era buena y era difícil dejar pasar los bulbos.

–Claro. –Se atusó el bigote pensativo–. Pero no hace falta que te diga lo importante que es que vayáis al Control a su debido tiempo.

–Lo sé. Lo siento, pero es que nos fue imposible.

Bob sonrió.

–Bueno, esperemos que la próxima vez lo hagáis.

Él nunca los amenazaba. Era una de las muchas cosas que le gustaban a Bea de él. Aun así, había una seriedad implícita en sus palabras que la hizo proceder con cautela.

–Lo haremos. Lo prometo.

El Agente carraspeó.

–Sabéis que teníais que ir hasta el Control Bajo, ¿no?

A ella le dio un vuelco el corazón. Sentía que estaban haciéndolo todo mal.

–Eso nos han dicho, pero como estábamos tan cerca, pensamos que no tenía sentido dar la vuelta. Y nos preocupaba que fuese un error... –dijo con la voz cada vez más baja.

–No es un error –repuso él, de nuevo con una severidad que la cogió desprevenida–. De acuerdo, Gabe os debería haber puesto al día antes, pero ha habido una serie de sucesos inesperados de los que había que ocuparse.

–¿Como cuáles?

–Bueno... Hmmm. –Torció la boca–. Es confidencial.

–¿En serio? –Bea no sabía por qué, pero le parecía increíble que hubiera cosas que no podía saber sobre el lugar donde comían, bebían, dormían y cagaban.

–Es un sitio grande. No podéis saber todo lo que pasa en él. –Le guiñó un ojo. Volvió la ligereza–. En fin, es muy importante que mañana a primera hora emprendáis el camino hacia el Control Bajo. Pero ya que estáis aquí podemos solucionar lo que haga falta. ¿Cuántos sois en el grupo?

–Once. Hemos perdido a cuatro y ganado a uno.

Bob abrió una carpeta con una etiqueta que decía «Registro de los sujetos del estudio del Estado de la Reserva».

–Bien, primero las incorporaciones. ¿Nombre?

–Piña.

–Interesante. ¿Estación de nacimiento?

–La pasada primavera.

–O sea que el año pasado ¿más o menos por esta época?

Bea se encogió de hombros.

Él anotaba cosas.

–Bien. ¿Madre?

–Becky.

–¿Padre?

–Dan.

–Qué bien. Solo esa adición, ¿verdad?

Bea asintió, pensando en Madeline.

–Vale, ahora la parte que odio. La de las pérdidas. ¿Nombres y causas?

–Becky. Ataque de puma.

Bob chascó la lengua mientras garabateaba en el libro mayor.

–Qué mal. ¿Siguiente?

–Dan. Desprendimiento de rocas.

–¿Y murió?

–Le quedó aplastada la pelvis.

–Y murió.

–Eso supusimos. –Hizo una pausa–. A ver, tuvimos que dejarlo allí.

Vio que el Agente enarcaba las cejas mientras mantenía la mirada clavada en el papel de delante. No dijo nada, pero ella se fijó en que apretaba mucho el bolígrafo contra el libro. Esperaba que fuera para plasmar la información por triplicado. Bob era uno de los Agentes Forestales más comprensivos con los que trataban. No sabía qué haría si ahora él también empezaba a juzgarlos. Habían presenciado muchas muertes. Se habían endurecido. Ya no solo las de los miembros de la Comunidad que habían fallecido de maneras horripilantes o banales, a su alrededor todo moría abiertamente. Morir era tan habitual como vivir. Se preocupaban los unos por los otros, por supuesto, pero cuando uno de ellos por cualquier motivo dejaba de sobrevivir, cerraban filas y dedicaban la energía a lo que seguía con vida. Ese había sido un resultado inesperado de la subsistencia en la Reserva, aunque se había dado deprisa y con facilidad. Antes, en una época anterior a la que ella nació, existía la creencia cultural según la cual tener vínculos con la naturaleza te hacía mejor persona. Y cuando llegaron a la Reserva, se imaginaron que vivir allí los haría más empáticos, mejores, más sensibles. Sin embargo, terminaron por entender que había habido un gran malentendido sobre lo que significaba «mejor». Es posible que simplemente quisiera decir ser mejor humano, y dejaba la definición de la palabra «humano» a libre interpretación. Puede que solo hubiera significado ser mejores a la hora de sobrevivir, en cualquier sitio y con los medios que tuvieran a su disposición. Bea consideraba que en ese aspecto vivir allí no era tan distinto a vivir en la Ciudad.

Bob tosió y dijo:

–Vaya faena. Pobre... –Volvió a mirar la hoja– Piña. ¿Quién cuida de él?

–Nosotros –contestó con un poco de brusquedad. Las mejillas se le encendieron. No sabía si de vergüenza o rabia.

El Agente alzó la vista.

–Ya, claro. –Sonrió–. ¿Quién más?

–Caroline. La perdimos en el Río 9.

–¿Cuándo?

–Ayer.

Su bolígrafo se detuvo.

–¿Y estáis seguros? Porque podría haber seguido a la deriva no muy lejos de aquí.

–Sí, estamos seguros.

–Porque ahora el caudal del Río 9 baja rápido, pero no es muy frío. Y en el tramo inferior a esta zona vuelve a ser lento.

–Fue un leño. No hay duda de que murió.

–Vaya, qué lástima. Me caía bien.

A Bea le parecía increíble que tuviera que oír hablar otra vez de Caroline y soltó un golpe en el mostrador enfurecida.

–¿En serio?

Bob, sobresaltado, dio un paso atrás.

–¿Qué?

–Estoy harta de oír hablar de Caroline –gruñó. Bob se quedó boquiabierto–. Es que, ¿por qué seguimos hablando de ella?

Se mordisqueó un dedo distraídamente. Negó con la cabeza indignada. *¿Caroline?* La verdad, que le den a Caroline. El Agente la miraba como si fuera una fiera y, con pies de plomo, le dijo:

—Vale, así que acaba de morir... Fue ayer, ¿dices?

Era como si estuviera hablando con una bestia para calmarla. *Eh, oso. Eh, oso.*

Bea pestañeó y trató de tragarse la rabia.

—Sí, sí. —Se irguió—. Fue ayer. —Exhaló poco a poco—. Siento haber perdido la paciencia. —Volvieron a encendérsele las mejillas.

—Bueno, ya me perdonarás, pero Caroline me caía bien y la voy a echar de menos —dijo él con una sonrisa satisfecha.

Ella escondió la cara. No quería ver lo roja que se había puesto.

—Lo siento.

Él levantó la mano como si lo entendiera. Se le daba muy bien dar la impresión de que lo entendía todo. Bea volvió a pensar en lo del Control Bajo y se puso muy triste. ¿Qué iba a hacer ella sin Bob? ¿También la echaría él de menos?

Bob se apoyó sobre el mostrador.

—Supongo que ahora ya puedo desvelar su secreto: le dejaba usar la silla con orinal que hay atrás. Mi mujer pone un cuenquito de flores secas y Caroline decía que le gustaba el aroma. —Soltó una risita—. Son los pequeños detalles. Bueno, dejemos a Caroline, descanse en paz, y pasemos a otra cosa. ¿Cuánto pesa la basura?

—Espera —dijo Bea con voz ronca—. Una más. Madeline. Nació muerta. —La cara le ardía y tartamudeó—. No sabía si contaba.

Bob la miró por un instante y luego volvió a concentrarse en el formulario, pasando las hojas hacia delante y atrás.

—Bueno, parece que no cuenta. Es bueno saberlo. Dejémoslo en tres, ¿te parece?

Tachó el número cuatro de la columna de «total de muertes», con una sonrisa tensa en la que solo se le veían los labios.

Bea asintió, mostrando que estaba de acuerdo, y así evitar

ponerse a sollozar. Su niñita no estaba lo suficientemente acabada para que la tuvieran en cuenta. ¿Le proporcionaba eso algún tipo de consuelo o hacía que la pérdida fuera aún más demoledora? De repente no sintió nada.

–¿Cuánto pesa la basura? –volvió a preguntar él.

–Nueve kilos –susurró.

El Agente silbó.

–Toma ya. ¿Tanto?

Bea quería tirarse al suelo. Debían de sonar como unos monstruos. Un bebé muerto y ahora demasiada basura.

–Es por el viaje que no hicimos al Control.

–Ah, ya –dijo él, asintiendo–. Tiene sentido. ¿Cuántas bolsas hay ahora?

–Tres de las que cogimos aquí la última vez.

–Ah, esas bolsas son horribles.

–Sí, lo peor. No sé cómo no han acabado reventando.

–Pues porque les hicisteis esas fundas tan ingeniosas.

–Las hizo Debra.

–Es toda una costurera.

–La verdad que sí.

Bob examinó una lista.

–Bien, puedo daros las páginas nuevas del Manual, pero no os puedo prometer que tenga las versiones más recientes. Y, ya que estáis aquí, podríamos rellenar los cuestionarios. Agradecerán tener datos actualizados. Porque hace bastante tiempo desde la última vez.

–¿Sangre y orina también?

–No, enviamos el equipo al Control Bajo. –Volvió a escudriñarla–. Porque es allí donde teníais que ir.

–E iremos.

–Por supuesto. Por la cuenta que os trae. Ya he enviado todas las cartas allí –dijo, volviendo a guiñarle el ojo. Aunque, de nuevo, adoptó un tono cansado–. Pero además, es que debéis ir.

Bea se apoyó en el mostrador.

–Bob, lo pillo –le dijo con cariño, y se emocionó cuando vio que él se ruborizaba.

–Vale, vale –respondió él avergonzado.

–No hemos estado nunca en el Control Bajo –intentó parecer ilusionada, pero ella misma notó el terror en su voz.

–Bueno, me sorprendería lo contrario. No es fácil llegar –dijo mientras contaba los cuestionarios. Un atisbo de preocupación le cruzó el rostro, pero lo borró con una sacudida de cabeza–. Tomáoslo como una aventura. –Le pasó las hojas–. Tengo que irme, si no la parienta se enfada. Dejadlos en el buzón cuando terminéis.

Ella asintió con la cabeza, los cogió, y, él, inocentemente, le tendió la mano.

–Pues nada, ¡buena suerte!

Ella se la estrechó.

–Espero que volvamos a vernos pronto.

Como si no fuera a ser así, el apretón de manos se alargó. Bea se volvió hacia la puerta e intentó memorizar cuanto pudo. El tufillo químico rancio tan particular que tenía el lugar, el zumbido de la luz a alta frecuencia, el runrún silencioso de alguna máquina que siempre estaba encendida aquí, pero nunca en el Control Medio Alto, donde a veces paraban a mitad del invierno. Bob llevaba un desodorante de mujer, estaba segura de ello. O tal vez se pusiera polvos de talco en los calcetines para que no le salieran ampollas. Su madre lo había hecho alguna vez, cuando se ponía zapatos bonitos que le apretaban los pies. Pero él llevaba un calzado resistente y práctico. ¿Qué excusa tenía? Se imaginó que así tendría los pies suaves, y que él y su esposa se los frotarían en la cama, por debajo de las sábanas blancas y limpias, con el perro leal que yacía al calor de sus pies. Sintió ansias de estar en esa cama, rodeada de esa domesticidad. Se fijó en el anillo del Agente que centelleaba bajo los fluorescentes, y por un momento odió a la mujer de Bob, fuese quien fuese.

De repente reaccionó.

–Ay, oye, casi se me olvida. ¿Tienes alguna cuerda gruesa que puedas darnos?

Él frunció el ceño.

–Bea, sabes que no puedo proporcionaros esas cosas.

Ella asintió, avergonzada e irritada de haberlo preguntado. Que les den a todos y a la cuerda.

–Pero... –siguió Bob–. No debería, pero... –Agitó una piruleta de color verde intenso–. Dásela a tu niña bonita –le dijo–. Sé lo mucho que le gustan. Pero no digas nada. –Ladeó la cabeza y se sacó otra con una sonrisa cómplice–. Esta es para ti. Parece que la necesitas –añadió, dejando de sonreír.

La ruta que eligieron para ir al Control Bajo les hizo desviarse a la fuerza y regresar al Valle al que acababan de pedirles que no volvieran nunca más. Habían tenido la esperanza de que Bob les dijera que se trataba de un error, que tomaran la ruta que quisieran, les llevara donde les llevara. Ahora que estaban seguros de que debían dirigirse al Control Bajo, querían despedirse del lugar. Por si acaso.

Se encontraron su viejo campamento acordonado con cinta amarilla y palos. Había carteles por todo el perímetro que decían: TRABAJOS DE RESILVESTRACIÓN.

–¿Para quién es este cartel? –dijo Carl, dando una patada inútil a la cinta, que cedió y quedó colgando.

–Para nosotros –respondió Bea.

–Aquí el único impacto es el de los Agentes Forestales –protestó.

–Gente, despedíos del lugar –dijo Glen con un deje de melancolía.

–Y, a ver –añadió Carl–, si dejasteis algo, mejor que vayáis a recuperarlo. –Se dirigió directamente a Bea, con desprecio.

Ella miró a su alrededor, haciéndose la distraída, como diciendo «¿A quién se refiere?». Se detuvo en los ojos del doctor Harold y le hizo un gesto cómplice. Él bajó la vista, avergonzado. Ella había querido jugar al despiste, pero puede que hubiera revelado un secreto. ¡El doctor también escondía cosas! Volvió a echar un vistazo y se fijó en que varios bajaban la mirada o miraban a lo lejos, en dirección a una hilera de árboles o algún afloramiento, sitios perfectos para esconder pertenencias secretas. Carl siguió con actitud altanera, con los brazos cruzados. Estaba claro que él no habría escondido nada. Sin embargo, vio que Val se debatía entre la indignación y la vergüenza, y cuando el grupo se dispersó, la vio escabullirse.

Carl podría estar furioso por el profundo apego que sentía la Comunidad por el pasado, por los secretos, pero a Bea le animaba la idea de que todas y cada una de las personas junto con las que había cagado, meado y hasta pasado hambre, a quienes había oído follar, con quienes había hecho asambleas infinitas, hubieran logrado mantener algo en privado. La Reserva y su gente volvían a parecer interesantes.

Bea regresó a la cueva y se puso a chupar las dos piruletas. Lo último que necesitaba Agnes era recordar lo que era el azúcar. Contempló cómo los demás se retiraban en secreto a sus rincones favoritos. Qué estúpido había sido pensar que era la única sujeta al pasado.

Con el azúcar verde se le aceleró la sangre. El corazón le revoloteaba. Se sentía como si pudiera correr durante kilómetros. La cabeza le daba vueltas, y de un salto se metió en su escondite para descubrir que su cojín y su revista no estaban, habían sido reemplazados por una cinta amarilla de resilvestración. De inmediato un dolor de cabeza sustituyó al deleite del azúcar. Sintió la cinta amarilla como una bofetada. ¿Cómo podían haber encontrado su alijo? Se sintió observada. Se acuclilló en la entrada de la cueva y mantuvo la postura con fuerza en las rodillas, intentando serenarse para poder asemejarse al paisaje. Ser como la tierra y los animales que se escondían en ella era una forma de protección. ¿Estaban llorando sus pérdidas en silencio los demás? ¿Se sentían igual de atrapados que ella?

Desde la entrada de la cueva, encorvada, vio que Glen avanzaba raudo hacia el lugar donde había yacido Madeline. En el campamento, se fijó en que Agnes estaba enrollando alrededor de Carl la cinta de resilvestración que habían arrancado de los postes. Se encontraban en medio del trozo acordonado. Agnes pisoteaba y gritaba, y Carl fingía estar atado a un palo, morir ejecutado era su futuro cercano. Sus súplicas por que le perdonara la vida le llegaban a Bea con un tono alegre, como cuchicheos en el oído, y volvió su atención a Glen.

Miraba al suelo, tocó algo con el pie y se arrodilló para inspeccionarlo. Se quedó en cuclillas, pasando las manos sobre los arbustos y la tierra, rebuscando por el paraje que Bea había escogido para Madeline. Ella pensaba que desde la cueva no se veía el lugar. Se preguntó si Glen estaría en el sitio equivocado, si no se había alejado bastante. O puede que ella misma no se hubiera distanciado lo suficiente para que no la vieran. Quizá, mientras creía que había sido un acto íntimo, él la había visto enterrar a su hija.

Volvió a mirar al campamento, buscando a Agnes. Su pequeña superviviente. Su extraña y trepidante hija, que atacaba a Carl con un palo. Él gruñía y se agarraba el vientre, fingiendo que lo había apuñalado. Con la última estocada, cayó de rodillas.

–¡Me muero! –gritaba él, exagerando con una especie de gemido fantasmal mientras agitaba las manos en alto.

Agnes ladeó la cabeza ante ese moribundo tan contento y entusiasta. Se quedó quieta y le gritó:

–¡Pues muérete! –Y escupió al suelo a sus pies.

Carl rugió, se derrumbó y murió.

La niña reía entusiasmada mientras fingía que le abría el abdomen y le sacaba las tripas.

Los ojos de Bea volvieron al horizonte, en busca de Glen, pero no lo encontró. No tenía nada escondido, estaba segura de ello.

Se dio cuenta de que estaba hundiendo las uñas en la tierra por la ansiedad, y ahora tenía las yemas en carne viva, pegajosas con la arena fina. Se las chupó para limpiárselas y escupió. Sin darse cuenta, volvió a ponerse a arañar el suelo.

La Comunidad ya había hecho largas caminatas, expediciones que siempre pensaban que no volverían a igualar en extensión. Durante el primer año una de ellas hizo que alguien abandonara. Pero aunque caminaran día tras día casi a diario, nunca se habían desviado hacia otros cuadrantes. Solo habían visitado tres Controles, los marcados en la frontera este del mapa.

Les dieron el primer mapa justo después de terminar la

Orientación, cuando se preparaban para su entrada oficial en la Reserva. El Agente Corey había llegado en camioneta y se lo había lanzado desde la ventana. Era un documento raro que no parecía tener ningún sentido de la escala. Estaba lleno de símbolos que hacían que pareciera que lo hubiera soñado un chaval.

—¿Qué son esos círculos negros? —le habían preguntado.

—Sitios a los que no hay que ir —había respondido Corey con una sonrisa de suficiencia. Se las daba de duro y graciosillo, pero por su cara se veía que era joven e inexperto.

Señalaron una montaña de cima plana con una bandera naranja coloreada sin cuidado, saliéndose del contorno. Era un Control.

—¿A cuánto está? —habían preguntado.

El Agente había sonreído.

—No sé, aún no lo hemos averiguado. —Se metió la mano en el bolsillo y sacó un disco plateado del tamaño que le cabía en la palma de la mano—. ¿Quién es el líder?

—No vamos a tener líder —había dicho Glen con orgullo.

Corey puso los ojos en blanco e inspeccionó sus rostros.

—Tú —dijo, extendiéndole el disco a Carl.

Carl lo cogió y se irguió, atento, contento de que le identificaran como líder.

—¿Qué hago con esto? —preguntó, dándole la vuelta. Apretó un botón que tenía al costado e hizo clic. Volvió a apretarlo. *Clic*. Apretó. *Clic*.

—Decirnos cuántos pasos hay desde aquí hasta el Control —dijo el Agente—. Un clic por paso.

A Carl se lo llevaban los demonios.

—¡Hay que joderse! ¿En serio?

Corey se hizo el sorprendido, pero no lo estaba.

—Pues sí. En serio. ¿Algún problema? Porque también podríais decirme cuántos pasos hay hasta la salida más cercana.

Carl estrujó el dispositivo, quería aplastarlo, y se lo lanzó al Agente. Pero Corey agachó la cabeza, se montó en la camioneta y subió la ventanilla hasta dejar solo una rendija abierta.

—Un clic por paso —gritó, mientras arrancaba y se iba.

Sin duda los Agentes Forestales tenían métodos mucho mejores para calcular las distancias. Esta era una tarea improductiva, una manera de convertir una agradable excursión en algo pesado. Hacer que sus vidas fueran ligeramente menos libres de lo que el Agente suponía que querían.

Eligieron una dirección y se pusieron a caminar, y al cabo de unos días se encontraron en unas vastas praderas de antílopes, sentados elegantemente con las patas extendidas delante o plegadas debajo del cuerpo. En algunos sitios la hierba era tan alta que Bea solo veía cómo aguzaban las orejas y las rotaban por encima de la ondulante extensión. Había algunos halcones posados en los árboles, que no volaban entre la agradable brisa del día caluroso y soleado tan poco habitual. Algunos antílopes con más energía se levantaron para correr inquietos en círculos, como si les persiguiera el arrepentimiento. La Comunidad siguió caminando. En aquella época eran tan novatos que no lo habían entendido: aquello eran avisos. Estaba a punto de pasar algo. Si se hubieran dado la vuelta, habrían visto que la hierba se aplanaba y se estiraba hacia adelante, como si cada brizna intentara correr a refugiarse. En cuanto se encontraron expuestos en medio de la llanura reseca, de repente recibieron el azote del granizo y el viento, como si el tiempo hubiera estado contenido tras una puerta que acababa de abrirse.

Se agacharon, se pusieron los fardos sobre la cabeza y se pegaron al suelo y entre ellos, imitando la hierba aplanada. Las telas de araña relucían delante de sus narices, flotando con ligereza como si estuvieran en medio de una brisa agradable, ya que los cuerpos de los humanos habían bloqueado la peor parte del viento.

A su alrededor se oían los quejidos lastimosos de los antílopes que se avisaban unos a otros por encima del fragor, hasta que la tormenta acabó ahogando el sonido. Y oyeron el crujido y el estrépito de los juncos que se quebraban alrededor de los álamos.

El granizo no duró mucho, pero el vendaval persistió. El sol había empezado su descenso. Supieron que había pasado lo peor cuando los halcones volvieron a alzar el vuelo, azotando el cielo, con las alas planas forcejeando contra las embestidas del viento. Era un juego. Presumían ante un futuro compañero o desafiaban a un rival. Volaban temblorosos contra el fuerte viento, después lo cogían y se alejaban. Luego se detenían y planeaban como si estuvieran pintados, mientras que abajo, en el suelo, Bea apenas podía tenerse en pie.

Fue su primera gran tormenta. Permanecieron allí asustados tanto tiempo que al final acabó yendo un dron de los Agentes Forestales a convencerlos para que salieran. Avanzaron fatigados, desorientados y con cara de sueño, con temor a poner un pie delante del otro. Una vez llegaron a su destino, Carl pisoteó el marcador de pasos delante del mostrador de los Forestales y lo hizo añicos, no sin antes comunicar el número de pasos, que había recogido a regañadientes.

Eso había sucedido durante el primer año, cuando muchos de ellos aún tenían calzado y sacos de dormir, cuando a algunos aún les daba la impresión de estar en una de esas salidas de acampada de las que habían oído hablar a sus abuelos, una excursión de la que pronto volverían a casa y podrían ducharse y quitarse el malestar de encima. Fue su primera tormenta, pero también su primera caminata larga en la Reserva. En las siguientes estaciones se referirían a ella en términos épicos junto a la hoguera. Era su mito fundacional, la historia de cómo habían acabado formando parte de esta tierra. Habían sentido como si hubiesen logrado algo imposible. Como si hubieran descubierto un nuevo mundo. Bea recordó haber contemplado a su familia, haberse mirado las ampollas, la uña de un dedo del pie que había perdido, y sentirse orgullosa. En total, el viaje había durado casi ocho semanas. Algunos aún conservaban relojes que les indicaban la hora y la fecha. En aquella época les impresionaba poder ir en una dirección durante tanto tiempo sin llegar a un punto sin salida. Aún no se hacían una idea de la cantidad de tierra que había por donde vagar.

Ahora, agazapada en la cueva, Bea imaginaba el mapa en la cabeza. Esta caminata sería muchísimo más larga. Había tres líneas que dibujaban unos dientes que debían cruzar. Tres cordilleras. Una sensación de terror hizo que los dedos de las manos y de los pies se le agarrotaran. Se rascó la nuca en un intento por disipar la ansiedad.

Vio que la mayoría de la Comunidad se había vuelto a reunir. Pululaban alrededor de la cinta amarilla. Tendrían ganas de irse. Oyó a alguien resbalar con una piedra y mascullar y acto seguido apareció la coronilla de Glen a sus pies, después su cara, con media sonrisa, y terminó subiendo las rocas con las manos para llegar hasta ella.

—¿Dónde estabas, forastero? —le preguntó, aunque ya lo sabía.

—He ido a echar un vistazo y a despedirme de este lugar. Por si no volvemos.

Ella sonrió.

—Bueno, siempre podemos volvernos al Control Medio.

—Ah, ¿sí? —Glen se desplomó a su lado, un poco perplejo, pensando que lo decía en serio.

—Por supuesto, Bob tiene cuarto de invitados. Estamos invitados a ir cuando queramos.

—¿De verdad? —Glen se rascó la cabeza.

—No.

Bea suspiró. Estaba fingiendo. Era una de las maneras que tenía de sobrellevar un día bajo aquel cielo despiadado.

—Qué va. —Esperaba que eso zanjara el juego, a juzgar por la mirada burlona de Glen, pero, sorprendentemente, se echó a reír.

—Ah, vale, ya, lo pillo —dijo él—. ¡Hola, Bob! Y usted debe de ser su esposa.

Bea se sentó recta.

—Oye, ¿podríamos usar la ducha?

—Necesitaríamos toallas. Y jabón. Ah, y me encantaría poder afeitarme. Oye, Bob... ¿Puedo tutearte? ¿Me prestas una cuchilla?

—Hola, señora. ¿Echan algo bueno en la tele?

—¿Esto son *pretzels*?

Les entró la risa tonta, a ambos se les sacudían los hombros. Glen nunca fantaseaba, ni siquiera parecía echar de menos la comodidad de su vida anterior ni la de cualquier tipo de civilización. Bea se sentía agradecida de no tener que pasar sola el mal trago que le suponía imaginarse todo aquello.

–¿Sabes? Estaba pensando que quizá deberíamos haber ido a las Tierras Privadas.

Intentaba seguir con la broma, pero se le fue apagando la voz y no fue capaz de reírse con la sugerencia, como había planeado. Era una buena broma porque para ella las Tierras Privadas eran un lugar ficticio. Un sitio fantástico del que se había hablado desde que tenía memoria. Un lugar donde la vida era mejor, fácil y agradable, como supuestamente lo había sido en el pasado. Un lugar secreto para gente acomodada y poderosa, donde podían tener su propia tierra y hacer lo que se les antojara. Era lo opuesto a la Ciudad y había todas las libertades que aquella ya no podía ofrecer, y se podía creer en su existencia o no. A Bea siempre le había dado la impresión de que el número de creyentes era proporcional a lo mal que se estaban poniendo las cosas en la Ciudad. Ahora una de sus tías creía en el lugar, y de vez en cuando le enviaba recortes de periódico sobre su existencia, mapas secretos de su posible ubicación. Su madre siempre le había dicho a Bea que descartara esas cosas. «No puedes creerte lo primero que te cuenten», decía. «No sin fundamento». El marido de su tía la había convencido para que se lo creyera, y, desde entonces, se había convertido en una persona huraña y ansiosa. Antes era cariñosa y divertida, y estaba muy unida a la madre de Bea. «Con lo que le gustaba el cachondeo», lamentaba su madre.

Glen le rodeó el cuello con el brazo y la estrechó.

–Vamos, que será divertido –murmuró.

Ella sabía que en gran medida Glen lo creía. Sin embargo, ella no. Volvió a imaginar el mapa mentalmente y vio toda aquella tierra desconocida, ese pergamino beis, toda esa nada. Cuando llegaran al otro lado, serían otros, eso sí lo sabía. No saber en qué sentido era solo una de las cosas que le asustaban.

Segunda parte

EN EL PRINCIPIO

En el principio, eran veinte. Oficialmente, esas veinte personas estaban en la Reserva en calidad de participantes de un experimento para estudiar el impacto de las personas en la naturaleza, dado que, ahora que toda la tierra estaba destinada a la obtención de recursos –petróleo, gas, minerales, agua, madera, alimento– o al almacenamiento –basura, servidores, residuos tóxicos–, ese tipo de interacciones era cosa del pasado. Pero la mayoría de esas veinte personas tenía poca idea de ciencia, y a muchas de ellas ni siquiera les preocupaba la naturaleza. Aquellas veinte personas tenían los mismos motivos que siempre han impulsado a la gente a dejarlo todo atrás y aventurarse a un lugar desconocido. Se fueron a la Reserva porque no había otro sitio al que ir.

Habían querido escapar de la Ciudad, donde el aire era veneno para los niños, las calles estaban abarrotadas e insalubres y las hileras de rascacielos se extendían hasta más allá del horizonte. Además, puesto que toda la tierra que no había subsumido la Ciudad servía para sustentarla, era como si todo el mundo viviera en ella. Lo quisieran o no. Así que, aunque un par de aquella veintena hubiera ido a la Reserva en busca de aventura y otro par, de conocimiento, casi todos habían huido convencidos de que, de algún modo, su vida dependía de ello.

En el principio, tenían calzado, sacos de dormir del ejército, tiendas de campaña, ligerísimos utensilios de cocina de titanio, mochilas ergonómicas, lonas, cuerdas, fusiles, balas, linternas frontales, sal, huevos, harina, y muchas más cosas. Llegaron a la Reserva, montaron el campamento y, la primera mañana, prepararon tortitas. Espolvorearon azúcar por encima. Enriquecieron con panceta sus primeros guisos. No obstante, nada de aquello duró mucho tiempo. Esa primera jornada fue como un día de vacaciones en un sitio nuevo y fantástico. Esa sensación tampoco duró demasiado.

En el principio, el tono de su piel combinaba con el de la pulpa de madera, la arenilla del lecho de un río, las raíces húmedas de un árbol, la nutrida cara inferior del musgo. Sus ojos eran castaños. Su pelo oscuro. Todos tenían los diez dedos de las manos y de los pies. Una piel sin cicatrices. En la Ciudad, los peligros nunca habían venido de los arañazos y de los cortes.

En el principio, en la Ciudad se escribía acerca del grupo y sus progresos. ¿Gente que había renunciado a la civilización para vivir en plena naturaleza? ¿Por qué haría alguien algo así? Los artículos de opinión especulaban sobre la suerte que correrían. La prensa mayoritaria se preguntaba de qué huían. La alternativa cuestionaba si sabían algo que el resto ignoraba. La gente de a pie les enviaba paquetes de provisiones con galletas caseras, café o perritos calientes, por lo general incomibles para cuando los abrían. Pilas, cepillos de dientes, bolígrafos. Objetos inútiles para personas que intentaban llevar una vida primitiva. Alguien les mandó una cacerola de hierro colado de casi veinte kilos. Era una reliquia de familia. Llevaba años en el armario, afirmaba en la postal. Y era incapaz de tirarla. Esperaba que le dieran uso. El Agente Forestal les sacó una foto en la que fingían esfuerzo para sostenerla. Algunos sonreían y otros ponían muecas de dolor. Enviaron la fotografía a modo de agradecimiento. Pero también como para decirle al remitente que vaya un regalo más ridículo para alguien que camina a diario con sus pertenencias a cuestas. Sin apenas discusión, votaron que no se la llevarían. La decisión era obvia. Sin embargo, aquella noche la usaron para cocinar. Y llevaban cargando con el Hierro Colado desde entonces.

En el principio, se prestaron a los pinchazos en el dedo, los frotis bucales, las muestras de orina, las tomas de tensión, y cada vez que acudían al Control completaban los cuestionarios para ver qué impacto estaban dejando en la naturaleza y viceversa. Sus días eran datos para alguien, aunque nunca creyeron que aquellos datos pudieran ser tan importantes.

En el principio, cumplían a rajatabla las reglas del Manual, el reglamento escrito del Estado de la Reserva, por miedo a que los enviaran de vuelta a casa. Nunca acampaban dos veces en el mismo lugar. Recogían toda la basura, incluso la que ni se hubieran planteado que pudiera ser suya. Enterraban sus huesos. Medían para excavar las letrinas a la profundidad correcta, lo suficientemente lejos del agua. Despejaban los círculos de las fogatas hasta que parecían tierra virgen. Allá donde iban, era casi imposible adivinar que habían pasado veinte personas. No dejaban rastro. Bebían agua insalubre porque no siempre encontraban agua salubre, y pagaban las consecuencias.

Pero todo eso fue en el principio.

Al cabo de un tiempo, las armas, las tiendas y los sacos de dormir se rompieron. De modo que aprendieron a curtir pieles, a coser con tendones, a cazar con arcos hechos a mano, a dormir plácidamente en el suelo y al raso. La sal fue lo que más duró. Y cuando se terminó, se dieron cuenta de que la comida de verdad sabe a tierra, a agua y a esfuerzo.

Al cabo de un tiempo, el sol les tostó la piel, ennegrecieron como ennegrece lo que se empapa de lluvia. Su cabello moreno pasó a ser cobrizo. Seguían teniendo los ojos castaños, pero secos, legañosos y también estaban quemados por el sol.

Al cabo de un tiempo, aprendieron a saber cuándo esconderse escuchando a las aves. A ser prudentes mirando a los ciervos. Creyeron haber aprendido a ser audaces viendo cómo una manada de lobos se abatía sobre un alce sano. Pero después aprendieron a distinguir la cojera prácticamente imperceptible que disimulaba un alce en apariencia sano. A reconocer las estaciones sin guiarse por sus relojes, estropeados durante los primeros meses, ni por el calendario, quemado en cuanto la primera ola de frío amenazó sus dedos, sino observando quién estaba empollando, qué estaba pequeño y cuánto tardaba en crecer. Aprendieron a inferir la edad sin fijarse en el tamaño, sino a partir del color y el brillo del pelaje de un animal. A poner rumbo a las estribaciones al oír la brama del uapití en celo. Y cuando veían a una hembra que medía lo mismo de ancho que de largo, por mucho que la nieve estuviese aún alta, sabían que era primavera y había llegado el momento de emprender la marcha hacia las llanuras. Conocían los distintos sabores de las hojas según la estación, el dulzor secreto de las hierbas otoñales moteadas de rojo y el amargor de las últimas de la temporada, sepultadas bajo la nieve del invierno pero, milagrosamente, aún verdes; así como también sabían que las setas venenosas tienen colores tentadores. Unos colores que solo engañan a un idiota. Los colores son advertencias. Eso también lo aprendieron. Aprendieron qué comer observando comer a los animales.

Al cabo de un tiempo, todos sabían de alguna goma de pelo, púa de tenedor, trozo de cuerda o pendiente desparejado que se había caído y no había sido recuperado en el barrido de microbasura. Excavaban letrinas donde no procedía y no hacían el hoyo suficientemente hondo. Acampaban una y otra vez en los mismos lugares porque en ellos se sentían como en casa. Y encontraron unas espitas que traían agua de pozos o de los acuíferos de debajo. Espitas que los Forestales habrían instalado para apagar incendios. Espitas que en teoría no debían usar. Y se abastecían de agua siempre que podían porque era salubre y así no tenían que preocuparse como al principio.

Incluso el estudio parecía estancarse con el tiempo. Empezaron a faltar a sus citas trimestrales al Control por las tormentas. Y, cuando al fin llegaban, los aparatos no funcionaban. O la enfermera no estaba. Los cuestionarios nuevos no habían llegado. Los científicos estaban ilocalizables. Estarían trabajando en algún otro aspecto para el que no hacían falta muestras de sangre, esperaban. O quizá habían terminado el estudio y se les había olvidado comunicárselo. ¿Y qué sería de ellos si fuera el caso? ¿Tendrían que marcharse de allí? Pero siempre, cuando la ansiedad llegaba al máximo, una enfermera aparecía por el Control equipada con guantes y agujas, y los cuestionarios eran otra vez demasiado invasivos y personales, y todo volvía a la normalidad. O a una normalidad relativa.

Con el tiempo, la prensa y los habitantes de la Ciudad se les echaron encima. Cuando la noticia de la primera muerte (Tim, por hipotermia) llegó a la Ciudad, los artículos de opinión los tildaron de egoístas, infieles, incluso de asesinos, y desearon su muerte. Los Forestales se lo contaron, visiblemente disgustados. Pretendían que la Comunidad pusiera paños calientes. Así, Juan escribió una carta al director en la que explicaba cómo era la vida que llevaban allí y qué habían aprendido sobre la muerte. Contó la historia de una noche, al comienzo de su primer año, en que encontraron a un enclenque cervatillo acurrucado bajo una arboleda, con la cabecita apoyada sobre sus relucientes pezuñas negras. Por la mañana ya no estaba. En tres noches distintas se lo encontraron. Nunca salió corriendo. Se limitaba a alzar la cabeza para mirarlos y después volvía a apoyarla. Dieron por sentado que su madre lo habría dejado allí para que la esperara, como acostumbran a hacer las ciervas. No obstante, la cuarta noche lo vieron salir de la pradera, tambaleándose sobre unas patas inseguras, y dirigirse hacia los árboles. Él solo.

Un gran rebaño de ciervos pasaba las noches en los pastos cercanos. Y aunque aquel cervatillo huérfano se les aproximaba, jamás se unió. No pertenecía al rebaño, por alguna razón que tan solo ellos conocían. Con todo, se quedaba por allí, dividido entre su instinto de supervivencia y el respeto al orden social.

Aquella cuarta noche bajaron las temperaturas y la mañana siguiente la Comunidad amaneció entre los reflejos de la pradera escarchada. Unos cuantos se apresuraron hasta el árbol y respiraron aliviados al comprobar que el cervatillo no estaba. Pero entonces lo divisaron entre las primeras matas de maleza detrás del árbol. Estaba congelado, con el cuello alargado, como haciendo un esfuerzo por respirar, y las patas delanteras dobladas, como si se hubiera arrodillado exhausto antes de caer rendido. La sangre manaba de su oreja pequeña y grácil. Los ciervos, algunos a escasos metros del animalillo muerto, lamían embobados el rocío helado de las puntas de la hierba. La Comunidad estaba enfurecida, asqueada. Apedrearon a los animales. «¿Por qué no cuidasteis de él?», les gritó alguien. «Él también era un ciervo».

Hasta aquella noche fría y amarga en que perdieron a Tim no lo comprendieron. Naturalmente, ellos no eran como los ciervos, aunque se parecían más de lo que siempre habían creído. La noche en cuestión, sabían que Tim estaba pasándolo mal, pero todo el mundo estaba sufriendo. Y en aquel momento algo innato les hizo clic. Les sorprendió lo fácil que era malinterpretar un grito de ayuda. Lo fácil que era desoírlo. Cuando la carta se publicó, suscitó la indignación de la gente de la Ciudad. Y poco tiempo después, los artículos de opinión daban cuenta de las terribles muertes que deseaban para la Comunidad de la Reserva: quemados vivos en un incendio forestal, atacados por un puma, consumidos por una diarrea incontrolable. Los Agentes Forestales no escatimaron detalles, sin ocultar su regocijo. Y, de hecho, fue así como algunos de ellos murieron. Con el tiempo, el grupo se redujo a once personas. No es que aquellas pérdidas no fueran difíciles. Simplemente, ahora la pérdida formaba parte de su día a día, como otras tantas cosas nuevas.

Por eso se emocionaban al ver un animal adulto, pongamos, un alce, con el hocico grisáceo y una leve cojera que sería más pronunciada de no haber aprendido a disimularla. Había sobrevivido. Una buena madre y una buena manada lo habían protegido cuando era vulnerable. Eran muchas las adversidades vencidas por la manada. Los incendios que asolaban las llanuras. Las riadas y los resbalones en las rocas. La enfermedad que se propagaba de alce en alce. Las sequías o las explosiones demográficas que implicaban una lucha por la comida necesaria. Y muchos los placeres que el alce había descubierto. Los corcoveos y las coces colina abajo en su juventud junto a las demás crías. La extraordinaria flotabilidad de su primer baño. La primera nieve que pisaron sus pezuñas debió de ser una nueva sensación milagrosa. Solo después repararía en la ansiedad de la manada al escarbar entre aquel polvo suave con el hocico, buscando alimento.

Si el alce era macho, había luchado. ¿Cuántos harenes había defendido? ¿Cuántas embestidas sanguinarias eran ahora cicatrices en aquel cuerpo majestuoso? Si el animal era hembra, había criado. ¿Había visto a sus cervatos alejarse sanos, felices y trastabillantes? ¿O había tenido que presenciar cómo el más débil sucumbía ante una manada de lobos, mientras la llamaba con aullidos lastimeros? Si era la hembra dominante, la matriarca, ¿le habría preocupado alguna vez equivocarse al tomar decisiones? ¿Sentiría que no estaba preparada para liderar la manada?

Y con todo, noche tras noche, ese animal se acostaba sobre un lecho de hojarasca bajo la arboleda susurrante, o se tendía en el prado bajo la luna y las estrellas, escuchando el parloteo de las lechuzas, el paso cauteloso de los animales nocturnos, un nuevo universo que le resultaba relativamente desconocido excepto en aquellos momentos de quietud, sin más consuelo que el saberse parte de un grupo y haber sobrevivido un día más. Sin garantía de un mañana.

Las cosas no eran tan distintas para la Comunidad. Llevaban esa misma vida montaraz. Claro que siempre podían ser más listos que los animales. O casi siempre. El instinto de supervivencia es fuerte. Hasta la criatura más bruta puede ser inteligente si eso implica una mañana más a la fresca luz del sol en el Estado de la Reserva, que era la última reserva natural.

Naturalmente, ya no existe. Pero no hablemos de ello todavía.

Tercera parte

LA GRAN CAMINATA

La llamaron la Gran Caminata porque caminaron durante una estación entera y parte de la siguiente antes siquiera de alcanzar las estribaciones de la primera de las tres cordilleras que habían de cruzar. Durante la Gran Caminata atravesaron paisajes completamente nuevos. Se revolcaron por praderas que olían a nuez moscada después de la lluvia. La berrea de los uapitíes colmaba los valles con los sonidos de un mundo perdido. El equivalente animal al silbido desolado e inquietante de las Refinerías de las afueras de la Ciudad. Cruzaron extrañas regiones montuosas, donde picachos fieros e irregulares se intercalaban entre ondulantes cerros de cumbre roja. De lejos, algunas lomas parecían alzarse como tartas de boda de varios pisos. De cerca, no eran más que una mole quebradiza en otro tiempo sólida. Y, entre medias, se extendían pastos salpicados de enebros y pinos piñoneros.

Por la noche las estrellas titilaban tan cerca unas de otras que formaban una nube luminosa que cubría todo el cielo. Mucho más reconfortante que el abrazo estrecho de la Vía Láctea.

Surcaron nuevos mares de salvia donde la lluvia no daba tregua. Desconocían si era una cuestión de temporada o de clima. El olor de la salvia húmeda era el mejor de todos. Mejor incluso que cuando la secaban al sol. Olía a limpio y a jabón y dejaba el aire pringoso. Se cruzaron con rebaños de ciervos a todo correr, que frenaban en seco y observaban. Y, tras comprobar que no se movían, seguían corre que te corre. El horizonte era inalcanzable.

Encontraron el verdadero desierto, o eso les pareció. La suave arena alcalina que borraba sus huellas a medida que el sol ascendía en el cielo, cambiando con su luz la textura del terreno. Los resecos lechos margosos de lagos y salitrales olían a moho y a oscuros recovecos del cuerpo. El horizonte caliente flotaba ante sus ojos como un río de oro.

Durante días caminaron entre plantas que les llegaban a la altura de las rodillas y bordearon lagos alcalinos, secos, blancos, glaseados, cuarteados. Ascendieron pendientes suaves y prolongadas para después bajarlas, y el panorama siempre era el mismo: otra extensión de matas enredadas de artemisa marrón y verde, de penachos de hierba blanca, donde cada planta se distinguía con nitidez, replegada única y exclusivamente sobre sí misma. Podían caminar entre los arbustos sin rozarlos. Era un paisaje solitario.

De vez en cuando aparecía algún árbol raquítico pero osado. *Pobrecillo*, pensaba Bea.

Las laderas que remontaban hacían pensar que un gigante hubiera levantado la corteza exterior de la tierra. Placas terrosas que se empinaban para después hundirse. En la cúspide de cada una, los caminantes bajaban la escarpadura para llegar a otra vaguada en apariencia tan plana como una hoja de papel. Y hasta que no notaban la tirantez de las pantorrillas no se percataban de que estaban subiendo de nuevo.

En ocasiones la escarpadura era elevada y podían caminar, deslizarse o bajar rodando varias plantas de tierra abrupta; algunas veces no llegaban ni a cien metros, pero durante aquel descenso les parecía perder la poca altura que acababan de ganar. Un paisaje de suma cero. Con todo, cada noche el aire iba adquiriendo ese frescor de las alturas, y así sabían que, poco a poco, estaban subiendo nuevas montañas.

Acostumbraban a andar en un silencio que se hacía incómodo por la incertidumbre que planeaba acerca de su destino y la peculiaridad del territorio que había de conducirlos allí. Con cada ladera que dejaban atrás veían menos vegetación y Bea, en lugar de fijarse en el modo en que iba cambiando el paisaje, sentía que este sencillamente iba desapareciendo bajo sus pies y pronto estaría caminando sobre la nada, en medio de la nada. La artemisa y las hierbas raleaban y la arena estaba más suelta, cambiante con el viento. Desde lo alto de cada promontorio, el suelo del valle parecía moverse como si fuera un nido de serpientes fantasmagóricas que reptaban entre los matorrales. En la inmensidad de la tierra, sus ojos cansados veían movimiento donde había quietud. Por la noche, tras montar el campamento, mal dormían bajo un cielo enérgico y titilante.

Hacia el final de una larga jornada de ascenso gradual, alcanzaron la cumbre y contemplaron el valle siguiente. Lejos, a la derecha, divisaron una estela de polvo suspendida en el aire. A la cabeza de la nube, una decena de caballos galopaban veloces y juntos por la vaguada.

—Tiene que haber agua —dijo Glen.

—Vamos a esperarnos aquí a ver si paran —repuso Carl—. El agua siempre nos hace falta, pero no es plan de caminar siete días en otra dirección por ir a buscarla.

Se sentaron. Algunos balanceaban los pies sobre el precipicio; otros se tumbaron entre la salvia. Desde abajo llegaban las quejas de los halcones: *Fuera, largo de aquí.* Carl y Glen se pusieron de pie y, tapándose los ojos con la mano a modo de visera, siguieron el avance de los caballos.

Justo antes del límite de su campo visual, el polvo se detuvo y la nube se asentó. Carl se llevó el catalejo al ojo y observó a través de la lente resquebrajada.

—Está verde —anunció, señalando un punto en el horizonte donde las sombras parecían ligeramente más oscuras que en el resto del terreno—. No queda muy lejos —dijo, pasándole el catalejo a Glen.

Una vez en la vaguada, siguieron las huellas de los caballos y al cabo de un día encontraron un humedal compacto que rodeaba un manantial del que salía un hilito de agua. Bea hubiese deseado oír relinchar a los caballos o verlos bravuconear, incluso hubiera querido que la escrutaran con esa mirada desdeñosa tan suya, pero, para cuando ellos llegaron, ya no estaban. Allí donde habían estado, la esmirriada hierba verde estaba aplastada o arrancada. El suelo conservaba la impresión de sus cascos indómitos.

—Coged solo donde nace el manantial —advirtió Val. Con un mohín, añadió—: Los caballos lo han dejado todo cagado...

Bea solo vio unos excrementos de caballo, depositados en tierra seca y bastante alejados del agua. Miró a Val, que apartaba con patadas rabiosas montoncillos de tierra como si fueran mierdas.

Agarró a Agnes de la mano y se la llevó al otro lado de aquel humedal pequeño pero socorrido. Pisaron los escuálidos regueros que intentaban llegar a alguna parte pero se secaban por el camino. Una rana les salió al paso y las dos rieron sorprendidas.

—¡Una rana! —informó Bea, pero nadie la oyó.

El animal se alejó chapoteando, croando en busca de compañía, y se perdió en el humedal de bordes verdosos y centro azul por el reflejo del cielo.

—¿De dónde ha salido? —preguntó Agnes.

Bea miró entre las matas de gramíneas y de artemisa, ingobernables e inhóspitas.

—Supongo que siempre habrá estado aquí —respondió.

La Comunidad se adentró en la ciénaga, caminando con el barro hasta los tobillos y enturbiando el agua a su paso. Uno a uno fueron pasando cantimploras, pieles y las vejigas y los cántaros más grandes que transportaban para todo el grupo, para llenarlas en el manantial. Se las bebieron, las volvieron a llenar y luego recogieron los berros que crecían a la orilla. La humedad repentina les hizo sentirse calados y aletargados, y no tardaron en acostarse unos cientos de metros más allá.

Durante la noche, Bea oyó un desfile de animales. El correteo de los roedores. El paso ligero y almohadillado de los coyotes y la suave fricción de una pezuña de antílope contra la tierra. Estaba convencida de que un antílope había llegado hasta el campamento y había retrocedido sorprendido. Oyó los hocicos que empujaban el agua con suavidad y las lenguas que se alargaban. Se incorporó y, cerca del agua, distinguió unas sombras y el brillo tenue de unos ojos centelleantes en la luz difusa que traía la noche. Una luna creciente se alzaba y proyectaba un camino luminoso por la llanura. Una esquirla brillante como el fuego. Parecía imposible iluminar tanto. Y, sin embargo, alcanzaba a ver a los animales que se acercaban al agua, podía incluso distinguir algunas de las manchas de sus pelajes. Entonces oyó un chasquido seco tras ella, un zumbido junto a la oreja y, un segundo después, los antílopes salieron en desbandada y se perdieron en las sombras. Se dio media vuelta y vio a Carl, que se incorporaba y bajaba el arco. Se volvió hacia ella:

–¿Lo he soñado? –preguntó, atolondrado y somnoliento.

–Casi me das –replicó Bea entre dientes, tocándose la oreja e imaginando que lo hubiera hecho.

Carl se frotó los ojos y escudriñó la penumbra.

–¿Le he dado a alguno?

–Pues claro que no.

–Eh, tranquila –dijo, saliendo de su amodorramiento–, que no te ha pasado nada.

Bea notó que Agnes se removía a sus pies. Estaba despierta. Era probable que llevara todo ese tiempo despierta porque parecía estar siempre despierta, atenta, al acecho. Bea la empujó con el pie.

–Hasta los animales duermen, pequeña espía –dijo bajo las mantas.

Agnes se hizo la muerta. Bea volvió a tumbarse y se encogió en un ovillo, separándose de su hija y de Glen, que llevaba todo el rato dormido.

–Voy a ver si le he dado a alguno –susurró Carl. Bea lo oyó dirigirse hacia el agua. Y regresar, silbando. Y el frufrú de las pieles al meterse en la cama–. Eh, Bea, no le he dado a ninguno –bisbiseó entre dientes. Ante su falta de respuesta, insistió–: ¿Me has oído?

–Que te calles.

Carl soltó una risita, satisfecho de haberla sacado de quicio.

A sus pies, Agnes se removió para que una parte de ella volviera a estar en contacto con su madre.

Bea cerró los ojos. Notaba el zumbido de los insectos, activos ahora en la seguridad de la penumbra. Aguzó el oído con la esperanza de distinguir más pisadas de animales que regresaran al manantial, pero no oyó nada. La luna creciente resplandecía contra sus párpados. Una sombra pasó volando a toda velocidad y los insectos callaron. Supo que no era ninguna nube caprichosa sino algún aviador nocturno de caza, delatado por la luz de la luna. Imaginó una suerte de pacto entre la luna y los aspirantes a presa de la llanura, y a todas las presas dando las gracias a su protectora y ofreciéndole pequeños sacrificios. Después, imaginó al rapaz nocturno de vuelo solitario, maldiciendo a la luna, a la luz y a las agradecidas criaturas de allá abajo, y jurando vengarse de todas.

Al cabo de varios días caminando por aquel paisaje cada vez más árido, coronaron una cima casi al atardecer. Al fondo del valle que se extendía a sus pies había un salitral, el lecho blanco y reseco de un lago enorme cuyas orillas iban más allá de donde les alcanzaba la vista. Y su margen más lejano estaba bordeado por una alta cordillera moteada de nieve. Una cadena de montículos bulbosos, pulcramente redondeados de un modo que Bea rara vez veía en paisajes naturales. Ahora, a la sombra, los propios montículos eran negros como el carbón, y probablemente lo serían también de día. Pero el fino manto de nieve los despojaba de ese halo severo y, contemplándolos, Bea pensó que se asemejaban a esas fotografías antiguas que mostraban los lomos de las ballenas arqueándose justo antes de sumergirse en las profundidades oceánicas.

–Allí debe de estar el Control –dijo Glen.

Sin embargo, no se avistaba edificio ni estructura alguna.

–Por la mañana, veremos el reflejo del sol en el tejado y lo sabremos –apuntó Juan.

–De momento a encender el fuego, a cenar y a dormir. Y después ya podremos levantarnos y terminar esta puta caminata –dijo Val.

Peinaron la zona en busca de todos los restos de madera

derribados por el viento que encontraron, trocitos de ramas de salvia resecas y un extraño liquen naranja incrustado en los palos más cortos, y lo mezclaron con las piezas de combustión rápida que procuraban llevar consigo. El fuego olía a hierbas medicinales y hacía más humo que llama. Prepararon tortas de bellota y calentaron unos tajos de ciervo ahumado, lo que hizo que la carne pareciera casi suculenta.

Cuando el último hilo de luz se hubo desvanecido, Carl convocó a todo el mundo alrededor de la hoguera. Se acuclilló y se puso a dibujar en la tierra con un palo.

—Puede que llegue un momento en que tengamos que separarnos.

—¿Por qué habríamos de hacer tal cosa? —quiso saber Bea.

—Lo planteo como una hipótesis. Creo que está bien pensar en todas las posibilidades —respondió Carl lanzando al fuego el palo, que cruzó al otro lado y aterrizó sobre el doctor Harold.

—Ay —protestó el doctor Harold.

—Lo siento —dijo Carl—. Bea, ¿tienes alguna objeción?

—No necesariamente.

—Mejor. Seguiremos siendo un grupo, pero deberíamos tener un sistema por parejas como al principio.

—¿Y no podemos seguir con nuestro compañero del principio? —preguntó Debra.

—Los de algunos han muerto —dijo Juan, cuyo compañero había muerto.

—También me preocupa el hecho de que ciertas personas hayan asumido unos papeles determinados y algunos de nosotros no sepamos cuidar de nosotros mismos.

—Bueno, si somos un grupo —intervino Glen—, ¿qué tiene de malo pensar como un grupo?

—Pues que quizá no siempre seamos un grupo —insistió Carl—. ¿Sabemos cuidar de nosotros sin los demás? Por ejemplo, Debra y el doctor Harold son los que suelen identificar las cosas venenosas, las plantas, las setas, los bichos y todo eso.

—Carl, la verdad es que no creo... —interrumpió el doctor Harold.

–¿Qué pasaría si estuvierais solos y muertos de hambre? ¿Si no hubiera más que una planta que no hubierais visto nunca? ¿Qué pasaría si llegarais a una fuente de agua? ¿Cómo sabríais si está limpia?

Nadie contestó. No porque no supieran responder, sino porque no les gustaba el tono de Carl. Sonaba a regañina y ellos estaban hechos polvo y querían dormir.

–¿Cómo se comprueba que una fuente de agua es potable? –preguntó Val, con una altanería y una impaciencia que trataban de ocultar que probablemente no tenía la menor idea.

–Pues preguntándoselo a los animales –respondió Agnes.

Algunos adultos rieron.

–Qué mona es –gorjeó Debra.

Agnes frunció el ceño.

–Preguntándoselo a los animales –repitió, bajando la voz como para ganar seriedad–. Les preguntamos «¿De dónde bebéis?». Y luego, vamos donde ellos beben. Si quiero probar algo de comer, se lo doy antes a ellos. Si se lo comen, yo también. Si no se lo comen, yo tampoco. Si les preguntamos «¿A dónde vais?», nos responderán yendo.

–Es un buen punto de partida –concedió Carl–, pero solo sirve como regla general, no como modo de vida. –Bea vio que Agnes arrugaba el gesto por la enmienda. Carl prosiguió–: Nuestras necesidades no son las mismas que las de los animales y disponemos de herramientas distintas. Tenemos el fuego, o sea que podemos comer más. Tenemos pulgares, o sea que podemos cazar mejor. Tenemos otros microbios en el intestino, o sea que podemos beber de más ríos.

–En realidad, nuestros microbios hacen que podamos beber de menos ríos –apuntó Glen.

–Bueno, pues yo sí puedo beber de más ríos, no sé qué problema tendréis tú y tus microbios. –Bajo la luz ondulante de la lumbre Carl parecía gruñir.

Agnes se sorbió la nariz como si estuviera llorando y Bea la levantó y se la llevó del corro. Al pasar junto a Glen, se encogió de hombros.

Se sentaron en su lecho de pieles.

—¿Estás bien? —le preguntó Bea a su hija.

—Sí. Se me había metido humo por la nariz.

La respuesta parecía tan probable, si no más, como las lágrimas emocionales, pensó Bea. Rebuscó el cepillo en el morral y lo pasó por la melena de Agnes.

—Menudos enredones. Tenemos que cepillarte más a menudo.

—No me gusta.

—Te gustaría si lo hiciéramos más a menudo. A las chicas les gusta que les cepillen la melena.

El pelo de Agnes estaba encrespado y amarillento. Parecía un helecho.

—¿Es verdad que Carl puede beber de más ríos?

—No.

—¿Y por qué lo ha dicho?

—Porque a veces Carl dice cosas que no son verdad.

—Pero encima cuando Glen le ha dicho que no tenía razón, él ha dicho que no, que sí que tenía razón.

—No les hagas ni caso. —Bea hizo una pausa y añadió—: Bueno, a Glen sí, porque es de la familia. Y porque es inteligente.

—¿Y Carl no? —preguntó Agnes, toda inocencia.

—Bueno...

—Pues yo creo que ninguno de los dos tiene razón.

—¿Y eso? —Bea sonrió en la penumbra.

—Sí. Los animales nunca se equivocan, y si hago lo mismo que ellos, nunca me pasa nada malo.

—La próxima vez que tengamos hambre, sed, o que estemos perdidos, te seguiré.

—Vale.

Agnes se irguió. Parecía orgullosa.

—Igual va tocando cortarte el pelo.

—No.

—El pelo corto no se enreda y algo hay que hacer con estos nudos. —Bea le agarró una maraña desde la raíz e intentó abrirse camino con el cepillo hasta las puntas—. En caso de duda, tú hazle caso a Glen. La diferencia es que Glen te quiere y Carl no.

—Carl me quiere. Me lo ha dicho. —Se soltó un nudo y la cabeza de Agnes dio un tirón hacia atrás–. ¡Ay! –Agnes se tocó con cautela la cabeza cerca del mechón desenredado y agregó–: Carl dice que me quiere, y a ti también.

–Bueno...

Bea no quería oír hablar del amor de Carl. No estaba segura de que fuera capaz de querer a alguien aparte de sí mismo. Se quedaron calladas.

–¿Y tú? ¿Me quieres? –preguntó Agnes.

–Por supuesto.

–¿Aunque te enfades?

–Yo nunca me enfado –mintió.

No quería que Agnes la viera de ese modo. Y era mejor si todo lo que hacía entraba en la categoría de amor, ¿no? Siguió cepillando a tirones hasta que Agnes gimoteó un «mamá» tan desolador que paró. La coronilla de Agnes era una cúpula suave y lisa que terminaba en un nido de enredones.

Agnes agarró el cepillo y lo pasó por sus propios nudos entre sollozos.

–Si me pusiera grasa en el pelo igual costaba menos, ¿no? –deseó en voz alta.

–Claro, tú embadúrnate de grasa y ten por seguro que lo próximo que comerán los coyotes será tu pelo.

Agnes esbozó una sonrisa de dolor.

–No se lo comerían –repuso casi con timidez.

Bea vio que su hija contraía el rostro, intentando imaginarse a los coyotes olisqueándole el pelo.

–Puede que sí.

Bea soltó una carcajada, aunque lo pensaba en serio. Vio que los adultos se ponían en pie, se dispersaban y algunos apagaban la hoguera. La reunión había concluido y pronto todo el mundo se acostaría.

–Venga, a dormir –dijo tras bostezar teatralmente.

Aunque Agnes trató de reprimir el bostezo reflejo, fue saliendo poco a poco. Se tumbaron, la hija a los pies de la madre. A Bea le habría gustado que Agnes subiera a dormir entre sus brazos como hacía de pequeña, pero no se atrevía a pedírselo por miedo a que le dijera que no. Así que esperó a la vaharada de aire de frío que traería Glen al meterse en la cama, pero se quedó dormida antes de que llegara.

Ya veían que aquel paisaje árido llegaba hasta la cordillera y, como prisioneros habituados a la vida en cautiverio, empezaron a temer encontrarse fuera de aquel lugar del que tanto habían deseado salir. Bea miraba hacia atrás y hacia la majestuosa cadena bulbosa a partes iguales. Sabía que del otro lado había un mundo radicalmente distinto. Intuía que sería la frontera con las Minas. Allí casi toda la tierra estaba explotada y el trabajo automatizado, pero sabía que había alojamiento para los trabajadores que lo necesitaban. Por lo general, se iban a trabajar a las Minas los que no podían permitirse ni los peores cuchitriles de la Ciudad. Gente expulsada a la fuerza, a golpe de subidas de precio, unas cuantas generaciones atrás. Ahora disponían de barracones o de bloques de pisos baratos donde llevar sus vidas endeudadas. Todo lo que sucedía fuera de la Ciudad siempre le había parecido bastante misterioso. Se había tirado a un tío de la Zona Industrial que le contó que tenía casa gratis, algo casi imposible de creer. Se quedó impresionada. Le dio la sensación de que estaba orgulloso.

Un viento racheado empezó a desatarse cuando llegaron a la orilla del salitral, así que montaron el campamento. Aún no había indicios del Control ni de ninguna estructura. Sin embargo, sí veían signos de civilización. Restos de chatarra y unos cuantos postes de madera, que habían perdido sus cables mucho tiempo atrás, donde los halcones se perchaban para cazar. Una mesa de pícnic volcada encima de las matas de salvia. Estaba descolorida y recubierta por una capa de liquen, que despegaron para comérsela.

Bea se sentó en la orilla del salitral a mirar y contempló cómo la arena fina del lago seco se levantaba en efímeros remolinos que arrancaban con brío pero se apagaban enseguida, como si hubieran comprendido que no había nada por lo que emocionarse. La cordillera se alzaba a su derecha y varios bancos de nubarrones parduscos abrazaban el horizonte, distante y plano. Tormentas de arena. Estaban tan lejos que podía diferenciarlas. Tres en total. Los extremos frontales se ondulaban cual lenguas de serpiente, entrando y saliendo para ubicarse. Sus colas se arrastraban por la tierra como sacos de arena.

A su espalda, oyó a Agnes conversando con los pájaros escondidos en la salvia. Siempre hablaba con los animales escondidos, aunque le hubiese explicado que se escondían de ella precisamente porque les hablaba.

–Quieren pensar que tú no sabes que están ahí.

–Pero yo quiero que sepan que los veo. Así saben que necesitan esconderse mejor.

No se le podía discutir con lógica.

Agnes revoloteaba entre los arbustos, cotorreando y batiendo los brazos, mientras los pájaros, bloqueados por los frenéticos aspavientos de su hija, protestaban con agudos gorjeos. Era increíble. Bea recordó cuando Agnes no podía ni levantar la cabeza de la almohada manchada de sangre. Todas las visitas desesperadas a la médica que vivía en su edificio, la que atendía consultas de urgencia a un ojo de la cara. Todas las noches al pie de la cama de Agnes, pendiente de cada inhalación, con el corazón en un puño al menor jadeo. Todas las veces en que brotaron lágrimas de sus ojos durante las pausas eternas de la trabajosa respiración de su hija. Había sido insoportable.

Nunca olvidaría el sentimiento que le dejó la conversación con Glen. Los dos sentados en la pequeña mesa redonda del comedor después de otra visita de urgencia, las copas de vino a medias, la cena prácticamente intacta, la pasta aún enrollada en el tenedor, justo donde había caído en la mesa tras aquel sonido, «mami», tras aquella tos seca. La música seguía sonando, bajita. Agnes estaba dormida. A salvo. Glen soltando su clasecita de historia sobre los desplazamientos de convalecencia, en otro tiempo corrientes, pero hoy caídos en desuso. Sobre los sanatorios, sobre la gente que se marchaba a lugares remotos para recuperarse. Para respirar aire puro. Para encontrar salud lejos del lugar que los enfermaba. «¿Y qué tiene esto que ver?», le había espetado ella, con una oreja puesta en la perorata y la otra en los ruidos que pudieran venir de la habitación de Agnes. Todavía no estaban casados, aunque ambos supieran que lo harían. Glen ya estaba prendado de Agnes. Y cuando le explicó toda la historia del estudio y le contó su idea, el comentario de Bea fue: «Parece una locura». «Es una locura –dijo él–, pero si nos quedamos aquí, se va a morir». Fue tan tajante, tan categórico, que Bea lo recibió como un bofetón. Se miraron a los ojos, en silencio. A Bea le pareció que hubieran transcurrido horas. Habría preferido que le pasaran por la cabeza pensamientos mejores. Cosas como: *Faltaría más, por supuesto que nos vamos,* o *Claro, cueste lo que cueste.* Pero en realidad, pensaba: *O sea, ¿que nosotros tenemos que jugarnos la vida solo para salvar la suya? ¿Así va esto o tengo elección?* Miró a Glen, que tenía aquella mirada resuelta suya. Esa de no-nos-queda-otra. Y supo que sus ojos estarían desencajados, confundidos, perdidos. Pensaba en lo mucho que había deseado que los tres vivieran como una familia en aquel piso tan agradable. En todos los proyectos que tenía en el calendario y ya no podría llevar a cabo. Jugosos contratos que le habían llegado a raíz del éxito de la revista. Un cambio en su carrera. Pensaba en su propia madre y en que el plan suponía separarse de ella. Si se iban, Bea ya tenía bien claro que no los acompañaría. Pero ella aún la necesitaba. ¿O no? ¿Es que sus necesidades ya no importaban? Bea se estremeció ante su frialdad de corazón. Se golpeó la cabeza por un lado para sacudirse su pérdida de humanidad. Pensar en su hija era lo primero. No se dio cuenta de que seguía golpeándose hasta que Glen la agarró de la muñeca, le apartó el brazo con firmeza y la abrazó, y entonces notó en las mejillas las lágrimas de amargura. Sollozó contra su hombro. *¿Esto es la maternidad?,* se preguntó, furiosa y abatida, intentando desprenderse de sí misma para poder liberar sus brazos y sostener con ellos a Agnes.

La danza de los remolinos del salitral era ahora más larga, llegaba más alto y se había aproximado al lugar donde Bea estaba sentada. El aire olía a tierra. Al respirar por la boca para evitar el olor, en sus dientes rechinaron los granos de sabor acre. Miró a su alrededor. Parecían estar envueltos en una nube de niebla, ¿o ya estaba atardeciendo? Achinó los ojos para buscar el sol y distinguió su perfil brumoso en lo alto del cielo. Miró hacia las lejanas tormentas de arena, pero ahora solo había una grande. La lengua rastreadora se había inflado hasta convertirse en un nubarrón que se cernía sobre el horizonte. Salvo que ahora el horizonte era toda la nube y estaba muy cerca.

Bea se puso de pie.

Oyó un tintineo a su espalda, Debra y Juan estaban preparando la comida. Los demás andaban por ahí buscando yesca y agua. Se volvió para echar a correr hacia el campamento y allí estaba Agnes, hipnotizada por la nube, con los brazos caídos y las manos cerradas en un puño. Corrió hacia ella, la agarró por el puño y la arrastró hacia el campamento. Agnes tropezó y Bea le lanzó una mirada de desdén. Tenía la boca abierta y la movía, y Bea se dio cuenta de que no oía nada aparte de un rumor que había empezado muy leve y había crecido tan poco a poco que apenas se había percatado más que de una presión creciente en los oídos. Llamó a Debra y a Juan a gritos, pero ni siquiera oía su propia voz. Ya habían salido corriendo. Agarró a Agnes de un tirón, se la echó a la espalda y salió corriendo hacia donde había ido la gente a por agua. Tenía la vista clavada en sus pies para no caerse y los arbustos se partían entre sus piernas conforme se abría paso entre ellos. Agnes le apretaba la cara contra la nuca, su boca le quedaba tan cerca de la oreja que al fin podía oírla. Estaba llorando. Bea notó las lágrimas tibias y la saliva por la nuca. Y entonces Bea dejó de ver, le resultaba imposible mantenerse en pie y la piel le ardía por los pinchazos de un millar de agujas y el impacto de las piedras. Cayó de rodillas encima de una mata de artemisa, Agnes salió disparada por encima de sus hombros y su rostro era un chillido hueco, pero no hubo sonido alguno por encima del aullido del viento. Bea se puso a gatas y empezó a buscar a tientas a su hija hasta que le tocó los pies. Tiró de ella y cubrió el cuerpecito ovillado y tembloroso con el suyo.

Las ramas, la tierra y las piedras la azotaban y el rugido

dejó de oírse, y Bea creyó que las orejas se le habrían llenado de arena. Se hizo una bola para guarecer las dos cabezas con su espalda y le pareció que a su alrededor había un montón de escombros, que la tapaban, que acabarían enterradas vivas por haberse quedado quietas. Se acurrucó contra su hija y apretó los dientes con cada embestida. Y entonces, afortunadamente, dejó de sentir.

Bea oyó un trino amortiguado cerca de la cabeza. Del interior de la piña que hacía con Agnes subía un olor a orín rancio. Una de las dos se lo había hecho encima. Despegó el párpado de un ojo legañoso. Un pipilo con aire inquieto la miraba fijamente con un ojo negro e inquisidor. El pájaro dio unos saltitos, hinchó el pecho, y de sus plumas salió una nube de polvo que se perdió en el aire. Bea alargó la cabeza y gruñó. El pájaro se alejó volando.

Bea se impulsó para incorporarse y notó que le caían cosas de encima. Tras ella, lo que habría sido una pared de arena se derrumbó. Había sido un extraño regalo de la tormenta, algo que la había salvado de morir apedreada.

Notó a Agnes moviéndose a sus pies.

–Te has hecho pis –acusó la voz amortiguada de la niña.

Bea rodó hacia un lado para dejarla salir. Agnes se puso de pie y se sacudió el polvo. Pero al levantar la vista, abrió unos ojos como platos y se quedó de piedra.

Bea se incorporó de un brinco, convencida de que habría alguna amenaza, alguna manada de bisontes en estampida. Agnes, sin embargo, contemplaba la tierra y el cielo.

El sol se había puesto tras la cordillera y la luz del día iba retirándose a toda velocidad. En el cielo, ascendía perezosa una media luna recostada de un tono rosa nacarado. Era tan grande que parecía que estuviera asomando la mitad de otra tierra. A su alrededor tenían montones de arena, de los que sobresalían desesperadas ramas de salvia. El terreno que se extendía ante ellas, donde antes estaba el salitral, ese secarral salpicado de arbustos, parecía ahora una superficie lunar, de una luna sembrada de coronas de cogollos de salvia. Las nuevas dunas amortiguaban el sonido del mundo. Aprestaron el oído para escuchar el zumbido de los bichos del atardecer, el gorjeo de un pipilo, el sonido de cualquiera de sus compañeros, pero no se oía nada, ni siquiera la tormenta, cuya cola aún se divisaba en el horizonte, agitándose como diciendo adiós.

Examinó a Agnes pese a las protestas de la niña. Su hija parecía estar intacta, mientras que ella notaba su propio cuerpo acribillado.

Se pusieron en marcha con el paso lento y exagerado de los astronautas sobre la luna, con los pies hundiéndose en la arena. Y cuando alcanzaron tierra firme fuera del alcance de la tormenta, salieron propulsadas hacia adelante, como liberadas del captor que las retenía.

Pasaron por el lugar donde Debra y Juan habían estado cocinando y solo vieron el Hierro Colado volcado, unos cuencos de madera, comida echada a perder.

Bea buscaba el estanque al que habían ido los demás, pero no encontraba indicios de él. Entonces, distinguió dos pequeñas siluetas volando bajo en el cielo, cada vez más bajo, hasta que se posaron en algún punto no muy lejano. Las siluetas aletearon, retrocedieron y se dejaron caer sobre las patas antes de desaparecer de su vista, y Bea condujo a Agnes hacia donde habían aterrizado, con la esperanza de encontrar agua.

Anduvieron un rato antes de oír el graznido de un ganso. Y ahí estaba, a sus pies: un estanque en el fondo de una pequeña hondonada. No era el mismo por el que habían pasado antes, apenas un manantial rebosante entre un puñado de juncos y algodoncillos. Este, en cambio, nunca habrían podido descubrirlo: quedaba por debajo del horizonte. Era un círculo casi perfecto, pequeño, turbio y parduzco por el mineral y la putrefacción, pero había una pareja de gansos, otra de patos y unos somormujos intentando pescar en la superficie. Bea veía las colas de los animales yendo y viniendo hacia el borde del agua. Parecía un lugar secreto, protegido, a pesar de que nada en la Reserva lo era.

Miró a Agnes.

—Estás hecha un asco —dijo.

El pelo pajizo de Agnes ahora estaba apelmazado y terroso. Su piel brillaba cuando los granos de arena que recubrían su cuerpo reflejaban la luz. Sonrió con timidez para disimular la risa.

—Tú sí que estás hecha un asco. —Los dientes partidos le conferían un aire bobalicón a su sonrisa que a Bea le robaba el corazón.

—Vamos a buscar algo para encender una fogata y luego nos damos un chapuzón antes de que se vaya el sol —dijo y tomó a Agnes de la mano.

Estaban caladas y tiritando, y Bea reconoció que tal vez el chapuzón no había sido la idea más acertada. Sobrevivir a una violenta tormenta de arena para después morir por darse un baño sería el colmo de la estupidez.

Habían recogido tallos y hierbajos para la fogata y ahora buscaban algo que cocinar en ella. Bea quería carne y grasa para combatir el frío que olía en el ambiente. Los gansos picoteaban por los alrededores del estanque, y Agnes y ella se agazaparon entre las hierbas de la orilla con el tirachinas de Bea. A su alrededor croaban las ranas y, en el peor de los casos, Bea pensó que atraparían unas cuantas, las asarían y mordisquearían las ancas y los bordes de sus troncos viscosos. Agnes estaba pensativa, así que Bea se concentró en los gansos, quería conocerlos antes de hacer ningún movimiento. Ni se habían inmutado durante el baño. Buena señal. Aunque si ahora se asustaban y salían volando, Agnes y ella iban a pasar hambre.

Agnes levantó la cabeza de golpe. Bea pensó que habría oído algún ruido ominoso, pero Agnes abrió mucho los ojos y preguntó:

—¿Ha sido Carl?

—¿Que si ha sido qué?

—El viento.

—Por supuesto que no, cariño. ¿Por qué lo dices?

95

–Porque nos dijo que algún día tendríamos que separarnos. Ahora estamos separados.

Es alucinante lo seria que parece, como si de verdad pensara que Carl tiene influjo sobre el viento. Bea sintió un escalofrío. Tampoco era tan descabellado, comprendió. Había algo desconcertante en lo lejos que Carl era capaz de llegar. Lo útil que se había hecho. Para un niño, alguien así podía parecer capaz de todo.

–No, cariño, no ha sido él. Ha sido una coincidencia.

–¿Qué es una coincidencia?

–A ver... Es cuando pasan cosas que parecen guardar relación entre sí pero que no la tienen.

–Qué raro, si todo está relacionado, ¿no?

–Bueno, no todo.

–Sí, todo –musitó Agnes.

–Es normal que lo pienses, porque aquí todo parece estar relacionado. Pero tú hazme caso, no todo tiene relación. Donde yo crecí no todo está relacionado. A veces, las cosas suceden sin más.

Asintió como para concluir la reflexión. Pero estaba empezando a ponerse nerviosa. La idea de que algo superior a ellas pudiera acontecer empezó a colársele por los poros.

Estaban en silencio, escuchando el encuentro de dos ranas en el agua.

–¿La yaya vivía en una casa?

–De joven.

–Me encantaría vivir en una casa.

Bea arrugó el semblante.

–Ah, ¿sí?

–Son bonitas –respondió. Lo dijo con convicción, haciendo gala de esa nueva actitud de llevar siempre razón.

–¿Cómo lo sabes? –No creía que Agnes hubiera visto nunca una casa. ¿Se pensaría que los Controles eran casas? Aunque no es que fuesen muy bonitos.

–Por la revista –contestó, sin el menor empacho en reconocer que había fisgado entre las cosas que Bea escondía.

En la revista que había tenido oculta aparecían nuevas tendencias en diseño y una muestra de pisos modernos y estilosos como el suyo, pero lo que hacía de ella una de las más cotizadas del mercado eran las muestras *vintage* que publicaba cada mes. Imágenes de archivo. De los viejos tiempos. Casas de campo antiguas, mansiones inmensas, granjas rústicas con un toque chic, porches, jardines con césped y hasta piscinas azules como el cielo, vistas a paisajes que daba gusto mirar, áticos, casas para todos los climas. Verlas ahora era alucinante. Esas cosas ya no existían.

–Pues sí, esas casas eran muy bonitas. Pero ya no existen.

–¿Por qué no existen?

–Buena pregunta.

–¿Por qué?

–Pues porque no. Ahora todos esos sitios están en la Ciudad y, acuérdate, ya no se parecen en nada a la revista.

–Pero ¿cómo era?

–¿El sitio donde vivía la yaya?

–Sí, cuando era pequeña.

Las historias de la niñez de su madre componían una imagen onírica que se representaba mentalmente, como una serie de instantáneas, más que una película, a las que Bea se aferraba, quizá por distantes y extrañas. Por inalcanzables. Durante la infancia de su madre, en una calle de casas unifamiliares flanqueada de robles, el mundo era un lugar muy diferente. Vivían en la mitad de una época, no en el despeñadero que le ponía fin. Eso confería cierta dulzura a los recuerdos. Eran fábulas benignas. Bea intentaba no mimar a Agnes con historias de la Ciudad, por mucho que su hija se las pidiera. Pero no quería que la Ciudad se convirtiera en mito. Ahora vivían aquí y a Agnes no debería preocuparle cómo era la vida en ninguna otra parte. Con todo, aquellas descripciones de una casa en un lugar donde ya no había casas eran como los mejores cuentos de antes de dormir, esos libros de páginas descoloridas y rasgadas. Material para la imaginación. Inofensivo, a su juicio.

–Ven, siéntate aquí –dijo señalando junto a ella. Agnes se arrastró hacia su madre–. La abuela solía hablarme mucho de ella. Era bonita, como habías adivinado. Las casas eran antiguas y tenían un montón de detalles ornamentales preciosos en las puertas y en los techos. Había unas cosas que se llamaban «chimeneas», que servían para encender fuego en el interior de casa.

–Qué raro.

–Pues sí, pero era muy agradable. Delante de las casas había jardines en los que la gente plantaba flores, arbustos bonitos y árboles, y en primavera todo olía bien. Y las plantas atraían a pájaros y abejas, y las mofetas salían de entre los arbustos con sus andares tranquilos y le daban sustos a la yaya, y las ardillas parloteaban con ella cuando pasaba bajo su árbol.

–Igual que aquí. –Agnes estaba maravillada.

–Sí, se parecía mucho, aunque esto fue hace mucho tiempo. Al final de la calle había un parque con un estanque en el que vivían unos gansos, y la yaya iba a verlos.

–¿Cerca de donde dormía?

–Sí, al final de la calle donde estaba su casa. Y, cuando miraba a los gansos, pensaba en lo afortunados que eran por tener un estanque tan bonito, tan apacible. Algunas veces iba temprano por la mañana y el estanque estaba cubierto de bruma y los nenúfares parecían emitir destellos de plata.

Parecía como si describiera una imagen, o algo que hubiera visto con sus propios ojos. Bea no sabía dónde terminaban los recuerdos de su madre y dónde empezaban los suyos.

–Eso también lo hemos visto aquí. –Había en la voz de Agnes cierto nerviosismo. Intentaba no parecer impresionada.

–Sí, aquí hemos visto muchas cosas bonitas. Ahí quería llegar. Cuando miro a estos gansos, en este entorno, tan espectacular, tan único... Deben sentirse afortunados. Tienen que saber que a otros gansos no les va tan bien. ¿No te parece?

–No lo sé.

–Bueno, imagínatelo.

–¿Hay gansos en más sitios?

Bea daba por sentado que habría gansos en otras partes, solo que no en la Ciudad. Aunque ahora le había surgido la duda. ¿Y en las otras tierras que explotaban intensivamente? Las ciudades de invernaderos, los cerros de residuos enterrados, el mar de molinos de viento, las Parcelas Forestales, las Granjas de Servidores. ¿Qué habría sido de los territorios que llevaban largo tiempo abandonados? El Cinturón de Calor, las Tierras en Barbecho, la Costa Nueva. ¿Cabía la posibilidad de que fueran lugares espectaculares y únicos? Muchos lo habían sido en otra época. Costaba creer que aún lo fueran. Bea odiaba pensar en aquellos sitios, en lo que alguna vez fueron, en lo que eran ahora. Se encogió de hombros.

–En realidad solo sé de estos de aquí –dijo, señalándolos–. Y la única diferencia es que los del estanque de la yaya estaban a salvo. Y hacían estupideces. Se paseaban tan campantes por el césped de la gente, o por todo el medio de la carretera. Cruzaban la calle con sus polluelos. Los camiones tenían que frenar para dejarlos pasar. No tenían miedo. Donde vivía la yaya no había depredadores y, por lo general, la gente solía proteger a los animales. Creo que los gansos lo sabían. Estos de aquí, en cambio, son cautos porque tienen depredadores, empezando por nosotras.

–¿Qué pasó con el estanque?

–Lo rellenaron, los gansos se fueron y la yaya se marchó poco después.

–¿Antes de que tú nacieras?

–Mucho antes de que yo naciera.

–¿A dónde se fueron los gansos?

–No lo sé. A ninguna parte. No había ningún sitio al que ir. Quizá vinieron aquí. Quizá son esos.

–Serían viejos.

–Quizá.

–Si la yaya estuviera aquí, ¿podría reconocerlos?

Bea sintió una punzada de ira contra su madre por no estar allí. Algo que nunca había sentido. *Las madres deberían estar con sus hijas*, sostenía una voz dentro de su cabeza. De acuerdo, ella era una mujer adulta, pero ¿qué más tenían aparte de la una a la otra, de la familia, de aquel linaje de mujeres? Su madre lo pasó fatal cuando su abuela no quiso irse con ella a la Ciudad al principio. Cuando una vida juntas en la Ciudad no había parecido ser una vida digna del interés de su abuela. Ahí

99

estaba ella con Agnes. No era lo que le apetecía hacer, pero estaba haciéndolo. Su madre, pensó Bea por primera vez, con la mandíbula apretada, debería estar allí.

Bea levantó el tirachinas y colocó una buena piedra en la cinta. La pareja de gansos, tan embelesados con el paisaje y consigo mismos, ni siquiera oyeron el latigazo. Hasta que la piedra no aterrizó en una nube de plumas, el ganso que quedaba no alzó el vuelo graznando una llamada de auxilio, ahora solitaria.

Agnes se adentró en el agua para alcanzar al animal.

—¿Me harás un cojín? —preguntó al volver, alisando las plumas y pringándolas todas de sangre.

Bea le quitó el animal, le dio un tajo en el gaznate para asegurarse de que estaba muerto y lo desangró allí mismo.

—Te haré el cojín más suave del mundo, mi amor.

Mientras se relamían los dedos para limpiárselos, Bea reparó en que Agnes tiritaba. La noche iba a ser fría y Bea no llevaba en el morral todas las pieles con las que dormían habitualmente. Glen cargaba con el grueso de sus enseres. El fuego ya no mantenía al frío a raya.

—Quizá deberíamos intentar encontrar a los demás —sugirió Bea.

Agnes negó con un gesto de cabeza:

—Me gusta estar aquí contigo.

El corazón se le aceleró. Buscó unas piedras de tamaño considerable y las echó al fuego para calentarles el lecho.

—Si tan mala era la Ciudad, ¿por qué vivíamos allí?

—Porque todo el mundo vivía allí.

—Menos tu abuela.

—Bueno, mi abuela también vivió en la ciudad cuando la obligaron a marcharse de su casa. Vivió con nosotras una temporada. Hasta que murió.

La primera estrella centelleó en el cielo. La luna iba saliendo poco a poco de su guarida.

—¿Te gusta la Ciudad?

–A ratos.

–¿Qué te gusta de ella?

–El lado bueno.

–¿Como qué?

–Como la comida. Comer en la Ciudad es otra historia. Es más un placer que una fuente de energía. Claro que ahora todo eso está cambiando, pero cuando tenía tu edad, la comida era el mayor de los placeres.

Agnes se miró las manos y Bea cayó en la cuenta de que a lo mejor la niña ni siquiera sabía lo que era el placer. O lo sabía, pero de un modo inefable. Gran parte de lo que hacían en su día a día consistía sencillamente en vivir. No le ponían palabras.

–Sabes lo que es el placer. –La atrajo hacia sí y le frotó la espalda. Agnes cerró los ojos–. ¿A que es agradable? Me juego algo a que te sientes calentita y a salvo. Eso es un tipo de placer. –Bea deslizó lentamente la mano bajo el brazo de Agnes y le hizo cosquillas. Agnes soltó un chillido y se acurrucó contra Bea, juguetona, entre risas–. Ese hormigueo también es placer.

–Agnes dejó la cara pegada contra el vientre de Bea y le rodeó la cintura con sus escuálidos bracitos. Bea notaba su respiración cálida y superficial a través de las ropas y en la piel–. Existen un montón de placeres entre la tranquilidad y la excitación, la comida también puede serlo –dijo, achuchando a su hija.

–¿Cuál era tu comida favorita?

–Bueno, creo que depende. Si me lo hubieras preguntado cuando tenía tu edad habría respondido que la pizza. ¿Te acuerdas de la pizza? –Agnes negó con la cabeza–. Es grande y redonda, está caliente, tiene una miga esponjosa e hilos de queso. ¿Te acuerdas del queso? Y una base de tomate. ¿Te acuerdas del tomate? –Agnes sonrió. Ahora se acordaba de aquellas cosas–. Pero creo que ahora echo de menos la verdura.

–¿Qué verdura?

–Toda. Aquí hemos encontrado hojas y tubérculos silvestres, pero ni te imaginas la cantidad de verduras que teníamos antes. De todos los colores, aunque sobre todo echo de menos las verdes. Cómo me gustaría comerme un plato de verdura ahora mismo.

–Y a mí.

–Y unas patatas fritas. Y algo cremoso. Echo de menos la nata. Echo de menos la leche. Me encantaría beberme un vaso de leche. A ti te gustaba. ¿Te acuerdas?

–Sí, me gustaba la leche helada.

–Te gusta el helado de leche.

Agnes se mordió el labio y volvió a guardar silencio.

–¿Por qué no vivimos allí? –preguntó al fin, esforzándose por recordar.

–Vivir allí te ponía enferma.

–Ya no estoy enferma.

–Eso es cierto.

–¿Vivimos aquí solo por eso?

–No.

–¿Por qué más?

–Bueno, Glen tenía muchas ganas de estar aquí. Todo fue idea suya.

–¿Y tú querías estar aquí? –quiso saber Agnes. Bea se rio sin querer–. ¿Por qué te ríes?

–Porque es una gran pregunta.

–¿Y hay preguntas pequeñas?

–Hay grandes preguntas y pequeñas preguntas. Y grandes respuestas y pequeñas respuestas. Y esta es una gran pregunta que pide una gran respuesta.

–¿Eso es que no me lo vas a decir?

Bea sonrió. *Qué perspicaz es mi niña*, pensó.

–Tú necesitabas venir aquí y yo necesito estar contigo. Así que, aquí estoy.

Aquella era la pequeña respuesta. La grande era mucho más complicada. Y, probablemente, irrelevante.

Agnes frunció el ceño.

–Pero entonces, ahora que estoy mejor, ¿te vas a marchar?

Bea, a su vez, frunció el ceño.

–Por supuesto que no.

Agnes volvió a la carga:

–Pero ¿no echas de menos la Ciudad?

–Ya te lo he dicho, algunas veces. –Bea sabía que no era una respuesta satisfactoria, pero ¿qué más podía decir?–. ¿Y tú? ¿Quieres vivir allí? –le preguntó.

Agnes se encogió de hombros. Era un gesto tremendamente honesto. ¿Cómo podría haberse formado una opinión al respecto?

–¿Qué te gusta de vivir aquí?

Agnes volvió a encogerse de hombros, aunque su gesto, esta vez, no fue tan sincero. Sí que tenía respuestas a esa pregunta, pero no sabía por dónde empezar a explicarlas.

–A ver, probemos otra cosa: ¿qué no te gusta de vivir aquí?

Agnes reflexionó.

–No me gustaba el puma.

–A mí tampoco me gustaba.

–Y no me gustan las serpientes –añadió.

–¿Ninguna o solo las de cascabel?

Agnes se puso seria.

–Ninguna –susurró, como asustada de que la oyeran.

–Bueno, en la Ciudad no hay serpientes –dijo Bea y, acto seguido, se planteó hasta qué punto sería verdad. Qué poco probable le parecía que pudiera existir un lugar sin serpientes ahora que era consciente de todos los recovecos secretos en los que pueden vivir.

A Agnes no pareció afectarle el dato. Sabía que las serpientes eran una pequeña respuesta a una gran pregunta.

–Creo que deberíamos dormir. Hace un frío que pela y estás tiritando.

Agnes asintió y dijo:

–Tengo frío.

Bea recuperó las piedras de la hoguera y las envolvió en dos bolsas que vació.

–Calor.

Se apretujaron bajo la única piel que tenían, cada una con una piedra caliente en el pecho, y Bea se hizo una bola alrededor de Agnes.

Bea se despertó varias veces durante la noche conforme la

luna iba cambiando de posición en el cielo. Parecía estar llamándola, empeñada en que se fijara en ella. *Mira, estoy aquí.* De repente, en mitad de su sueño intermitente, los ojos se le abrieron de par en par y pasó a un estado de vigilia y alerta. Escuchó con atención y volvió a oír con claridad lo mismo que desde su sueño interrumpido. Algo se movía por allí cerca. Algo grande. *Podía ser un oso. Mala cosa. O un puma. Peor aún, pero si fuera un puma no lo habría oído, ¿no? Si es un bisonte, por lo menos no intentará comernos, aunque podría aplastarnos. Sea lo que sea, es grande.* Oyó otro paso. *No es tan grande. ¿Será un lobo? ¿Un alce?*

Su cuerpo se tensó, preparado para agarrar a Agnes y salir corriendo, o para abalanzarse sobre la niña dormida.

Entonces oyó un chasquido seguido de una queja.

–¿Quién anda ahí? –susurró.

–¿Bea?

–¿Carl?

Carl continuó avanzando hacia ellas y, de pronto, por poco no pone los pies sobre los rescoldos de la fogata.

–Por aquí –le indicó ella, levantando la mano para impedir que la pisara.

Carl le agarró la mano, se agachó hacia ella y la escudriñó.

–Ah, eres tú –dijo aliviado.

–¿Quién te creías que era? ¿Un oso que te llamaba por tu nombre?

–Después de lo de hoy...

Carl no terminó la frase. Bea comprendió. Advirtió que Carl llevaba su bolsa. Se levantó y se la quitó. Dentro había una piel más grande, más abrigada.

–Ah, gracias –dijo, y arropó a Agnes con ella.

–No tengo comida –confesó, y, en su voz, Bea detectó verdadero agotamiento.

–¿Por qué no te has acostado por ahí?

–He tenido algunos problemas...

–¿Qué tipo de problemas?

–No estoy seguro, pero sabía que algo me estaba siguiendo la pista.

–¿Y por eso has venido aquí? –Bea subió la voz e, instintivamente, volvió a acuclillarse junto a Agnes.

–Ya está arreglado, pero tenía que seguir andando y no sabía dónde ir. Vi pasar a un ganso volando e intenté localizar de dónde había salido.

Carl se sentó con un gruñido.

–¿Estás herido?

–No es nada, creo que me he hecho algún corte cuando me he tropezado en la oscuridad.

–¿Dónde está Val?

–No lo sé. Le dije que no se apartara de mi lado, pero no me hizo caso, para variar.

Partió una rama en trocitos y los lanzó a la fogata. En un abrir y cerrar de ojos, unas pequeñas llamas prendieron donde la madera se encontró con el calor oculto de las ascuas.

–Bueno, estoy segura de que lo intentó –dijo Bea.

Carl soltó una carcajada cínica.

–Ya, lo intentó, sí, pero no se las apañó muy bien, que digamos.

Carl negó con la cabeza y Bea no pudo contener un resoplido de sorpresa por el dardo que acababa de lanzarle –y tan certero– a su aliada. Se cubrió la boca y miró a Agnes, que aparentaba estar realmente dormida, y la respiración en su garganta se relajó. Era la primera vez que pensaba en Carl y en Val en esos términos. Eran una pareja, desde luego, pero, más que eso, eran aliados, y esa distinción parecía importante.

–Ha sido una locura. –En la voz de Carl resonaba el susto por lo que habían visto.

–Estaba muerta de miedo.

–Yo también, Bea. No había tenido tanto miedo en toda mi vida –confesó, conteniendo el aliento–. Y luego, ha sido una pasada. El paisaje era completamente distinto.

La luna asomó entre las nubes.

Bea contempló el rostro de Carl, bañado de luz plateada. Dos cortes ensangrentados le atravesaban la frente. Reprimió el impulso de acercársele, de tocarlos, de curarlos.

–Tiene que haber heridos –dijo Bea–. O peor.

Carl asintió.

–¿Estás preocupada por Glen?

–Sí. ¿Y tú por Val?

Carl irguió la espalda.

–La verdad es que no.

Aquello podía significar muchas cosas, pensó Bea. Estaban en silencio. Bea escuchaba el croar ronco de la rana al borde del estanque. La rana parecía deleitarse con la duración y emitía llamadas cada vez más largas. Su compañero había desaparecido.

–¿Sabes que Agnes piensa que ha sido cosa tuya?

–¿El qué?

–La tormenta de arena. Porque nos habías dicho que teníamos que estar preparados para separarnos y después hemos tenido que separarnos.

Carl soltó una carcajada alegre.

–Espero que le dijeras que sí que he sido yo. –Bea rio. Después, con un tono más serio, aclaró–: No ha sido cosa mía, obviamente.

–Ya lo sé.

Llegaron más patos al estanque y Bea visualizó la uve que dibujarían al posarse sobre la superficie del agua.

–Bea...

–¿Qué?

–No te caigo muy bien, ¿verdad?

Parecía preocupado y herido al respecto, aunque también seguro de ello.

¿Qué podía contestarle? Lo cierto era que no le caía muy bien. Y estaba segura de que era mutuo. Había algo taimado en él, aunque aquella noche parecía relegado a un segundo plano. Aquella noche, las cosas parecían distintas, como si las reglas hubieran cambiado o, más bien, como si no hubiera reglas. Bea respiró hondo, preparándose para responder.

–Mejor no me contestes, ¿vale? Solo quiero que sepas que, pienses lo que pienses, no, mejor, que independientemente de lo que haya hecho o dejado de hacer, no soy mala gente.

–No creo que seas mala gente –repuso ella.

No era mal tío. Era un niñato, un chulo, un auténtico patán excepto en lo que a sobrevivir respectaba y por eso aquí, donde la supervivencia imperaba, era un rey. A Bea le daba rabia que no todo el mundo pudiera prosperar en todas partes. Le daba rabia que a Glen, que idealizaba este modo de vida y se sabía su historia al dedillo, no se le diera especialmente bien vivir así. Si fuera más fácil desilusionarlo, quizá acabaría dándose por vencido. Agnes ya no estaba enferma. Y podrían regresar a casa. Claro que igual volver a casa había dejado de ser buena idea. Las buenas ideas eran muy relativas y difíciles de discernir en la oscuridad, con sangre de ganso borboteando dentro del intestino y el pellejo de un animal cubriéndole la piel.

–Bueno, me alegro. Te admiro como persona y admiro lo que estás haciendo con tu hija. Eres muy importante aquí.

–No lo tengo tan claro –contestó Bea con una risita.

–Pues yo sí.

La sinceridad de Carl la hizo enmudecer. La luna se había movido y ahora vertía su contenido al cielo. Las estrellas manaban de ella.

–En fin, hace un frío de cojones –dijo Carl, zanjando en voz alta la conversación que había mantenido en su cabeza.

Bea miró a Agnes y pensó en el calor que su cuerpecillo ronroneante estaría creando bajo la nueva manta.

–Deberíamos dormir. En ese árbol de ahí hemos colgado un ganso que hemos cazado y cocinado. Deben de quedar unos buenos trozos que te puedes comer.

–¿Lo ves? Eres la mejor del grupo –dijo él con una voz cargada de falsa adulación. Este era el Carl al que no se tomaba en serio. El que siempre daba la impresión de estar a la caza de algo. El que quería su voto para unas elecciones imaginarias.

Bea se tumbó y lo escuchó acercarse al árbol con cautela. Ahora el sonido de sus pasos era inconfundible. *Seré tonta, anda que confundirlo con un animal que venía a comernos*, pensó. Estaba clarísimo que eran pisadas humanas. Curioso que aquí esto fuera un alivio. Intentó imaginar cómo sería despertar de improviso en la Ciudad con el sonido cercano de algún ser humano arrastrándose. El terror era algo muy relativo.

Las nubes se estiraban por el aire formando finas líneas que se cruzaban al azar como un tendido eléctrico enmarañado. Carl volvió y se tumbó bajo la piel que había traído, extendida sobre los tres. Era grande, por lo que pudo arroparse sin rozar a Bea.

Bea oía el castañeteo de sus dientes e intuía que se esforzaba por controlarlo para no hacer ruido. Pero las pieles se agitaban con sus escalofríos. Y entonces notó el calor que él incorporaba a su mundo bajo las pieles y sintió cierto alivio. Se separó un poco de Agnes, lo suficiente para agarrar a Carl del brazo y atraerlo a su lado. Carl se deslizó rápidamente hacia ella, rodeó con un brazo a madre e hija y, en un gesto tierno y protector, colocó el otro bajo la cabeza de Bea. Ella notó sus dedos y pensó que tal vez se los pasaría por el pelo, en plan íntimo, pero no lo hizo. Se limitaron a sostenerle la cabeza como una almohada. Olían a sebo de ganso y a Carl.

—Hacía un frío de cojones —le susurró él en el pelo.

Y así permanecieron, acumulando calor bajo la manta, como una pequeña familia perdida. Bea no recordaba cuándo había sido la última vez que había sentido esa calidez.

Cuando Bea abrió los ojos por la mañana, Agnes la escrutaba con una mirada cargada de desdén y varias emociones menos obvias. Los brazos de Carl seguían rodeándola, pero con Agnes levantada, la escena que la noche anterior había parecido tierna, ahora resultaba inapropiada. Pero el desprecio de Agnes no era tan sencillo. Ojalá lo fuera. Aquella mirada le revolvía el estómago y, por un instante, se sintió culpable de algo peor. Mucho peor.

Carl, perdido en un sueño, la apretaba con más fuerza y hundía la nariz en su cuello. Hacía tanto calor debajo de la manta que ahora ambos estaban sudando y Bea se sintió pegada a él. Se separó todo lo rápido que pudo.

—¿Oíste a Carl llegar a nuestro campamento anoche? —le preguntó a Agnes, con una alegría forzada.

Agnes entrecerró los ojos.

–No.

Bea sabía que estaba mintiendo.

–Pues sí, llegó y traía este pellejo tan calentito, así que hemos dormido los tres juntos.

–¿Esto es una de esas coincidencias?

–¿Cómo dices? –Agnes dio una patada a una piedra y no contestó–. No te pongas arisca conmigo, señorita.

–¿Qué es «arisca»?

–Es ser una niñata y una maleducada –le soltó y, aunque no acostumbraba a hablarle así a su hija, Agnes puso cara de dolida y Bea supo que su arrebato de ira no había pasado inadvertido. El mensaje estaba claro. Ahora sentía que se había roto el encantamiento de su mágica noche juntas y el resentimiento por la llegada de Carl le agriaba el recuerdo.

–¡Buenos días! –canturreó, estirándose feliz bajo la piel–. ¿No me oíste llegar anoche, Agnes? Debí de armar un buen barullo. Y tu madre y yo estuvimos de palique...

Agnes se marchó.

–Déjalo –le dijo Bea.

–¿Qué? –Carl se deshinchó, como si hubiera herido sus sentimientos. Aunque quizá estaba burlándose de ella. ¿Y si era perfectamente consciente de los problemas que causaría su llegada? Era un planteamiento tan paranoico como potencialmente cierto.

Bea oyó una especie de trino que venía de encima del lago. Una especie de trino con voz de hombre. Después otro de mujer. La Comunidad enviaba señales. En una meseta que quedaba encima de su estanque, centelleó un reflector, el espejo roto que usaban para cazar y que iba a volverse útil cuando se separaran, algo que no había ocurrido hasta ahora. Bea respondió con otro trino y Agnes, a su espalda, gritó «¡Papá!», como si la estuvieran secuestrando. Normalmente lo llamaba por su nombre.

–¿Agnes? –contestó Glen con un aullido asustado.

–¡Está bien! –Bea quiso atajar el dramatismo en ciernes del reencuentro.

–¡Bea! –exclamó Glen, aliviado.

—¡Hay agua aquí abajo! –voceó Carl.

—¿Carl? –El tono agudo de Glen dejó una hilera de signos de interrogación tras de sí.

Bea lo vio asomar en lo alto de la hondonada. Estaba muy tieso hasta que los divisó; entonces hundió los hombros y se rascó la cabeza. Ella lo saludó agitando los brazos con alborozo.

—¡Hemos venido a por agua! –gritó excitada, con la esperanza de sembrar en la mente de Glen un relato según el cual acababa de llegar, había encontrado el estanque y a Carl, y no había nada por lo que preocuparse, todo con un brazo frenético y una voz estridente.

Glen le devolvió el saludo desde el codo, que no se despegó de su torso.

Val apareció a su lado y se puso la mano sobre los ojos a modo de visera para mirarlos. Bea alcanzó a distinguir cómo se le desencajó la expresión al verlos allí a los tres, cómo se volvió hacia Glen, que se encogió de hombros. El resto de la Comunidad apareció en lo alto del promontorio dando gritos de alegría.

—¡Agua! –exclamaron mientras bajaban a todo correr.

Una vez reunidos, los abrazos de Glen fueron tensos y, tras varias intentonas insatisfactorias, Bea se lo llevó tras unos matorrales, lejos de la Comunidad, lo tumbó en el suelo y empezó a acariciarlo. Al principio, Glen reaccionó con hosquedad, apartándola a manotazos. Aunque mantuvo las piernas relajadas para que Bea no tuviera dificultad en maniobrar entre ellas cuando no estaba defendiéndose y pronto se intercalaron largos abrazos entre sus defensas. Cerraba los ojos con fuerza, como indiferente a los movimientos de la mano de Bea, fruncía el ceño para contener un gemido creciente y, entonces, volvía a apartarla de un manotazo. Era un juego y era su recompensa, y Bea seguía intentándolo, como si fuera una especie de penitencia por algo de lo que nunca hablarían, hasta que finalmente Glen estuvo duro, sonriente y la atrajo hacia sí. Después Bea se colocó a horcajadas y lo montó hasta que se quedó relajado, y ella también.

—Algún remordimiento de conciencia tendrás –dijo, aunque

su tono era alegre y Bea no detectó ningún asomo de acusación.

–No, qué va –repuso–. Aunque tú la tienes bien limpia.

En realidad sí que se sentía culpable, pero no con respecto a él. No había pasado nada. Había sido pura supervivencia. Agnes, en cambio, sí que le hacía sentir incómoda. Había asumido que comprendía mejor de qué iba la supervivencia. ¿Le habría parecido tan repugnante si la situación hubiera sido distinta? ¿Qué habría pasado si hubieran estado muertas de hambre, de frío, no hubieran tenido pieles para dormir y se hubieran encontrado con Carl? ¿Y si a Carl no le hubiera dado por ser generoso? Aunque nunca se había mostrado lascivo, Bea lo creía muy capaz. ¿Qué habría ocurrido si se hubiera visto obligada a hacer algo en contra de su voluntad para cuidar de su hija, de sí misma? Era precisamente lo que estaba haciendo en ese preciso instante, bajo un cielo vacío en una tierra remota, ¿o no?

Decidieron acampar junto al estanque aquella noche. Carl, Glen y Juan volvieron a la cordillera con la esperanza de conseguir algo de carne. Bea los vio marchar, Glen mantenía las distancias con Carl, hablaba con Juan y este, a su vez, con Carl. Sin embargo, cuando los tres regresaron con sendas liebres bamboleándose a su paso, Glen y Carl venían partiéndose de risa, y Bea no supo cuándo los había visto reírse juntos por última vez. Aquí solía olvidar que en otro tiempo su marido había sido el mentor de Carl, a quien muchas veces parecía darle rabia que la gente apreciara a Glen. Pero ahora no, pensaba Bea mirando a Carl darle una palmada en la espalda, desternillándose de algo que había dicho. Glen le devolvió una sonrisa de oreja a oreja, casi como si él fuera el alumno necesitado de confianza y feliz de haberla encontrado. Los hombres se sentaron y dejaron los conejos a los pies de Carl. Bea sintió un hormigueo en la médula, achinó los ojos justo cuando Carl levantó la vista y sus miradas se cruzaron. Aún con la risa floja, le guiñó un ojo, se sacó un cuchillo de alguna parte de la espalda, y abrió al conejo en canal.

Prepararon los conejos mientras Debra y Val encendían

una fogata y luego asaron la carne con espetón. No era mucho, pero sentaba de maravilla comer un conejo caliente y recién cazado, y acabaron saciando el estómago con cecina.

Buscaron el lugar donde les había sorprendido la tormenta de arena y encontraron el Hierro Colado y algunos utensilios de cocina más. La gente se las había arreglado para conservar sus pertenencias, los jergones, las pieles, todo lo que cargaban a la espalda. Al cabo de unos minutos, encontraron y desenterraron la Bolsa de los Libros. Y el Manual. Las bolsas de basura que habían llenado desde el Control Medio habían desaparecido.

—Como alguna vez desaparezcan esas dunas, nos vamos a comer un multón por la basura —dijo Debra, y soltó un chasquido de desaprobación, como si alguien tuviera la culpa.

—A lo mejor la arena la entierra para siempre —apuntó el doctor Harold.

—Dentro de cien años habrá algún científico explorando estas dunas y se preguntará: «¿Qué maravillosa civilización estuvo aquí?» —dijo Val con los ojos desorbitados, como si se imaginara a sí misma presenciándolo.

—Como si esto fuera a estar aquí dentro de cien años... —contestó Bea. Se calló, no pretendía ser tan borde. En frente, al otro lado del corro, Agnes, siempre empeñada en estar en la conversación, se acuclilló. Su boquita se abrió sorprendida y Bea se sintió culpable. *No te cargues este lugar, por ella*, se reprendió a sí misma.

—¿A qué te refieres, Bea? —La expresión de Val era hierática y confusa.

Qué tonta era Val. Su ignorancia despertaba en Bea un cinismo que no había sentido nunca y rápidamente olvidó la presencia de Agnes.

—Esto es una Reserva Natural ahora —dijo, enfatizando la última palabra—. Antes, fue un montón de pueblos y de granjas que cultivaban alfalfa. Antes, un terreno agrícola. Y antes... ¿quieres que siga? Esto se convertirá en otra cosa. Es cuestión de tiempo.

Tampoco es que hubiera reflexionado mucho al respecto,

pero, de golpe, la idea de que este lugar continuara existiendo después de que ellos murieran se le antojaba imposible, sabía en lo más profundo de su ser que no sucedería. La idea de que este lugar durase hasta su propia muerte era absurda. Siempre y cuando su muerte no fuera inminente.

–Chorradas. Este es el último espacio natural. Y está regulado por un montón de leyes.

–¿Y qué te crees, que no había leyes que regulaban los otros espacios naturales, que este va a ser el último?

–Existen leyes, pero pueden ser reescritas –apuntó Glen.

–Ay, cierra el pico, Glen –dijo Carl–. «Existen leyes...» –gimoteó, intentando imitar a Glen.

Este pareció ofenderse.

–Simplemente estaba exponiendo un hecho: ha habido leyes...

–Que sí, que hay leyes muy serias y aquí nos tienes. –Bea se encogió de hombros–. Y ahora mira, acabamos de dejar nuestra basura esparcida por todas partes. ¿Crees que alguna ley dice algo al respecto?

–Seguro que hay una puta norma al respecto –refunfuñó Carl.

Val parecía dolida.

–Bueno... –dio un gañido, pero no completó la frase.

La conversación estaba yendo a todas luces demasiado deprisa para ella, pensó Bea. La cosa había degenerado rápido. Todos habrían acumulado tensiones a raíz de la tormenta, de la separación. Puede que no siempre les gustaran sus compañeros, pero por lo general funcionaban bien juntos.

–Venga, ya vale –interrumpió Debra–. La cuestión es que algún día, un científico, o igual es un obrero, Bea, desenterrará nuestra basura.

–Y cuando se ponga a clasificarla, se encontrará los tampones usados de Val –soltó Juan.

Todos rieron, contentos de haber evitado una pelea. Val frunció el ceño.

–Ya os he dicho que es lo único que puedo usar.

–No puedo creer que sigas teniendo la regla –comentó Debra.

—Soy joven —contestó Val con voz aflautada.

Debra enarcó las cejas.

—Voto por hacerle pagar la multa a Val si encuentran nuestra basura —dijo Carl.

Todo el mundo esperó la carcajada que remataba la broma, pero no llegó. Había enfado en su mirada, clavada en la hoguera.

—Carl... —gimoteó Val con un hilo de voz, como en un intento de mantener la riña en privado.

—¿Qué? Si no puedes adaptarte, tendrá que haber consecuencias —le espetó.

El semblante de Val se desencajó. Bea sintió lástima. Había sido una traición definitiva.

Val se levantó y se alejó de la hoguera airada, furiosa, esperando que Carl le fuera detrás. Pero Carl se quedó sentado. Bea la contempló desaparecer por detrás del círculo luminoso de la lumbre. Su silueta pasó del color a la sombra, luego a unos puntos grises y, de pronto, se había desvanecido en la oscuridad. Bea volvió la vista hacia Carl y vio que estaba mirándola. Le lanzó una sonrisita por encima del fuego, como compartiendo la broma con ella. Cuando borró la sonrisa, la observó fijamente hasta que Bea tuvo que apartar la mirada. Alcanzó la mano de Glen en la oscuridad y, pese a estar cerca del fuego, la encontró fría. Buscó a Agnes, pero la niña ya no estaba. Se había esfumado. Una vez más, Bea se sentía mal por ser tan cínica. Esperaba no haber alarmado a Agnes. Se merecía creer que este era un lugar protegido, aunque ella, ahora se daba cuenta, lo considerara más bien un parque temático. Con muchas papeletas para terminar siendo un vertedero o cualquier otra cosa necesaria.

Nadie fue a buscar a Val. Todos permanecieron al amor de la lumbre y, después, uno a uno, familia a familia, se retiraron a la cama. Finalmente, Val regresó hecha un basilisco mientras el doctor Harold rociaba la hoguera con su meada. Como no tenía con quien acostarse, solía ser el último en irse.

—Ya vuelve —anunció, sacudiéndose el pene y volviéndoselo a meter en el pantalón.

Val fue como un rayo hasta el centro del círculo que conformaban las camas de los que dormían solos o en familia, pasó de largo a Bea y a Glen, que acababan de tumbarse. Fue directa hasta Carl, recostado encima de su jergón con la cabeza apoyada en el brazo, mirando las estrellas con una falsa actitud soñadora. Todo el mundo se preparó para la pelea, para los alaridos de Val y las petulantes y lacónicas réplicas de Carl, quizá incluso hasta algunas patadas en las costillas. Sus broncas habituales, la moralina de Carl y los golpes bajos de Val. Pero en cambio, Val se levantó el sayo y se montó a horcajadas encima de Carl, tan rápidamente que a Bea le recordó a un felino abalanzándose sobre su presa. Empezó a estrangularlo y a follárselo al mismo tiempo. Gritaba obscenidades mientras Carl profería gruñidos y jadeos. Después de un rato, Carl consiguió apartarle las manos de la garganta y la agarró del pelo con un tirón tan fuerte que en todo el corro de camas se oyó el crujido de su columna, cual xilófono de vértebras, y su gemido sorprendido y excitado. Entonces, Carl la agarró de las caderas y, con un gruñido rabioso, la empujó hacia delante y hacia atrás mientras ella le hundía las uñas en el pecho. Su sexo era tan escandaloso y agresivo que Bea hizo un amago de taparle los oídos a Agnes y recordó con alivio que su hija se había esfumado y, hasta donde ella sabía, no estaba presenciando aquella escena.

Bajo la luz del firmamento, todo el mundo intentó mirar otra cosa que no fueran las siluetas resplandecientes de Carl y Val follando con vigor, escuchar algo que no fueran sus gemidos y sus jadeos animales. Pero era difícil hacer caso omiso. Bea oyó que algunos intentaban aguantar callados mientras se tocaban. Glen se le arrimó y le apretó su erección, pero Bea lo apartó, aunque también ella estuviera excitándose. Glen, decepcionado, se ovilló y se echó a un lado. Ambos permanecieron despiertos, incómodos bajo las estrellas.

Supusieron que el Control estaba al otro lado del salitral, ahora cubierto de dunas. Pero era grande, más de lo que habían creído, y les costó avanzar por la arena suelta. Fue un progreso lento.

Después de un día creyeron vislumbrar edificios. Y habían ido encontrando más residuos de humanos, el tipo de cosas que alguien va dejando por el camino cuando se acerca a casa y se despreocupa: un envoltorio de chicle, el capuchón de un bolígrafo que había sido azul y ahora era amarillo. Estaban seguros de ver destellos de tejados a lo lejos.

Después de que el sol se escondiera por completo detrás de la cordillera, dejaron de caminar, hicieron la cena y se prepararon para la oscuridad. Las montañas adoptaron un color piedra.

Se formó una cola donde estaban cocinando con el Hierro Colado, pero Val se la saltó y exclamó: «Yo necesito más porque como por dos».

Debra y Juan, que estaban sirviendo, primero se miraron desconcertados entre ellos, después a los demás, que esperaban su ración, y finalmente a Carl, que hizo un gesto de aprobación, así que le dieron más. Bea negó con la cabeza. Val solía pensar que estaba embarazada, y Bea daba gracias que no acertara nunca. Ya por separado, Carl y Val eran difíciles de aguantar. Estaba segura de que ella quería tener un hijo para solidificar esa unión y ese poder. Les gustaba demasiado mangonear. Siempre que podían intentaban subvertir cualquier decisión de la Comunidad para imponer sus ideas y, cuando les salía bien, estallaban de alegría. Los líderes no deberían disfrutar de su liderazgo, se dijo a sí misma. Como apuntaba Glen, el de líder debería ser un papel que uno asume porque se siente obligado.

Con su ración de conejo estofado en la escudilla excavada en un trozo de madera, Bea buscó un sitio. A Glen no se lo veía por ninguna parte. Agnes estaba sentada en un tronco con Val, tan cerca de ella que, aunque el leño fuese pequeño, había sitio para Bea. Agnes, atenta al parloteo de Val, levantó la mirada y se percató de que Bea tenía la vista puesta en el hueco. Se apartó unos centímetros de Val y separó las piernas, intentando ocupar todo el espacio vacío. Al ver lo cruel e infantil que podía llegar a ser su hija, Bea tuvo que reprimir una carcajada.

A unos metros de donde estaban, Juan caminaba en círculos. Parecía que estuviera hablando solo, con una mano hacía aspavientos, mientras con la otra sostenía el cuenco de comida. El doctor Harold estaba sentado en el suelo, huraño, observando a Debra, que comía con Piña, Hermano y Hermana. Al final, Bea posó la mirada en Carl, que la observaba sentado en un tronco y, cuando sus ojos se cruzaron, él dio una palmadita en el espacio que tenía al lado. ¿Dónde estaba Glen? Bea no quería sentarse con Carl. No dejaba de pensar en la noche que habían pasado acurrucados. Se había convencido de que habían sido unas acciones imprescindibles, aunque ahora se le antojaban ofensivas y bochornosas. Pero negarse a sentarse a su lado no era una opción. ¿A dónde iría? ¿A sentarse sola en una duna? Rechazarlo era muy descarado. Él buscaba en su rostro atisbos de vergüenza, pero no se la pensaba mostrar. Se acercó a él a zancadas.

–Hola –saludó cordial.

Él le hizo un gesto con la cabeza, tenía la boca llena, y no dijo nada. ¿Por qué había pensado que sentarse con Carl podía significar algo? Él simplemente le había señalado que allí había espacio. Ocupó el sitio con una leve sensación de humillación y sin saber por qué se sentía así.

Al otro lado de la hoguera, Agnes estaba encorvada y aburrida mientras Val soltaba una especie de soliloquio con una mano apoyada en la barriga y con la otra le acariciaba el pelo, algo que Bea sabía que su hija no soportaba, tampoco ella ver cómo lo permitía. Se preguntaba cuándo dejaría de ser tan temperamental. ¿Volvería a ser la niña animada, decidida y risueña que había sido cuando era más pequeña, antes de enfermar? O cuando llegaron y se recuperó, cuando lo miraba todo, cuando los ojos le hacían chiribitas y correteaba para recuperar el tiempo perdido en cama. Aunque ya no era esa cría, ni en la salud ni en la enfermedad.

Bea se puso a pensar en todas las razones que había tenido la gente en un principio para venir a esta extraña Reserva. A esas alturas, ¿habrían cambiado todos ellos sus motivaciones para estar aquí, o seguirían aferrándose a la aventura, la salud y las oportunidades? ¿Oportunidades de qué? ¿Había cambiado ella? Viendo las muecas de su hija, le dieron ganas de reírse de su motivación: «Que mi hija no enferme». Era un acto de amor por una niña que ahora parecía detestar tales gestos. Se preguntó si también sería el acto de una mártir. No se podía vivir de esta manera solo por razones altruistas, pero ninguna de las conclusiones a las que llegaba le parecía auténtica. ¿Bastaba con el miedo por su hija?

Ojalá pudiera hablarlo con su madre. Le escribiría una carta y se la enviaría desde el Control. Aunque ese tipo de pregunta sería exactamente el que su madre estaría esperando, y, sin lugar a dudas, su respuesta sería: «¡No! ¡Vuelve a casa ya!». Bea pensó que podría formularlo de tal manera que su mensaje quedara claro. Su madre sabía cuándo ser práctica, pero también cuándo ser amable, aunque fuera a costa de no ser del todo sincera, una cualidad que Bea no había heredado.

Durante su juventud, su propia madre había sido una cuidadora ansiosa en un mundo que había cambiado y que era prácticamente irreconocible para ella. En la primera etapa adulta de Bea, había sido como la amiga perpleja que cuestionaba sus decisiones, aunque a menudo fueran las mismas que había tomado ella. Y, ahora, era cuando más se comportaba como una madre. En una edad en la que Bea podría haber pensado que no iba a necesitarla, la añoraba más que nunca. En todas las cartas, incluso en las que parecía haber aceptado su propósito, seguía pidiéndole que volviera a la Ciudad. *Ahora estamos tan unidas que te echo aún más de menos.*

Bea y Agnes se habían pasado un rato contemplándose, cuando de repente la niña desvió la mirada a la imponente cordillera, pero Bea no vio nada. Cuando Agnes le dio la espalda, sintió un escalofrío y volvió a fijarse para ver qué podría haber ahí arriba que las observara tan fijamente. ¿Dónde estaba Glen?, se preguntaba, y empezó a preocuparse. Se puso de pie sin pensar, buscando entre las montañas. Cuando volvió la vista a la hoguera, Agnes había desaparecido. Iba hacia donde había estado el círculo en el que habían dormido. Y ahí estaba Glen sacudiendo las pieles. Agnes se puso a ayudarlo. *Qué fa-*

milia rara la mía, pensó Bea con la ligereza del amor, pero también con el pesar del remordimiento de la gente que, por alguna razón, mantiene las distancias. Era un sentimiento profundo, instintivo y humano, pero también personal.

Cuando la Comunidad recogía y se preparaba para dormir, les sorprendió ver a lo lejos una luz titilante, que parecía moverse. Carl se llevó la mano a la oreja para escuchar en esa dirección.

—Es una camioneta —dijo, y con eso tradujo el zumbido extraño que había roto el silencio del desierto.

—¿Una camioneta de los Forestales? —preguntó Val.

—No, una normal.

—Debemos de estar cerca de la Carretera Fronteriza —apuntó Glen, sacando el mapa.

En teoría, una carretera sin asfaltar y levantada por la escarcha rodeaba la Reserva, conectando los Controles y permitiendo a los Agentes Forestales acceder a las distintas regiones sin necesidad de alterar el remoto y agreste centro de la Reserva. Ellos solo habían visto el tramo que discurría entre los Controles más orientales. Nunca había nadie en esa carretera, pero aquí, donde parecía estar más vacía, vieron otro par de faros encendidos. Y luego, más adelante, surgió otro par. Después, la parte trasera de un vehículo rojo que iba en sentido contrario.

Bea se adentró en el salitral. Tampoco es que no vieran nunca a otras personas o estructuras. Había recepciones en los Controles. Coincidían con Forestales en montes y praderas. Los Agentes hasta iban a verlos en sus camionetas. En cambio, estos coches con luces la deslumbraban, y fue consciente de lo sola que se sentía. ¿Quién era toda esa gente y a dónde iba? ¿Acaso había algún lugar donde ir que no estuviera lejos de aquí? Se le aceleró el corazón solo de pensarlo.

Oyó pasos tras ella, un suave crujido un tanto cauteloso pero sin duda bípedo, y no se dio la vuelta.

Carl apareció a su lado.

—El otro día pasé un rato con Glen.

—Sí, ya lo sé.

—Hacía tiempo que no hablábamos.

—Ajá.

—Qué buen tío es.

—¿Qué buen tío es?

—Pues sí —insistió, sorprendido—. Es muy buen tío.

—Has convivido con él durante años, has dormido a su lado y has cagado en el mismo agujero que él. Antes había sido tu mentor. ¿Y te acabas de dar cuenta de lo buen tío que es? —Carl arrugó el gesto.

—No, lo sé, solo lo constato. Hacía tiempo que no lo decía. ¿Acaso no puedo?

A Bea le empezó a temblar la rodilla, un tic nervioso que hacía años que no tenía, y suspiró.

—Pues claro que es buen tío.

—Sabe cómo tratar a los Forestales —observó Carl.

—Los respeta.

—No sé cómo puede —añadió él con su irritación característica.

—Yo creo —dijo Bea, sabiendo que quizá estaba hablando demasiado— que le gustaría ser Agente.

Una vez Glen le había comentado que los Agentes Forestales eran quienes lo tenían mejor montado. Tenían libertad para vagar por ahí, había dicho, más una cama donde dormir en una casa acogedora con luz eléctrica para ahuyentar la más lúgubre oscuridad. Fue durante una noche fría del primer año, tumbados bajo una piel. Se habían topado con muchas cosas que los habían asustado, pero al mismo tiempo se sentían envalentonados por haber llegado tan lejos, sobre todo cuando otros no podían decir lo mismo. Aquella noche, sin embargo, Glen la estrechó con más fuerza, y quizá debido al cansancio fue más honesto.

Le susurró:

—Imagínate disfrutar de las comodidades de la vida moderna y a la vez tener acceso a este lugar tan grande y hermoso. Conocerlo como la palma de tu mano porque has caminado por él durante años y años... —Dio un bostezo y su voz se fue apagando.

–Pero esos somos nosotros ahora, ¿no? –le preguntó Bea.

–Sí y no. Me temo que nunca llegaremos a ver este sitio en su totalidad.

Ella sonrió, se dio cuenta de que ese podía ser uno de sus miedos.

–En cambio, un Agente sí. Verá este lugar en su totalidad una y otra vez.

–Pero no lo conocerá como nosotros.

–No sé qué decirte. Seguro que podrían. Yo en su lugar lo haría. –Suspiró–. ¿Cómo es que no me enteré de que existía la posibilidad de ser Forestal? Nunca vi el puesto ofertado en las listas de trabajos, ¿y tú?

–No me suena, pero a lo mejor yo tenía otras listas. –A Bea no le habría gustado el puesto, no cuando era joven y estaba tomando esas decisiones, y creía que a Glen tampoco. Ya en aquel momento el mundo era bastante distinto. ¿Quién se hubiera imaginado que los Agentes Forestales iban a ser los afortunados?–. Quizá no te llegó la lista con ese puesto porque eras viejo –dijo tomándole el pelo–. No debía de ser tan buen trabajo en aquella época. Estoy segura de que ni siquiera les gusta.

–¡Por supuesto que les gusta! –exclamó Glen.

–Shh. Eso no lo sabes. A veces parecen cansados e irritados.

–Porque tienen que lidiar con Carl.

Ambos rieron.

Entonces Glen la abrazó fuerte y, mientras se quedaba dormido, fue aflojando los brazos a su pesar.

Más allá del salitral, apareció otro coche. Parecía que estuviese más cerca. Desde donde estaban Bea y Carl, el chirrido del principio se había asemejado al de un coyote joven aullando desde las montañas.

–¿Puedo contarte un secreto? –dijo él.

Por dentro Bea gruñó. No quería ser un receptáculo de Carl. No le parecía que hubiese ningún beneficio en ser su confidente.

–Mmm –masculló, y dejó que lo interpretase como quisiera.

Él se lanzó.

—Intenté ser Agente.

Bea resopló, sorprendida, pero luego se dio cuenta de que no le extrañaba en absoluto, y dijo:

—Hombre, claro. —No sabía si él lo percibiría con el sarcasmo que ella había notado, pero Carl soltó unas risillas, satisfecho consigo mismo y con la reacción de ella.

—Sí, pero según ellos no tenía lo que hacía falta.

—¿Lo volviste a intentar?

—Solo se puede solicitar una vez. Yo lo habría intentado un millón de veces. Es lo que más quería.

—¿Sabes por qué?

—¿Por qué qué?

—¿Por qué no te aceptaron?

Carl se concentró, considerando la respuesta, como si nunca se hubiera parado a pensarlo.

—Bueno, di por hecho que fue porque no me entusiasmaba la idea de hacer cumplir todas las reglas.

—Tiene sentido.

—Los Agentes Forestales siempre han sido unos auténticos pelotas. Son la policía, pero con uniforme verde. Yo quería el puesto para tener acceso a este lugar. Es lo único que me importaba. Me la sudaba lo de hacer respetar las reglas.

—Déjame que lo adivine: se lo hiciste saber.

—Es posible —reconoció él, tragándose la vergüenza.

Ella sintió que empezaba a haber una familiaridad entre ambos como la que había sentido la otra noche. Como si fueran dos personas que podían hablar y compartir cosas, aunque antes no lo hubiera creído posible.

Se cogió de los brazos, estableciendo una barrera, y dijo:

—Bueno, al final conseguiste lo que querías. Debes de estar contento.

—Esa es la cuestión, Bea —reconoció clavándole la mirada por unos instantes—. Ahora que tengo lo que quería, de algún modo me siento legitimado para querer más. Soy libre de querer más cosas sin pensármelo dos veces. Creo que ese es el estado natural del hombre, pero en mí ese deseo es insaciable. Deseo tanto lo que quiero que es casi hasta doloroso.

No le quitaba los ojos de encima.

Ella carraspeó.

—Me parece que acabas de describir a un niño. —Y esbozó una sonrisa inocente, intentando desviar su energía.

Él sonrió con su comentario, pero no apartó la mirada.

Bea se rio.

—¿Por qué me miras así?

Carl dijo:

—Ya sabes por qué.

—¿Intentas decirme algo?

—No es que lo intente, es que te lo estoy diciendo. —Su sonrisa ocultaba la crispación de su voz. Como si sus deseos fueran peligrosos.

—Vale —dijo ella.

—¿Vale qué?

—Que vale —soltó. Ahora se sentía infantil, y murmuró—: Lo pillo. Quieres follar conmigo. —Sintió que la palabra, en ese contexto, sonaba como si tuviera la boca sucia.

—Por supuesto, pero no es eso. Quiero follar con todo el mundo. Es lo que me pasa en este sitio. Como he dicho, me libera.

—¿Y entonces?

—Un día dejaré de hacerme el amable —dijo él.

—Ah, ¿que esto es ser amable?

—No me vas a ofender. Lo sabes, ¿verdad? —Ella pestañeó. Sí lo sabía. Y su franqueza le sentó como una bofetada—. Bea, yo creo que tienes poder. Y también que juntos podríamos ser mucho más poderosos.

—¿Y Val?

—¿Qué pasa con Val? —preguntó él. Bea arqueó las cejas—. Mira, Val es Val, pero no te llega a la suela de los zapatos. —No lo dijo como un halago. Se limitó a constatarlo, como si fuera un hecho. Aunque Bea la odiara, Val le dio pena—. A ti la gente te sigue. Eres la líder y no te das cuenta.

—Pero Carl, aquí nadie es el líder. Todos tomamos decisiones. Juntos. —A Carl le entró la risa floja. Una risa infantil que tenía la intención de hacerla sentir tonta, y funcionó.

–¿No te parece que hay personas que influyen en algunos temas para salirse con la suya? Consiguen lo que quieren y lo llaman consenso. Y mientras tanto, los demás en la parra. Esos son los líderes.

–Supongo que tú eres una de esas personas.

–Por supuesto. –Ella asintió–. Y creo que otra eres tú.

–Te equivocas.

–Puede que sí, puede que no. Sea como sea, este liderazgo esquivo no va a durar para siempre. Y va en serio, si eres lista, aceptarás que tú y yo formemos equipo y dejemos de ser lo que seamos ahora –concluyó un poco triste y resentido. Estaba impaciente. Le puso la mano en el hombro y ella se estremeció, también por la idea de que él pensara que ellos dos juntos pudieran ser algo, fuese lo que fuese–. ¿Entiendes de qué te estoy hablando?

–La verdad es que no –dijo elusiva, pero sentía punzadas detrás de los ojos, y en su mirada el oscuro horizonte pasó a ser un vacío.

–No te hagas la tonta –le advirtió–. No te pega. –Le cogió bruscamente el mentón para que le prestara atención. Ella tragó saliva con la mano de él en la mandíbula y el cuello–. Un día me vas a necesitar –dijo con calma–. A mí. No a Juan ni a Debra. –Hizo una pausa–. Ni tampoco a Glen. Me necesitarás a mí. Me querrás a mí. Y yo estaré allí.

Su mano desapareció y ella lo percibió, aunque por la tensión entre las escápulas, seguía sintiéndolo al acecho. Creía oír su respiración, sus pasos rompiendo la corteza de sal, sentía su mirada clavada en ella. Se dio la vuelta y él estaba en un extremo del campamento, de frente. Detrás, vio a Val que también la observaba. Y detrás de ella, como una criatura que se esconde entre las faldas de su madre, estaba Agnes.

Bea se volvió hacia la carretera oscura.

Durante el transcurso de la noche, una situación que había parecido exenta de complicaciones se había convertido en abrumadora y enrevesada. Por primera vez no estaba segura de quién sabía qué, ni de qué pensaban de ella, y eso la asustó. Era como si estas personas con las que había convivido de un modo tan rudimentario durante tanto tiempo fuesen desconocidas. No le hacía gracia que cambiaran las cosas entre ellos, pero imaginó que era un proceso que había comenzado hacía tiempo. Le hizo sentir que no tenía el control, y fue consciente de que lo había tenido desde su llegada. Había sido una persona en quien los demás confiaban o a quien seguían, y ni se había dado cuenta. Y no lo había advertido porque no le había dado importancia. ¿Y por qué no le había dado importancia? A lo mejor porque todo aquello, el experimento, le había dado igual. Era un juego. Deseó desaparecer, reorganizarse, evaluar cuál era su papel. Sin embargo, la idea de irse sola le ponía los pelos de punta. *Pues, entonces, llévate a Agnes y a Glen,* pensó. *Ve a despertarlos de una sacudida en plena noche, y escabullíos, volved al Control, volved a la Ciudad. Vuelve a vivir esa vida, con todos los riesgos que conlleva.* Pero no, la fantasía había terminado antes de empezar. Ellos no se irían. El nudo que tenía en la garganta le cortó la respiración.

Tampoco es que antes no hubiera visto cómo era Carl realmente, pero a la luz de los hechos, percibía la podredumbre y la bilis. Así que reunió el miedo frío que sentía y lo dejó ahí, apretujado entre las tripas hasta que se endureció, se compactó y pasó a formar parte de ella.

La luna se arqueaba hacia la cordillera, de modo que las estribaciones, en toda su profundidad, y la pared del desfiladero resplandecían. *Qué bonito,* pensó Bea. Las montañas eran altas, y eran reales, como las crestas escarpadas y orgullosas que las coronaban. Sospechó que el punto más alto debía de elevarse unos mil quinientos metros por encima de ellos. Si empezaban la ascensión, descubrirían las capas y la profundidad de las pequeñas estribaciones. De día no le había parecido que hubiese mucha, y con la luz de la tarde presentaba el aspecto de una pared lisa. Sin embargo, ahora entendía que tendrían que caminar kilómetros y kilómetros hasta llegar al pronunciado tramo final que llevaba a la cima. Había que subir varias montañas para llegar a la cumbre.

No oyó más coches ni vio más luces. Y en su ausencia, la

cordillera se volvió gigantesca. De repente, ahora que percibía la vastedad de todo aquello, sintió su augurio. ¿Es que estaban cerca del Control? Le temblaban las piernas. Estaba agotada y hecha polvo. Se preguntó si moriría congelada si se quedaba a dormir allí. Sentía tal terror en el corazón que no sabía si los pies le responderían y la llevarían de vuelta al campamento.

Oyó un «pst» tras ella.

–¿Qué pasa, bichito?

Era Glen, que le colocó una piel sobre los hombros, y Bea fue consciente de lo mucho que había tiritado.

Él se puso a cantar en voz baja y a mecerse con ella bajo la manta.

–No sabía que a los bichitos les gustara el frío –le susurró al oído.

Gracias al calor de Glen, dejó de estremecerse y notó que él la sostenía. Tenía las rodillas flojas, temblaba como una hoja.

–¿Vamos a dormir?

Ella asintió y notó que le caían las lágrimas.

–¿Te ayudo?

Volvió a decir que sí y se sintió perdonada.

–Llévame a casa –acabó diciendo, y él la levantó en brazos y la condujo hasta la cama.

Un vehículo circulaba despacio, con la mano pegada a la bocina, en medio del volante, su conductor soltó una larga increpación y, con la otra, les hizo la peineta. En los surcos del asfalto se había acumulado la lluvia y, al pasar por encima del charco, salpicó. Tras su paso, la gasolina les quemó las fosas nasales. Los niños empezaron a toser, como si hubieran vuelto a la Ciudad y tuvieran que taparse la cara con la almohada. Se habían despertado entre charcos, la tierra seca no estaba acostumbrada a absorber el agua. No recordaban la última vez que habían visto llover y lamentaron que hubiera ocurrido mientras dormían porque no habían podido recoger la lluvia ni aprovecharla para lavarse. Las camas se les habían mojado y tenían la ropa pegada al cuerpo mugriento.

Caminaban por la carretera porque el arcén estaba lleno de barro, como el salitral. «Coche», gritaron a los de atrás. «Coche, coche, coche», y acto seguido los salpicó el barro.

Las nubes pendían del cielo como sucios cogollos de algodón. Cuando llevaban una hora de caminata, empezó a llover otra vez.

El tejado centelleante que habían divisado a lo lejos no era más que una colección de edificios abandonados, un antiguo Control, ahora habitado por un sospechoso búho americano y varias familias de irritantes cuervos. Había mierda reseca esparcida en una cuadra de caballos vacía; un abrevadero con únicamente una rata muerta en el fondo. En la puerta de uno de los edificios había un tablón de madera astillado con una nota escrita con pintura que decía ¡NOS HEMOS MUDADO MÁS ABAJO!, y una flecha que señalaba a su izquierda. Llegaron como pudieron a la espita, y lo único que salió de ella fue una vaharada de óxido. Siguieron andando alicaídos.

Oyeron un estruendo, como si un avión fuera a acercarse tanto como para despeinarlos pero, al girarse, vieron que se trataba de una camioneta aún a unos kilómetros de distancia. A medida que se aproximaba, les hizo luces y ellos se apartaron de la carretera. Gritaron «camioneta» y se pusieron en el arcén.

El vehículo avanzaba con esfuerzo. La pintura plateada estaba rebozada de una capa de polvo y mugre que no parecía que le fuera a salir fácilmente. Redujo la velocidad y tocó el claxon. Aunque no sonó amenazador, todos los niños salvo Agnes se escondieron detrás de los adultos. Al frenar, a pesar de la lentitud, el remolque se sacudió y la parte trasera se descontroló durante unos instantes.

–Vaya –dijo el conductor mientras paraba a su lado–. Este cacharro no está acostumbrado a la lluvia. –Al sonreír, mostró su blanquísima dentadura–. ¿Sois el grupo ese sobre el que he leído?

Carl se puso al frente, hinchando el pecho.

–Así es.

–La hostia, Maureen no se lo va a creer. –Tanteó con la mano en el regazo–. Dejadme que os haga una foto –dijo sacando un rectángulo reluciente.

–Mejor no.

Pero el hombre ya estaba disparando.

–Bien, ahora juntaos un poco.

Instintivamente obedecieron. La cámara relucía como la pistola que llevaban los Agentes Forestales en el cinturón y, cada vez que el hombre disparaba, se oía un sonoro clic como si fuera un pájaro robotizado. Al principio, Hermana, Hermano y Piña empezaron a llorar en silencio, hasta que su llanto se acabó descontrolando.

El hombre bajó el rectángulo.

–¿Qué pasa? ¿Por qué lloran?

–Los ha asustado –respondió Debra–. No habían visto nunca una cámara.

–Ah –dijo, sinceramente arrepentido–. Me sabe mal. –Dejó caer los hombros y se quedó mirando su regazo. A continuación se le iluminó la cara–. Bueno, os lo puedo compensar. ¿Queréis que os lleve? –Y señaló con la cabeza la góndola con barras de acero donde transportaba la carga. Aunque ahora no había nada. Era un espacio largo, vacío y húmedo–. Os seguiréis mojando, pero por menos tiempo. Por favor, chavales, no lloréis más –les pidió, pero ellos ya habían parado.

Todos se miraron y formaron un corro.

–¿Podemos? –preguntó Debra, dando voz a la duda de la Comunidad.

–¿Qué más da si podemos? –saltó Carl–. La pregunta es si queremos.

–Bueno, yo quiero saber si podemos, porque no quiero meterme en un lío –repuso en voz baja como si le preocupara que alguien más, aparte de ellos, estuviera escuchando.

–Pues si nos metemos en un lío, nos metemos –insistió Carl.

–Pero si es una regla, saltárnosla será muy grave. Me preocupa que nos echen.

–No nos van a echar –dijo Carl.

–¿Cómo lo sabes? –preguntó el doctor Harold.

–No nos echarán. No sale en el Manual.

–Ya lo creo que nos pueden echar por saltarnos las reglas.

–Pero esto no es ninguna regla.

–¿Estás seguro de lo que dices? ¿Seguro que no sale en el Manual? –insistió el doctor, que miraba entusiasmado a Debra, sin duda tratando de defenderla.

Carl suspiró.

–A ver, yo creo que no sale. No sé. –Se encorvó desesperado por tener que lidiar con preguntas tan absurdas.

El camionero silbó y dijo:

–Hay espacio de sobra, si es eso lo que os preocupa.

–Un segundo, por favor –le pidió Glen.

–¿Desde cuándo tienes tanto miedo, Debra? –le preguntó Val con tono compasivo. Y le tocó el brazo, como consolándola, aunque lo que pretendía era ridiculizarla. Debra protestó y Val hizo una mueca.

Bea alzó la mano.

–La verdad, Debra, es que no recuerdo que hubiera ninguna regla específica sobre si alguien podía o no llevarnos a algún sitio. –Hizo una pausa.

Y Carl estalló:

–Exacto. Es ridículo.

–No he terminado, Carl –La cara de él era un poema. Se dio cuenta de que había picado. Debra se animó y Bea continuó–: Pero siempre podemos consultarlo en el Manual –lo dijo con calma, aunque le parecía un esfuerzo absurdo y lo que le apetecía era gritar: «Súbete ya al puto camión». Sin embargo, llevaba peor las maneras intimidatorias de Carl y Val que el hecho de perder el tiempo con eso. Si alguien necesitaba revisar el Manual para sentirse bien, lo harían. Así es como habían operado siempre. Carl y Val cada vez eran más intransigentes con las necesidades de los demás, y ella no pensaba tolerarlo–. ¿Le parece bien a todo el mundo?

Todos asintieron salvo la pareja, y Bea observó que tampoco lo hizo Agnes, que prestaba más atención a ese proceso que a jugar a pillar con Hermana y Hermano.

Val era quien llevaba el Manual y, por un momento, lo abrazó con fuerza enseñando los dientes a modo de amenaza, mofándose, pero al final lo abrió, junto con la carpeta de apéndices que habían ido acumulando a lo largo de años de caminata, el resultado de nuevas reglas que enviaba la Administración, con sus interpretaciones cada vez más estrictas de «naturaleza» y «reserva».

Cuando Val abrió el libro, el camionero, visiblemente irritado, les dijo:

–Bueno, no pensaba que fuese a ser tan complicado. ¿Queréis que os lleve o no? Este barco debe zarpar.

Primero todos se miraron entre ellos, después al Manual, tan grande y aparatoso, y finalmente a Debra, que fruncía el ceño y miraba la camioneta con ansia.

–Yo lo que no quiero es que nos echen.

Y antes de que terminara de decirlo, los demás se apresuraron en dirección a la plataforma.

La camioneta era alta, y se ayudaron entre todos para subir y meter todos los morrales con comida, la ropa de cama enrollada, el ahumadero, la basura, el Manual, el Hierro Colado, la Bolsa de los Libros y todas sus pertenencias. Se sentaron aturdidos mientras el vehículo se ponía en marcha. Bea se apoyó en un lado y levantó los pies. No recordaba la última vez que lo había hecho. Todo su cuerpo se zarandeaba y se sumió en una comodidad desconocida. El viento que sentían en el pelo era muy distinto al que soplaba por la llanura, que venía de cualquier sitio. Este era suave como unos dedos delicados. A medida que ganaban velocidad, se desató un vendaval y tuvieron que apartarse el pelo de la cara.

El conductor abrió la ventanilla trasera para poder hablar con ellos. Les contó que había trabajado en la Zona Industrial. «Pero es una vida muy solitaria. *Pip. Pip. Pip. Pip.*» Así que se buscó un empleo en los Distritos Logísticos y ahora se pasea por este país tan loco.

Era como si tener compañía lo hubiese animado. Sin apenas coger aire lanzó la siguiente frase, sobre un pez que pescó en un río junto a la carretera.

—A ver, no lo pesqué exactamente. Saltó del agua a la carretera. Supongo que el río estaba desbordado, había agua en el asfalto. Estaba ahí tirado, así que lo cogí.

Se miraron entre ellos. Lo que estaba describiendo iba contra las reglas, pero no pensaban decírselo. Se limitaron a asentir.

—Claro que tampoco tenía la menor idea de cómo prepararlo. Vosotros seguro que habríais hecho un banquete con él, pero yo lo eché de nuevo al agua. Madre mía, qué sensación más rara al tocarlo. Era escurridizo y estaba alerta. Olía muy fuerte y estaba muerto de miedo. Y, en parte, por eso lo devolví. No soporto asustar a nadie. —Se frotó la barba incipiente, y Bea percibió el sonido a pesar del ruido del motor—. Hacía que no veía un pez... Bueno... Nunca había visto uno vivo. Me dio un poco de asco, la verdad.

Se revolvió en el asiento mientras el camión circulaba por la carretera con gran estruendo.

—Perdonad que os haya asustado, chavales.

Bea se estremeció, le daba miedo que chocasen cuando él no miraba. Pero ¿con qué iban a chocar? La carretera se fundía con el salitral.

–¿Siempre hay tantos coches? –gritó Bea.

–Ja, ¿a qué te refieres? No he visto ninguno.

–Nosotros hemos visto un montón.

–Bueno –dijo mientras volvía a frotarse la barba, lo que puso tensa a Bea, como hacía mucho que no le pasaba, como al oír un chirrido de tiza–, es que es puente. Quizá por eso se mueve la gente. Serán sobre todo familias de Agentes Forestales, quizá alguna de las Minas.

–¿Hay algún pueblo grande cerca?

–¿Cerca? No exactamente, pero sí que hay un pueblo.

–Y, entonces, ¿esa gente puede conducir por aquí?

–Ah, no, solo por este tramo de carretera. Y con permisos. Este lugar es una cárcel. Está cerrado a cal y canto.

Ahora lloviznaba. Veían romperse las nubes en el margen del salitral. Era una lluvia matutina, no un diluvio de todo el día. El vapor, la mezcla de calor, frío y humedad, emanaba del salitral y tejía una fina cortina ante sus ojos.

El camionero los miró a través del espejo retrovisor.

–No veas, es tremendo lo que hacéis –dijo en voz baja, casi para sí mismo, pero Bea lo oyó. Carraspeó–. ¿A dónde os dirigís?

–Al siguiente Control –respondió Carl.

–Ah, ¿sí? ¿Y qué vais a hacer allí?

Carl suspiró y no añadió nada. Quería hacerse el misterioso.

–Papeleo –explicó Bea.

El hombre se puso a reír exageradamente hasta que le entró un ataque de tos. A Bea le pareció una risa genuina, pero no podía estar segura.

–Esa sí que es buena –dijo mientras seguía riendo, y repitió la palabra–. Papeleo.

–Sí, supongo que todos debemos hacerlo. Nosotros, el papeleo, y usted necesita permisos de circulación.

–Ajá –añadió él, pensativo.

–Son muchas reglas que seguir –comentó Bea, que estaba encantada con esa conversación tan mundana.

–Para todos excepto los Agentes Forestales –dijo el conductor, con una risa triste.

–No, hombre, no. Seguro que ellos también tienen. Todos debemos respetar unas normas. –Tenía la certeza de que los Forestales las cumplían porque ella y Bob se habían hecho amigos gracias al interés que compartían por seguir las reglas.

–No todos, y menos los Forestales –dijo el camionero, ahora serio–. No, ellos básicamente pueden hacer lo que les dé la gana: cuando quieran y donde quieran. Son los que mandan.

A Bea el arrepentimiento le recorrió el cuerpo. ¿Por qué tenía que ser tan mayor Glen? Si hubiera tenido la edad de Carl, a lo mejor se habría enterado de la posibilidad de ser Agente. A Carl no lo habían aceptado porque era un capullo, pero ¿no encarnaba Glen todas las cualidades que buscaban? Si él hubiera sido Agente, Agnes no se habría puesto enferma. Podrían haber vivido aquí en una casa de verdad. En un hogar. Suspiró y se dio cuenta de lo mucho que echaba de menos su cama. Qué cosa tan absurda para echar en falta justo en ese momento, cinco años después, ¿o seis?, ¿siete?, pensó. Miró a Glen, que contemplaba el cielo con una sonrisa en el rostro. Aunque lo cierto es que si hubiese sido Agente, no lo habría conocido. Ni habría tenido a Agnes si hubiese sido la esposa de un Agente. Habría tenido otro hijo. Se fijó en Carl, que había estado escuchando su conversación con el camionero. Tenía la mandíbula tensa y le estaban subiendo los colores. Le leía la mente. Se le había escapado de las manos una vida sin reglas, porque de algún modo no había sido capaz de comprender que quien las aplica no tiene por qué seguirlas. Aquello era demasiado. ¿Cómo había podido ocurrir esa tragedia?

Bea gruñó y se tumbó sobre la caja de madera de la camioneta. La vibración de la carretera y la potencia del vehículo la marearon un poco.

Bajo la suciedad y el polvo de la caja, se veían unas vetas de pintura violeta que decían algo, probablemente información importante sobre el vehículo, o que lo había sido hacía años. Quizá no era nada.

Agnes se volvió hacia ella con los ojos húmedos y tocó la caja.

–¿A que es bonito, mamá?

Bea la observó lamer el metal oxidado de la rejilla, explorándola en su totalidad. Pensó en cómo corría detrás de los conejos o cómo trepaba por los árboles cuando se los encontraban. Era evidente que ya no estaba enferma. Ese no era el problema. El problema era que en la Ciudad no había nada para ella. Las escuelas eran campos de entrenamiento para puestos de trabajo que ocupar. Las azoteas no tenían ni caminitos, ni flores, ni huertos, sino depósitos para recuperar agua, paneles solares, antenas de telecomunicaciones y una alambrada que lo protegía todo. Nunca había nadie en el exterior salvo para desplazarse de un edificio a otro. A unas manzanas de su casa había un árbol con una verja para que nadie lo tocara. Por alguna razón, cada primavera seguía floreciendo, y gente de todas partes acudía a ver sus delicadas flores rosas. Cuando le caían los pétalos, se reunían alrededor de la verja para intentar atrapar los que volaban con el viento. El resto se pudrían alrededor del tronco. Era uno de los diez árboles que quedaban en la Ciudad. Tenían suerte de vivir cerca.

El camionero hablaba sobre unos edificios:

–Edificios nuevos, los acaban de construir. Es el Control nuevo, después de que el antiguo no funcionara.

–¿Por qué no funcionó? –preguntó Glen, siempre en busca de conocimiento.

El hombre no respondió.

–Este Control tiene aguas termales. Y los viejos vaqueros construyeron encima un cobertizo para que haya eco.

–¿Qué viejos vaqueros?

El camionero siguió.

–A veces el agua está demasiado caliente. Es como que sale un chorro de algo espantoso desde abajo. Entonces no puedes meterte, te quema la piel. Pero espero poder darme un remojón. Tengo la espalda. Aquí sentado...

–¿Y cómo se sabe que está demasiado caliente? –preguntó Debra.

–Tirando carne.

El doctor Harold le dio un codazo a Debra.

–Nosotros lo hemos hecho –dijo al grupo en un aparte como si no lo supieran. Debra se volvió sin decir nada.

–Está muy bien –comentó el chófer–. Os va a encantar. Cuando llegaron a lo alto de una elevación que no habían advertido, vieron cómo se extendía el Control Bajo. Detrás había una cordillera fronteriza con una superficie tan escarpada que parecía imposible de simular. Una moqueta de salvia rodeaba toda la camioneta. Por fin habían dejado atrás el salitral.

Ahora que había alguna marca visual con que compararlo, la camioneta bajaba la carretera como un rayo, a toda velocidad. El Control podría haber parecido grande, pero quedaba empequeñecido por todo: por la tierra extensa, el cielo infinito, los promontorios de la cordillera. Sin embargo, era una construcción y, por eso, para Bea, parecía más grande que cualquier otra cosa que lo rodeara.

Evidentemente estaba desierto.

–Recordad: es puente –dijo el chófer, cambiando de marcha y reduciendo la velocidad hasta detenerse en un aparcamiento vacío–. Fin de semana largo. No abrirán hasta el lunes.

–¿Qué día es hoy?

–Jueves. A última hora. Ya sabéis lo que quiere decir. –Canturreó esta última parte mientras bajaba de la cabina de un salto y se colgaba una toalla al cuello–. Hora de remojarse –repitió alegremente y se fue corriendo hacia un cobertizo alejado del círculo compacto que formaban los edificios del Control. El reflejo del tejado metálico oscilaba en el horizonte y el vapor cambiaba de forma ante sus ojos.

Se apearon del camión del mismo modo extraño en que se habían subido: con el culo al aire, los pies colgando hasta que se atrevían a lanzarse y pasándose torpemente los objetos pesados. Se golpearon los dedos y rompieron un par de huevos de urogallo.

Este Control era la versión auténtica del que acababan de pasar. Los edificios estaban enteros y recién pintados. Los teja-

135

dos metálicos relucían. Eran de un azul cobalto nuevecito y sin óxido. De chapa ondulada. Carl lanzó una piedra al tejado, que aterrizó con un ruido hueco y limpio, se deslizó por la pendiente y cayó de nuevo en su mano. Se la pasó a Hermano. Los niños adoptaron con ganas este juego nuevo.

Los adultos deambulaban entre los edificios.

Debra silbó.

—Joder, qué grande es este Control.

Detrás del semicírculo principal se escondían tres edificios más grandes. Eran todos iguales, con la misma distribución de ventanas, algunas de ellas con cortinas que aún conservaban los pliegues y, otras, con cristal esmerilado. En una de ellas, había una luz fluorescente que parpadeaba. Debían de haber albergado literas o un cuartel.

Los edificios del círculo interior tenían aspecto oficial y estaban nombrados como tales: la Oficina, el Aparcamiento, la Cuadra, el Arsenal. *¿El Arsenal?*, se preguntó Bea.

Aparte de la luz intermitente en lo que debía de haber sido el baño de una especie de cuartel, el resto del Control estaba a la sombra, y fue oscureciéndose a medida que se ponía el sol. Incluso ahora, después de tantos años, a Bea seguía sorprendiéndole la llegada de la noche. Parecía como si los días nunca fueran a terminar. El cielo era demasiado grande y estaba iluminado hasta el final. A veces era como si el sol se apagara tan súbitamente como una lámpara. Aunque hacía tiempo, durante el primer año, había percibido que la clave para saber cuándo llegaba la noche estaba en las nubes, si es que ese día había en el cielo. Cuando llegaba el momento, la parte inferior se volvía negra. Reflejaban el mundo oscuro de abajo antes de que Bea se percatara de que había llegado la oscuridad. Las nubes revelaban todo lo que lo demás se negaba a aceptar. Eran la advertencia: *Encended el fuego y cobijaos. Ha llegado la noche.* Arriba, la parte inferior de las nubes era negra como el carbón.

Desenrollaron pieles y camas. Unos cuantos fueron a buscar leña, pero dentro de la propiedad, el terreno estaba tan arreglado que no vieron gran cosa y tuvieron que alejarse hasta las afueras para encontrar un poco de salvia muerta.

Carl y Val encendieron una hoguera: humeaba, chisporroteaba y las ramitas secas crujían hasta convertirse en cenizas. Olía a todo aquello en lo que se había convertido su vida. Ya fuese bajo el sol abrasador o alrededor del fuego en una noche fría, su mundo estaba impregnado de salvia.

Mientras sacaban los utensilios para comer, oyeron que la camioneta daba la vuelta y las ruedas empezaban a chirriar. El baño del conductor había terminado, y ahora era alguien a quien no volverían a ver. Las luces traseras se fueron disolviendo en puntitos hasta desaparecer. Miraron hacia la carretera, buscando más luces en el horizonte, pero no había. El tráfico era inexistente. El fin de semana había comenzado, y se imaginaron que hasta el domingo no vendría nadie. Bea se puso a contar con los dedos, nombrando los días de la semana en voz alta por primera vez en años, como si fueran palabras de un idioma extranjero. Cuatro días. Melancólica, miró el recinto de edificios y vio que la vida en el desierto ya los había hecho envejecer. En medio de la nada cualquier cosa presentaba un aspecto solitario, y todas las cosas solitarias parecían ajadas.

—Mañana iremos de caza —dijo Carl—. Nos quedaremos hasta que la carne esté seca. Para entonces ya sabremos qué coño pintamos aquí.

Hicieron tortitas de bellota y se repartieron un poco de carne. Hasta ese momento era una noche sin luna y, a menos que se sentaran junto al fuego, ni siquiera se veían las manos. A lo lejos oyeron tiritar a los caballos en la oscuridad. Quizá fueran los de la Cuadra, pensó Bea, y se puso a escuchar los mordisquitos que daban al pasto, el roce de sus cuellos. Observó que la noche había traído calma a la Comunidad. Recogieron y se acostaron. Se instaló un silencio pesado, como si estuvieran de mal humor tras una pelea.

Por la mañana, en el corral que había en medio de los edificios, dos caballos observaban a la Comunidad con algo parecido al desdén. Al alba, un grupo había salido de caza y el resto se dirigió tímidamente al cobertizo humeante y destartalado para darse un baño. Parecía de otra época, una estructura muy antigua que había sobrevivido aunque el territorio se hubiera resilvestrado. La condensación se acumulaba en el techo y goteaba, y se producía un eco entre el metal y el agua. En las finas paredes de madera había nombres y dibujos grabados. Fuera de contexto daban la impresión de ser pictogramas del pasado. Un caballo parecía la señal para comunicar que cerca había caballos. Pero estas inscripciones tenían una historia más reciente, de los tiempos en que los chicos de la zona habrían venido en coche para esconderse de sus padres e imaginarse que eran adultos y libres. Ahora, para la Comunidad, el lugar era como una especie de salvación, igual que probablemente lo había sido para cualquiera antes que ellos.

Cuando Bea se agachó para meterse en el agua, estaba demasiado caliente y al principio dio un respingo, pero enseguida se instaló en ella una comodidad que no recordaba haber sentido nunca. Todos soltaron alguna lagrimita antes de poder reír. Las aguas termales llenaban una vieja cuba de hormigón del tamaño de la caja de la camioneta donde habían viajado. Para ir de un lado a otro, debían dar un par de brazadas. El agua mineralizada era fangosa, espesa y, al llegar al medio, chapoteaban y regresaban, pero volvían a aventurarse una y otra vez, agitando los brazos para llegar al borde de hormigón, como niños que aprenden a nadar. Bea se sumergió y escuchó el latido de su corazón. Metía la cabeza poco a poco hasta que el agua le cubría las orejas y salía, volvía a sumergirse y salía. Viva, muerta, viva, muerta. El azufre permaneció en su piel durante días. Como si fuera un tónico.

Buscó a Agnes y la vio metiendo un pie cauteloso en el agua y después sacarlo. Repitió la acción con una mueca. Hacía mucho que no se daba un baño caliente. Que ella recordara, solo había habido baños estimulantes en torrentes montañosos. Bea nadó en su dirección y levantó los brazos para animarla, pero su hija negó con la cabeza. Ella insistió y, al final, Agnes se fundió en sus brazos. Con cuidado, la sumergió y le dio la vuelta. Entre sus brazos, pesaba poco, flotaba en el agua mineralizada. Agnes apoyó la cabeza sobre el hombro de su madre y Bea sintió cómo se relajaba. La manera que tenía su hija de aferrarse a ella la transportó de inmediato a su piso, cuando era ella quien se aferraba desesperadamente a Agnes, convencida de que estaba a punto de dar el último aliento. Bastaron solo unos segundos para regresar a esa ansiedad, y sintió que el corazón empezaba a acelerársele por debajo del agua. *Pero no*, se recordó. *Agnes está bien. Está sana. A salvo. Y, no solo eso, es extraordinaria. Lo conseguiste.* Asintió, pero lo único que logró fue ponerse melancólica.

La partida de caza volvió con un ciervo y un par de liebres, y esa noche encendieron una hoguera grande y, al lado, otra más pequeña. Necesitaron a toda la Comunidad para prepararse para semejante cantidad de carne. Salieron los recolectores de hierba y volvieron arrastrando arbustos de salvia muertos. La tienda de ahumado era grande, pero un ciervo entero solo podía hacerse en dos tandas. Lo desollaron, lo partieron por la mitad y lo descuartizaron; cortaron tiras largas y finas de carne y las enroscaron en la parrilla de secado que habían fabricado hacía años con un arce caído y que habían ido reparando con parches flexibles de arbustos más pequeños y otros árboles que habían ido encontrando por el camino. Buscar material para mantener en buen estado la parrilla de secado era prácticamente un trabajo diario, pero posiblemente se trataba del artículo más importante que tenían. Aquel arce había resultado ser increíblemente resistente y además aportaba buen sabor. No habían vuelto a ver más en ninguna de sus caminatas. Era como si los Agentes Forestales lo hubieran puesto ahí para que lo encontraran, para estudiar qué harían con él.

El descuartizamiento era una tarea de toda la noche. Se despreocuparon del ahumadero. El ambiente general era como el de un incendio. Encendieron otra hoguera más grande para mantener el ambiente seco y la temperatura alta, y para que, de ese modo, el pequeño fuego del interior de la tienda pudiera cumplir su función: echar humo con el calor suficiente. Así es como habían mejorado el proceso.

Cuando empezó a amanecer, ya habían hecho todo lo que habían podido y muchos se habían echado a dormir un poco.

Según sus cálculos, era sábado.

La gente empezó a preocuparse.

—¿Creéis que volverán todos por la mañana?

—A lo mejor esta noche, para ahorrarse el tráfico.

—¿Qué tráfico? —¿Qué es tráfico? —preguntaron los niños.

—Hemos intentado abrir todas las puertas, ¿verdad? —preguntó Debra.

—Sí, hasta la del Aparcamiento. Y la puerta de seguridad del Arsenal —añadió el doctor Harold.

—¿Por qué tienen ese tipo de puerta en el Arsenal? ¿Esperan que alguien asalte el Control y les robe las armas? —preguntó Val, dando un puntapié en la tierra.

—¿Y por qué hay un arsenal? —dijo Glen.

—A lo mejor hay una milicia más allá de la cordillera esperando invadir esto —se aventuró el doctor Harold.

—Es absurdo que dejen entrar a camioneros. —Val cambió de tema—. Ese tío solo tenía un permiso. Puede que lo consiguiera con un soborno. En realidad, seguro que era falso.

Carl se encogió de hombros.

—Como decía, el comercio es la clave.

Bea se rio.

—¿Cuándo has dicho eso? —Bea miró a Debra poniendo los ojos en blanco, pero ella frunció el ceño. Bea miró a su alrededor y nadie le prestaba atención. Todos tenían los ojos puestos en Carl y asentían. ¿Ahora estaban de su lado? Buscó a Glen. Se había alejado y estaba agachado, desempolvando algo del suelo, observando algo de cerca. Una reliquia o un fósil, pensó Bea. Típico de Glen. Solo le interesaba el pasado. Por unos instantes se enfureció con él.

—Y nosotros aquí esperando. ¿A qué? ¿A que los guardianes nos den órdenes? —Val escupió en el suelo donde acababa de dar el puntapié.

—Sí, deberíamos irnos de inmediato —opinó Juan, que estaba en cuclillas y se levantó, como dispuesto a irse, pero se limitó a quedarse de pie, estirando el lado malo de la cadera, que no se le había acabado de recuperar después de la caída durante el segundo invierno en un pedregal–. Esta es nuestra tierra, yo lo veo así –prosiguió–. Nos han hecho venir. Somos los invitados, y los anfitriones son tan maleducados que ni siquiera están para ofrecernos un sitio donde descansar, asearnos o darnos una ducha.

Hermana preguntó:

–¿Qué es una ducha?

–Nunca lo hacen –dijo Debra–. ¿Por qué debería ser distinto en este Control?

–Porque lo es –intervino Carl, con un impostado tono de profesor, algo que nunca había sido–. Nos pidieron que viniéramos hasta aquí. Sin ningún motivo. Está feo que no estén. –Su aspecto sereno desapareció para dar paso a su auténtica inquietud–. Por lo menos podrían haber puesto a alguien que nos dejara entrar en el puto edificio a recoger nuestras putas cartas.

–Bueno –terció Bea–, tampoco es que supieran exactamente cuándo íbamos a llegar. Además, es fiesta... –Dejó que se le apagara la voz. No le gustaba el juego que habían empezado Carl y Val, y ahora también Juan, de «Nosotros contra los Agentes Forestales». Convertía en precaria la situación en la que se encontraban. Aunque ella también se preguntaba dónde demonios había alguien, fuese quien fuese.

Carl miró con dureza a Bea mientras se incorporaba de un salto y avanzaba a zancadas de mal humor hasta la Oficina.

Todos lo siguieron.

Miraron al interior por el ventanuco de la puerta.

El sol iluminaba la Oficina a través de las ventanas laterales. Había un rayo juguetón bailando sobre los objetos. La grapadora, el ordenador, las carpetas de correo RECIBIDO y ENVIADO sobre el mostrador. Un suelo de vinilo del típico color verde de los Agentes Forestales. Una bandera con la insignia del Estado de la Reserva. Vieron la mesa que debía de ser del caporal del Control, porque encima había una taza que decía PORQUE YO SOY EL JEFE.[1] Y en otra, había una caja de papel

---

1. En adelante con asterisco las palabras que aparecen en español en el original. *(N. de las T.)*

vitela rebosante de correo. Estaba atestada de paquetes. Había cartas por todas partes. Pegaron la cara a las ventanas, intentando leer los nombres escritos con aquella cursiva antigua.

–Bueno, ¿qué hacemos? –preguntó Val.

–Debra –dijo Carl, con voz empalagosa–, ¿te parece bien que abra esta puerta? Seguro que en el Manual hay alguna regla al respecto.

–Anda ya, que le den al Manual –respondió ella, tirando del pomo–. Quiero mis cartas, joder.

Carl se cubrió el codo con una piel y dio un golpe en el centro del cristal. Las esquirlas llovieron dentro y fuera. Metió el brazo para abrir la puerta con la manilla, pero no lo logró.

–Un niño –ordenó.

Pero Debra extendió los brazos como si fueran ramas de árboles y los niños se parapetaron detrás.

–De ninguna manera –dijo mirando los trozos de cristal.

Carl dio un puñetazo en un intento por hacer que los bordes no cortaran, pero solo consiguió que el contorno quedara más dentado y que los niños se escondieran aún más detrás de Debra.

A continuación oyeron un estruendo y un gruñido. Glen se había lanzado contra la puerta. Se levantó y gritó en el segundo intento. Después dio una patada al pomo. Se oían unos sonidos guturales de fondo, como si fuera lo normal cuando un cuerpo se arrojaba contra una puerta. Siguió dando patadas hasta que el pomo quedó colgando. Entonces, con un rugido, dio otra fuerte embestida, logró pasar y cayó patinando unos centímetros junto a los cristales. Miró exultante al grupo y después a Bea, que se arrodilló a su lado para acariciarle el pelo.

–Bien hecho, amor –le dijo.

Todos se arremolinaron alrededor de la mesa del correo. Val y Debra se peleaban por la caja.

–¡Un momento, esperad! –gritó Glen, todos se detuvieron a mirarlo, Val y Debra sin soltar la caja. Él sonrió por esa victoria–. Necesitamos un sistema.

Al oír la palabra «sistema», Carl se enfureció. Sin embargo, Bea advirtió con alegría que nadie le prestaba atención. Todos aguardaron a que Glen se explicara.

Su sistema resultó ser sencillo. Habría dos personas clasificando. Y nadie podría llevarse sus cartas hasta que no las hubiesen repartido todas. Eligieron a Debra y Val para la tarea, y Bea vio a Val entusiasmarse. Al leer el nombre del destinatario de cada carta, se quedaba mirando a la persona con aire pensativo y, acto seguido, la dejaba solemnemente sobre la pila correspondiente. Lo hicieron poco a poco y a conciencia, y todos salivaban admirando el progreso. Las pilas estaban dispuestas sobre el mostrador de información. Posiblemente esa fuese la única acción que había visto ese mostrador. ¿Quién venía aquí a pedir información? ¿Otros Agentes Forestales? No había más gente. La Oficina parecía estar equipada como centro de bienvenida de otro tiempo. En una esquina hasta había un gráfico didáctico sobre la erosión del suelo.

Bea se paseó por el lugar abriendo puertas, mientras los demás acechaban la mesa del correo todo lo que se les permitía.

Encontró un baño y se lavó las manos frívolamente. Entonces se levantó el sayo, mojó unas cuantas servilletas de papel y se las pasó por la vagina. Las servilletas quedaron aún más marrones de lo que eran. El papel hacía pelotillas y se dio cuenta de que, por desgracia, durante los próximos días, iría dejándolas en todos los sitios donde hiciera pis. O que se le enredarían en el vello púbico, que quedaría enmarañado y apegotonado. Se sentó sobre el inodoro, separó las piernas y se encorvó para investigar. Se puso a palpar para ir cogiendo una a una las pelotillas, como si tuviera una infestación o algo peor. Era agradable el contacto en la piel de la porcelana fría. Tan lisa y limpia. Cuando se levantó, había dejado una mancha en forma de corazón sobre la tapa. La limpió con más servilletas. Volvió a lavarse las manos y se echó agua en la cara hasta que salió clara. Entonces reparó en que había un espejo colgado en la puerta, escondido, en parte, por una vieja toalla acartonada. Contuvo la respiración, cerró los ojos y apartó la toalla. A continuación, miró.

Con el sol, se le había arrugado el cutis. Tenía los ojos caídos y los labios también. Parecía mucho mayor de lo que era. Le habían salido pecas por primera vez desde que era niña. Y solo las recordaba por fotos que demostraban que habían estado ahí. Ya no recordaba su rostro joven. Salvo en alguna ocasión, cuando veía algo en Agnes que le resultaba dolorosamente familiar. Y pensaba que era porque se trataba de algún rasgo que había mirado cada día de jovencita, lo había estudiado, le había encontrado defectos. Otras veces era porque Agnes ponía una cara que hacía su madre. O se reía como ella. En esos momentos era como si las líneas genéticas fueran lo único que importara en la vida. Lo único que demostraba algo. Pensó en cómo se veía a los niños en la Ciudad. Ya había demasiada gente, así de simple. No se alentaba a tener más hijos. Ya nadie se hacía ginecólogo. Con Agnes había tenido suerte de dar con uno en una de las últimas maternidades. Ahora los partos eran en casa. Ocultos tras puertas. Sin ayuda si algo salía mal. Nadie se especializaba en vidas nuevas.

Nadie se especializa en las viejas tampoco, se recordó, subiendo las comisuras de los labios hasta que formaron algo que podía pasar por sonrisa.

Tenía el pelo quemado por el sol como Agnes; los viejos tonos carbón se habían vuelto del color de la arena mojada. Parecía como si alguien le hubiera espolvoreado franjas de harina de bellota a la altura de la sien y desde el cuero cabelludo. Era como una persona distinta.

–No, tienes tu aspecto –le dijo a su rostro en el espejo–. Lo que pasa es que hace tiempo que no te veía. –Se quedó mirándose un rato más. Levantó la palma de la mano rígida e hizo un barrido por delante–. Eh, hola –saludó a su reflejo y forzó la típica sonrisa para las fotos. Se le marcaban los tendones del cuello y en la frente le latía una vena gruesa. Frunció el ceño y volvió a cubrir el espejo con la toalla. A nadie le hacía falta ver eso.

En el cuarto de al lado encontró montones de papel, una impresora abandonada que parecía rota. Bombillas en estanterías. Estropajos, paquetes de servilletas de papel. Un cubo y una fregona, un aspirador, otros artículos de limpieza, y se preguntó quién se ocupaba de esa tarea. ¿Los Agentes Forestales? ¿O venía un equipo de limpieza de algún sitio? ¿Lo hacía la esposa de alguien por un dinero extra? ¿Los hogares de los Forestales necesitaban un plus? ¿Acaso necesitaban dinero? No había pensado en ello en ningún Control. Hasta ahora no había visto las entrañas del lugar. La idea de toda esa gente moviéndose por la oficina, ordenando, haciendo que oliera bien y pasando el aspirador por el suelo la hizo sudar con anhelo. Qué no daría ella por ser la mujer de la limpieza de este sitio. Con un camastrillo limpio que podría dejar hecho cada mañana, y por la noche arroparse con una colcha de piqué lavada en exceso. Se pasearía por allí cogiendo chismes, limpiándolos, volviéndolos a colocar en su lugar. Limpiaría el inodoro con lejía. La nariz le ardió con el recuerdo del olor. Pero ¿por qué perder el tiempo recordando?, pensó. Cogió una botella de lejía y la abrió. Al inhalar, una tos compulsiva la dobló por la mitad y desparramó el líquido por el suelo y las manos. Se llevó a la boca un dedo mojado y lo rozó tímidamente con la lengua. La boca se le hizo agua.

En la habitación contigua, encontró una mesa y un viejo sofá lleno de manchas. En los laterales había unas barras, un microondas, un horno tostador y una cafetera cuya jarra de cristal tenía una costra de café quemado. Olfateó el cuarto. Olía a podrido. Como una mezcla de pantano y carroña en un día caluroso. Parecía que este Control también estaba abandonado.

En el otro extremo había una nevera y una máquina expendedora. Bea fue flotando hasta ella, como atraída por un imán. Estaba medio vacía. Ya no quedaba nada bueno. Solo barritas de granola, gominolas con forma de fruta y patatas fritas de una marca que no reconoció pero cuyo sabor le revolvió el estómago: estofado de ternera. Pero ¿quién hacía ese estofado? Pensó en un plato que cocinaba su abuela. Cuando aún se podía viajar con libertad, su abuela se había aficionado a comprar especias interesantes. Sin duda, estas patatas no sabían al estofado de su abuela.

Bea abrió la nevera y encontró el origen del olor. Un bocadillo de pavo destapado que llevaba tiempo allí y, en el cajón, una lechuga romana desintegrándose. Qué desperdicio tan sorprendente. Una valiosa lechuga. ¿Cómo podrían haberse olvidado de ella los Forestales? Se preguntó si su vida era aún más glamurosa de lo que ella y Glen habían imaginado. Trabajaban para la Administración. A lo mejor los que mandaban tenían otras existencias, despensas, opciones distintas, precios más baratos, ofertas. ¡Descuentos! Es lo que se decía cuando difundían rumores sobre las Tierras Privadas. Que la gente que vivía allí tenía todo lo que uno puede querer. Todo lo que antes se daba por hecho. Como los descuentos. Por algún motivo, encontrar un armario lleno de productos de limpieza y comida echada a perder predispuso a Bea más que nunca a creer en la idea de las Tierras Privadas.

Otros artículos en la nevera: leche en polvo y yogur, un bloque grande de manteca, arroz instantáneo, bebida naranja, Carne® envuelta en papel de carnicería. La levantó para olerla. No se parecía en nada al olor de la que comía ahora, pero supo lo que era por cómo empezó a salivar. Panceta. ¿Dónde habían encontrado panceta los Forestales? Se la puso debajo del brazo. Necesitaba una herramienta o algo de ayuda para la máquina expendedora. A Juan se le daba muy bien colar un alambre y atrapar algún capricho. Y con la panceta alucinarían. Pensó que Carl hasta lloraría. Sonrió al pensar en lo contento que se pondría. Acto seguido frunció el ceño y apartó la sensación.

Abrió la puerta del fondo y encontró un armario lleno de trapos, para limpiar, supuso. Algunos cables y dos sacos de arena de veintidós kilos. Un armario para todo. Después reparó en una pila de mantas. Las bajó, y con la mejilla rozó una. En otro momento de su vida, habría dicho que rascaba, pero ahora era como algodón esponjoso. Había cosas más suaves en el mundo –el cuero, las pieles, la hierba fresca, el musgo–, pero el hecho de que esto fuese un producto hecho por el hombre lo volvía algo esmerado y tierno. Decidió que esa noche se taparía con esa manta.

Desde la ventana del pasillo, Bea vio a Hermana y Hermano lanzar una piedra al aire. Después oyó el ruido que hizo en el tejado de chapa. Otra vez y otra. Los niños nunca recibían ninguna carta y su madre, cuando vivía, tampoco había recibido nada. Debía de ser tremendo no tener a nadie que los echara de menos. Siguieron lanzando la piedra. *Clang.* Bea se sintió mal. Apenas se fijaba en los demás niños. Debra y Juan se ocupaban de todos.

Ahora, la Comunidad se concentraba en el mostrador de recepción, casi tocaban las pilas de cartas con las manos y se empujaban entre ellos para mantener su posición. Piña daba vueltas e iba de una pared a otra, y Agnes, sentada en el suelo, dibujaba formas en la moqueta con los dedos. Glen también se contenía, observaba el procedimiento con una sonrisa y regañaba a los que intentaban tocar sus cartas.

−Aún no −decía−. No hasta haber clasificado la última...

Y entonces fue cuando Val, después de depositar una carta con gran reverencia, miró a los demás.

−El buzón está vacío −anunció.

Se abalanzaron sobre el mostrador.

−Poco a poco, despacio, con cuidado −gritó Glen entre el alboroto de la Comunidad, que se abalanzó sobre el correo, y cada uno de los miembros corrió a buscar un sitio para leer sin molestias, para poder dar rienda suelta a sus sentimientos y comerse sus galletas rancias en paz.

Juan se paseaba y susurraba «*mamá*»,* llevándose al pecho un juego nuevo de pinturas. Cuando estaban en ríos, le gustaba pintar piedras y después lavarlas. *No dejar rastro*, decía, besando la piedra limpia. Explicaba que así era como expresaba su lado artístico.

Bea vio que Agnes tenía una cajita delante. Y que le hincaba el diente a algo parecido a un *brownie*, duro como una piedra, de uno de esos proyectos de amigos por correspondencia que hacían en algunos colegios. A veces recibían cartas de niños desconocidos, escritas con esmero y corregidas por sus padres, donde preguntaban cómo era la naturaleza, por qué estaban allí, y los instaban a que les respondieran pronto. Ya no les contestaban nunca. Al principio, cuando el correo, siempre apreciado, lo había sido aún más, unos cuantos habían respondido. Ahora limitaban el tiempo en los Controles, y era allí donde había papel y boli. El rato que pasaban se dedicaba a escribir a la familia. Era algo que se había convertido en una regla no oficial. Pero incluso esas cartas habían disminuido. Habían llevado consigo artículos de papelería, pero el papel se mojaba y los bolígrafos se estallaban y goteaban. Un Agente Forestal los multó porque aseguraba haber encontrado una mancha de tinta azul en una roca. Una marca indeleble, había dicho, aunque con la siguiente lluvia había desaparecido. Costaba pensar qué contar cuando estaban en marcha. Resultaba difícil encontrar tiempo para escribir algo importante. Sentían que las cartas que recibían eran indispensables y que contenían mucha información. Pero ¿qué información podían transmitirles ellos a sus familias en la Ciudad? Después de tanto tiempo, ¿cuántas puestas de sol más podrían describir? Y ofrecieran lo que ofrecieran, con frecuencia, acababa recibiéndose con hostilidad: «No tengo ni idea de dónde estás ni por qué estás ahí, la verdad. ¿Por qué no vuelves?».

Ahora en el Control escribían cartas sencillas que no resultaran polémicas: «No hay muchas novedades. Nos dirigimos a las montañas antes de que llegue la nieve. Un abrazo». Habían empezado a echar mano de las postales que había en todos los Controles, que mostraban bonitas vistas del Estado de la Reserva. Estaban para los visitantes, pero ¿qué visitantes? Las postales iban mucho mejor para transmitir un mensaje a la gente de la Ciudad. Aunque en las cartas de respuesta nadie hacía comentarios sobre la foto. Era como si ni siquiera la hubieran mirado, o que hubiesen pensado que era una imagen de archivo que no tenía nada que ver con la vida de la Comunidad, con el sitio real al que enviaban las cartas o desde el que las recibían. Pero sí era real. Era el cañón que se pasaron cruzando parte del primer año. Allí habían perdido a Jane y a Sam. Habían perfeccionado el ahumado de las carnes. Descubrieron que cuando el agua circulaba rápido, se podía beber sin las pastillas de yodo que habían empezado a usar gracias al doctor Harold, que les había hecho de conejillo de Indias. Vieron que a él le gustaba serlo. Mejoraron orientándose con las estrellas, y en el cañón fue donde Debra empezó a confeccionar la ropa que llevaban con pieles de animales y los tendones de Carl. Era un lugar significativo para ellos, pero no podían convencer a sus destinatarios de ello. Era absurdo decir: «En este mismo cañón, una inundación relámpago se llevó a Jane junto con nuestro mejor cuchillo». Sus receptores no lo entenderían; si bien la pérdida de Jane les había entristecido porque era buena cantante, lo que aún echaban de menos era el cuchillo.

La foto era de los escarpados precipicios rojos que serpenteaban hacia el horizonte, y de los chopos de hojas verdes que crecían a lo largo del río, donde el agua era fría y limpia, y cuyo caudal a veces era tan escaso en tramos de piedra caliza que podían caminar kilómetros por él y el agua solo les llegaba a la espinilla. Sí, en el cañón habían perdido a Jane y a Sam, pero también habían sido felices.

Vio que Glen tenía una pila de sobres que reconoció como de la universidad y que se alteraba mientras leía las cartas. Aún recibía las actas de las reuniones de departamento, y las decisiones que tomaban en su ausencia lo hacían subirse por las paredes. «No las leas», le había aconsejado Bea una vez. «Pero es correo», había respondido él, enfrascado en las páginas.

Advirtió sobre el mostrador una pequeña pila que nadie había cogido. Lo más probable es que fueran cartas de su madre: un montón de recortes sobre las rarezas de la vida en la Ciudad, cotilleos del club de *bridge* que frecuentaba y una tarjeta empapada de lágrimas en la que le suplicaba que volviera. Aún no estaba lista para leerlas.

Captó la atención de Juan y lo llevó a la máquina expendedora. Él fabricó una serpiente enrollando el cartón de la caja de bombillas con cinta adhesiva y sacó unas barritas de granola chiclosas con la misma facilidad que si las cogiera con la mano.

–Eres un mago –le dijo Bea, metiéndose las barritas en el bolsillo del sayo.

Juan sonrió.

–*Mamá** estaría orgullosa.

Repartieron las barras de granola entre todos. Ya habían saqueado un par de paquetes de provisiones que les habían mandado y después de comerse la repostería rancia, se desplomaron agarrándose la barriga. Los que no habían recibido nada cogieron varias barritas y las devoraron. Estaban desperdigados por la habitación, hechos polvo como si acabaran de pelearse o de follar.

—¿Cómo vamos a esconder lo de la puerta? —preguntó Val con la boca llena de la granola correosa.

Todos se volvieron hacia Glen, su intrépido líder —aquel día por lo menos—, el hombre que había hecho posible todo eso. Él se quedó inmóvil.

—Ah —comenzó—, buena pregunta. Deberíamos hablarlo y llegar a un consenso. —Se incorporó, listo para facilitar el debate.

Carl se levantó.

—No lo vamos a ocultar. Nos limitaremos a explicar lo que ha pasado. Que cuando llegamos, estaba así. ¿Y qué nos van a hacer? —Sonrió de oreja a oreja.

—Sí —exclamó Debra—. Que les den a ellos y a su puerta.

—Exacto, Debra —dijo Carl—. Que les den a ellos y a su puerta. Y que les den a sus reglas también.

Repantingados como estaban, todos soltaron un sí letárgico. La discusión había terminado. Carl había tomado las riendas de la situación para acorralarlos, y ellos lo habían aceptado sin rechistar. Bea vio cómo el pecho de Glen se hundía.

Clasificaron los envoltorios y los reciclaron según el material, llenaron las botellas de agua, fueron al baño y salieron de la Oficina. Volvieron al corro de camas. Los caballos de antes ya no estaban.

—He decidido que esos caballos son imbéciles —dijo el doctor Harold, agarrándose la barriga.

Tenía una exmujer que le enviaba paquetes religiosamente, aunque hacía una repostería curiosa: cosas como *macarons* amarillos o palmeras. Una vez preparó un pastel de chocolate sin harina espolvoreado con azúcar glas. Los dulces tenían un aspecto profesional, eran bonitos y elaborados, como los que salían en las revistas que hojeaba Bea para inspirarse. Habría tardado días en hacerlos, pero no se conservaban nada bien. Él se los comía igualmente. A Bea le resultaba raro que una mujer se tomara tantas molestias por un ex. Y a veces se preguntaba si realmente era su ex, o si el doctor Harold interpretaba un papel –el de divorciado solitario– para atraer así la atención de Debra. Si era ese el motivo, estaba claro que no funcionaba. Fuese quien fuese esa mujer, era evidente que seguía queriéndolo. Ya hubiera terminado él el matrimonio o simplemente hubiera dejado a su mujer en la Ciudad, Bea se preguntaba por qué. Aquí no es que cayera precisamente bien. Tal vez era el tipo de hombre que se deleitaba con las penas. Tal vez la odiaba. El doctor Harold se acercó al abrevadero de los caballos y lo volcó, tirando la poca agua que quedaba, un agua que les habían ofrecido a los animales y que, al parecer, no necesitaban.

Debra chasqueó la lengua.

–¿Por qué vas y desperdicias el agua si estaba bien?

Él se avergonzó.

–Eran ellos quienes la desperdiciaban –masculló, arrepintiéndose de lo que había hecho. Lo más probable es que hubiera querido impresionar a Debra, y ella negaba con la cabeza en su dirección.

Estaban alrededor de la hoguera chisporroteante, avivándola más, e intentaban sacarse los trozos de granola que se les habían quedado pegados entre los dientes. Bea extendió la manta sobre el suelo de tierra cerca del corral de caballos. Agnes se arrodilló a su lado y pasó las manos sobre el tejido.

–Rasca –dijo, pero siguió alisándola. Acercó la cabeza y la olió, se puso a rozar la manta con la mejilla y al final se fundió en ella, se hizo una bola, algo que no había hecho nunca sobre una piel.

–Rasca –repitió Bea, y se puso a acariciarle la espalda con la palma de la mano y, cuando se quedaba sin espacio, apuraba hasta la yema de los dedos, y vuelta a empezar.

Desde la manta, Agnes dijo con voz queda:

–Lee las cartas.

–Lo haré –respondió animada, aunque la idea le daba pavor. La carta de arriba era de su madre y podía imaginarse la culpabilidad que intentaría transferirle. Y, hoy, después de haber estado revolviendo armarios y comiendo cosas de la Ciudad, no se sentía con fuerzas para ir en contra de sus deseos. La última vez que la había visto, se habían peleado. Su madre había ido a su casa a petición suya. Bea le anunció que se marcharían esa semana al Estado de la Reserva. Agnes estaba seria, a su lado, observando con su unicornio de peluche en la mano. Su madre entornó los ojos, dio un vistazo al piso y se fijó en el equipaje, en las primeras pilas de ropa. Se había mostrado escéptica ante la idea, pero había sido respetuosa. Por eso Bea se quedó estupefacta con su estallido de rabia e incredulidad. La madre no la creía capaz de llevar a cabo el plan. No creía que fuera a irse de verdad. Al ver cómo se le desencajaba el rostro, Bea pensó: *Tonta de mí.* Había calificado el plan de descabellado. Había amenazado con quitarle a Agnes y esconderla para que no se la llevara. Incluso había intentado agarrarla, llorando de rabia y frustración y escupiendo las palabras. «La vas a matar», le gritó. El corazón de Bea se volvió una piedra. ¿Cómo podía pensar una cosa así? Intentaba salvar a Agnes. Arrastró a su madre hacia el pasillo. En la entrada, la mujer tomó aire y dijo con amargura: «No puedes...». Y Bea le cerró la puerta en las narices. Por la mirilla, vio que apoyaba la frente en la puerta para llorar. Se estremecía y se sacudía, la espalda se veía larga y se proyectaba hacia el rellano. Bea la dejó ahí y continuó haciendo cajas. No durmió. Al día siguiente se fue con Agnes al piso de Glen, que aún conservaba para guardar papeles, libros y objetos que no cabían en el de Bea. Allí terminaron todos los preparativos y se fueron sin decir una palabra a nadie. Había sido un enfrentamiento del todo insólito. Ella y su madre no discutían casi nunca. Bea era hija única, no había conocido a su padre, como Agnes. No es que ambas estuvieran muy unidas precisamente, pero siempre habían estado juntas.

La carta que recibió seis meses después de la pelea estaba empapada de lágrimas y era sucinta: «Estoy preocupadísima. No como, no duermo. He encontrado un médico de verdad para Agnes. Puedo prometer que se pondrá bien. ¡Volved, por favor!».

Había sido la primera carta que Bea había recibido en la Reserva. Se sentía desesperadamente sola. Y pensar en su madre llorando por ella casi la hizo salir corriendo a la frontera. ¿Cómo podía haberla abandonado así? ¿En qué estaba pensando? Había cometido un grave error. Esos pensamientos volvían a revolotearle por la cabeza mientras tocaba la carta de su madre en la pila. Solía ser así. En su respuesta, había vuelto a explicarle su razonamiento. Y la contestación de su madre había sido rápida y escueta, seguía exponiendo sus reparos, pero Bea vio que había un intento sincero de comprender la situación. A partir de entonces, mantuvieron correspondencia, como era su deber. En cada Control, varias cartas recibidas y enviadas. Reflexiones sobre este lugar, sobre la Ciudad, pero sobre todo acerca del cuidado de Agnes. Todo se reducía a eso, ¿no? El comentario de su madre a propósito del comportamiento extraño de Agnes fue: «Parece que hace lo mismo que tú a su edad». Su historia olvidada volvió a abrírsele ante los ojos.

Bea cogió la carta más reciente. La habían devuelto hacía seis meses y se imaginó que habría otra en camino, si es que no había llegado ya, esperando en otro Control, aún por clasificar, por entregar. El otro sobre era del bufete de abogados que se ocupaba de sus asuntos fiscales en su ausencia. Había recibido muchas cartas de ellos durante todos estos años, y todas eran actualizaciones sobre algún cambio en el precio del alquiler de su piso o información fiscal, aunque no tuviera ningún trabajo por el que le pudieran retener impuestos. Esa era la carta más fácil de abrir. Pasó el dedo por debajo de la solapa y la despegó.

Le solicitamos que asista a la lectura del testamento de su madre que tendrá lugar el 17 de marzo de este año. Hay aspectos de la herencia que le incumben y de los que debe ocuparse.

Esperamos que comprenda la importancia de su asistencia a la lectura.

Las mejillas le ardían. Sintió la fuerza del viento, pero no notó nada en la piel salvo el sol abrasador.

—No —susurró, abriendo la carta de su madre.

> Cariño, ¿no recibiste mi última carta? También llamé y hablé con un Agente Forestal muy amable que me dijo que te haría llegar el mensaje. ¿No te lo dio? Bueno, encontré a alguien que me proporcionó un tratamiento y me sentí afortunada por ello, por supuesto. Pero, desgraciadamente, no fue bien. Tengo un cáncer en fase terminal. Me han dicho que solo es cuestión de tiempo. Así que, por favor, te lo suplico de nuevo, vuelve para que pueda ver a mi preciosa hija una vez más, por favor. Y trae a Agnes también. Sería maravilloso volver a estar las tres juntas. Me gustaría ver cómo se parece a ti ahora. A lo mejor hasta se parece a mí. Te quiere,
>
> MAMÁ

Su madre había muerto.

Su madre había enfermado, le habían hecho un diagnóstico, el tratamiento no había dado resultado y había muerto, todo sin que Bea se hubiese enterado.

Todo el tiempo preguntándose por qué no había ido su hija.

Bea sintió en la pierna una manita caliente, que tanteaba, y oyó: «Mamá». Levantó la vista de la carta y vio que todos la observaban empachados desde la hoguera. Entonces reparó en que estaba sollozando, casi sin aliento. Notó el sabor de las lágrimas saladas y los mocos y fue consciente de que llevaba un rato llorando. Para ella podían haber pasado días.

Bajó los brazos y la carta cayó inútilmente en su regazo.

—Se ha muerto mi madre.

Glen puso cara de compungido. Carl también, pero fingía. Val los observó e intentó transmitir tristeza de algún modo. Quiso tocarle el hombro a Bea, pero ella lo retiró. Ninguna de estas personas conocía a su madre. Se dio cuenta de que ninguna de estas personas la conocía a ella de verdad. No como su madre. Sintió que su expresión se transformaba en repugnancia. A su alrededor, los rostros desviaron nerviosos la mirada.

Bea oyó un gimoteo y bajó la mirada. Agnes tenía lágrimas en los ojos, pero el quejido que había hecho había sido intencionado, impostado. Imitaba a su madre. Intentaba acceder a los sentimientos que veía.

—Se ha muerto la yaya —le anunció con un temblor dramático en los labios. Y eso la enfureció, como si Agnes intentara apropiarse de su dolor, de su relación. Esa relación importante que había abandonado para ocuparse de su propia hija, que era rara y la miraba con una sonrisa afectada, su hija, quien parecía no saber lo que era el amor, que se había asalvajado demasiado como para saberlo, y que buscaba una atención que hasta ese momento rara vez había ansiado y que ahora no merecía.

El corazón de Bea se detuvo un instante. Sus mejillas ardientes se volvieron de hielo. Se inclinó hacia el rostro de Agnes y, con frío énfasis, se señaló el pecho y empezó a darse golpes y a repetir:

—Se ha muerto mi madre. La mía.

Ya. Sintió que el dolor volvía arrastrándose hasta sus brazos y experimentó un calor y un alivio que casi la hicieron sonreír. Su madre había vuelto con ella, estaba a salvo, en su sitio.

Notó un sabor metálico. Se había estado mordiendo el carrillo y había sangrado. Escupió a la manta. Agnes tocó el pegote con un dedo como si quisiera comprobar que era real, la flema sanguinolenta y aguada, y se puso a mirar a Bea con curiosidad y miedo.

Sonó un bocinazo que hizo que Bea y Agnes salieran de su trance.

En la carretera se oía el chirrido de un camión cisterna al frenar. Bea advirtió que la mitad de la Comunidad ya se había acercado a recibirlo. ¿Cuándo había aparecido? Parecía un espejismo, pero vio el polvo real que levantaba a su paso. Al ver los contornos de la gente perfilados contra la enormidad del camión, Bea reparó en el aspecto tan famélico que tenían. Sintió el movimiento salvaje de sus cuerpos. A lo mejor saqueaban el botín. A lo mejor le cortaban el cuello al conductor, cogían el camión y se iban con él lejos de allí.

Bea se enderezó. Se alisó el pelo con la saliva que había reunido en la mano.

—Tengo que irme —anunció, y se dirigió al vehículo mecánicamente, como un autómata. Como si fuera un imán que atrajese todos sus minerales y metales.

—Bea. —Oyó decir a Glen, en tono de advertencia. Pero no, no se iba a volver.

El conductor se acercó al grupo y se inclinó hacia la ventanilla abierta del asiento del copiloto.

—Me han pedido que os diga que os quedéis aquí y esperéis instrucciones.

—Bea. —Volvió a oír que Glen la llamaba, pero no, no se iba a volver.

—¿Qué ha dicho? —preguntó Debra al camionero.

—Que esperéis aquí las instrucciones.

—¿Qué instrucciones?

—Y yo qué sé —le dijo el hombre a Debra—. Yo solo soy el mensajero.

—¿Dónde va?

—A poner gasolina en el Control Medio.

Al oír «Control Medio», Bea aligeró el pasó.

—¿Cuándo recibiremos las instrucciones?

El hombre se encogió de hombros con gesto exagerado para que pudieran verlo pese a la oscuridad de la cabina.

—Quedaos aquí —repitió y encendió el motor.

Bea empezó a correr.

—¡Bea! —gritó Glen, con un tono agudo y alarmado.

Oyó que corrían tras ella.

No, no, no, no y no. No iba a quedarse allí.

El camión se separó del grupo, poco a poco iba ganando velocidad, y Bea desvió por su trayectoria para alcanzarlo. Saltó al estribo.

—¡Eh! —gritó el camionero, dando un frenazo.

Bea se colgó de la cabina y abrió la puerta.

—Sáqueme de aquí —dijo jadeando.

El hombre parecía asustado, y ella misma se sintió peligrosa porque en ese momento hubiera hecho lo que fuese por irse de allí.

Él asintió, y ella, sin pensar, se abalanzó y pasó por encima de él hasta llegar al asiento del copiloto, donde se desplomó contra la ventana. Oyó las arcadas que su olor le provocó al camionero. Oyó que gritaban su nombre, que le decían que parara.

—¿Ha hecho algo malo? —susurró el conductor.

Ella negó con la cabeza.

—¡Venga, vamos, arranque! —gritó, aporreando el salpicadero. Estaba en trance. Se frotó los ojos, en un intento por salir de ese estado de fuga. El camión rugió y empezó a moverse.

Fue entonces cuando recuperó el sentido.

Miró por la ventanilla a la Comunidad; algunos parecían enfadados, otros, perplejos. Encontró a Glen, con una mirada de pánico. *Lo superará*, pensó, y sintió que le inundaba el alivio. Y entonces lo vio agarrando por los hombros a su hija, que estaba con la boca abierta, y en sus ojos bailaban la confusión y la furia mientras su madre se alejaba.

Bea no podía respirar. Se hizo un ovillo en el asiento caliente de vinilo y se tapó la cara.

—¡Venga, vámonos de aquí!

Cuarta parte

LA BALADA DE AGNES

Cuando Agnes se despertó, vio al perrito de la pradera que le había cantado nanas toda la noche al oído sentado sobre sus cuartos traseros, observándola con una pregunta en la cara. Ella se frotó los ojos y el perro retrocedió, pero siguió interrogándola.

—Soy Agnes —respondió ella—. Y, sí, soy de aquí.

El perro ladeó la cabeza y arrugó el hocico.

—He dicho que yo también soy de aquí. —Agnes lanzó con sus dedos huesudos una piedra al animal, que hizo una mueca en señal de protesta antes de desaparecer en su madriguera. El objetivo de las nanas era perturbarle el sueño y ahuyentarla, eso cualquiera se lo podía imaginar. Murmullos y arrullos para que el soñador piense que se le ha metido algo espantoso en la oreja. Para que se sienta desprotegido. Sin embargo, la habían calmado. Eran sonidos que entendía. Un manto que alejaba los pensamientos sobre su madre cruel que había huido. La más cruel de todas. Tal vez nunca había sido más que eso, como todos sus besos, que le había dado con la intención de que acabaran causándole dolor en su ausencia. Agnes saltó de la cama. El campamento ya estaba en marcha.

No se había creído que su madre se hubiese ido. Al principio no. No se lo había podido creer al verla pasar por encima de aquel estúpido camionero, que gritaba y se comportaba como si lo estuviera desgarrando una bestia. Había creído que el camión, una vez empezara a bajar por la carretera, se detendría y daría la vuelta, o que a lo mejor se abriría la puerta, y su madre volvería corriendo a cuatro patas, tan desesperada por regresar que habría recuperado su pura esencia. Olfateando el aire y resoplando, intentando localizar el olor de su familia.

Agnes no se convenció de que su madre se había ido hasta que desapareció la tierra que había levantado el camión y vio que la carretera estaba vacía. Y eso que tardó mucho. No sabía cuánto. Puede que hubiesen pasado días. La tierra le había hecho perder tiempo. Y quizá había noches en que, medio dormida, creía notar que retiraban la manta a los pies de la cama y sentía a su madre calentarla como nadie más sabía hacer, deslizando los pies para que Agnes pudiera agarrarse a ellos y estar segura. Para luego despertar y ver que le faltaba el aire.

Aunque ahora sabía que su madre se había ido y no iba a volver. ¿Y qué? Esas eran las palabras que le venían a la cabeza después de «se había ido». Había otras madres que podía tener. Enseguida intervinieron y le proporcionaron más cuidado maternal del que su cruel progenitora había llegado a dispensarle. Por lo menos, así es como lo pensaba en esa época.

Pero es que el camión... Ese camión de cisterna plateada y dibujos de garras negras, con los faros como destellos del sol en el mejor de sus cuchillos, con la panza gris y vigorosa como una intensa tormenta que se avecina. Y su vómito de tierra. Muchísima. Ese camión la perseguía en sueños. Justo antes de que despertara, había atropellado al perrito de la pradera que le cantaba al oído. Yacía destripado en el asfalto irregular. Carl lo había recogido y se lo había dado a ella y a los demás niños para cenar. Le había gustado cómo cantaba y no se lo pensaba comer. Intentaron forzarla. Pero se despertó antes de que le quisieran meter un muslito en la boca mientras ella apretaba los labios.

El desayuno lo preparaba Debra, que era quien lo hacía mejor. Agnes cogió un cuenco del saco: el que le gustaba usar por el nudo que tenía en la madera, donde podía meter el dedo. Nadie más lo utilizaba porque sabían que era su favorito. Se lo llevó a Debra, que le sirvió una cucharada de gachas y, a continuación, se llevó un dedo a los labios –secreto–, y espolvoreó algo por encima.

–Algo especial –le dijo.

No había nada. Nunca lo había. Lo que siempre espolvoreaba Debra no era nada porque no había nada que espolvorear. Agnes lo sabía. Pero también sabía que si Debra no lo hacía, no iba a estar tan rico, aunque lo único que hubiera añadido fuese aire y la suciedad que pudiera tener en las manos. Ni siquiera se imaginaba qué podía haber para espolvorear, pero parecía que Debra sí. Algo perteneciente a otro tiempo y lugar. Era la mayor y tenía más mundo que los demás. Más de una vez tenía que haber visto espolvorear cosas.

—Mmm —se relamió Agnes al probarlo. Y Debra soltó una carcajada, como si hubiera hecho una travesura y hubiera salido impune.

Agnes se agachó junto a Glen y apoyó la cabeza en la rodilla rápidamente a modo de saludo.

—Hola, chiqui —dijo él con una sonrisa que le redondeó el rostro e inmediatamente después volvió a la cara larga. Su mirada abarcaba el horizonte.

Pronto se irían de aquí, y ella se alegraba. Pronto el horizonte que contemplaba sería otro y Glen dejaría de buscar a su madre, para quien, a diferencia de Agnes, él no tenía sustituta.

Agnes devoró el desayuno, lamió el cuenco y lo devolvió al saco. Chupó la cuchara y se la guardó en el morral. Enrolló la cama y la ató a la faja que llevaba Glen. Recogió su manta y la ató a la de Glen. Normalmente eran su madre y Glen quienes lo llevaban todo, pero ahora tendría que colaborar. Y se alegraba. Podría demostrar lo fuerte que era. Sintió una especie de estallido de felicidad porque su madre no estuviera. Glen apareció detrás de ella, con las manos vacías.

—Ya lo hago yo —se ofreció Agnes, y dejó que él se quedara mirando. Recogió y movió algunas piedras. Paró un momento para estudiar la escena. Encontró una ramita de salvia y la tiró en medio—. Perfecto —dijo dando una palmada.

El perrito de la pradera se asomó para ofrecer su opinión antes de volver a desaparecer.

Agnes inclinó la cabeza hacia la madriguera.

—¡Está perfecto!

Glen la cogió de los hombros.

—Vale, ya te ha oído —le dijo, enderezándola.

Ella cargó el fardo en bandolera. Pesaba mucho, pero estaba decidida a no demostrarlo. Vio que a Glen le costaba llevar toda la ropa de cama y tomó nota para cargar con más cosas la próxima vez.

Se reunieron y resilvestraron la zona de la hoguera y la cocina. Enterraron la madera carbonizada y machacaron cuanto pudieron hasta que todo quedó reducido a polvo y lo mezclaron con la tierra del suelo. El doctor Harold reunió varios huesos buenos para separarlos de lo que fuese estrictamente basura. Preparó un caldo con ellos, aunque a nadie le gustaban sus caldos.

Carl levantó un poco el fardo de Agnes.

—Vaya, sí que pesa. ¿Qué haces? ¿Le llevas todo a Glen? —Se rio, mirándolo.

Agnes se alejó bruscamente, orgullosa y enfadada porque Carl hubiera anunciado su secreto. Volvió la cara larga de Glen. Ella se apresuró al frente, en dirección a su destino, y los demás la siguieron. Cuando miró atrás, a Glen se lo veía pequeño y apenas empezaba a mover los pies. Avanzaba poco a poco, como si no quisiera irse. Agnes aceleró el paso.

Estaba impaciente por dejar atrás este lugar. Tenía tantas ganas de que desapareciera que lo borró de su memoria. Se imaginó que el camión en el que su madre había escapado explotaba en una bola de fuego y se desvanecía en el horizonte. Algo que había visto a hurtadillas en una película una noche en que su madre se había dormido, cuando vivían en el piso de la Ciudad. Había presenciado algo similar cuando un rayo alcanzó un árbol seco y lo partió por la mitad. Se sentía afortunada de haber visto bolas de fuego dos veces en su corta vida. Y ahora podía imaginarse que a su madre la había pillado una. Dio unas palmadas. Listo.

No apareció ningún Agente Forestal en el Control Bajo. Era como si hubieran enviado allí a la Comunidad sin más motivo que el de alejarlos kilómetros y kilómetros del Control Medio, de su hermoso Valle escondido y de la acechante Caldera. Tras lo que pudieron ser tanto ocho semanas como una, llegó una nueva directriz lanzada desde un dron. Con unas coordenadas escritas en una página arrancada para que se dirigieran a un nuevo Control en otro extremo remoto del mapa, junto con las palabras: NUEVO PUNTO DE RECOGIDA. «¿De recogida de qué?», gruñó Carl. Otra zona donde no habían estado nunca. Entre la parte donde acababan de estar y el nuevo Control al que tenían que ir había un marcado zigzag. Montañas. Varias cordilleras. En el mapa había infinidad de montañas. En ellas habían pasado inviernos y veranos. Eran zonas agradables donde estar. Pero al fijarse ahora vieron que, donde ya habían estado, el zigzagueo era mínimo. Las nuevas líneas dentadas se apilaban unas sobre otras, como si representaran un conjunto interminable. La Comunidad oteó el horizonte pero solo alcanzó a ver llanura. No había nada más dibujado tras esas nuevas montañas hasta las cruces que delimitaban los límites de la Reserva. Dieron por hecho que eran las barras rocosas de la frontera, el terraplén artificial. O tal vez otro tipo de límite. Lo raro es que no se viera nada entre los dos puntos.

El sol estaba bajo, pero aún les quemaba el rostro, hasta que de repente dejó de verse. Después de desaparecer, el cielo resplandeció de color púrpura y se vio un destello verde con el último resquicio centelleante, una ilusión óptica. Ya lo habían visto antes, y Agnes había apodado el fenómeno como «el Mago». Carl se lo recordó, pero ella frunció el ceño.

—Solo es luz —concluyó. Ya no era esa niña tonta.

No tener madre significaba que ahora era adulta. Se enderezó y esperó que los demás se dieran cuenta de que ella era importante. Guio a la Comunidad a través de las llanuras y le resultó fácil. Avanzaba con pasos rápidos y seguros. A veces se adelantaba tanto que la tenían que llamar para que esperara.

Esa noche, en la hoguera, Val se acuclilló a su lado.

—Sé que ya eres mayor y todo eso, pero tienes que quedarte con el grupo.

Agnes se ruborizó, el cumplido le hizo ilusión, pero al mismo tiempo sintió que la regañaban.

—No es seguro —continuó Val—. Y si te ocurriera algo, sería un disgusto para todos.

—Sois demasiado lentos.

—Tú eres demasiado rápida. Ven conmigo y podemos ir al mismo ritmo.

—¿Delante?

—Sí, podemos ir delante. Puedo preguntarle a Glen si quiere venir con nosotras.

—No —respondió, tan rápido que Val se sorprendió—. Él quiere ir atrás. Lo sé.

Val se encogió de hombros.

—Vale, confío en ti.

Lo había dicho como si no tuviera importancia, pero Agnes lo percibió como una propuesta llena de significado. Porque «confiar» era una palabra de adultos. Y aquí todo tenía importancia.

Acamparon en un sitio durante unos cuantos amaneceres, después recogieron y siguieron. Al cabo de poco, el horizonte se presentaba turbio, ya no era la línea definida a la que se habían acostumbrado. El paisaje marrón que tenían por delante iba transformándose en montículos blancos, grises y negros que, con cada día que pasaba, se cernían más sobre ellos. El dolor de las pantorrillas iba en aumento, señal de que ascendían.

El territorio pasó de estar formado por polvo y sedimentos a piedras y terrones que se desmenuzaban a su paso. Mientras caminaban, Agnes los cogía entre sus pequeñas manos, los estallaba en la palma y sentía la tierra fría que le resbalaba entre los dedos y caía pesada al suelo. Nada que ver con las finas partículas suspendidas en el aire del desierto. Respiraba con ligereza y se le aflojaron los hombros. Se dio cuenta de que el polvo la había puesto nerviosa. La tormenta de arena con la que se habían ahogado. La que convirtió a su madre en fantasma. Y luego, en ese camión, el polvo había sido una cortina tras la que su madre había desaparecido. Superada la polvareda, sabía que también dejaba atrás las sorpresas inoportunas.

Pronto aparecieron enebros enanos, así como lluvias vespertinas que refrescaban la tierra y conferían al aire un toque herbal, dulzón y empalagoso por el perfume de esos árboles. Sus hogueras del anochecer eran aromáticas y todos llevaban la savia encima desde por la mañana, cuando recogían los restos quemados, intentando aplastarlos con los pies, para conseguir únicamente que la resina se les quedara pegada en los mocasines o entre los dedos de las manos al querer deshacerse de ella. La mezcla de calor y humedad hacía que los árboles sudaran, y si rozaban alguno, la ropa les quedaba pegajosa hasta que se camuflaba con la suciedad.

Una noche, cuando habían acampado en la linde de un bosque de enebros, Agnes reunía la savia que tenía en las manos y se daba palmadas por el cuerpo hasta que dejaba de pegar. Abrazaba los arbustos resinosos y luego se esforzaba por separarse.

Mientras intentaba liberarse, se le acercaron Hermana, Hermano y Piña.

–¿Qué haces? –le preguntó Hermana.

–Jugar a las pegatinas.

–¿Podemos jugar?

Agnes miró a Hermana y le dijo que sí. También a Hermano, pero al llegar a Piña, tenía un aspecto tan ridículo con esa corbatita de ciervo que se empeñaba en llevar que no pudo evitar hacer una pausa.

Al niño se le llenaron los ojos de lágrimas.

–¿Por qué no te caigo bien? –le preguntó con su voz de pito.

–No es que no me caigas bien –mintió Agnes.

–No quieres jugar conmigo.

–No me gustan tus juegos.

–No tengo juegos.

–Siempre quieres jugar a las tiendas.

–¡No! No me gustan las tiendas.

–No mientas, Piña –lo regañaron al unísono Hermana y Hermano.

Piña había nacido en la Reserva y aun así siempre quería fingir que trabajaba de cajero en una tienda. Había oído hablar de eso, de una vez hacía mucho tiempo en la antigua vida en la Ciudad en que alguien había ido a comprar algo y el vendedor había sido maleducado. Piña pidió a la Comunidad que le describiera varias tiendas y cómo funcionaba una caja registradora. Era una bobada, pero le había dedicado tanto tiempo que los adultos animaron a los demás a seguirle el juego. Hasta ellos tuvieron que hacer que compraban piedras y hojas de salvia.

–Solo te gusta jugar a las tiendas.

–También juego a vuestros juegos.

–Pero no te gustan.

–Que sí.

–Ya, ¿y jugar a Osos y Coyotes?

Piña se mordió el labio.

–O a pillar.

Piña se estremeció.

–Es que no me gustan.

–¿Lo ves? Te llamas Piña. Debería gustarte jugar a eso –protestó Agnes.

–¿Por mi nombre? ¿Por qué?

–¡Porque te llamas Piña!

–¡Ya lo sé!

–Es un nombre de aquí, de donde eres. Ojalá tuviera yo un nombre salvaje como Ave Rapaz o Tritón Moteado.

–Pero te llamas Agnes.

–Ya sé cómo me llamo.

–¿Y qué quiere decir?

–No lo sé. Es un nombre de familia.

–Suena a «agonía» –dijo Hermana.

–Y qué clase de nombre es «Hermana», ¿eh?

–Pues el mío –repuso la niña y, acto seguido, levantó triunfante el mentón–. Tu nombre suena como eres. –Contrajo la cara como si le doliera algo, hizo que le temblaran los labios y puso los ojos en blanco–. Agnes –gruñó.

Agnes puso mala cara. No quería pelearse con Hermana ni Hermano. Ni siquiera con Piña. Odiaba ver discutir a los mayores, no quería ser ese tipo de adulto.

–Está bien. Yo lo que quería decir es que me encantaría tener un nombre salvaje. Mataría por llamarme algo como Relámpago o Cóndor. Hasta Piña.

–¿Por qué no jugamos a matarnos por un nombre? –propuso Piña.

–¿Y cómo se juega a eso?

–No sé. ¿Hacemos como si matamos por nombres?

–¿Y qué matamos?

–Nos matamos entre nosotros, ¿no?

Agnes se encogió de hombros.

–Bueno.

El juego no duró demasiado, pero fue divertido y, después, Agnes sintió más simpatía por Piña, que estaba aprendiendo. Algún día le quitaría esa corbata que le había pedido a Debra que le hiciera. No se sabía dónde podía haber visto una, pero le encantaba: se encorvaba y la hacía oscilar adelante y atrás, como el péndulo de un reloj.

Se pusieron a abrazar enebros de nuevo, y Agnes se inventó un juego en el que tenían que echarse el pelo hacia atrás con savia y después ponerse terrones de tierra para que no se les despegara. Lo llamó «Pelo mojado», pero por algún motivo la savia no se iba y no había manera de desapelmazar el pelo.

Debra los juntó a los cuatro y sacudió la cabeza. Tenían el pelo mate y de punta, parecían pumas en plena pelea.

–Os puedo echar tierra por encima u os lo puedo cortar, vosotros decidís.

De noche, alrededor de la hoguera, los niños terminaron con unos cortes de pelo raros y Agnes con el pelo rapado.

Debra chasqueó la lengua.

–Es que te ha llegado hasta el cuero cabelludo. –Le echó tierra por encima y fue repartiéndola por las partes pegajosas hasta que quedó todo igualado–. ¿En qué estabas pensando?

Agnes iba tocándose las partes pegadas, se encontraba mechones cortos sueltos y otros más largos adheridos al cuero cabelludo. Reunió el pelo del suelo y formó una larga cola de caballo que pegó con la savia.

–¿Vas a guardarla para tu madre? –preguntó Debra.

Agnes se azotó la palma de la mano con la cola y se estremeció al comprobar la fuerza.

–No puedo.

–¿Por qué no?

–Porque está muerta –respondió, dándose otro azote. Se levantó de un salto y, con un alarido, se pegó la cola a la cabeza, y el resto de niños recogió su pelo e intentó imitarla. Sin embargo, era ella quien había tenido el pelo más largo y su cola era la más exagerada, así que se limitaron a saltar tras ella, copiando sus movimientos. Era la mayor, y su corte era el más pronunciado. Sabía que eso la convertía en la líder. Hacía cabriolas, se pavoneaba y observaba cómo los demás no lograban recrear su singularidad. Pero, de repente, mientras saltaba, vio que los adultos miraban con desagrado, o así lo interpretó ella, y paró de golpe, sabiendo que los muchachos harían lo mismo. Lanzó su coleta al fuego y se fue a la cama. Los niños la imitaron. El pelo ardió con la savia de enebro y olía tan mal que los demás también se acostaron.

Las estribaciones fueron transformándose en un lugar más traicionero, en rocas escarpadas y quebradizas con un comportamiento más parecido al de la tierra endurecida y esculpida. A medida que ascendían, el terreno iba desmenuzándose entre sus manos y bajo sus pies. Después más tierra ondulada, prados más altos, donde acampaban unas noches y se dedicaban a reconocer la zona para hacerse una idea más exacta de a dónde se dirigían.

En las excursiones de día en las que se alejaban del campamento para cazar o coger provisiones, descubrieron que la fauna era distinta. Las ardillas eran rojas, no grises ni marrones. Los ciervos tenían unas colas negras que se elevaban más de medio metro cuando escapaban de ellos. Sus astas aterciopeladas eran también gruesas, negras, y pequeñas en comparación con las de los ciervos de las tierras bajas. Los lobos eran más grandes, y el único oso que vio Agnes era pardo y no negro. Había cóndores cuyas envergaduras tenían la misma longitud que tres personas, y cuando volaban hacia el sol, lo borraban. Toda esta novedad confería al terreno una nueva sensación de peligro.

Aun así, habían encontrado unos surcos en el suelo que parecían llevar hacia las montañas. Como si alguna vez, en otra época, hubieran pasado por allí vehículos durante un tiempo tan prolongado que habían provocado un impacto imposible de reducir ni resilvestrar sin destrozar el monte. Era como si el camino hacia delante les susurrara al oído.

Agnes encontró los surcos. Al principio, en las estribaciones, la Comunidad había estado siguiendo un arroyo, pero ella se había desviado y la habían seguido a ciegas. Enseguida observaron que los pies del grupo se adaptaban a los nuevos rastros en la tierra.

—¿Los habías visto, Agnes? —le preguntó Carl, intentando descifrar si había sido fruto del azar o la experiencia.

Agnes negó con la cabeza.

—Aquí habrá más ciervos. ¿Ves los árboles? Y es lo que necesitamos, por eso os he traído por aquí.

—Pero ¿tenías pensado seguir los surcos del suelo?

Agnes no entendía la pregunta.

—¿Y por qué no los íbamos a seguir? Es más fácil caminar por aquí.

Al principio el cambio había inquietado a unos cuantos. Era arriesgado y Juan propuso volver al arroyo. Siempre que había uno, lo seguían.

Sin embargo, otros se pusieron del lado de Agnes y Carl dijo:

—Tenemos a nuestra disposición a una rastreadora incipiente.

Cuando acamparon, enviaron a un grupo a seguir el arroyo durante un día para ver con qué se encontraban. Nacía en lo alto de la montaña, en un estanque azul claro. Lo alimentaban las nieves, tal vez también la primavera, y lo rodeaba un precipicio en forma de herradura. No había un paso claro. Volvieron con la noticia de que no tenía salida.

Agnes sonreía tímida mientras le daban palmaditas en la espalda. Val le frotó la cabeza, donde el pelo le crecía a trasquilones.

–Nuestra líder intrépida.

Sabía que les daba pena. Sin madre, y encima cómo se había quedado sin ella. Aunque Agnes siempre había prestado atención a los pequeños detalles, a las criaturas. Y había observado que una madre solo lo era hasta que quería ser otra cosa. Aquí ninguna de las madres que había visto lo eran para siempre. Agnes había estado preparada sin saberlo. No había llorado ni una vez, y eso tenía que querer decir que estaba lista. Ya no era una cría, era una chica que buscaba su sitio en el mundo. De modo que, cuando Val la llamó líder intrépida, Agnes se lo creyó. Val la veía como era: una igual.

Esa noche, en la hoguera, se quedó cerca de los adultos mientras discutían cómo levantarían el campamento y decidían el plan del día siguiente. Los niños bostezaban y chafaban gálbulos con los pies. Se reían y miraban a Agnes para ver si prestaba atención a sus payasadas, pero ella no les quitaba el ojo a los mayores y seguía el hilo para saber exactamente qué se esperaba de ella por la mañana. Al fin y al cabo, era su líder intrépida. Había encontrado el camino que llevaba a las montañas. Y debía asegurarse de que los guiaría al otro lado.

Al seguir los surcos, evitaron los picos blancos que se erigían en lo alto. Cada vez que llegaban a un nuevo umbral donde la ruta parecía volverse exageradamente empinada o escarpada, los surcos los conducían a un paisaje más amable, sorteando las altísimas alturas. Seguían ríos y arroyos, esquivaban paredes de roca abruptas. Había algunas subidas, siempre las habría. Sin embargo, se preguntaban si los Agentes Forestales estaban al corriente de los surcos. Si habían querido que la Comunidad los siguiera a propósito. O si simplemente habían tenido suerte al encontrarlos. Zigzagueaban y rodeaban árboles cuyas copas ni siquiera intuían. La corteza cambiaba de color y textura. Blanca y uniforme con nudos a modo de ojos, naranja y escamosa, y después oscura, casi negra, como el carbón de un fuego apagado. De vez en cuando pasaban por sitios donde la nieve ya se había endurecido y con los mocasines rompían la capa de hielo, donde se formaba un nítido agujero de polvo fino. Caminaron varios días por un campo donde la nieve se fundía, tenía un aspecto espeluznante debido a un incendio anterior. Habían quedado unos troncos negros despojados de ramas, afilados como cuchillas, que salían de la nieve y apuntaban al cielo incoloro. Más allá, los surcos los condujeron a un puerto de montaña por donde descendieron a unos bosques de pinos delgados cuyas raíces habían quedado ennegrecidas en un incendio que no había logrado avanzar. Continuaron por la austera arboleda durante el transcurso de un verano en el monte. Después el bosque se volvió frondoso y enseguida los envolvió con su humedad y oscuridad. Era tan húmedo y oscuro que se acumuló el rocío en sus pieles. Aquí su paso era lento. El suelo presentaba protuberancias, raíces gruesas bajo alfombras de musgo. Bajó la temperatura. La penumbra se instaló en el grupo.

Después, en algún momento, fue como si todo fuera cuesta abajo. Los surcos aparecían y desaparecían de la vista, tapados por el musgo o algún desprendimiento de rocas. Aun así era obvio que debían seguir ese camino. El rumor de los ríos se multiplicaba hasta que parecía que estuvieran rodeados de cascadas. El aire cortante pasó a ser frío y después húmedo, por lo que la ropa nunca les parecía seca. Pequeñas esporas de moho colonizaron su indumentaria.

Mientras caminaban, el murmullo del agua se convirtió en aullido y, después, en el rugido de lo que tuvo que haber sido un río grandioso del que no había ningún indicio. Lo llamaron Río Invisible porque por su sonido era como si fluyera justo por debajo de sus pies, pero no se veía ni rastro de él. Ahora el bosque se había vuelto tan tupido y exuberante, de un follaje anegado, que perdieron de vista los surcos. Se desorientaron y unos cuantos dieron voz a su arrepentimiento, estaban convencidos de que se habían desviado hacía tiempo y de que no deberían haber ido por esa selva de luz tamizada.

Sin embargo, Agnes corría, segura del tacto de los surcos bajo sus pies. Los veía igual que un búho ve a un ratón que está tapado con hojas o una capa de nieve. Y aunque no fueran surcos, sabía que este era buen sitio por donde ir porque, a pesar de la imponente oscuridad, había visto el destello de los ojos de animales. Sentía su comodidad. Ese pasaje era seguro para ellos. Sus ojos brillantes no iban como flechas. No los observaban con miedo, sino con languidez. Movían las orejas mecánicamente, siguiendo el sonido como un reloj, un reloj sin alarma. Agnes se sentía a salvo. E intentó transmitírselo a los demás con su silbido alegre y los hombros relajados.

Entonces, un día, tan súbitamente como los había rodeado, la oscuridad desapareció en el borde de un precipicio, y fue tan súbito que Agnes podría haberse caído de no haber sido por Carl, que la agarró del sayo por la espalda.

El bosque había dado paso a la nada. La tierra blanda se desmoronaba hasta convertirse en agua, que se extendía muy lejos, hasta otro desfiladero, que relucía verde con colonias de húmedos helechos que se aferraban a ella. No habían visto nunca tanta agua. El Río Invisible era un monstruo.

Sobre el desfiladero cubierto de helechos se elevaban infinitas puntas de abeto que subían hasta los picos blancos de las montañas. Y delante de todo aquello, había una alta reja de acero, aparentemente electrificada. Una frontera. Miraron el mapa. ¿Qué era esa tierra? ¿Las Parcelas Forestales? Entonces, ¿dónde estaban las fábricas y el humo? El ancho del río parecía abarcar kilómetro y medio. Pero no salía en el mapa. ¿Se habían equivocado de camino?

Este río no podía cruzarse. Parecía que la valla electrificaba el agua. A Agnes le dio la impresión de que oía ruido de motores, pero ya no sabía muy bien cómo sonaban ni en qué se diferenciaban del rugido del agua. O del de una multitud de insectos. Todo era ruido. Se tocó las orejas y notó que le vibraban.

Arrastró los pies por el suelo blando, intentando buscar los surcos, pero solo notaba roca y raíces. Bajó la vista hacia el río a sus pies. El barranco formaba un ángulo, y de la piedra y el barro salían árboles con troncos resquebrajados. A través de los mocasines, se agarró con los dedos de los pies a la tierra. El precipicio no siempre había empezado allí.

A su izquierda, vio que los árboles desaparecían y se elevaba un cabo. Observó que allí los surcos marcaban el suelo y viraban el rumbo hacia el cielo. Tiró de la mano de Carl y señaló.

–Por aquí –ordenó él a los demás.

Agnes sonrió. Había hecho lo que ella había querido y ni siquiera había tenido que hablar. Se sintió como un animal de pocas palabras pero de acciones imperativas. Se sintió la alfa. Bastaba un gesto de cabeza o un resoplido para que la manada fuese tras ella. ¿Cuánto faltaba para que la siguieran solo con moverse?

Se abrieron paso a través de un último bosquecillo de arbustos oscuros y descubrieron hierbas altas y verdes que se mecían con el viento, un viento que los zarandeaba ahora que ya no los azotaban los árboles. La piel se les estiraba y les escocía a medida que el aire seco del sol les chupaba la humedad acumulada en el bosque. Enseguida sintieron sed y cansancio.

En el punto más alto del cabo, vieron que los surcos bajaban sin parar hasta donde el río desembocaba en lo que parecía ser una llanura de marea que se extendía kilómetros por delante. Los barrancos se fueron suavizando para transformarse en ondulantes acantilados y bancos de arena que la marea invisible engullía o dejaba expuestos. Y a lo lejos, divisaron olas espumosas en la boca del río y se preguntaron si podría llegar a ser el mar. Al consultar el mapa, solo vieron una frontera marcada con cruces. Ningún otro símbolo. Siempre habían dado por hecho que sería más de lo mismo: desierto, pradera, montaña. Inspiraron: salmuera. Se les hizo la boca agua. Tenía que ser el mar. Debía de haber algún error.

El río ahora visible se ensanchaba a medida que caminaban, y la valla descomunal que tenían enfrente se desviaba hasta empequeñecerse. ¿Era suyo el río?

Los surcos los condujeron hasta la orilla, y el grupo continuó a lo largo del río enorme. Había más agua de la que habían visto nunca. Se movía con tanta rapidez que parecía estar inmóvil.

Ahora que lo tenían más cerca, veían las riberas repletas de residuos sumergidos. Madera antigua, desbastada pero combada. Motores de máquinas grandes. Neumáticos más voluminosos que seis personas juntas en corro. Viejas cuchillas oxidadas de sierras grandes para cortar árboles. Y muebles. Sofás que en algún momento habían sido de cuadros escoceses o de escay. Antiguos sillones reclinables con la tapicería encharcada de escenas boscosas. El lateral completamente intacto de una pequeña cabaña de madera. Carl se acercó a una montaña de telas, maderas y porquería y extrajo de ella una jaula de cangrejos oxidada. Más abajo, en la playa, encontró una caña con carrete. Lo hizo girar y funcionaba. No había sedal. Se la apoyó en el hombro y continuó caminando. El descenso del sol los pilló desprevenidos. Gran parte del recorrido había tenido lugar detrás del bosque cubierto. Montaron un campamento improvisado cerca de la ribera. Comieron rápidamente un poco de cecina y a continuación Carl y el doctor Harold lanzaron la jaula de cangrejos al agua. El aire denso y salado los amodorró y, antes de que el cielo hubiera oscurecido del todo, ya estaban dormidos.

Por la mañana, los despertó el azote de la marea alta en las piernas. Una gran luna descendía detrás del horizonte espumoso en la boca del río. En otra noche con otra luna, no se habrían mojado. Al principio dieron por hecho que el escozor se debía a lo fría que estaba el agua, pero después descubrieron que les había salido un sarpullido allí donde les había rozado.

Enviaron a cuatro personas con el Hierro Colado a buscar agua dulce para lavarse. Volvieron con agua fría de musgo y hojas de esfagno con las que se limpiaron y se les calmó el escozor.

Carl extrajo del agua la jaula de cangrejos, procurando no tocar con la mano el sedal mojado. Solo había cieno, un par de almejas con conchas rojas y un cangrejo amarillento con un ojo y demasiados apéndices.

El Río Invisible estaba contaminado. Una versión limpia les habría proporcionado toda la alimentación que hubiesen deseado. En otra época podrían haberse quedado a su vera tanto como hubieran querido. Habrían pescado su comida, habrían encontrado setas y lo que hubiese comestible. Habrían construido edificios y ahumaderos para el salmón, la trucha, el ciervo, el alce y el oso. En un río como ese habrían fundado una nueva civilización si hubiese estado limpio y hubiese sido próspero. Los Agentes Forestales habrían tenido que forzarlos a abandonarlo.

Sin embargo, ahora era un río fantasma, desprovisto de la mayoría de especies, únicamente poblado de mutantes que comían porquería en el fondo. Apenas habían advertido que no se oían pájaros, ni ranas croando en el barro por encima del rugido del agua. Los animales permanecían en el oscuro bosque protector, alejados de la orilla contaminada, y con razón. La Comunidad encontró algunas uvas silvestres y unas ciruelas de playa verdes que tiñeron de color violeta sus cacas. Pero más allá de eso, era un paisaje muerto.

–¿Podemos volvernos ya? –preguntó Debra.

–No, no hemos llegado al Control –respondió Glen.

–¿De veras crees que hay un Control por aquí? No ha habido nada correcto en el mapa –comentó el doctor Harold, siempre apoyando a Debra.

–Yo creo que intentan matarnos –dijo Val–. Si no hubiese sido por esa valla, habríamos intentado cruzar fijo. Y nos habríamos achicharrado vivos en el agua contaminada.

–Y por eso la pusieron, para disuadirnos –explicó Glen–. Las vallas no son para tentar a nadie.

–A mí una valla siempre me tienta –dijo Val–. Es un reto.

–Carl asintió y ella sonrió.

–Bueno, Val, en general son señal de que hay que alejarse de un sitio –insistió Glen–. Una valla no es un reto, es una advertencia.

Carl resopló.

–Si vieras un cartel de NO PASAR, ¿qué harías?

–No pasaría –respondió Glen.

–Qué fuerte.

–¿Es que tú sí?

–¡Por supuesto! La tierra no debe ser propiedad de nadie.

–Pero toda la tierra es propiedad de alguien.

–Esta no.

–Sí, es propiedad de la Administración. Para entrar tuviste que esperar a que te dieran permiso. No te colaste.

Val dijo:

–Odio esta conversación. Es como si tuviéramos una vida aburridísima.

–Es que la tenemos –constató Glen–. ¿No se trata de eso?

Carl se quedó boquiabierto.

A Agnes no le interesaba esa discusión. ¿A quién le preocupaba el «porqué» o el «cómo»? ¿A quién le importaba «qué se haría» o «qué no se haría» en cada situación? Nunca entendía por qué los adultos siempre se peleaban por esas palabras y expresiones. Si «se debe» o «no se debe» hacer algo. Si «se puede» o «no se puede». «Ser y hacer», se dijo entre dientes. Eso es lo único que importaba. Ser y hacer. En ese preciso momento y al cabo de un rato.

Agnes recorría la linde del bosque, lejos de la llanura mareal y el Río Contaminado. Los surcos habían vuelto a desaparecer. Intentó imaginarse una época en que hubiese sido un río limpio y acogedor para aves limícolas y pigargos. Si miraba a lo lejos, tal vez viera el agua rebosante de peces que salpicaban con la cola. Eso era de un libro que alguien había traído. Sobre otro tipo de pioneros que, al atracar en una orilla, eran recibidos en tropel por animales curiosos. Era un agua llena de vida. Y la tierra estaba abarrotada de criaturas de cuatro patas, y aun así había suficiente para todos. Era una de las historias que contaban de noche alrededor de la hoguera. Una de las que más le costaba imaginarse y creerse. Intentaba creérselas todas, eso se lo había enseñado su madre.

Su madre había sido la mejor narradora de la Comunidad, aunque era quien contaba historias menos a menudo. Pero conocía la magia de lo inesperado, ya fuera en una historia o en la vida real. Agnes recordó su último cumpleaños en la Ciudad. Se había despertado al amanecer, con el sol desterrado filtrándose entre los bordes de las cortinas echadas. Estaba aturdida y creyó ver algo resplandeciente junto a la cama. Una sencilla cajita blanca. Dentro había un pequeño colgante envuelto entre algodones. Era una mariposa naranja y marrón con un borde de oro. Ya no había mariposas, pero las conocía gracias a los libros antiguos que le había enseñado su madre. Era lo más elegante que había visto, pero lo que más le cautivó era que había aparecido como por arte de magia. En el fondo, sabía que su madre habría entrado a dejarlo de noche para que se lo encontrara al despertar. Aun así, cuando salió de la habitación, no le dio las gracias y su madre tampoco dijo nada al respecto. No hizo ningún comentario al ver cómo le centelleaba en el cuello. Se sumó en silencio a ese juego que ella había empezado en el que una joya era tan especial e importante que no podía verse. Solo sentirla en el cuello. Durante el tiempo que la tuvo, Agnes fingió que era un regalo de otro mundo. De un sitio donde todo era agradable, arrebatador y delicado. Y su madre se lo permitió.

Cuando perdió el collar de mariposa en la Reserva, la Comunidad recibió su primera multa.

Mientras avanzaban por la orilla, bordeando los peñascos, encontraron unas sillas plegables desvencijadas dispuestas en corro alrededor de un hoyo que debió de albergar una hoguera. Había un socavón y unas pocas piedras, pero hacía mucho tiempo que no había ardido nada ahí. Había latas tiradas alrededor del círculo y los niños las recogieron y las manosearon, ajenos al óxido y a los bordes peligrosos. Los adultos habían olvidado ese tipo de cosas y hasta que Hermano no se hizo un corte en el dedo, no los obligaron a soltar sus nuevos juguetes. ¿Cuánto tiempo llevarían allí? ¿Quién se las habría dejado? ¿Algún Forestal perezoso? ¿Sería una zona que se había quedado sin resilvestrar? ¿O eran de unos obreros que se hubieran escapado de las Parcelas Forestales? Era altamente improbable que fueran fugitivos del otro lado del Río Contaminado. No habrían conseguido cruzarlo, ¿no?

—A veces da la sensación de que la civilización está a medio día andando —dijo Debra, buscando la valla con la mirada.

Los adultos asintieron con solemnidad. Era el tipo de sentimientos que Agnes sabía que su madre tenía. *¿Qué pintamos aquí? ¿Qué sentido tiene esto?* Nunca había oído a los niños hacer esas preguntas. Las respuestas estaban por todas partes. Detrás del corro había una vieja silla de bebé, de esas que los padres llevaban colgada en el brazo o anclada a los asientos del coche cuando los coches servían de algo.

–Una sillita de coche... –recordó Debra.

Atada al asa había una nota, escrita a rotulador sobre una ficha plastificada, descolorida pero legible: SE LLAMA RACHEL. POR FAVOR, CUIDEN DE ELLA. Ya no había ninguna Rachel. Sus hombros volvieron a hundirse, aplastados por el peso del universo.

Agnes, presa de la rabia, miró al cielo, y empezó a dar vueltas, intentando reconocer el terreno. Los demás pululaban en torno a aquel augurio vacío sin pronunciar palabra, como si estuvieran preguntándose a dónde irían y qué les deparaba el destino.

–¡Eo, forasteros! –exclamó una voz.

En lo alto del siguiente peñasco, sentado a horcajadas sobre un surco, había un hombre vestido con un chándal azul marino y un chaleco de explorador cargado de artilugios que asomaban de los bolsillos, tales como prismáticos, navajas varias, una guía ornitológica y un poncho, y que iba armado de un fusil, amartillado y listo para disparar. Hizo un gesto con la mano, sin despegar el ojo de la mira.

–Ya tenemos aquí a toda la panda –dijo–. Estamos justo detrás de este montículo.

La Comunidad se llevó las manos a los cuchillos. Ni siquiera habían tenido tiempo de recuperar el aliento.

El hombre bajó el fusil y levantó las cejas.

–Nos habían dicho que nos encontraríamos aquí con vosotros.

La Comunidad aflojó las manos despacio y volvió la cabeza hacia Carl, cuya boca estaba desapareciendo en una fina línea afilada.

–Somos los nuevos reclutas a los que venís a recoger, ¿no? –dijo el hombre.

Todos pestañearon.

–Punto de recogida –farfulló Juan. No daba crédito. –¿Punto de recogida? –Estaba que echaba humo–. ¿«Punto de recogida» quería decir punto de recogida de gente?

–Joder. Yo creía que iban a darnos arroz –se lamentó Debra.

–Sin duda podían haber sido más específicos –comentó Glen.

–Hostia puta –dijo Val.

Agnes miró a Carl, que estaba sorprendentemente tranquilo. Carl levantó la vista hacia el hombre y se acarició la barbilla.

El tipo del chándal se llevó una mano a los ojos a modo de visera tratando de verlos mejor. Empezó a dar palmas de alegría:

–¡Mira tú por dónde! ¡Os llegó la olla de hierro colado que os envié!

Y entonces fueron veinte. Otra vez.

Los Recién Llegados estaban en la lista de espera. Una lista de espera de la que la Comunidad no tenía la menor noticia. Una lista de espera que, con los años, había pasado de unos pocos nombres a cientos de ellos, y después a miles, y a decenas de miles, y a cientos de miles. O más. Eso les contaron los Recién Llegados.

También les contaron que al principio los habían llevado en autobús hasta otra entrada, un lugar llamado No-sé-qué-Bajo, o algo por el estilo, por una carretera que atravesó un rinconcito de las Minas, pero que, debido a ciertos disturbios, habían tenido que dar media vuelta y cambiar de ubicación.

Les contaron que, tras otro trayecto en autobús, los soltaron en un muelle desolado, les vendaron los ojos y los montaron en una pequeña lancha que los condujo hasta la orilla, y solo cuando dejaron de oír el motor de la barca, pudieron quitarse la venda y mirar.

Les contaron que llevaban un tiempo en aquella playa. Unos meses, o más. Que antes tenían un calendario.

—Pero lo quemasteis —dijo Carl.

—Sí —confirmó el hombre del chándal, el que les había enviado el Hierro Colado muchos años atrás. Se llamaba Frank, les dijo. Les contaron que cuando los soltaron en la playa también tenían relojes.

—Pero se estropearon —dijo Carl.

Frank asintió, como si le tranquilizara que alguien comprendiera los peculiares lances de su nueva vida. Miró a su grupo y, afligido, añadió:

—Al principio éramos dos más.

—Pero han muerto. —Carl hizo un gesto en el aire con la mano—. No os preocupéis, cosas que pasan.

—No es culpa vuestra —añadió amablemente Glen con una sonrisa empática.

Carl puso los ojos en blanco.

—¿Tenemos que contar lo que les pasó? —preguntó una mujer que llevaba una andrajosa falda de estampado felino y sandalias de purpurina.

Carl frunció el ceño.

—No.

Los Recién Llegados parecían aliviados e incluso más perplejos todavía, contentos de que nadie les echase la culpa, pero a solas con su duelo, sin saber cómo manejarlo. La Comunidad los miraba con recelo. No andaban buscando gente nueva con nuevos traumas. Con nuevos duelos. Se habían limitado a ir donde les habían mandado. Ahora todo era diferente.

Agnes examinó atentamente al grupo de nuevos mientras continuaban las presentaciones. Su aspecto le resultaba extraño y familiar a un tiempo. Se acercó muy despacio a la zapatilla de una niña para olisquearla. Era blanca y suave, como el algodón. La lengüeta y los ojetes le conferían un aire de lagarto. No tenía cordones. Ella pensaba que todos los zapatos tenían cordones. Recordaba con claridad el abrir un armario y que despidiera un olor. Sabía que ese olor provenía del zapato. Pero se acercó demasiado y la chica de la zapatilla le soltó una patada. La muchacha, mayor que ella, la había visto acercarse. Le enseñó los dientes, pero la mujer que tenía al lado le dio un cachete en el brazo, a lo que ella respondió con un alarido teatral. «Haz el favor de atender, Patty», le espetó. Estaba claro que era su madre, pensó Agnes, o alguien de su familia, porque tenían el mismo gesto ceñudo y escéptico.

La muchacha se frotó el brazo y le lanzó una mueca antipática a Agnes, como echándole la culpa de todo. Se esforzaba por arrimar el pie al máximo a su cuerpo, para mantenerlo lejos del alcance de Agnes. Pero Agnes ya se había batido en retirada.

La madre se llamaba Patricia, les anunció a todos, y ella era su hija, Patty.

—¿Las dos os llamáis Patricia? —preguntó Debra.

—Yo soy Patty —protestó la niña—. A secas.

—Y yo soy Patricia a secas —repuso la madre de Patty, con cara de fastidio.

Había otra niña que rondaba la edad de Patty y se llamaba Celeste. Llevaba un mechón azul en el pelo y botas militares, la elección más sensata del grupo en cuanto a calzado, pensó Agnes. Su madre, Helen, era la de la falda harapienta y las sandalias de tiras, y llevaba las uñas de los pies pintadas de un brillante esmalte dorado. Daba la sensación de que la madre se avergonzaba de su hija, por cómo se mantenía a su lado pero distante, abrazada a sí misma como si tuviera frío. Parecía ser mutuo, la chica se apartaba de su madre con las espaldas caídas, inclinada hacia Patty. Agnes reparó en que las dos chicas se rozaron la mano en un gesto fugaz de solidaridad.

El padre de Patty era Frank. Era el que más hablaba en nombre del grupo.

Había otros dos niños, un chico y una chica, más pequeños, que iban con su madre. La madre se llamaba Linda, el niño, Joven y la niña, Dolores. Los hermanos parecían abrumados por la lejanía del horizonte y no despegaban los ojos del suelo. De vez en cuando, Dolores se tapaba la nariz, como si todavía no se hubiera acostumbrado al olor del lugar, a pesar de que llevaran semanas allí, probablemente meses. Olía a humedad y a podredumbre. A sal. Cuando la niña levantó un segundo la vista, Agnes la miró y arrugó la nariz en un gesto de comprensión. Dolores esbozó una sonrisa tímida y se quedó absorta en algo justo detrás de Agnes, como si fuera lo más cerca que podían enfocar sus ojos. Joven llevaba gafas y el pelo a cepillo. Con aquel corte parecía que llevara un gorro de terciopelo. Dolores llevaba trenzas, una a cada lado de la cabeza, y unos calcetines que habían sido blancos con dobladillo y puntilla. Los calcetines estaban ajados, pero el dobladillo se mantenía asombrosamente impecable, como si se lo hubieran vuelto a coser. A Agnes le recordaba a sí misma, a cuando llegó siendo una cría. Pero Agnes estaba más emocionada de lo que la chica aparentaba. Aunque quizá la memoria le traicionaba. Puede que estuviera tan asustada como ella, rodeada de paisajes, sonidos y olores nuevos, incapaz de mirar a su alrededor. Pero ya no se acordaba. Solo recordaba ser como era ahora. Se dijo a sí misma que se lo preguntaría a Glen.

—Ese es Jake —dijo Frank—. Está con nosotros.

Señaló a un chaval cuyo flequillo le caía sobre los ojos como una cortina que Agnes recordaba de su casa, una que colgaba de un lado y se ataba a un gancho. En teoría, la oreja habría tenido que cumplir la función del gancho y haberle apartado el flequillo. Pero no sujetaba bien y el chico sacudía constantemente la cabeza para despejarse los ojos. No parecía casual que estuvieran tapados, aunque a Agnes también le dio la impresión de que el muchacho quería ver. No tenía ni pies ni cabeza, pensó Agnes. Se lo quedó mirando, pensando en todas las formas en que ese corte de pelo podría costarle la vida. Entonces, el muchacho se apartó el mechón de la cara y le sonrió. Agnes comprendió que había estado observándola. Observando cómo su expresión mudaba mientras cavilaba sobre su pelo. No se había dado cuenta porque él le había escondido los ojos, la había engañado para que bajara la guardia. Le había tendido una trampa, tan eficaz como las que usaban para aplastar a los animalillos pequeños. Y ahora se daba cuenta de que su sonrisa era más un rictus de suficiencia. Una mirada cómplice. El chico tenía reflejos. Se había ganado su respeto. Agnes se ruborizó.

Los Recién Llegados habían montado un campamento improvisado de tiendas de campaña y, a su alrededor, habían construido una pequeña colección de cabañas tan cochambrosas como inútiles. Según afirmaron, se habían encontrado los tablones por ahí y habían rescatado los clavos de ese inesperado vertedero de desechos de la civilización o los habían traído consigo. Sea como fuere, parecían tenerle cariño a sus estructuras ilegales. La Comunidad tan solo veía en ellas un incumplimiento de las reglas y un posible motivo de penalización. Esparcidos en torno al perímetro del campamento había montoncitos de caca morada, cubiertos con pieles. Habían estado subsistiendo a base de ciruelas de playa y uvas silvestres y ni se habían molestado en excavar letrinas de hoyo. A alguien le tocaría recoger las plastas una por una para enterrarlas. Carl preguntó si sabían algo de la sillita de coche para bebé y de Rachel. Los Recién Llegados contestaron que no y fue fácil creerles. No tenían la menor idea de lo que les esperaba. Con sus bermudas de explorador, sus mocasines, sus faldas y sus camisas de vestir. Con la goma de las suelas de los zapatos intacta. No tenían pinta de ir a durar mucho. Con sus barrigones y sus muslos rollizos. Con su piel tersa y nívea. Con sus diez uñas en los pies. Tenían todos los dedos de los pies. El cabello liso, sano y brillante al sol. Agnes apenas recordaba cuando ellos tenían ese aspecto rechoncho y suculento. Aunque sabía que lo habían tenido. Un hilillo de baba brotó de su boca y cayó a la arena.

—Vale, ahora somos una Comunidad más grande —dijo Carl—. Tendremos que quedarnos aquí unos días, conseguir provisiones. Enseñarles a estos Recién Llegados cómo hacemos aquí las cosas. Mañana, a primera hora, echamos abajo esas chozas.

—¿Por qué? —exclamaron los Recién Llegados.

—Porque aquí no se puede construir.

—¿Por qué no?

—¿Estáis de coña? —preguntó Carl. Agarró el Manual y se lo tiró. El libro aterrizó a sus coloridos pies cubiertos—. Pues ya debería sonaros. ¿Qué hicisteis en el autobús, ver películas?

Los Recién Llegados intercambiaron miradas avergonzadas.

—A ver, dinos una regla.

—Mmm... —Frank hizo una pausa—. No dejar rastro.

—¿Y eso qué quiere decir?

Se miraron los pies.

—¿Me estáis diciendo que ninguna de nuestras reglas os suena de nada?

Carl estaba alterándose y a Agnes le entró la risa. Carl odiaba las reglas, sin embargo, a juzgar por la mirada de incredulidad que dirigía a los Recién Llegados, nadie lo habría dicho. Negaba con la cabeza mientras se curvaba hacia delante con una decepción teatral. Como si pensara que las reglas fueran lo único que importara en el mundo.

–¡Ni que nos hubiera sobrado el tiempo! –exclamó Frank–. Un día nos llaman y ahora aquí estamos.

Los demás asintieron y Helen añadió:

–Nos dieron una semana para prepararlo todo. Fue una locura. Nos pasaron el Manual en el autobús, pero...

Carl suspiró.

–Bueno, no sé ni qué decir, francamente. –Volvió a negar con la cabeza, sumido en la decepción–. El tiempo apremia. Y nuestro éxito depende de que todos respetemos estas reglas. –Hizo una pausa y asintió enfáticamente–. Estas reglas son importantísimas. Tendréis que seguirme muy de cerca para sobrevivir.

Los Recién Llegados miraron a Carl como si pudiera salvarlos. Aunque hacía un momento no parecían pensar que necesitaran salvación. Carl los había convencido en un pispás. Les había metido miedo para que creyeran cualquier cosa que saliera de su boca. Lo mismo que hacía cuando Agnes y él jugaban a ¡Cazado! Cuando él era el cazador, se deleitaba soltando discursos sobre la piedad y la compasión, y la atrapaba y la soltaba varias veces antes de matarla. Cuando le tocaba cazar a ella, lo mataba de inmediato. Carl, tirado por el suelo, haciéndose el muerto, le susurraba: «Se supone que tienes que jugar un poco con tu presa, es la mejor parte». Le gustaba el drama. Pero ella no le veía la gracia.

El sol empezó a ponerse y llegaron los murciélagos, emitiendo chasquidos alrededor de sus cabezas para ver si eran comestibles. Se alejaron volando en busca de presas más sabrosas. La Comunidad extendió sus lechos de pieles en un círculo más amplio alrededor del anillo de las tiendas de los Recién Llegados. Para protegerlos, alegaron, aunque Agnes sabía que era para contenerlos.

La Comunidad encendió una hoguera y Carl ordenó a los Recién Llegados que se sentaran en corro y leyeran en voz alta los apartados del Manual. Agnes pululaba por allí con la oreja puesta.

Iban saltándose páginas, del Apartado 2 leyeron hasta el punto 2.18, del 4 saltaron al 4d, 4e, 4f y 4g. Se detuvieron en las partes de la microbasura y los límites de caza, y en la recepción de los puntos de Control y el peso de la basura, y en lo que les estaba permitido contar en las cartas que enviaban a casa. Leyeron algunas reglas que la Comunidad había dejado de cumplir, como por ejemplo la prohibición de permanecer más de siete días en un campamento. Se lo fueron pasando de mano en mano como si fuera un libro de cuentos. Joven y Dolores estaban tumbados sobre su madre. Dormían. El Manual era un cuento aburrido. Agnes recordó los primeros días, cuando leían historias de los libros alrededor del fuego. Aunque no recordaba haber leído nunca el Manual. Era algo que solo les atañía a los adultos. No era divertido, ni tenía personajes, ni animales, y no pasaba nada. Solo había un montón de líneas, de puntos, de números y de símbolos. No era como el *Libro de las Fábulas*. Ese era su favorito y desapareció después de una inundación relámpago. La riada por poco se la lleva a ella también. Estaba leyendo a la orilla del río, jugueteando con los dedos de los pies en la arena húmeda y fría, absorta en la descripción de un bosque tenebroso por el que caminaba sola una niña, cuando, de repente, sintió un tirón por la espalda, soltó el libro del susto, justo al tiempo que se precipitó un torrente de agua pardusca, densa, turbia y súbita, como la lengua de una rana que se desenrollara pero no volviera a enrollarse nunca. Glen la había agarrado. Una vez con los pies a salvo sobre la orilla seca, recordaba, como medio en sueños, que alguien la llamaba una y otra vez, desde algún lugar de la fábula de la niña estúpida y despreocupada y el lobo incomprendido.

Cuando se miró las manos y cayó en la cuenta de que el libro ya no estaba, rompió a llorar. «Porque –les dijo a Glen y a su madre, que apareció a todo correr, con los ojos húmedos y aterrados–, no me ha dado tiempo de ver qué le pasaba al lobo». Y después, recordaba, su madre empezó a llorar, y luego Glen, y los dos la agarraron muy fuerte y todos lloraban por ese libro que se había llevado la corriente. Se lo encontraron aguas abajo al cabo de una semana cuando cruzaron el río. Estaba rasgado por las rocas o por los picotazos en busca de materia para los nidos. Lo que quedaba de él estaba hinchado, empapado, los colores y las palabras en negro corridas por todas las páginas. Agnes lo recogió y la tapa se partió en dos. Las pesadas mitades se precipitaron de sus manos. Pero aquella vez no lloró. No sintió un ápice de tristeza, lo que le llevó a preguntarse por qué le había dado tanta pena cuando se perdió por primera vez. ¿Tan efímero era el dolor?

Después de que desapareciera el *Libro de las fábulas*, empezaron a contar sus propias historias alrededor del fuego. Eso hacía que cada día fuera interesante, aunque solo hubiera estado marcado por el sol blanquecino o por un cielo tapado por una única nube plana. Un día en el que no hubieran avistado ningún animal y casi nadie hubiera hablado, más que para avisar de cuándo parar y cuándo seguir. Una historia para alegrar el día como si eso lo arreglara.

Agnes miró a Glen aproximarse a la hoguera. Permaneció a la escucha un momento, hasta que los Recién Llegados dejaron de leer y se lo quedaron mirando.

—No paréis por mí —dijo Glen—. Solo estaba escuchando.

—¿Por qué? —quiso saber Patricia.

—¿No te lo sabes todo? —dijo Frank. No parecía gustarles que los observaran.

—Eh... Esto... Quería... —balbuceó Glen. Tras dudar un instante, se sentó—. Tengo una pregunta.

—¿A saber? —Frank levantó las cejas.

—Ya sé que ahora estamos todos aquí y queremos concentrarnos en sobrevivir y demás, pero es que me ha picado la curiosidad. ¿Podéis contarme un poco en detalle cómo de mal están las cosas en la Ciudad?

—¿A qué te refieres?

—Bueno, pues que todos habéis hablado de lo mal que están las cosas. Tan mal que hay una lista de espera larguísima, y me da la sensación de que no sois un grupo de científicos, ni aventureros, ni padres de niños muy enfermos. Ese fue más o menos el plantel de origen. Y eso, que me ha picado la curiosidad y me gustaría saber si podíais darme algo más de contexto sobre lo mal que está. Porque al principio nos costó horrores encontrar a veinte personas dispuestas a venir aquí. Y eso, que me sorprende que ahora la gente quiera venir.

Agnes nunca había visto a Glen hablar tanto de una vez. Parecía nervioso por su petición. Agnes miró a los Recién Llegados y sus ojos recelosos. ¿Glen estaba siendo maleducado?

—Cuando dices «Nos costó horrores», ¿a quién te refieres? —preguntó Frank.

—A mí y a mi mujer. Nosotros ideamos y pusimos en marcha este experimento, más o menos.

Los Recién Llegados intercambiaron miradas.

—Creía que lo había empezado Carl —dijo Linda.

Glen encajó el golpe y sonrió.

—Bueno, pues no. Carl fue alumno mío hace mucho tiempo. Y ayudó, sin duda. Pero no, fui yo, con Bea y con Agnes. Fuimos los primeros sujetos. —Le acarició la cabeza a Agnes y la niña se sonrojó.

—¿Quién es Bea? —preguntó Patricia.

Glen parecía asombrado de que no la conocieran. Claro que no la conocían. No estaba allí.

—Es mi mujer. La madre de Agnes —balbuceó.

—¿Murió?

—No, no, qué va. —Negó violentamente con la cabeza—. Tuvo que volverse a la Ciudad.

Entre los Recién Llegados se oyó algún grito ahogado de sorpresa.

—¿Por qué? —chilló Helen.

—Su madre murió. Tuvo que volver para encargarse de las gestiones.

—¿Para encargarse de qué? —insistió Helen, confundida.

—De la muerte de su madre.

—Pero su madre estaba muerta —interrumpió Frank.

—Eso es.

—Entonces, ¿para qué tuvo que volver si ya estaba muerta?

Lo entendería si hubiera estado muriéndose, pero ya estaba muerta, ¿o no?

Glen tragó saliva. Asintió.

—No volvió por eso ni de coña —dijo Frank.

—¿Cómo dices?

—Nadie intentaría ir a la Ciudad a propósito. Todo el mundo está intentando irse.

—No seas exagerado, Frank —le reprendió Patricia—. No todo el mundo está intentando irse. Hay mucha gente a la que no conoces.

—Bueno, y hay mucha gente a la que sí conozco, Patricia —le espetó Frank—. Conozco a mucha más gente que tú.

A Agnes le sorprendió el tono, Frank le había parecido benévolo. Vio que Glen fruncía los labios como solía hacer cuando le sacaban de sus casillas. Lo hacía cuando recibía correo de su departamento. Cuando Carl soltaba algún discurso. Le puso la mano en el brazo y Glen respiró hondo.

—Lo siento, Patricia —intervino Helen—, pero estoy de acuerdo con Frank. —Se volvió hacia Glen—. La Ciudad no es un lugar al que uno vuelva. Fijo que se fue a otro sitio.

—No —repuso Glen con tranquilidad—. Está en la Ciudad.

—Seguro que se ha ido a las Tierras Privadas —soltó Linda.

Los Recién Llegados respondieron con un coro de onomatopeyas, chasquidos de desaprobación, de fastidio, de duda, ruiditos sentenciosos, comprensivos, compasivos.

—Estoy seguro de que está allí —añadió Frank.

—Pues qué suerte la suya —dijo Patricia.

—Pero ¿se ha marchado sin ti, cielo? —exclamó Helen, tocándole la mejilla a Agnes, que retrocedió.

—¡Ya basta! —gritó Glen, y se hizo el silencio en todo el campamento—. Solo quiero saber cómo están las cosas por la Ciudad. Mi mujer está allí. Y yo estoy preocupado por ella.

Agnes oyó que le temblaba la voz y tragó saliva, atónita. ¿Cómo podía estar preocupado por su madre cuando estaba claro que ella no se había preocupado por ellos? Y toda aquella gente también lo sabía. ¿Acaso no había oído lo que acababa de decir Helen? *Se marchó sin nosotros.*

Helen gesticuló, exasperada.

–¿Qué más necesitas saber? Las cosas están mal. Nosotros nos marchamos y hay mucha gente intentándolo.

De nuevo, los Recién Llegados recurrieron a los ruiditos bucales para expresar su lástima, Glen hundió los hombros y se alejó.

Los Recién Llegados bajaron el volumen, chistaban para sus adentros, como telegrafiándose pensamientos, ideas y sentimientos íntimos que nadie pudiera interceptar, como una colonia de murciélagos. Eran un grupo unido y por primera vez Agnes pensó que tal vez correrían mejor suerte de lo que le había parecido.

Se dio media vuelta para marcharse. «Pst». Oyó un susurro entre las sombras.

Sentados fuera del círculo luminoso, sin prestar atención a los adultos, estaban las dos chicas, Patty y Celeste, y el chico, Jake. Los tres contemplaban el fuego con una mirada que Agnes no lograba descifrar, aunque no le resultaba del todo desconocida. Sus caras eran sorprendentemente inexpresivas.

Entonces Celeste se la quedó mirando.

–¿Qué... le pasa a tu pelo?

Agnes se tocó el suave pelambre incipiente.

–Lo llevo corto.

Las chicas intercambiaron una mirada y pusieron los ojos en blanco.

–No me digas –soltó Celeste.

–¿Cuántos años tienes? –le preguntó Patty.

–No lo sé. Creo que veinte.

Soltaron una risotada.

–Ni de coña. Nosotros catorce –dijo Patty, señalándolos a los tres con un gesto. El chico aún no había hablado, pero la observaba tras la cascada de su flequillo. Agnes se imaginó a un puma saltando desde lo alto. No se enteraría hasta que el pelo se abriera por la ráfaga de aire que levantaría el cuerpo del animal, y entonces, por fin, vería. Oh, por fin vería. Pero sería demasiado tarde. Qué triste final. Qué pérdida más vana.

Celeste la observaba mientras los examinaba.

—Ya sé qué estás pensando.

—Ah, ¿sí?

—Estás pensando en lo mucho que nos parecemos. —Celeste las señaló a Patty y a ella. Agnes ni siquiera las estaba mirando.

—Somos gemelas —dijo Patty. No se parecían en nada. Una tenía el color de la arena seca y la otra de la tierra mojada. Una parecía un par de años mayor que la otra. Y eran de madres distintas. Pero Agnes asintió—. Jake es mi primo —continuó Patty, enganchándolo por el pulgar.

Agnes lo escudriñó.

—¿De verdad?

—Sí. —Su voz era más profunda de lo que se esperaba. No tenía vello en la cara, pero hablaba como un hombre. A diferencia de la curva de sus hombros, su voz no denotaba sumisión. Jake le sostuvo la mirada.

—Yo tengo una hermana muerta —dijo Agnes.

—¡Qué gore! —exclamó Celeste.

—Oye, ¿es verdad que tu madre se ha vuelto a la Ciudad? —quiso saber Patty.

—Sí —contestó Agnes—. Y eso la ha matado.

—O sea que ¿también está muerta?

—Sí.

—Sí, ya... ¿Y entonces por qué dice tu padre que está preocupado por ella?

—¿Glen? No acepta que se haya ido.

—Qué triste —murmuraron a coro las Gemelas.

Agnes asintió.

—Yo ya le he dicho que no va a volver y que estamos bien sin ella. —No era algo que le hubiera dicho en voz alta. No hablaban mucho de su madre. Pero, si le preguntaba, le respondería eso. Se dijo que le haría la vida más fácil. Para ella lo era desde que había decidido que esa era la historia de su madre.

Las Gemelas asintieron. Agnes miró a Jake y descubrió una expresión escéptica en su rostro.

—¿Y cómo murió? —farfulló.

Agnes parpadeó.

—Ya os lo he dicho. La mató la Ciudad.

—Ya, pero ¿cómo?

—No lo sé.

—Y entonces, ¿cómo sabes que está muerta?

—Simplemente lo sé –espetó Agnes.

Las Gemelas intercambiaron unas miradas tan elocuentes que Agnes creyó que acababan de compartir todos los pensamientos de su vida.

—Bueno, si eso la ha matado, no me sorprende –comentó Celeste y meneó la cabeza igual que Agnes había visto hacer a Helen, su madre–. Sinceramente, no creo que sea posible vivir aquí, volver a la Ciudad y sobrevivir. Es que el aire te mataría enseguida.

—Ya te digo –dijo Patty.

—Supongo –dijo Jake.

—¿Todavía quedan muchos niños enfermos en la Ciudad?

—Uy, y que lo digas –soltó Celeste.

—¿Tú estuviste enferma? –preguntó Agnes.

Celeste negó con la cabeza.

—Cuando era pequeña. Pero ya no.

—Pero tenemos todo el derecho del mundo a estar aquí –chilló Patty.

—Eh –dijo Jake apaciguador–. Tranquila, Patty.

Patty bufaba como un ciervo en peligro y le lanzó una mirada despectiva a Agnes.

Guardaron silencio y escucharon las palabras del Manual. Estaban por la parte del sistema de multas de la Reserva. Multas por la basura, multas por entrar en zonas restringidas. Para Agnes, la más absurda era la tremenda multa que te caía por morir. Tenía sus dudas de que lo entendieran según leían, era rarísimo. Carl se lo había explicado un día, mientras saltaban por el río de piedra en piedra. Le explicó que aunque cabía esperar que tu cuerpo desapareciera a manos de los carroñeros, tu ropa y tus objetos personales no, por lo que había que retirarlos para minimizar el impacto, y, por lo general, eso implicaba una misión de rescate, que corría a cuenta de la familia o de algún ser querido del difunto. «Otra razón más para mantenerse con vida», le dijo Carl.

Jake había vuelto a concentrarse en sus zapatillas, y se apartaba el pelo una y otra vez para ver lo que estaba limpiando.

—Vas a morir aquí, ¿sabes? —le dijo Agnes en voz baja—. Y luego, tendrán que ir a buscar tu cuerpo y enviar en avión lo que quede de él.

Las Gemelas soltaron una carcajada.

—¡Toma ya! —exclamaron al unísono.

Agnes agitó las manos delante de los ojos, haciéndose la ciega.

—Por tu pelo.

Jack asintió con seriedad.

—Todos vamos a morir. —Se apartó el pelo de la cara—. Algún día.

Celeste se desplomó teatralmente en la arena de la noche. Patty la imitó.

Agnes ladeó la cabeza y las miró con atención.

—¿Están heridas? —le preguntó a Jake.

—Eres de lo que no hay —dijo Celeste desde el suelo. Se apoyó sobre un codo y sonrió antes de que su rostro volviera a fruncirse en lo que parecía ser su mohín habitual—. Tendrás que explicarnos cómo va la movida aquí. —Miró desanimada los árboles, el río, los pájaros que aleteaban, los mocasines hechos polvo de Agnes—. O sea, ¿qué coño es este sitio?

—Es la Reserva.

—¿Y? ¿Eso qué coño es?

Agnes miró a Jake.

—Es la Reserva —dijo.

Celeste puso cara de aturdida y volvió a desplomarse.

Las Gemelas fijaron la vista en el cielo y Agnes se fue. Le cansaban.

—Tampoco es que las estrellas sean mucho mejor aquí. —Oyó a Celeste quejarse.

—Estaba pensando que... —dijo Patty.

—Es que, ¿qué sentido tiene?

—Exacto.

Agnes volvió la vista una vez más hacia Jake, que seguía mirándola. Sintió cómo se le hundían los hombros bajo el peso de su mirada, y se enderezó. Le entraron unas ganas imperiosas de estamparle un puñetazo, así que echó a correr con todas sus fuerzas hacia donde el grupo de los adultos, al que ella pertenecía, preparaba la carne.

La mañana siguiente empezaron a derribar las cabañas que habían erigido los Recién Llegados. Los tablones de madera eran una mina de peligros con sus puntas y clavos oxidados, con su moho y sus minúsculas astillas punzantes. Agnes desmontaba sola una caseta pequeña. El exterior estaba hecho con las tablas de viejos cajones de manzanas. Las paredes eran pinturas polvorientas y resquebrajadas de idílicos manzanares. Los cangrejos de arena brincaban por el suelo arenoso. Cada vez que arrancaba un listón, levantaba una nube de polvo y partículas que la envolvía por completo. Intentaba taparse la boca, pero no servía de nada. Tras quitar unas cuantas tablas, Agnes salió de la caseta entre tropiezos y sacudidas, presa de un ataque de tos. Así, doblada por la mitad, observando a través de unos ojos vidriosos, le vino a la memoria un viejo recuerdo que la llenó de pánico y le anudó el estómago. Se vio a sí misma en su pequeña habitación, en su cama rosa encogida en una bolita, tosiendo entre sus sábanas rosas, hasta que aparecen unas pequeñas gotas rojas, iluminadas por el brillo de las luces nocturnas de la Ciudad. Vio a su madre aparecer, cogerla en brazos, salir a todo correr al rellano y bajar un montón de plantas hasta llegar a otro piso. Era un sitio sobrio y olía a lejía. Era de una doctora privada a la que su madre pagaba en caso de emergencias. Casi ningún médico atendía urgencias porque ya no había. Con la superpoblación, las urgencias habían pasado a ser poco más o menos sinónimo de muerte.

Cuando su madre la tumbó en la camilla de la doctora, vio su propia sangre en la camiseta de su madre. No era un goterón, ni una mancha emborronada. No, era como si hubiera estampado su cara en sangre: la cuenca de un ojo pequeñito, una mejilla lisa y una boca abierta. Alguna que otra vez, ahora, cuando iba caminando por el bosque y veía una mancha colorida en alguna parte –liquen en el tronco de un árbol, una roca asomando entre la hierba verde–, pensaba en aquella media cara, en su cara. Era una máscara mortal de una muerte a la que había burlado. Había visto la máscara en muchos sitios, en muchas cosas. En otros colores. La sangre verde de los árboles. La sangre azul del agua. De los pétalos blancos recién abiertos. Independientemente de qué fuera lo que insuflara vida en aquellas cosas, de cuál fuera la esencia que los hacía incognoscibles.

Cuando volvió a ver a su madre, era el día siguiente y la mancha ya no estaba. Camiseta nueva. Limpia, de color melocotón. Agnes recordaba haberse enfadado porque su madre se hubiera deshecho de la marca de un momento tan especial.

Pero aquellas carreras a la consulta no habían sido las primeras. Ni serían las últimas.

–Está generando tolerancia –había dicho la doctora a propósito de la medicación.

–¿Y qué puede hacer al respecto? –había preguntado su madre.

–Nada. Es lo que hay. A menos que tengas otro aire para que respire –dijo, mientras se alejaba arrastrando los pies. Soltó un amargo resoplido por lo absurdo de la ocurrencia. Respirar otro aire.

Agnes estiró la espalda, respiró hondo, con cuidado, inhalando ese otro aire y vio que Dolores la estaba mirando. Estaba medio escondida detrás de una de las cabañas del anárquico poblado, tras una esquina formada por un listón de madera de una caja, donde podía leerse REGAL.

Dolores dio varias tosecillas en la mano, imitando el acceso de tos de Agnes. Se imaginó que estaba intentando ser simpática. Tal vez era su saludo secreto. Sí, lo más probable es que también hubiese estado enferma. Tenía pinta de haberlo estado, recientemente. Estaba muy delgada, tenía el pelo mate y la piel cetrina. Ojeras. Trataba su cuerpo con cuidado y moderación, como si un movimiento improvisado pudiera desatar un violento ataque de tos. Agnes lo recordó todo en algún lugar de su cuerpo.

–Eh –dijo Agnes. Los ojos de Dolores se abrieron como platos y resplandecieron, como asombrados de que repararan en ella–. ¿Qué tal?

Se oyó a Dolores tragar saliva, pero salió de su escondite y se aproximó con cautela a Agnes.

–¿Por qué no hay más niños como tú y tu hermano en el grupo?

De nuevo, los ojos de Dolores se desorbitaron, sorprendidos de que le estuvieran haciendo una pregunta de verdad. La chiquilla se encogió de hombros con todo el cuerpo, como suplicándole a Agnes que la creyera. No lo sabía.

Se sentó y sacó una pelotita de goma, que hizo rodar por la arena hasta los pies de Agnes. Con un gesto, le indicó que se la enviara de vuelta y Agnes se arrodilló.

–Había una –dijo Dolores.

–Vaya.

–¿Cuántos años tienes?

–No lo sé –respondió Agnes.

–¿De verdad?

–De verdad. Podría tener treinta años. Aunque probablemente muchos menos. ¿Cuántos años tienes tú?

–Más de tres.

–Qué bien.

–¿Aquí hay flores?

–Sí, muchas, pero solo en algunas épocas del año.

–¿Qué época del año es?

–Otoño.

–¿Ahora hay flores?

–No muchas.

Dolores tenía los ojos grandes y su boquita se frunció meditativa. Tenía suerte de estar aquí. De estar aquí y de estar recuperándose. Agnes creía que, en su fuero interno, la niña lo sabría. Por un instante, se le vino a la cabeza la imagen de una pequeña Dolores enferma escupiendo sangre descontroladamente, como le había ocurrido a ella misma. Era una imagen atroz y violenta y la ahuyentó rápidamente de su cabeza. Recordarse a sí misma de ese modo era una cosa, pero hacérselo pasar a otra persona le parecía una crueldad, aunque solo fuera en su imaginación.

Cuando llegaron al Estado de la Reserva, Agnes era una de los cinco niños. Hermana y Hermano seguían allí, pero Ali murió enseguida. Tal vez ya estaba demasiado enferma para aguantar una vida tan física. Aquí había otros peligros. Los adultos deberían haberlo entendido.

Se acordaba de cuando Flor se marchó después de que su madre, Maria, decidiera que venir había sido un error. Su madre se había asustado tras la primera muerte y después de que un oso asaltara el campamento. No hubo heridos, pero el animal, empeñado en quedarse, se dedicó a retozar en sus camas, a cagarse en sus pieles y a intentar acabar con todas sus provisiones. Estuvieron dos días sin comer mientras lo acechaban, esperando la oportunidad de matarlo. Tuvieron que pasar hambre hasta que empezaron a apañárselas. Cuando llegaron al siguiente Control, Maria se dirigió al mostrador y le anunció al Agente Forestal:

–Claudico.

–¿Cómo que claudica?

–Bueno, no sé. Que renuncio a ser ciudadana de la Reserva.

–Señora, ¿qué coño me está contando?

–Que me quiero ir a casa.

–Vale, pues muy bien. Váyase a casa.

Maria se lo quedó mirando ojiplática.

–¿Cómo?

El Agente sacó un trozo de papel.

–El horario de autobuses. Cuando sepa a qué hora quiere marcharse, podemos pedirle un taxi.

Llevarían allí cosa de un mes.

La primavera siguiente, Debra recibió una carta de Maria en el Control. La pequeña Flor había muerto.

–Bueno, puede que aquí también hubiese muerto. –Debra forzó una sonrisa. Nadie tenía ninguna garantía.

Agnes sonrió y Dolores la miró con seriedad primero y, acto seguido, esbozó una sonrisa tímida. Agnes era un poco mayor que ella cuando llegó. No se hacía una idea de cómo sería tener tres años aquí. Deseaba decir algo que le borrara la inseguridad del rostro a Dolores. «Dolores», ladró Linda, y la niña salió como un rayo hacia su madre. Linda observó a Agnes con una mezcla de curiosidad y desconfianza, al tiempo que su hija se deslizaba bajo su brazo, el lugar más seguro de todos, como un polluelo bajo el ala materna. La expresión de Dolores se serenó. Agnes sintió una dolorosa punzada de ausencia. Recordaba cuando era así de pequeña, cuando estar a salvo era así de fácil. Le gustaba ser adulta, pero echaba de menos poder sentirse segura de ese modo. Eso había desaparecido de su vida para siempre. Con todas esas caras nuevas a las que mirar, se dio cuenta de que no había pensado en la de su madre desde antes de penetrar en el bosque tenebroso. Hasta ese momento, había despertado cada día soñando con el rostro de su madre. No con ella. Tan solo su cara, planeando encima de lo que pasara o contara el sueño. Cuando soñó que una manada de coyotes atacaba el campamento, el rostro de su madre era la luna, que resplandecía sobre la matanza. Cuando soñó que se encontraba un manojo de cebollas silvestres escondidas debajo del cojín, una vez retirada la tierra del pequeño bulbo blanquecino, el rostro de su madre aparecía en el tegumento nacarado. Su madre era la cara de una lechuza a la que Agnes espantó un día que salió a pescar ranas con Val. No, eso tenía que haber sido real, no un sueño. Había atrapado ranas y caracoles para cenar. Y, desde el cielo, su madre las había mirado con irritación. Agnes juraba que había visto la terrible cara de su madre. De su madre enfadada, todavía enfadada con ella.

Celeste se le acercó arrastrando los pies con lo que parecía verdadero pavor en el cuerpo.

—Pfff... —bufó, y la miró expectante.

—¿Pfff?

—¡Pfff...! —repitió enfática, con los ojos clavados en la casucha demolida—. Es una estupidez —aclaró.

—¿Por qué?

—Echo de menos mi casita —contestó con un mohín.

—¿En la Ciudad? —preguntó Agnes.

Celeste puso los ojos en blanco.

–No, aquí. Tenía una ventanita con cortinas de flores. Y un suelo pulido por el que bailaba sin parar, y olía a rosas.

–Mentira –dijo Agnes–. Aquí nada huele a rosas.

No recordaba cuándo había sido la última vez que había olido una rosa. Allí olía a salmuera, a podrido, a salitre y a abeto.

Celeste negó con la cabeza.

–Es de mentirijillas, boba. –Agnes asintió, pese a no tener clara la diferencia entre una mentirijilla y una mentira–. Además, ¿de dónde iba a sacar unas cortinas? Y aquí no hay nada suave a un millón de kilómetros a la redonda. Pero me hace sentir mejor.

–¿Por qué necesitas sentirte mejor?

–Porque estoy triste.

–¿Por qué?

–Porque no quiero estar aquí.

–Ah... –Agnes agachó la mirada, abrumada. La cabeza le iba a toda velocidad. Iba persiguiendo algo. Un sentimiento. ¿Cuál? Lo tenía en la yema de los dedos, que se alargaban...–. Yo también estuve triste –soltó, casi sin aire.

–¿Cuándo? –preguntó Celeste con los ojos achinados, lista para vengarse si le tomaba el pelo.

–Cuando llegué.

Celeste contempló las hormigas que recorrían los mocasines sucios de Agnes, los manchurrones de su blusón allí donde se limpiaba las manos. Sus brazos fuertes, tiznados de tierra. La mugre bajo las uñas.

–¿Tú? –preguntó escéptica.

–Sí.

Agnes contestó despacio, tras años y años fraccionado, el recuerdo se recomponía. Ella no quería venir. No quería separarse de sus amigas. Por mucha sangre que escupiera. No quería separarse de su camita rosa. Esa que su madre hacía a diario y dejaba como en las revistas. No llegó a entender a dónde se iba, ni cómo sería. Pero por el modo en que su madre tensaba los hombros y se forzaba a mantener la espalda erguida para parecer más fuerte, intuía que era un lugar duro. Que albergaba peligros. Que su madre tenía miedo. Y entonces contemplaba su casa, pequeña pero acogedora, y se preguntaba: *¿Por qué?* ¿Por qué tenían que dejar un sitio conocido para marcharse a uno desconocido? Por aquel entonces debía de tener cuatro años, estaría a punto de cumplir los cinco. Llevaba calcetines con una puntilla en el dobladillo idénticos a los de Dolores y dos trenzas, también como Dolores. Su madre se las hacía por la noche después del baño, con el pelo aún húmedo. El cabello se le encrespaba formando un halo alrededor de su cabeza tras los combates nocturnos con la almohada. Iba a un parvulario en el sótano de su edificio. Allí se echaba siestas y le contaban cuentos. Compartía bolsitas de zumo con sus amigas. ¿Cómo se llamaban? No se acordaba. Se acordaría si su madre hubiera pronunciado sus nombres desde que se marcharon de allí. Si le hubiera contado historias de la vida de Agnes. Pero su madre no hablaba más que de su propia madre, la yaya, o de la abuela, la madre de su madre, o de Agnes y ella. El egocentrismo de su madre le enfadó. Pero entonces cayó en la cuenta de que no estaba al corriente de ninguna de las historias de Agnes y sus amigas. Eran recuerdos íntimos de Agnes. Que espachurraban los zumos para hacer arcoíris sobre el cemento, que jugaban a peinarse mientras les contaban cuentos. Había olvidado los nombres de las niñas con quienes había compartido aquellos momentos. Unos ratos, también, en los que Agnes había estado sin su madre. Las primeras y últimas veces que había estado sola, hasta ahora.

En ese momento se dio cuenta de una cosa.

–En realidad nadie quería venir –le dijo a Celeste–, pero no había más remedio.

–¿Nadie?

–Bueno, igual Carl sí.

–¿Quién es Carl? –Agnes señaló a Carl, que hurgaba entre los putrefactos tablones de las cabañas en ruinas buscando larvas y las engullía a puñados–. Uy, sí. No me sorprende.

–No es que sea un bicho raro ni nada –dijo Agnes, embargada por un arrebato protector, viéndolo a través de los ojos de la otra muchacha, reparando por primera vez en su mugre, en su olor, en su pelo enmarañado, en sus ojos recelosos–. Es solo que este es su sitio.

–Y el tuyo, ¿no?

Agnes se ruborizó con orgullo y un poco de vergüenza.

–Y el mío, sí. Pero ahora. –Agnes hablaba despacio, sorprendida, dudando de que las palabras estuvieran saliendo realmente de su boca–. Al principio quería que mi madre me peinara todos los días para que no se me enredara. –Se señaló el pelo, cortado a trasquilones–. Me bajé del autobús vestida de blanco –dijo, como avergonzándose al evocar la imagen, la tela reluciente bajo el sol cegador. Entrecerró los ojos. Era como estar viendo a otra niña, a una desconocida entrañable–. Llevaba las uñas pintadas. De rosa. El rosa era mi color favorito. –Se echó a reír, cada vez más alto, y Celeste se contagió, y atrajeron las miradas de toda la playa, especialmente de Patty. Pararon.

Celeste se inclinó hacia ella y susurró:

–He traído pintauñas.

Algo en las tripas de Agnes se retorció. Estaba dividida entre el deseo de ver el color, un color que no fuese el de la tierra, pero al mismo tiempo no quería tener nada que ver con algo tan irreal, tan del mundo de su madre. Un mundo muerto.

–Sería lo más vértelo puesto –dijo Celeste mirando las uñas mugrientas de Agnes.

–Me da que sería un incordio –repuso Agnes. ¿Podría cazar con las uñas pintadas? ¿Podría comer con las manos? ¿Y trenzar tendones para hacer cordel? ¿Se le iría o tendría que arrancárselo con los dientes? Si se lo quitaba con los dientes, ¿se volvería adicta a la sustancia y se moriría cuando se terminara? El corazón se le aceleró.

–Es rosa –añadió Celeste.

Agnes abrió la boca para decir que no justo cuando Celeste dijo:

–Venga, vamos –Y Agnes echó a andar tras ella.

Celeste pasó de largo a la Comunidad y a los Recién Llegados y Patty apareció para acompañarlas, con una camaradería que iba más allá de las palabras. Cruzaron al bosque en silencio, atravesaron la línea que separaba una franja yerma y soleada de otra fría y tenebrosa.

–Uno, dos, tres, cuatro... –Celeste contó hasta diez, y giró hacia la izquierda–. Uno, dos, tres, cuatro... –Siguió hasta diez. Dobló a la derecha–. Uno, dos, tres, cuatro... –Hasta diez. Se detuvo. Una roca recubierta de una capa de musgo. La retiró como si fuera una sábana verde y húmeda, y dejó al descubierto una muesca en la piedra. En su interior, un reflejo rosa fluorescente brillaba como un rayo de sol.

Celeste cogió el frasco como si fuera un polluelo, lo acarició entre sus manos, y se lo mostró a las dos chicas.

–Se llama «Neón de ensueño» –susurró, y Patty suspiró–. Tiene brillibrilli, aunque no se ve hasta que te las pintas.

–Píntamelas –pidió Patty.

Celeste desenroscó el tapón, las tres acercaron la nariz al frasco e inhalaron.

Patty tosió.

–Me chifla.

Agnes empezó a salivar. Quería beberse ese rosa mercúrico. Sentir cómo le envolvía la garganta.

Celeste extendió la mano con la palma hacia arriba y Patty apoyó los dedos en ella.

Celeste deslizó el pincel por cada uña, despacio, una, dos y tres veces, con movimientos pulcros, cuidados. Patty se estremecía. Tenía los ojos cerrados y los apretaba con fuerza, anticipándose a la sorpresa.

–No toques nada –dijo por fin Celeste.

Patty abrió los ojos. Todas se aproximaron a la mano. Patty tamborileó con los dedos en el aire. Agnes no recordaba haber visto nunca un color tan chillón. Bueno, en las flores sí. Pero las flores de verdad estaban cubiertas de polvo, o desvaídas por el resplandor del sol. Quizá, pensó, una vez, después de un chaparrón de primavera, cuando el sol salió de entre las nubes, vio unas violetas de un morado reluciente, impactante para la vista, como lo eran las uñas de Patty. En ocasiones el atardecer tenía un colorido rabioso. El color de la sangre fresca era impactante. O cuando descuartizaban a los animales, al sacar el estómago entero, las venas rojas y azules como en los atlas de anatomía de los viejos libros de texto de su abuela. Aquel azul era intenso y puro. En cambio, ese rosa le hacía daño a la vista. Le daba ganas de quedárselo para ella sola. Se acordó de la revista de su madre, de los colores vivos que usaba al decorar. Pero a pesar del satinado del papel, las estampas seguían siendo remotas, distantes. Imágenes de un lugar que jamás vería en la vida real. Intocable. Agnes alargó la mano.

–¡No toques, que no está seco! –chilló Celeste.

Agnes retiró la mano como un rayo. Se le subió la sangre a las mejillas. Se las cubrió con las manos. Sabía que el rosa de sus pómulos no era tan bonito como el de los dedos de Patty.

Patty se soplaba las uñas como si fueran velas de cumpleaños.

–Píntamelas –pidió Agnes.

–No sé si te aguantará. –Celeste le miró las uñas–. Están sucísimas.

Agnes se escupió en la mano y se frotó las uñas.

Celeste fingió una arcada.

–Eres asquerosa –dijo, y extendió la mano.

Agnes colocó la suya encima.

–Te pinto solo una, de prueba. No quiero desperdiciar pintauñas si no se te va a quedar.

–Por favor –gimoteó Agnes.

–¿Quieres que te la pinte o no?

–Sí.

–Vale, ¿cuál?

Agnes contempló sus manos llenas de cicatrices, las uñas escamadas, la suciedad bajo ellas. Movió el meñique izquierdo.

–Esta.

Era el dedo que menos usaba. Le aguantaría más tiempo limpia, pensó. No se le saltaría el esmalte. Quizá le duraría para siempre. Se metió el dedo en la boca e intentó limpiarse la uña con la lengua. Después se lo secó en el blusón.

Cerró los ojos.

El pincel era suave. Le hacía cosquillas. El líquido estaba frío al aplicarlo. Era como mojar el meñique en el fango helado de la orilla de un río invernal. Un estremecimiento le remontó por la nuca. Entonces, toda su uña se cerró, se tensó, dejó de respirar. Sintió que la uña se asfixiaba. Estuvo a punto de soltar un grito, de salir corriendo de un brinco. Lo odiaba.

—Vale —dijo Celeste—. Haz así.

Agnes abrió los ojos, vio a Celeste soplándose las manos y miró hacia abajo.

El rosa reflejaba una luz que ni sabía presente en el oscuro bosque. Parecía moverse sobre la uña, insuflar cada vez más y más color. Vio el destello de la purpurina. Ni mucho ni poco. Alegre y perfecto.

Celeste volvió a enroscar el tapón.

—¿Tú no te las pintas?

—Voy a esperar a una ocasión especial.

—¿Y qué ocasión especial va a haber aquí? —preguntó Patty.

—Seguro que algo habrá. ¿La gente no se casa? ¿Nadie monta fiestas? A mi madre le encanta montar fiestas.

—¿Por qué estáis aquí? —quiso saber Agnes.

—¿Y por qué estás tú aquí? —replicó Celeste, que ya arrugaba los ojos, suspicaz de nuevo.

—Estaba enferma.

—Sí, como todos.

Agnes visualizó de nuevo los almohadones manchados de sangre, los cercos que no llegaban a salir del todo.

—No, de verdad, me acuerdo. Estaba enferma.

—¿Y tu madre te trajo aquí para salvarte?

Agnes contuvo la respiración. Nunca lo había visto así. La cara le ardía, aunque no estaba segura de por qué.

—Supongo —dijo, aunque no le gustaba esa versión—. Y Glen.

—¿Quién es Glen?

—Mi padre.

—¿Por qué lo llamas Glen?

—Porque no es mi verdadero padre.

—Ya, no os parecéis en nada —observó Patty.

—Ni física ni químicamente —apuntó Celeste.

—Es un buen líder. —A Agnes se le hinchó el pecho tan solo de pensar en que alguien así pudiera ser su padre.

Las Gemelas soltaron una carcajada.

–Eres lo más –exclamó Celeste.

–Él nos trajo aquí. –Agnes estaba confundida.

–Creía que habías dicho que fue tu madre.

–Fueron los dos.

–Seguro que no fue tan sencillo. –Celeste arrugó el ceño–. Mi madre nunca hace nada que no le convenga.

–No lo sé. Creo que mi madre no estaba muy contenta aquí. Por eso se marchó.

–Creía que se había marchado porque su madre se había muerto.

Agnes pestañeó.

–Sí, por eso se marchó.

Celeste se la quedó mirando.

–A ver, tú tendrás diez años o así, ¿no?

–Soy mucho más mayor.

–Tal vez once.

–No sé cuántos años tengo.

–No pasa nada –dijo Celeste, pasándole el brazo por encima–. Tienes once años. Decidido.

Agnes no sabía si le gustaba Celeste. Pero le gustaba el peso de su brazo, suave y rollizo, sobre su hombro.

Celeste le pasó el pintauñas a Patty, que volvió a introducirlo en su hendidura como quien acuesta a un bebé a dormir la siesta, lo arropó de nuevo con el musgo, lo recolocó con una palmadita y a continuación se dio unos toquecitos sobre la cara con sus manos húmedas y centelleantes.

–El rocío es bueno para el cutis –dijo.

Salieron del bosque y entrecerraron los ojos, cegadas por el reflejo del sol en el agua. Agnes olió el humo que indicaba que estaban encendiendo la hoguera. Le rugieron las tripas. Escondió su preciosa uña pintada dentro del puño.

Al día siguiente, Carl organizó una jornada de faenas. Montó puestos con las principales tareas de la Comunidad y los Recién Llegados fueron visitándolos para enterarse de lo que se esperaba de ellos en el día a día. En sus caras había cierta expectación, pero básicamente, temor, pues casi todas las labores eran sucias y malolientes, y es posible que les preocupara que no se les diera bien. Observaron a Debra, que remendaba rígidos parches de piel con hilo de tendones para confeccionar mocasines nuevos. Les extendió las manos para que pudieran tocarle los callos. A los encargados de trenzar los tendones les olían las manos a tripas hasta que el hilo se desgastaba, lo que nunca sucedía antes de que hiciera falta volver a hilar. Los curtidores sudaban y tosían bajo el humo. Los ahumadores tosían y sudaban dentro del ahumadero. Y si transportar cosas podía parecer mejor opción que esas tareas manuales, los Recién Llegados observaron que los que solían acarrear el Hierro Colado y la Bolsa de los Libros tenían chepa y amanecían con la espalda agarrotada.

–¿Por qué lleváis todos esos libros? ¿No os los habéis leído ya a estas alturas? –preguntó Patricia.

–Sí –contestó el doctor Harold, que estaba enseñando diversas maneras de cargar con la Bolsa de los Libros.

–¿Y para qué os los quedáis?

–Para volver a leerlos –contestó Debra con una brusquedad por lo general reservada para el doctor Harold. Él se percató y le sonrió. Cargaba la bolsa con frecuencia precisamente porque a Debra le gustaban los libros.

–Es bueno cargar con la historia –apuntó Glen, asintiendo.

–¿Por qué? –Patricia arrugó la nariz.

Glen sonrió. Abrió la boca, la cerró. Volvió a sonreír. Agnes se dio cuenta de que no tenía respuesta. Nadie se lo había preguntado nunca.

Finalmente, Carl se metió y dijo:

–La historia es buena, ¿o no?

Se lo tomaron como una pregunta retórica. Nadie respondió.

–Vale, ¿y el cazuelón ese? –preguntó Linda–. No me entra en la cabeza que merezca la pena cargar con un trasto que pese tanto.

Intentó levantarlo del suelo, gruñendo por el esfuerzo, pero no consiguió moverlo. Linda era menuda. Casi tanto como Agnes.

–Merece la pena. –La Comunidad respondió casi al unísono y Frank se ruborizó. Los Recién Llegados murmuraron, conscientes de que cargar el Hierro Colado era una labor importante. En cambio, nadie miró al doctor Harold, cuyos brazos rodeaban la engorrosa Bolsa de los Libros.

Carl dio una palmada.

–Muy bien, y ahora, a cazar.

Los Recién Llegados formaron fila arrastrando los pies. Carl había colocado un blanco en la parte baja de la playa. Un montón de troncos con un trozo de piel estirada de lado a lado. La Comunidad tenía dos arcos que funcionaban, así que los Recién Llegados tuvieron que turnarse. Las flechas de todos los arqueros salieron disparadas en direcciones distintas y ninguna se acercó al blanco. Y eso que era fácil. Agnes podía alcanzarlo sin necesidad de echar el arco demasiado hacia atrás. Ni siquiera a las mujeres, de manos pequeñas y ágiles, se les dio bien. Tampoco a Jake, observó Agnes decepcionada. A lo mejor podía enseñarle.

–Se nos dan mejor las pistolas –se excusó Frank, con una mueca. Su flecha voló hasta el agua.

–Aquí las pistolas duran poco.

–Ah, vaya.

–Las balas se acaban rápido –espetó Val.

–¿Y no se pueden pedir más?

–Aquí no se piden cosas.

–La entrega es impredecible –bromeó Glen, con una risita.

Agnes sabía que pretendía ser un comentario ligero, pero varios Recién Llegados adultos pusieron cara de fastidio. A lo mejor creían que Glen estaba burlándose de ellos. O igual pensaban que era bobo. Las Gemelas y Jake lo miraron boquiabiertos.

–A ver, todos tenemos que saber hacer alguna tarea para sobrevivir –dijo Carl–. A algunos se nos darán mejor unas cosas que otras, no pasa nada, pero todo el mundo tiene que aportar algo. Aunque sería de ayuda que todos supiéramos desenvolvernos en todas las tareas.

Los Recién Llegados asintieron. Saltaba a la vista que Carl era su favorito. Ya recurrían a él cuando buscaban respuestas. Carl siguió hablando:

—Aunque solo unos pocos seremos los cazadores habituales de la Comunidad, todos tenemos que estar cómodos con el arco y las flechas. ¿Qué entrenamiento seguisteis para venir aquí?

—¿Cómo que qué entrenamiento? —susurró Helen.

—Sí, que cómo os entrenasteis. Supongo que todos sabríais que aquí la norma era cazar con arco. Aunque solo os leyerais algunos libros de arquería... lo que fuera.

Carl miró a los Recién Llegados. Nadie habló. Dio una palmada.

—Bueno, vale, no importa. Mientras yo esté con vosotros, no necesitaréis pistolas.

Carl se inclinó ante la madre de Patty.

—¿Tú eras?

—Patricia.

Carl miró a Patty.

—Y tú también, ¿no?

La madre de Patty abrió la boca para hablar, pero Patty chilló:

—¡Que soy Patty a secas! ¡Y ella es mi madre y punto!

—Tranquilita —le espetó Patricia. Respiró hondo y soltó el aire con un largo bufido. Se volvió hacia Carl—. Ya que estamos, ¿por qué no me llamáis «Madre de Patty y punto»? —Soltó una carcajada que sonó tremendamente falsa.

—Vale, madre de Patty, estoy seguro de que algo harías para prepararte, ¿a que sí? —Carl le guiñó un ojo.

—Me leí algunos libros. —La madre de Patty levantó la barbilla, triunfal.

Patty se mofó.

—No, no te leíste nada.

Carl se volvió hacia la muchacha huraña y esquelética.

—Y tú, señorita, ¿qué hiciste?

—Nada. Yo soy una niña.

Celeste soltó una risotada.

—Eres una señorita.

A Patty y a Celeste les entró la risa floja.

–¡Silencio! –Los ojos de Carl refulgieron de cólera. Las Gemelas se callaron inmediatamente e intercambiaron una mirada de desdén. Pero Agnes vio que también se ruborizaban–. Enseñadme las manos.

Las muchachas obedecieron. Carl tomó a una de cada mano y apretó, palpó y retorció, después, las agarró con firmeza de los antebrazos y remató con una cachetada en las palmas.

–¡Ay! –protestaron al unísono.

Carl les pellizcó el brazo asintiendo para sus adentros. Les estiró de los dedos y hundió sus pulgares contra las palmas.

–Creo que estamos ante un par de talentos innatos –anunció. Los padres de Patty y la madre de Celeste aplaudieron. Los Recién Llegados se enderezaron, como emocionados de que los suyos hubieran impresionado a Carl–. Señoritas, ¿creéis que podéis darle al blanco? –Las chicas fruncieron el ceño–. Yo creo que sí –añadió, y esperó a que llenaran el silencio. Se había puesto en modo profesor, pero Agnes dedujo que no estaba acostumbrado a las adolescentes–. ¿Qué me decís?

Celeste puso los ojos en blanco, airada.

–Dinos qué tenemos que hacer y punto –farfulló Patty.

Carl les entregó un arco y una flecha a cada una. Los primeros disparos aterrizaron a sus pies.

–Menuda parida –dijo Patty.

Carl les dio más flechas y Celeste pataleó en señal de protesta.

–¡Mamá!

Su madre tenía una voz bronca, cascada, como si gritar fuera gran parte de su vida.

–Celeste, que lo hagas y punto, hostia.

La flecha de Celeste salió volando a lo loco hacia la derecha, como la de Patty.

–Otra vez –dijo Carl.

–¡No!

Celeste rugió con la furia de un animal atrapado. Su estridencia hizo que Agnes aguzara los oídos. Sin embargo, a pesar de las quejas, volvió a tensar el arco a la vez que Patty. A Agnes le fascinaba que fueran capaces de transmitir tanta rabia y hastío al mismo tiempo.

Las Gemelas dispararon, casi sin mirar. Las flechas surcaron el aire hasta dar justo en el centro de la diana. Por poco se partieron entre sí. Al verlo, la rabia de Celeste desapareció y, una vez más, volvió a ser puro aburrimiento.

Para Agnes las Gemelas eran las personas más hermosas que había visto nunca. Su furia era repentina e incontrolable. Arbitraria e ilógica. Le faltaban palabras para describir el sentimiento que le despertaba. Pero sabía que era poderosa. Y sabía que en alguna parte de su interior ella tenía ese mismo poder. Trató de recordar si había observado una fiereza tan inesperada en algún animal y no supo encontrar ningún ejemplo. Porque mientras que los animales sacaban a relucir su ferocidad por motivos obvios, no llegaba a entender de dónde nacía la emoción de las Gemelas.

—Otra vez —dijo Carl.

Esta vez Celeste no gritó. Se limitó a tensar el arco con cara de fastidio, igual que Patty. Tratar de entender cómo conseguirlo las había anestesiado. Ambas soltaron un suspiro que Agnes solo había visto en animales moribundos. Dieron justo en el blanco.

—¿Cómo podéis tener tan buena puntería? —preguntó Carl.

—De matar ratas con el tirachinas —contestó Celeste.

—¿Veíais ratas? —Agnes estaba atónita—. ¿En la Ciudad? —Ella jamás había visto animales en la Ciudad.

—Probablemente vivías en mejor zona que nosotras —dijo Patty.

—Ni siquiera sabía que quedaran ratas en la Ciudad.

—Ah, entonces está claro que vivías en mejor zona que nosotras —dijo Celeste, y las Gemelas bramaron.

Carl negó con la cabeza.

—Eso no explica nada. Los tirachinas son... es otra musculatura completamente distinta.

—Bueno, es que eran tirachinas bastante grandes —dijo Patty, levantando la barbilla con orgullo, igual que había hecho su madre.

Carl miró a Celeste.

–Es que las ratas eran bastante grandes –añadió al instante.

Carl soltó una risita. Estaba encantado. Dio una palmada y dijo:

–¡No puedo decir que importe! ¡A cazar se ha dicho!

Las rodeó con el brazo en plan amiguete, las Gemelas se escabulleron inmediatamente y volvieron a pegarse la una a la otra como si fueran imanes.

Después de que desaparecieran en el bosque, Agnes oyó carcajadas y algún que otro grito durante un rato. Se sentía embrujada por los sonidos, aunque supiera que eran las Gemelas. Al caer la noche, las dos muchachas y Carl regresaron con un par de gamos, una cría y una hembra. Probablemente no habrían querido separarse y los dos habían perecido. La cría iba a hombros de Carl, su lengua rosada oscilaba de lado a lado. El gamo tenía el cuello abierto en canal, probablemente rasgado por una punta de flecha. Y una de las patas traseras retorcida. Parecía como si justo después de haberlo alcanzado con la flecha, las chicas hubieran forcejeado con él hasta matarlo.

Carl descargó el cervato en un lugar donde pudieran despiezarlo y después se aproximó a quienes negaban ojipláticos alrededor del fuego. Una salpicadura roja teñía su camisa; la sangre se le había cuajado en la barba.

–Básicamente han aporreado a ese pobre bicho hasta matarlo.

–¿Y tú se lo has permitido? –le regañó Debra.

–Tienen que aprender –repuso con una sonrisa de oreja a oreja. Lo había disfrutado.

Las Gemelas arrastraron al gamo hasta donde guardaban los cuchillos, entre empujones y gruñidos. La sangre dejó un reguero desde el lugar de la matanza hasta la playa. Durante el resto de días que permanecieron allí, no volvieron a ver a un animal merodeando por el bosque ni asomándose a la playa. La sangre es una señal de alarma, pero las Gemelas todavía no lo sabían.

Dado que no podían permanecer en el Río Envenenado, decidieron desandar camino. En realidad, fue una decisión de Carl. De hecho, de Carl con el respaldo de los Recién Llegados. Hacia el final de sus días en el Río Envenenado, no cabía duda de que para los Recién Llegados el líder era oficialmente Carl, a pesar de que la Comunidad primigenia nunca hubiera tenido un líder oficial. Ahora sí lo tenían.

Agnes estuvo presente en aquella reunión alrededor del fuego, aunque fue la única asistente de los pequeños. Le sorprendió, y pensó que Celeste, Patty y Jake deberían haber estado allí. Sin embargo, los Recién Llegados la miraron escépticos cuando tomó asiento en el corro. Cuando Carl se sentó a su lado, vio que sus expresiones cambiaron. Levantaron las cejas y asintieron para sí mismos. Carl autorizaba su presencia allí. ¿Era consciente de ello? ¿Por eso lo había hecho? Notó un temblor en la pierna.

–Bueno... –Glen empezó, porque siempre empezaba las reuniones. Había ganado mucha experiencia en sus reuniones en la universidad–. Necesitamos trazar un plan para definir nuestros próximos pasos. Pero antes de eso, tenemos que explicar cómo tomamos las decisiones aquí. –Asintió mirando a Debra, que explicó el consenso.

Los Recién Llegados asintieron lentamente cuando hubo terminado su explicación. Y después arrugaron el rostro como si hubieran comido algo sutilmente asqueroso.

–Suena complicado –observó Linda.

–Lo es –corroboró Carl.

–Incluso demasiado complicado –dijo Frank.

Carl asintió, mirando alrededor del círculo. Glen abrió la boca para hablar, pero Carl le cortó la palabra.

–Sí, creo que tienes razón, Frank. Es demasiado complicado con un grupo tan grande. –Frank no había dicho eso, pero asintió igualmente–. Además, no siempre tomamos las decisiones por consenso –añadió, tranquilizador.

–Sí que lo hacemos –repuso Debra.

–No. ¿Y cuando nos desviamos de la ruta y caminamos un día para ir a por agua?

–Sí. Lo hicimos porque todos estábamos de acuerdo –contestó Debra.

Val entró al trapo.

–Me parece que no te acuerdas bien, Debra.

–Mira, bonita, me acuerdo perfectamente. –Debra miró a Glen pidiendo ayuda.

–A ver, Carl, que seamos un grupo más grande no quiere decir que debamos dejar de decidir como tal.

–Ya fuimos veinte antes y nos las arreglamos bien –musitó Debra. A ella le encantaba el consenso.

–Eh –Carl puso las manos en alto–, que yo solo estoy buscando lo mejor para nuestra Comunidad. Para nuestra nueva Comunidad –puntualizó mirando a los Recién Llegados–. Creo que, ahora que somos un grupo nuevo y más numeroso, deberíamos decidir como grupo cómo se toman las decisiones. Decidir como este grupo, no como el grupo anterior. Tal vez los Recién Llegados no le vean sentido al consenso. Para mí nunca lo tuvo.

–Ni para mí –dijo Val.

–A ti no te gusta el consenso porque quieres mandar –soltó Debra.

–Pues a mí tampoco me gusta el consenso –dijo Frank–. No me parece que sea muy representativo.

Los Recién Llegados asintieron.

–¡Es completamente representativo! –exclamó Debra.

–Pero, por ejemplo –intervino Helen–, ¿qué pasa si estamos votando algo y todo el mundo vota una cosa y yo no quiero votar eso, pero miro a mi alrededor y veo que todo el mundo me pone mala cara y entonces voto como los demás?

–Eso no pasa nunca –contestó Debra.

–Un momento, Debra –dijo Val. Se volvió hacia Helen–. A mí me ha pasado.

Helen se tocó la garganta y asintió hacia Val con humedecidos ojos de comprensión.

–Lo que me lleva a pensar que prefiero tener mi propio voto, que se cuente, y aceptar el resultado, sea cual sea –dijo Frank.

Carl asintió.

–Parece que a los Recién Llegados les gustaría tomar las decisiones de otro modo.

Val aplaudió.

–Vamos a votar.

El resto de la Comunidad protestó vagamente. Pero no había mucho que hacer. Con Carl, Val y los Recién Llegados por un lado, los demás, contó Agnes, eran minoría.

–Por mayoría –anunció Carl.

–Pero necesitamos consenso para erradicar el consenso.

–Anda, escúchate, Debra –dijo Carl.

–Pero...

–El consenso ya no vale. Se acabó.

–¿Puedo hacer un comentario? –preguntó Frank. Miraba directamente a Carl.

–Adelante –respondió Carl con benevolencia.

–La rotación de tareas implica mucho esfuerzo. Apenas llevamos tiempo con vosotros, pero yo ya me he armado un lío con quién hace qué. Me parece que vuestro sistema podría mejorarse.

–Te escucho –dijo Carl ansioso.

–Yo creo que, de ahora en adelante, nosotros –señaló con un gesto a los Recién Llegados– deberíamos encargarnos de cocinar y racionar la comida. Es lo más fácil para nosotros, que somos novatos. Así no tenemos que decidir todos los días. Cambiar de responsabilidad cuesta mucho trabajo.

Carl asintió.

–Sí, cuesta mucho trabajo.

–No cambiamos de tarea cada día –protestó Debra–. Tenemos un sistema para organizar el trabajo. Es muy sencillo. –Su semblante iba arrugándose a medida que su incredulidad crecía.

–Pero el sistema necesita votos. Decisiones –dijo Frank–. Es un jaleo, en comparación con saber que me toca preparar el desayuno cada mañana.

–Es un jaleo –confirmó Carl.

–Sí. Siempre me ha parecido que era un rollo –añadió Val.

–Pero siempre lo hemos hecho así y funciona –dijo Debra.

–Bueno, quizá ha llegado el momento de probar otra cosa. Aquí hay que ser flexible, Debra –dijo Carl.

—Vamos a votar —propuso Val.

Los antiguos miembros de la Comunidad eran minoría.

—Pues parece que los Recién Llegados van a cocinar y a dividir la comida a partir de ahora. Nos va a facilitar mucho la vida. —Carl se volvió hacia Frank—. Cómo me alegro de que hayas sacado el tema.

Frank sonreía radiante.

—¿Y puedo proponer otra cosa?

—Dispara.

—¿Podéis dejar de llamarnos los Recién Llegados? Es que también formamos parte de la Comunidad, ¿no?

Carl se rio.

—Bueno, bueno, cada cosa a su tiempo.

—¿Qué significa eso? —Frank puso cara de enfado.

—Me parece importante recordar que nosotros somos, en cierto modo, mayores. Maestros. Y que vosotros aún estáis aprendiendo. Creo que debe haber una distinción hasta que todos estemos en un nivel más similar. Así que seguiréis siendo los Recién Llegados. Y nosotros seremos los Originales. ¡No, seremos los Originalistas! Y juntos formamos una única Comunidad. —Carl juntó las manos y se inclinó en una reverencia.

—Pero ¿algún día dejaréis de llamarnos Recién Llegados? —quiso saber Frank.

—Ya veremos.

—Con todo el respeto, Carl —dijo Juan—. ¿Los Originalistas? ¿No deberíamos hablarlo antes de decidir algo como un nombre?

—No. —Carl se inclinó hacia atrás, sonriente, apoyando la cabeza en sus dedos entrelazados. Juan parpadeó, desconcertado—. Bueno, ha sido una reunión la mar de productiva, ¿no os parece?

Frank, ceñudo, abrió la boca para añadir algo, pero la madre de Patty le dio un apretón en el brazo y negó con la cabeza.

Val soltó una risita.

Agnes miró alrededor del círculo. Los Originalistas contemplaban a Carl y a los Recién Llegados con la boca abierta. Frank estaba algo molesto por lo del nombre, pero en general los Recién Llegados parecían satisfechos. A primera vista,

Glen aparentaba estar casi divertido. Pero ella ya había visto esa cara antes, después de que su madre desapareciera. No era una expresión de sorpresa, ni de resignación pura, aunque también había algo de eso. En su momento, Agnes no supo interpretarla, pero ahora, en contexto, resultaba muy obvio, por mucho que Glen intentara pegar una sonrisa en su cara cuando se volvió para mirarla. Glen estaba asustado.

Los Originalistas nunca habían viajado rápido, eran un grupo numeroso con niños y una pesada impedimenta y, sin embargo, los Recién Llegados les retrasaron considerablemente el ritmo. Esta nueva Comunidad, más grande, arramblaba el bosque a su paso y los Originalistas se preguntaban si los Agentes Forestales los penalizarían como a un único grupo o multarían a los Recién Llegados por faltas que eran a todas luces suyas. Cuando ellos acababan de llegar, los Forestales los castigaron con dureza. Multas, amenazas de expulsión. ¿Recibirían los Recién Llegados el mismo trato?

Durante la pausa de la comida, los Recién Llegados se tumbaban sobre el musgo, emitiendo toda clase de quejidos según se agachaban. Las Gemelas y Jake se apoyaban contra los árboles, mientras que los Originalistas y los más pequeños permanecían de cuclillas, con los brazos cruzados sobre las rodillas, listos para incorporarse de un salto si hacía falta.

Agnes los evaluaba como si fueran un nuevo rebaño de ciervos. Quería identificar al cervatillo solitario. ¿Quién sería la hembra dominante? ¿Quién pugnaría por ganar terreno y autoridad? ¿Quién sería el primero en morir?

Frank era un hombre fornido de manos fofas y pies delicados en los que las ampollas eran frecuentes. Una de dos, o se había erigido en líder de los Recién Llegados o simplemente había llegado a serlo de forma accidental. Pero Agnes se había dado cuenta de que se detenía antes de tomar decisiones. Observaba a su alrededor. Estaba inseguro y superado por las circunstancias. Y se enfadaba a la primera de cambio.

Mejor líder habría sido Linda, a juzgar por los derechos

que llevaba a sus hijos, Joven y Dolores. Pero no daba abasto. Suspiraba y se sentaba exhausta cada vez que el grupo hacía una parada. El corte a cepillo de Joven iba a crecerle como una fregona y Agnes intuía que la pelambrera cada vez más enmarañada y apelmazada de Dolores había sido una preciosa melena en otro tiempo. Probablemente su madre se la peinaba todas las noches en casa. Pero ya no. Joven y Dolores crecerían sanos aquí, pero Linda estaba demasiado cansada para ejercer de líder. Una lástima, se dijo Agnes.

Agnes observó a Joven y a Dolores. Contemplaban a Hermana y Hermano, que, a su vez, les devolvieron la mirada. Hermana y Hermano eran un poco mayores que Joven, pero no mucho. Quizá llegarían a ser amigos. Esperaba que Piña les cayera en gracia, porque ella ya estaba harta de tenerlo de perro faldero.

La madre de Celeste, Helen, estaba interesada en todos los hombres del campamento. Se recogía la melena hacia atrás con un pañuelo y se remangaba la falda larga para dejar a la vista sus piernas bronceadas. Eran rollizas, como todas las piernas de la Ciudad, pero aquí parecían algo fuera de lugar. A Agnes le entraba el hambre solo de vérselas y quizá también a Carl, porque lo había pillado mirándolas varias veces.

Se le encendieron las mejillas. Se puso en estado de alerta. Enfrente, del otro lado del fuego, Jake levantaba las cejas espasmódicamente y sacudía la cabeza hacia la izquierda. Agnes siguió la dirección y vio a Debra mirándole las piernas a Helen y recorriéndose la clavícula con un dedo juguetón. Volvió a mirar a Jake y el muchacho se encogió de hombros. Agnes ladeó sutilmente la cabeza a la derecha, hacia donde estaba el doctor Harold y, aunque no llegara a verle la cara, supo que estaría mirando a Debra. Jake la siguió, abrió los ojos de par en par y esbozó una desbordante sonrisa turbada. Agnes aún no lo había visto sonreír de verdad. Solo ese rictus de labios apretados, esa expresión ceñuda o meditabunda. Jake tenía las paletas bastante separadas, los dientes del color de un botón de oro y la lengua rosada como el hocico de un ratón de campo. Cerró la boca en una media sonrisa que le suavizó los ojos y la miró desde el otro lado del corro, sacudiendo un poco la cabeza y sin dejar de sonreír, como si estuviera muy contento por algo y no pudiera contenerse. Era algo que Agnes no había visto muchas veces en su vida. Se daba cuenta de que, por muchas cosas que tuvieran allí, la alegría no abundaba. No de ese tipo. Quería grabársela a fuego en la memoria por si acaso nunca volvía a encontrarla. Volvió a concentrarse en Helen y en sus piernas. La mujer no se las apañaba demasiado mal, pero era impaciente. Y eso podía ser peligroso. ¿Y la madre de Patty? Parecía nerviosa e irascible. Agnes la creía capaz de cometer algún error estúpido. Tal vez sería la primera en morir. O quizá alguno de los niños. Pero la sola idea la entristeció y se juró proteger a Dolores y a Joven. Entonces, si no iban a ser los niños, ¿quién? Agnes se preguntó si a Jake su juego le parecería horripilante. ¿Era raro pensar en estas cosas? Estaba convencida de que a Celeste, Patty y Jake no iba a ocurrirles nada. Detrás de esos aires despectivos, había fuerza y audacia de sobra. Linda, en su opinión, era intocable. Quizá Frank. Podía ser astuto. Se había fijado durante la reunión, aunque intuía que se debía más al influjo de Carl que a su propia iniciativa. No, Frank era un tipo a quien todo le pillaba desprevenido, pero no solo aquí, en un entorno nuevo, probablemente le sucedería en todas las situaciones. Aunque su punto flaco, sin lugar a duda, era que desconocía este hecho. Agnes lo observó. Alargaba la mano hacia algo que tenía enfrente. Una rana salió de un brinco. Frank también saltó, a pesar de que había estado mirándola y tocándola. Echó la cabeza atrás, riéndose y le dio un codazo a la madre de Patty, que cerró los ojos, deseando que pasara el momento. Pasaremos por alto el que la rana fuera de una variedad venenosa. A Frank le sorprendían las cosas que él mismo ponía en movimiento. Sí, pensó Agnes, Frank sería el primero en morir.

Al cabo de varios días de marcha sin ver el sol en la húmeda floresta, salieron de pronto a un bosque abierto de coníferas de corteza naranja. Levantaron brazos y manos para protegerse los ojos de la presión del pleno sol. Escudriñaron a través de las rendijas que les quedaban entre los dedos o del hueco de las manos cerradas en puño, intentando aclimatarse al día que ahora era identificable.

A pesar de que la vegetación era a ratos frondosa a ratos rala, y las cortezas oscilaban entre naranjas y blancas, el bosque se mantenía siempre fresco, espacioso y seco, y, por alguna razón, vacío de vida útil. No tardarían en necesitar provisiones. Así, durante varios días caminaron y acamparon con ligereza, durmiendo casi siempre al raso, comiendo cecina, cocinando lo mínimo.

Finalmente, aquel bosque los entregó al filo de una cresta que se hundía a sus pies en el suelo del valle. Tendría unos cien árboles de altura o más. El valle estaba sumido en la bruma y el silencio, como si el cielo de la mañana se hubiese abatido sobre la tierra. Justo debajo de ellos, en un afloramiento, Agnes reparó en algo rojo. Un destello, algo brillante, o que, al menos, lo había sido alguna vez. Algo que reflejaba la luz de un modo sin par en la naturaleza. Algo de plástico. Los Recién Llegados no lo vieron. Estaban demasiado familiarizados con el plástico, así que no les llamó la atención como algo reseñable. Sin embargo, todos los Originalistas volvieron la cabeza hacia él en cuanto se asomaron al precipicio.

Los Originalistas tardaron un poco en vislumbrar el destello del pelaje rubio. El marrón apagado de la sangre reseca y el oscuro hueco de la grieta de una articulación grande como la cadera. Un cuerpo. Un cuerpo humano con un poncho rojo de plástico y pelo de un rubio pajizo, hirsuto como la grupa tensa de un ciervo asustado. Un cuerpo prácticamente intacto excepto por los orificios en la pelvis, donde algo había hurgado en busca de alimento. ¿Se trataba de un ataque o algún animal habría venido a rapiñar este cuerpo misterioso? El cadáver estaba sobre un pequeño afloramiento, justo antes de que el peñasco se fundiera con el aire. Con cuidado, Carl y Juan se abrieron paso entre las rocas para retirarlo.

El hombre había sido blanco, aunque en algunas zonas te-

nía costras granates, probablemente de las ampollas levanta-
das por una intensa quemadura de sol. En su cabeza aún llevaba una gorra verde con una cola amplia que le cubría la nuca.
Bajo la tela, su piel estaba suave y fresca. Agnes hundió los
dedos en su tacto gomoso. El hombre llevaba bermudas de explorador y riñonera. Los pantalones estaban desteñidos por el
sol y la riñonera desgarrada, abierta por algún animalillo pequeño pero malicioso. Un tejón, quizá. En cualquier caso, su
contenido –comida, cecina quizá– había desaparecido.
Observaron el cuerpo, fijándose en los detalles que pudieran proporcionarles alguna pista. Las zapatillas de senderismo, un calcetín blanco y el otro manchado de sangre. El bigote
poblado y una incipiente barba irregular. Al cuello, un pañuelo que seguía impecablemente anudado, un catalejo. Parecía
un hombre que hubiese salido a dar un paseo y avistar pájaros,
y los Originalistas se plantearon si sería un Agente de permiso
al que no habían llegado a conocer. Pero aquel cuello tan páli-
do. Ningún Forestal de tez tan clara podía conservar esa pali-
dez. Y la quemadura. Ningún Forestal de tez tan clara permitiría que una quemadura se le descontrolara tanto. Era posible
que los pantalones fueran los reglamentarios, pero el calzado
no. Ningún Forestal llevaba zapatillas de senderismo. Todos
usaban botas. Y aquella riñonera. Aquella riñonera.
Carl se volvió hacia los Recién Llegados.
–Creía que habíais dicho que estabais todos.
–Es que estamos todos –contestó Frank–. No es de los nuestros.
–¿Y de quién es, entonces? –saltó Val, con el tono inculpa-
torio introducido por Carl.
Los Recién Llegados se encogieron de hombros. Eran demasiado nuevos para hacer predicciones.
Los Originalistas se miraron y volvieron a observar al hombre. Un paleto. Un ignorante. Un tipo a quien esto le venía
grande y, sin embargo, aquí estaba. En el medio de la nada.
¿Cómo era posible que alguien así hubiera siquiera atravesado
la entrada? ¿Cómo había llegado tan lejos? ¿Dónde estaban
sus cosas? ¿Había un campamento? ¿Había más como él?

—Lo más probable es que hubiera venido a visitar a algún Forestal y se perdiera. Será un familiar —sentenció Debra.

—O... —dijo Linda. Miró a su alrededor, carraspeó—. A ver, no sé... Yo acabo de llegar, pero ¿hay otros grupos?

—¿Qué quieres decir?

—Pues que si hay otros grupos como vosotros. Como nosotros. Que estamos aquí, viviendo así.

—Pues claro que no —contestó Carl. Sin embargo, parecía desconcertado. Ladeó la cabeza hacia el cadáver y se mordió el labio, un gesto que Agnes nunca le había visto hacer.

Val acudió en su apoyo:

—Menuda pregunta más tonta —espetó. Una enfurecida gota de saliva aterrizó en la mejilla del muerto.

Linda se enfurruñó y Agnes vio que miraba a su alrededor, en busca de una mirada cómplice, quizá, pero todo el mundo estaba hipnotizado, asintiendo hacia el cadáver, rumiando un pensamiento nuevo.

Dejaron el cuerpo y continuaron por la cresta hasta dar con un sendero que bajaba suavemente a la llanura y acamparon a los pies de la montaña, bajo su cara imponente. Hasta que no llegaron abajo no cayeron en la cuenta de que era la Cordillera Invernal, una cadena montañosa a la que habían bautizado en honor a la sempiterna capa de nieve que parecía coronarla en todas las estaciones. Aunque les parecía imposible que pudiera ser la Cordillera Invernal. Habían estado lejísimos de ella. ¿Quizá, sin darse cuenta, habían seguido otros surcos, habían tomado algún atajo que los había llevado ahí? ¿O es que la Reserva era más compacta de lo que se figuraban? Los Originalistas echaron la cabeza hacia atrás para contemplar la pared de piedra blanca, tachonada aquí y allá de exuberantes arbustos perennes. Era lo más cercano que algunos podían sentir a la nostalgia, al sentimiento de volver a casa. Si veían la Cordillera Invernal quería decir que no andaban muy lejos de su querido Valle escondido, en la zona del Control Medio. Donde habían acampado casi una estación completa algunos años atrás, antes de que arraigara la idea del movimiento constante. Cuando los Forestales los obligaron a marcharse, fue como si los hubieran desterrado, expulsados de aquel Valle en el que se habían convertido en algo que podría calificarse de familia. Con su río fresco y perezoso, con los riscos que brindaban la protección perfecta, la cueva en la que a Agnes le gustaba jugar, en la que su madre guardaba sus valiosas posesiones secretas, la pradera secreta en la que había nacido su hermana. Con la cabeza aún vuelta hacia la cara de la cordillera, se colocaron en círculo.

—Andamos cortos de provisiones —dijo Carl—. Necesitamos una buena batida de caza. Tendremos que quedarnos aquí unos días para secar la carne, por no hablar de que nos harán falta más bolsas para cargarlo todo. Así que aplicaos y montad bien el campamento.

Agnes, acuclillada junto a la hoguera, plegaba las agujas de pino resecas, preguntándose si a la pinocha le molestaría o si preferiría su forma natural. Carl se le acercó.

—¿No crees que habrá ciervos al fondo de la pradera?

—Sí.

—Estupendo. Ve a buscar a la hembra dominante.

—Vale.

Agnes echó a andar hacia la pradera. Sabía que habría un rebaño porque el aire soplaba en esa dirección y a los ciervos les gustaba estar a favor del viento de los depredadores, a la sazón, la Comunidad.

—¡Eh!

Se detuvo. Jake apareció a la carrera.

—¿Puedo ir contigo?

—¿Para qué?

—Para ver cómo haces tus movidas. Necesito aprender movidas. O sea, ¿qué vas a hacer?

—Voy a reconocer la manada.

—¿Para qué?

—Para encontrar a la hembra dominante.

—¿Para qué?

Agnes se mofó.

–¿Cómo que para qué? ¿Qué quieres decir?

–Pues eso, que para qué. –Jake se apartó el pelo–. No tengo ni idea de estas movidas.

Agnes suspiró.

–Venga, vamos.

Caminaron hasta que Agnes avistó un rebaño. Tras aproximarse unos cien metros, señaló el suelo y se agachó. Jake se agazapó junto a ella. Se arrastraron despacio otros cien metros y se detuvieron.

Agnes sacó el catalejo, se sentó y observó al rebaño en la pradera. Repasó el manto de las hembras más grandes. Su envergadura. La forma del hocico. Acarició la hierba con la mano, provocando un sonido y un movimiento artificiales, pero no alarmantes. Las ciervas alzaron la cabeza. Voltearon las orejas. Todas reaccionaron. Agnes esperó un poco y dio una palmada. La hembra que tenía las manchas blancas en las patas más altas volvió el morro hacia el sonido, hizo una pausa, bramó y el rebaño entero salió corriendo.

–Vale –dijo Agnes, levantándose.

–¿Vale qué?

–Ya podemos volver.

–¿Ya sabes cuál es la dominante?

–Sí.

–¿Cuál?

–¿No te has dado cuenta?

–Pues no.

Agnes silbó. Cuánto trabajo.

–La que ha bramado. Esa era la dominante.

–¿Y para qué sirve ese dato?

–Si la matamos primero, nos será más fácil cazar al resto. Es la líder. Sin ella, las demás no saben protegerse.

–Qué pena.

–No, no es ninguna pena.

–¿Y las crías?

–Sin la hembra dominante, se las puede matar con los ojos cerrados.

Jake hizo una mueca de dolor.

—No...

—Son muy útiles. La piel se arranca de un tirón.

—Por favor, para.

—Vienen bien para que los pequeños practiquen. Deberías intentarlo.

—Jamás.

—Es que vas a tener que intentarlo.

—¿Es legal?

—¿Por qué iba a ser ilegal? —Agnes calló. Ya sabía que ciertas cosas estaban prohibidas, pero esto... No pensaba que sacar partido de la evolución estuviera entre ellas—. Es una cuestión de evolución.

—Pero no se pueden cultivar cosas ni construir casas.

—¿Y?

—Bueno, ¿eso no es un poco evolutivo?

—No es lo mismo.

—¿Ah, no?

—No.

Contestó con rotundidad, a pesar de no estar segura. Tendría que preguntárselo a Glen. Odiaba tener que preguntar cosas. Preferiría saberlo todo por sí sola. Pero las preguntas de Jake la pillaban con la guardia baja. Hacía no mucho, todo el grupo sabía más o menos lo mismo y estaba de acuerdo prácticamente en todo. Ahora ya no. Resultaba agotador. Las Gemelas y Jake se comportaban de un modo muy distinto a ella. Preguntaban cosas muy diferentes, se fijaban en cosas muy diferentes. No daban por sentado las cosas que ella daba por sentado. Eso le intrigaba, aunque también le sacaba de quicio. Le sacaba de quicio que fueran diferentes. Le hacía sentirse diferente. Sabía que venían de un sitio donde ella sería un bicho raro. Aunque ella también había venido de allí.

Cambió de tema.

—¿Las Gemelas son gemelas de verdad?

—No. Hasta donde yo sé, se conocieron en el autobús.

—¿Patty es el diminutivo de Patricia?

—No, es Patty a secas.

—¿Es un nombre normal?

En realidad, Agnes no conocía más que los nombres de los Originalistas, los Forestales y los personajes de los libros que transportaban, unos nombres anticuados, de fábulas. Rimbombantes. Patty, en cambio, eran tan... Patty. Y no era un nombre como Val, la versión reducida de algo más agradable de decir. Valeria era una melodía que podía cantar. El nombre de su madre era la versión corta de Beatrice. Ese nombre la dejaba fría. Aunque no tenía motivos para pronunciarlo. Y, probablemente, nunca más los tendría ahora que ya no estaba, que estaba muerta, que era pasado. Ojalá recordara cómo se llamaban sus amigas de la Ciudad.

—No es un nombre no normal —contestó Jake.

—Mmm...

—En realidad, al principio las dos se llamaban Celeste, y durante unos días fueron Celeste 1 y Celeste 2. Luego pasaron a ser Celeste Mechón-Azul y Celeste Sin Más. Después, Celeste Sin Más anunció que se llamaba Patty. Y ahora son Celeste y Patty.

—¿Por qué Patty?

—Supongo que siempre habrá querido llamarse así.

—Pero se pone como una fiera cuando la llaman Patricia.

—Bueno, porque se llama Patty. —Jake se encogió de hombros—. ¿A ti no te sentaría mal que la gente te llamara por otro nombre? Que te llamaran Agnestia o yo qué sé.

—Pero es que no me llamo así.

—Pues eso.

Jake echó la cabeza hacia atrás para apartarse el flequillo de la cara. Agnes vio cómo los mechones volvían a caerle por la frente. Se palpó el bolsillo en busca de algo con qué cortárselos, pero se había dejado el cuchillo en el campamento.

En el camino de vuelta, se toparon con una serpiente cascabel entre la hierba y, antes de que le diera tiempo de avisar a Jake, el animal empezó a moverse hacia él. Pero Jake ya había cambiado de rumbo, trazando un arco para alejarse. No había anunciado que la había visto, ni había pegado un brinco, ni siquiera había preguntado: «¿Qué es ese ruido?», algo que Agnes se habría esperado, habida cuenta del poco tiempo que llevaba allí. No había parado de andar y hablar del Mito de las Tierras Privadas, como lo llamaba él, aunque Agnes había desconectado nada más oír las primeras sacudidas del cascabel. De algún modo, Jake había visto a la serpiente y le había dado espacio suficiente para no tener que preocuparse, aunque menos del necesario para que no se angustiara. Agnes se imaginó que si le ponía los dedos en la muñeca descubriría que tendría el pulso constante y la piel fría. Se pasó el resto del camino y lo que quedaba de día cavilando sobre esta revelación y aquella noche se quedó dormida entre imágenes de azores abatiéndose en picado, de un alce en celo, de pumas acechando desde los árboles. Sus temibles rostros frente a la serenidad de Jake. Costaba mucho que a alguien nuevo en la Reserva no le diera miedo todo lo que podía aparecer por allí. Pero ¿costaba mucho qué?

Acamparon varias noches al pie de la Cordillera Invernal, cazaron, se reaprovisionaron, recogieron piñones de los árboles combados por el peso de las piñas, desollaron las piezas que cazaron y ahumaron la carne. El ahumadero estaba montado y operativo, todo el mundo tenía una tarea asignada y a un Recién Llegado pululando a su alrededor intentando enterarse de todo. El murmullo de una aldea a la sombra de la Cordillera. Resultaba muy familiar.

Una mañana, dos camionetas de Agentes Forestales se plantaron en el campamento. Una la conducía Bob. En la otra iban dos Agentes a los que la Comunidad no reconoció. Se apearon de la camioneta con timidez, hablando en voz baja. Bob permaneció dentro del vehículo.

Agnes lo saludó con la mano y echó a andar hacia él. Bob siempre le había caído simpático a su madre y a ella también. No lo había visto nunca fuera del Control. Pero antes de llegar a acercársele, el Agente negó con la cabeza y la ahuyentó con la mano. Bob sacó una tablilla y un bolígrafo y observó atentamente a la pareja de Forestales. Agnes no se movió, pero frunció el ceño, con la esperanza de ver algo. Ella quería un regalo.

Los Forestales pasaron lista con un nuevo censo, que incluía a los Recién Llegados. Cuando pronunciaron el nombre de Bea, se hizo el silencio. Los Forestales los miraron irritados. Entonces, uno de ellos dijo:

—Ah, es la desertora.

Empezaron a discutir entre ellos.

—Entonces, ¿por qué está en la lista?

—Yo qué sé, es el censo que nos ha dado Bob.

—¿La tachamos?

—No, no podemos. La lista la ha hecho Bob, así que...

—Entonces, ¿dejamos el nombre y ponemos ausente?

—A mí no me preguntes.

—A ver, tú has sido el que dicho que no había que tacharlo, así que, sí, te lo pregunto a ti.

—¿Por qué no se lo preguntamos a Bob?

—¿Quieres que nos echen o qué?

—Eh, Meg, tranquila.

Se miraron, su respiración se había acelerado. Poco a poco el enfado se les borró de la cara. Finalmente, rieron.

—Bueno, chicos —dijo la Agente llamada Meg dirigiéndose otra vez al grupo—. Sabéis por qué hemos venido, ¿no?

—Vais a tener que ahuecar el ala —anunció el otro Agente.

Se pasearon por el campamento, señalando la hierba chafada y quemada bajo el ahumadero, la letrina de hoyo demasiado llena.

—Sabéis que tenéis que cavar otra cuando esté por la mitad —dijo Meg, pinchando el interior del hoyo con un palo.

Los reprendieron por haber recogido demasiados piñones.

—Todo esto tiene que desaparecer. —El otro Agente trazó un círculo en el aire que en teoría los rodeaba a ellos y a sus pertenencias.

—Y que no se os olvide dar un barrido de microbasura, porque estoy viendo un montón —añadió Meg, señalando una franja de tierra limpia.

—¿Tenemos que ir al Control Medio? —preguntó Glen.

Los Forestales negaron con la cabeza.

—No. Ahora os toca ir al Control Medio Alto.

Los Forestales se dieron media vuelta dispuestos a marcharse.

—Esperad —dijo Glen—. ¿Qué sabéis de las sillas que había junto al río donde recogimos a los nuevos?

—¿Qué sillas?

—Bueno, un corro con sillas, tumbonas, sofás. Estaban dispuestas como si se hubiera celebrado una reunión hace tiempo.

—Hace no tanto tiempo —puntualizó Val.

Meg y su compañero se miraron fijamente.

—¿Y si avisamos a Bob? —murmuró el Agente a través de unos rígidos labios de ventrílocuo.

Meg negó con la cabeza. Se volvió hacia la Comunidad:

—No sé de qué me estáis hablando. Así que no hay de qué preocuparse.

—Vale, muy bien, ¿y qué hay del cuerpo que está ahí arriba en la Cordillera Invernal? ¿De eso sabéis algo? —Val se había encendido. Carl le dio un codazo.

Los Forestales se miraron procurando que no se notara.

—No sé de qué me estáis hablando —repitió Meg, aunque había subido el tono, nerviosa.

—¿Que hay un cuerpo dices? ¿Dónde dices que estaba? —preguntó el otro Agente. En su voz había una curiosidad teatral.

Carl volvió a darle un codazo a Val para que no abriera la boca.

—En la Cordillera Invernal —respondió Carl, como si nada. Señaló con el dedo hacia el aire—. Por ahí arriba. Supusimos que era alguien que había venido a visitar a algún Agente. No llevaba el atuendo adecuado.

Meg y su compañero intercambiaron otra mirada.

—Ah, sí, sí —dijo Meg—. Debe de ser el tío de Brad.

—¿Cómo? —preguntó el Agente.

—Sí, hombre, el tío de Brad —dijo entre dientes.

—Brad...

—De acuerdo, tomamos nota. Pobre Brad. ¿Alguna cosa más?

Los Originalistas y los Recién Llegados negaron con la cabeza prudentemente.

Los Forestales regresaron a su camioneta y rellenaron los papeles. Agnes se volvió hacia Bob. Ahora sonreía y le indicaba con señas que se acercara. Sin embargo, su sonrisa se convirtió en una expresión de preocupación a medida que se le aproximó.

Bajó la ventanilla.

—¿Estás bien?

—Sí.

—¿Estás segura?

—Sí, ¿por?

Bob se encogió de hombros.

—Estás en los huesos.

Agnes se miró. Siempre tenía el mismo aspecto. Miró a la Comunidad. Los Recién Llegados seguían estando gordos y los Originalistas seguían en los huesos, como siempre. Pero vio a Glen desplomado sobre un tronco. Era el más flaco. De un tiempo a esta parte le había salido una tos atroz y, ahora que se fijaba, se daba cuenta de que su aspecto era de lo más enfermizo.

—Bueno... Glen está en los huesos. Creo que está enfermo. Tose un montón. ¿Puedes ayudarlo?

Bob miró a su alrededor. Bajó la voz.

—Ya sabes que no puedo, cielo.

Agnes se subió al estribo de la camioneta e intentó echar un vistazo al interior. Quería que Bob le diera un regalo. Una vez le había dado un plátano. Otra, una manzana.

—Tienes pinta de pasar hambre.

Agnes abrió mucho los ojos. Sacó la lengua, extendió las manos y suplicó, como un cachorrillo:

—¿No tienes nada para mí?

—Lo digo en serio. ¿De verdad estás bien?

El tono dulce de Bob le hacía pensar que estaba mareando la perdiz. Golpeó la portezuela con las manos.

—Quiero un regalo —dijo, muy seria.

Bob se rio.

—Vale, sí que estás bien, me ha quedado claro. —Rebuscó en el bolsillo y sacó dos piruletas verdes—. Te he traído de tus favoritas. No se lo digas a nadie. Guárdatelas en la bolsa. Ojalá tuviera más.

Agnes se las guardó en el morral. El plástico se arrugó. Cuánto ruido. «Shhh», dijo. Contempló las piruletas al fondo de la bolsa, reflejaban la luz, era un verde extraterrestre. Era una piruleta, eso lo sabía, aunque no recordaba haber tenido nunca una. ¿Qué le hacía pensar a Bob que eran sus favoritas?

—¿Qué haces por aquí?

—Estoy de ronda.

—Creía que nunca salías del Control Medio.

Bob soltó una carcajada.

—Es que he cambiado de trabajo. Ahora me encargo de formar a los nuevos Forestales. —Asintió mirando a los dos Agentes, que hojeaban ansiosos la documentación. Negó con la cabeza—. Ando todo el día de acá para allá.

—¿Echas de menos el Control Medio?

—Bueno, es que ahora el Control Medio está cerrado.

—¿Para siempre?

—No estoy seguro. Espero que no. Si te digo la verdad, prefiero estar en el Control, pero este trabajo también está bien. Así veo más cosas. Y las facturas no se pagan solas. —Se encogió de hombros.

—¿Qué facturas tenéis que pagar los Agentes Forestales?

—Pues facturas normales y corrientes. Como todo el mundo.

—No, yo no.

—Tú eres una niña.

Agnes hinchó el pecho.

—Soy una líder. —Bob abrió unos ojos como platos, sorprendido. La saludó con solemnidad—. No tienes por qué hacer eso —añadió Agnes tímidamente.

—Me parece que voy a intentar hablar con tu madre dentro de poco, ¿quieres que le diga algo de tu parte?

Agnes pestañeó.

—¿Cómo vas a hablar con ella?

—Voy a llamarla. Por teléfono. Quiero contarle que os he visto, a ti y a Glen.

—Pero si está muerta.

Bob se puso serio, después sonrió.

–Cielo, tu madre está bien. Está en la Ciudad. Ya lo sabes.

Agnes se agarró a la puerta. Creyó que iba a caerse. No es que no supiera, muy en el fondo, que su madre no estaba muerta. Pero para ella era como si lo estuviera. Lo que a Agnes le costaba creer era que fuera tan fácil localizarla. Un teléfono. Si Agnes tuviera alguno a mano, la distancia no le habría parecido tan inmensa. Pero ella vivía en la Reserva. Y su madre se dedicaba a deambular por la Ciudad y a responder llamadas de Bob.

–¿Sueles hablar con ella?

–No, pero la he llamado alguna vez.

–¿Por qué?

–Porque me pidió que cuidara de vosotros. ¿Y tú? ¿Has hablado con ella?

–Pues claro que no –contestó, airada.

–¿Ni siquiera en el Control? Se suponía que tenían que dejarte llamarla.

Las lágrimas asomaron a los ojos de Agnes. Estudió el vello de los nudillos en la mano de Bob que descansaba sobre el volante. No se acordaba de cuándo habían estado en un Control por última vez. Ni de si había usado un teléfono alguna vez en su vida. Negó con la cabeza.

–Ah, vaya –Bob buscaba algo que decir.

–¿Cómo está? –preguntó Agnes. Mantuvo un tono neutro, como habría hecho un adulto.

–Está bien. Te echa de menos una barbaridad.

Agnes se rio como habría hecho un adulto, con las carcajadas que solía soltar Val, teatrales, cínicas.

–Ja, ja. Qué gracioso.

–Va en serio, te echa de menos.

Agnes se rio de verdad. Un amargor desconocido la recorrió por dentro.

–Puede ser. –Se acuclilló para jugar con la tierra, pero le dolía el cuerpo, como si hubiera envejecido y se hubiera convertido en alguien como el doctor Harold, que cada mañana maldecía la rigidez de sus rodillas.

–Bueno, le contaré que os he visto. A ti y a Glen.

–Si quieres... –Agnes no levantó los ojos. Bob arrancó la camioneta–. ¿Quién es Brad?

–¿Brad?

–Brad, el Agente Forestal. ¿No había venido su tío a verlo? Bob arrugó el rostro, seguía preocupado.

–No hay ningún Agente que se llame Brad. ¿Es uno de tus juegos de fantasía?

–Sí. Es que oí a los coyotes hablando de él –contestó con una sonrisa, y Bob se echó a reír. Al verla de buen humor, Bob relajó los hombros.

–Bueno, el tío de Brad será amigo suyo, entonces. Dile a Carl que te dé ración doble esta noche. De parte de Bob.

Agnes asintió. No se lo diría ni en sueños. Recibiría la misma ración que todo el mundo. Estaba segura de ello.

Aquella noche, de madrugada, mientras la mayoría de los Originalistas y los Recién Llegados dormía, los reflectores se desplegaron en lo alto de la Cordillera Invernal, envueltos por el rumor de un helicóptero en el cielo. Los faros de una camioneta enfocaron hacia el precipicio y barrieron las nubes más bajas. Desde el círculo de camas de la Comunidad, parecía una invasión silenciosa.

La mayoría dormía, pero Agnes y Jake sí vieron las luces. Las vieron porque se acostaron más tarde que los demás, como venían haciendo desde la luna nueva. Se quedaban sentados, juntos, casi siempre en silencio, mirando el fuego y pensando en qué estaría pensando el otro.

Contemplaron las luces con curiosidad unos instantes.

–¿Qué es eso? ¿Son alienígenas? –preguntó Jake.

–Son los Forestales.

Prendieron la punta de unos palos, con paso cauteloso se apartaron de la Comunidad durmiente y atravesaron la pradera en la penumbra. Con el extremo incandescente, escribieron palabras en el aire, mensajes secretos para los invasores de la cima.

Agnes escribió «Mentirosos» y «Cobardes». Y «Hola, tío de Brad».

Jake escribió «Gilipollas».

Las palabras ardían en su campo visual y podían leerlas una y otra vez contra sus párpados cada vez que pestañeaban.

–Qué tontos son –dijo Jake, de regreso hacia la hoguera.

–¿Por?

–Si hubiesen buscado el cuerpo de día, probablemente ni nos habríamos enterado. No habríamos visto las luces, eso seguro. Quizá los habríamos oído.

–Hum... –musitó Agnes.

El día había sido soleado. Ella habría visto el destello del sol reflejado en la chapa de las camionetas. Habría oído el helicóptero a kilómetros de distancia. Esa noche, con las nubes bajas, era una buena ocasión para intentarlo. Si las nubes hubieran abrazado la Cordillera, como los Forestales habían previsto, las luces habrían sido casi invisibles. Las nubes habrían atenuado el zumbido del helicóptero, que habría sonado como un tropel de caballos al trote allí cerca, aunque fuera de su vista. O algún bicho extraño merodeando por la zona. La suerte, sin embargo, les fue en contra cuando las nubes, por un instante, dejaron un hueco que casualmente abarcaba a la partida de búsqueda y al grupo que descansaba a los pies de la montaña, proporcionándoles aire fresco y despejado y una ventana al cielo estrellado. La búsqueda de madrugada implicaba que estaba bien organizada, pero que la naturaleza, como solía hacer, les había ido en contra. Y Jake y ella también les habían ido en contra, al estar despiertos. Volvió a musitar y dejó que Jake siguiese con sus teorías. Le gustaba que intentara entender ese nuevo mundo en el que vivía, aunque metiera tanto la pata. Algún día, le hablaría de los Forestales. Le contaría que eran mucho más listos de lo que aparentaban y, también, mucho más poderosos. Y que, aunque hubieran intentado buscar el cadáver en secreto, no tenían ninguna necesidad de esconder nada a la Comunidad. Que, en última instancia, la Comunidad no importaba. La Comunidad, tal y como ella la entendía, carecía de poder. Su madre había intentado llevarse bien con los Forestales, pero, hasta donde ella sabía, el único digno de confianza era Bob. Jake de momento no necesitaba saber todo eso. Eran cosas que ella había empezado a vislumbrar apenas, y su mundo le gustaba más antes de entenderlas. Las equivocaciones de Jake le hacían parecer inocente, y eso hacía que a ella le entraran ganas de protegerlo.

Caminaban lentamente hacia la hoguera y Agnes deslizó su mano callosa en la mano suave de él, y, en la oscuridad, oyó su muda exclamación de placer, creyó oír cómo sus músculos se tensaban en un amago de sonrisa porque tenía muy buen oído. Continuaron agarrados hasta llegar al campamento, entonces se soltaron las manos y se fueron solos a sus camas, Agnes al lado de los ronquidos de Glen, y Jake junto a Frank, aunque fuera del lecho familiar. Agnes reparó en que la cama de Jake quedaba algo apartada, y le entristeció que tuviera que estar un poco solo. Se dio cuenta de que nunca le había preguntado por su familia. ¿Debería? Observó a Jake, que se agachaba, se tapaba con la piel de dormir y desaparecía en la negrura del suelo justo en el momento en que la hoguera se apagó.

Se pasaron la mañana recogiendo. Desmontaron el ahumadero y la tienda de curado. Lo enrollaron todo por partes, las metieron dentro de sus estuches de cuero y las personas designadas para transportar el material ese día, que eran la madre de Patty y Linda, lo cargaron a sus fardos. «La prueba de fuego», dijo Linda mientras levantaba su bulto. La madre de Patty trastabilló con el peso, le sorprendió que Agnes le hubiera entregado su parte como si fuera mucho más ligera. Se pasaron la carne ahumada, los tan preciados huesos para roer, los paquetes de huesos ahumados y enterraron los que sobraban. Y se colgaron a la espalda las pieles que aún no estaban curtidas del todo. Y lo único que olían esas personas mientras avanzaban bajo un sol de justicia por un floreciente campo de salvia era el potente almizcle podrido de los sesos que se habían empleado en el curtido.

Al cabo de unos días, a medida que se acercaban a su querido Valle, Agnes creyó ver los vestigios de un rastro. Era apenas perceptible, pero lo distinguía. Podía ser de animal, pero algo le decía que la propia Comunidad habría ablandado el suelo con sus mocasines de piel de ciervo o las suelas de goma que habían llevado tiempo atrás.

Conocía bien este lugar, aunque nunca hubiera sido guía aquí. La manera en que el terreno se inclinaba a la izquierda, hacia las cuevas donde habían estado su madre, Glen y ella. Los pastos secretos a la derecha, donde casi había nacido su hermana. Agnes examinó ese punto mientras caminaban, recordando que su madre se había acuclillado allí y se había mecido con la cabeza gacha, y aquel extraño momento en que alzó un bulto reluciente y lo besó. Desde donde estaba encaramada, la había visto pasar mucho rato arrodillada. Se había quedado completamente quieta durante lo que le parecieron horas. Después se levantó, dio una patada a un coyote y se fue, y Agnes volvió corriendo a la cueva donde Glen dormía la siesta.

En el lugar de Madeline la tierra estaba blanda y había hierba nueva, y Agnes pensó que debía de faltar poco para algún aniversario, pero no recordaba cuánto había pasado. Aquí nadie registraba el paso del tiempo. Eso a ella le traía sin cuidado, pero ahora le parecía triste que su hermanita no tuviera ningún momento conmemorativo. Nunca había pensado en los muertos de esa manera. Sin embargo, mientras guiaba al grupo hacia el Valle, le pareció un sitio desolado, aunque hasta ese momento no lo hubiera sido y supiera que, en realidad, estaba lleno de cosas.

Su madre no le había dicho cómo se llamaría la niña, pero le había oído decir el nombre por la noche, mientras hablaba en secreto con Glen bajo las pieles. Recordó a su madre ese día cuando volvió a la cueva, cómo se había acuclillado para lavarse, cómo la había observado jugar con Glen sin participar, cómo había restregado la cara por el cojín, aunque en su rostro no hubiera expresión alguna. Por más que estuviera presente, le había parecido ida. Cómo había vuelto a guiarlos al campamento, poco después, como si fuera un día cualquiera y, porque Agnes lo sabía, si no, ni habría sospechado que acababa de suceder algo malo. Durante días su madre se puso una coraza que hacía imposible que Agnes la tocara hasta la hora de dormir, cuando se le aferraba al tobillo. Necesitaba estar cerca de ella porque echaba de menos a su hermana, por más que la niña no hubiera llegado a ser real. Había querido pedir consuelo, pero no supo cómo. No sabía si debía dárselo a su madre, que era como una pared, por lo que dio por hecho que no la necesitaba. Como siempre. En cambio decidió que Madeline sí. De modo que la noche siguiente se fue a hurtadillas al lugar donde estaba enterrada para hacerle compañía.

No quedaba nada. Vio tirados unos huesos finos debajo de un arbusto. Cogió uno y lo sostuvo entre el pulgar y el índice. Era suave. Relucía con la luz de la luna y la humedad. Agnes sintió un deseo en su interior. Quería algo. Algo que recordar. Conectar con Madeline de algún modo. Pero no quería los huesos. Aún podían rebañarse y ser de utilidad. Cogió una de las anchas hojas verdes que su madre había colocado sobre el cuerpecito. Se la acercó para olerla y se le quedó pegada en la punta de la nariz. Bajo la luz negra de la noche, se la despegó y vio que estaba cubierta de sangre viscosa. Se había manchado la nariz y la mejilla, pero no se limpió. Sintió un lento cosquilleo al evaporarse la humedad de la sangre y permanecer su hermana. Se restregó la hoja un poco más por la cara. Cuando se le secó, la piel le quedó tan tersa que le costaba arrugar la frente, sonreír o hablar. Como cuando con su madre se ponían barro en la cara los días de lluvia. «Estamos en un spa», exclamaba Bea mientras se lo aplicaba a Agnes en la mejilla. Ella no sabía qué era un spa, pero le encantaba ver reír a su madre.

Volvió al campamento con la mascarilla de sangre, pero se la quitó con saliva para que su madre y Glen no lo vieran. Qué cosa más rara había hecho. No sabría decir cuál había sido el motivo.

Hacía mucho que no pensaba en la niña. No había sabido qué pensar de ella. Pero ahora, de nuevo, sintió una profunda soledad por Madeline, que probablemente no tenía ni idea del tiempo que había pasado desde que no sobrevivió. Qué triste no haber estado viva en este lugar.

Agnes se detuvo y buscó a Glen. De repente tenía ganas de cogerle la mano, pero él estaba lejos, iba rezagado, avanzaba poco a poco y el ritmo de su tos rompía el silencio del día. Ya no quería que caminase con él. Ella sabía que le preocupaba frenarla. Y él sabía que a ella le gustaba ser la guía. Agnes se había dado cuenta de que le dolía decirle que no, así que dejó de pedírselo. Vio cómo él oteaba el paisaje. También sabía dónde estaban. Agnes reanudó la marcha. Tuvieron que bajar, subir, volver a bajar y volver a subir hasta poder llegar a su primer hogar, el lugar por donde serpenteaba el río remolón, su querido Valle escondido.

El viejo campamento estaba tan exuberante y descuidado como cuando llegaron por primera vez. Antes de haber pisoteado determinadas hierbas o haber reunido demasiadas ramas secas de salvia para el curtido. La verdad es que presentaba un aspecto mucho mejor sin ellos, pensó Agnes, y le entró el arrepentimiento por haber regresado. Aunque enseguida sintió mariposas en el estómago y una especie de calorcito, ya que resultaba muy agradable estar de vuelta.

Había cargado con las herramientas, de modo que las llevó al corro de piedras y se puso a montar el área de trabajo. Vio que Glen preparaba la cama donde siempre habían dispuesto el círculo para dormir. Esta vez, con los Recién Llegados, tendría que ser más grande. Unos cuantos, Frank, la madre de Patty y Linda, se le sumaron. Carl y Val se acercaron y se pusieron a hablar con Glen. *Pobre*, pensó Agnes. En comparación con el resto, estaba escuchimizado. Muy encorvado en comparación con lo erguidos que estaban los demás. Le llegó su tos seca. Era como si sus pulmones no acabaran de limpiar el exceso de humedad del bosque. Cuando dormía, Agnes le daba codazos para que se colocara de lado, algo que su madre había hecho con ella cuando estaba enferma. O le ponía el morral debajo de la cabeza para elevársela y que no se le acumulara la mucosidad. En general, cuando caminaban estaba bien. Moverse lo ayudaba. Lo peor era de noche cuando se echaba, cuando se ponía a resollar como si se ahogara con tanto moco.

¿De qué hablarán?, se preguntó Agnes mientras montaba el ahumadero. Sin consenso, costaba adivinar cuándo se estaban tomando decisiones. Antes, al ver que todos los mayores se

reunían, sabía que se ponían a debatir para llegar a algún acuerdo. Ahora cualquier grupo reducido podía estar tratando cualquier tema. Si estaba involucrado Carl, a lo mejor se estaba decidiendo algo. Vio que Glen se alejaba con una piel al hombro. Carl y Val se quedaron dando vueltas por el corro de camas, se apoyaban el uno en el otro, hablando en voz baja y observando cómo se iba Glen.

Agnes se les acercó dando brincos.

–¿Por qué se marcha Glen con su jergón? ¿A dónde va?

–A dormir a otra parte, lejos del campamento, hasta que se recupere –dijo Carl despreocupadamente.

–¿Cómo? ¿Por qué?

–Le preocupa molestar a los que intentan dormir. Por la tos. Es que es un no parar, es bastante exasperante. Él mismo ha propuesto irse. Hasta que esté mejor.

–Pero no puede dormir tan lejos. En realidad, debería quedarse cerca del fuego. Para no pasar frío.

–Entonces la gente lo oiría. –Carl cambió su tono agradable por otro más directo.

–Y ¿por qué no se mueven los demás?

Carl y Val resoplaron.

–Vamos, Agnes –dijo Val.

–Es ridículo sugerir eso. ¿Que nos movamos todos solo para que Glen esté cómodo? –Carl rio.

–Para de reírte. –Agnes pataleó.

–Oye, ya sabes que le estamos haciendo un favor. Deberías estar agradecida. –La expresión de Val era severa.

–¿Qué quieres decir?

–Corazón, está muy enfermo. Si se tratara de otra persona, ya lo habríamos abandonado. Nos está frenando.

–No, él no nos frena, son los Recién Llegados.

–No, es Glen –cortó Carl.

–Oye –le dijo Val a Carl en voz baja. Extendió una mano, como si quisiera hacerlo callar, pero al final acabó colocándosela a Agnes en el hombro.

–Pero... –Agnes notó que le temblaba el labio y pensó: *No, no, no.* Cerró los puños para controlarse e inspiró.

–Pero no le haremos eso –repuso Val–. Ni a ti tampoco.

–Lo habéis marginado –musitó Agnes.

–Ha sido idea suya –le espetó Carl–. Él se ha ofrecido voluntario. Ve a preguntárselo. O, mejor aún, quédate con él si quieres. –Empezó a alejarse.

Ella se quedó perpleja, no se había planteado esa opción. Se estaba muy bien cerca de la hoguera, y el campamento es donde estaba todo el mundo. ¿Por qué iba a querer alguien dormir lejos? *Él no me lo permitirá*, se dijo a sí misma. *¿Quién te da permiso para hacer las cosas?*, dijo una voz. *Haz lo que tú quieras.*

–Vale. Eso haré. –Recogió sus pieles, y Carl se dio la vuelta y rio.

–Ah, muy bien. Ya volverás corriendo a mitad de la noche.

–¿Crees que no soy valiente?

–Eres una niña. Eres valiente hasta cierto punto. –dijo Carl. Val arqueó las cejas–. ¿Qué? –gritó él–. Siempre ha tenido al grupo a su alrededor. ¿Quién sabe cómo se desenvolverá ella sola?

–No estaré sola, estaré con Glen –repuso Agnes alejándose.

–Claro. Una gran protección.

Ella dio otro pisotón y gritó:

–¡Pues claro que lo es! –Se le anudó la voz y los ojos se le humedecieron. Fue como pudo tras Glen. Oyó que Val regañaba a Carl.

–¿Y vas a dejar que se vaya?

–Tiene que aprender.

Glen había empezado a andar en dirección al lugar de Madeline, pero aún no se había alejado demasiado cuando paró a sentarse. Estaba encorvado sobre sus piernas entre la salvia, con el montón de mantas al lado. Parecía agotado. Ella las recogió y él protestó.

–¿Qué haces?

–Voy a llevarte tus cosas. –Agnes se cargó al hombro varias pieles, que casi rozaban el suelo.

–No, me refiero a qué haces aquí con tu cama.

–Nuestra cama.

–Te la había dejado a ti.

–Pues yo me vengo contigo. ¿A dónde quieres ir?

–No, no, cariño, tienes que dormir con los demás. Vuélvete.

–No, me quedo contigo.

–No, Agnes, en serio. Tienes que volver. Esto no te beneficia.

–Que no.

–Agnes, tienes que hacerme caso –insistió Glen, y ella tiró las pieles al suelo.

–No me digas lo que tengo que hacer –gritó. Cerró sus pequeños puños con fuerza y le entraron ganas de darle un puñetazo, pero quería mucho a Glen. Aunque hubiese guiado hasta aquí a toda la Comunidad desde el Río Contaminado, por toda la Reserva en realidad, y supiese que se había convertido en alguien esencial para el grupo, ahora mismo se sentía impotente. Impotente y avergonzada por haberle pedido ayuda al Agente Bob y que él se la hubiera negado. Todo lo que había hecho desde entonces había sido intentar ayudar a dormir a Glen. Nada más. Él no había mejorado en absoluto y ella no sabía qué hacer para que se recuperara. ¿Cómo podía ser que no fuera capaz de ayudarlo cuando sabía hacer tantas otras cosas?

Notó el brazo de Glen en el hombro y se dio cuenta de que estaba llorando violentamente con los puños cerrados. Le estallaban estrellas blancas detrás de los ojos.

–Shhh –susurró él, acariciándole el pelo–. Vamos. –Su voz era firme y clara, y no ronca como hacía apenas un momento y durante tanto tiempo. Con los ojos empañados por las lágrimas, veía a Glen con el aspecto del hombre fuerte que las había traído aquí. Tenía la espalda recta, la agarraba del hombro y se le marcaban los músculos–. Encontraremos un lugar estupendo –le aseguró. Le dio un beso en la cabeza y recogió las pieles sin esfuerzo, como si fueran ligeras como una pluma. Sin embargo, ella vio que al enderezarse se tambaleaba. Sabía que estaba poniendo todo de su parte. Reunía todas sus fuerzas para cuidar de ella, aunque en realidad lo que necesitaba es que ella cuidara de él. Se sintió avergonzada de lo bien que estaba así, lloriqueando y dejándose guiar por Glen–. Conozco el sitio ideal –le aseguró, y la llevó por una pendiente rocosa hasta su cueva.

Encendieron una pequeña hoguera cuando el sol empezó a ponerse. Se tumbaron sobre las pieles con los brazos cruzados debajo de la cabeza para buscar estrellas fugaces. Cuando se les ocurría algo, lo decían, pero la mayor parte del tiempo guardaban silencio.

Jake les había llevado una escudilla de la cena para compartir y se había quedado un ratito con ellos.

Cuando se fue, Agnes alcanzó su morral.

—Tengo una sorpresa. —Sacó las dos piruletas verdes y los ojos de Glen se iluminaron como ascuas en el viento.

—Hala.

Ambos desenvolvieron con cuidado el papel de celofán, hicieron una bola y la guardaron en el morral de Agnes.

—No estaría bien que se lo llevara el viento —dijo ella muy seria.

—A la de tres.

—Uno.

—Dos.

Y se metieron las piruletas verdes en la boca.

Agnes hizo una mueca. No recordaba haber probado nunca algo así. Era como morder un panal y un escaramujo al mismo tiempo. Como las manzanas silvestres que habían encontrado hacía unos años. Se le hizo la boca agua y los lados de la lengua se le arrugaron. Quería escupir, pero también sentía un dulzor en la garganta. Miró a Glen, que tenía los ojos cerrados y una sonrisa en los labios mientras se deleitaba saboreando la piruleta.

—¿Te gusta? —le preguntó Agnes.

—Me encanta —contestó sacándose la piruleta poco a poco, con los ojos aún cerrados.

—No sé yo.

—Pero ¿qué dices? —De repente él abrió los ojos—. Si antes te chiflaban. Aunque me parece que tus favoritas eran las de naranja.

—Ah, ¿sí?

—Sí. Tu madre las compraba en bolsas, separaba las de naranja y las guardaba en un cajón. Te daba una a la semana y tú te volvías loca.

–No me acuerdo.

–Eras pequeña.

–Pero hay muchas otras cosas de las que sí me acuerdo.

–Bueno, esto no tenía importancia. –Se encogió de hombros.

–¿Qué hacía con el resto?

–Las repartía entre los niños del edificio. –Glen se rio–. Y nosotros nos comíamos muchas.

–¿Cuál era su favorita?

–Uy, la verde. Le gustaba porque no tenía ningún sabor en concreto, simplemente era un sabor.

–¿No es el sabor de nada?

–Creo que en teoría es de manzana, pero qué va.

–Yo pensaba que era de manzana silvestre.

–¿Eso te ha parecido?

–Sí.

–Puede ser. ¿La quieres?

–No.

–¿Me la puedo comer yo?

Pero Agnes ya se la estaba ofreciendo y le preguntó:

–¿Daba piruletas a otros niños?

–Sí, y un montón de cosas más. Ropa que te había quedado pequeña. O juguetes que ya no querías. No había muchos niños en el edificio. Solo alguno más pequeño que tú. ¿Te acuerdas de ellos?

–No. –Agnes no lograba imaginarse un edificio tan grande con tan pocos niños. No les ponía cara–. ¿Yo los conocía?

–Ya lo creo. Los que vivían alrededor. Erais todos amigos. Corríais arriba y abajo por los pasillos. Sobre todo después del toque de queda. A todo el mundo le molestaba, pero a los padres nos parecía divertido. Nos reuníamos en el piso de algún vecino y bebíamos. Aunque eso fue antes de que te pusieras enferma. Tú y los demás. –Tamborileó con los dedos en el mentón–. Me parece que se llamaban Wei, Miguel y Sarah. –Se echó a reír–. Vaya, aún me acuerdo.

–Pues yo no –insistió Agnes. Aunque la verdad era que estaba formándose una imagen mental de los fluorescentes y del suelo de hormigón, de cuando se acercaban corriendo a una punta del pasillo, de los jadeos y los gritos; después, una visión nueva, la otra punta del pasillo, y cómo se precipitaban hacia allí. Oía las carcajadas de los adultos detrás de una puerta. El tintineo del hielo en una copa. Le dolían las mejillas, tenía los ojos humedecidos y sonreía. Se abrió una puerta, salió un cuerpo al pasillo y Agnes chocó con él. No, se le abalanzó, le saltó a los brazos, que la auparon, con ojos chispeantes. El rostro sonriente de su madre con un toque amargo en el aliento. La puerta entreabierta y los sonidos, ahora estridentes, que procedían de allí.

–Bueno, bueno, todos a dormir –ordenó su madre. Agnes y los niños la abuchearon. Y los mayores. Se echó atrás con un gesto teatral, como si se le fuera a caer Agnes, que la rodeaba con brazos y piernas–. ¿Cómo es que la mala de la película soy yo? –protestó, y Agnes le hundió la cara en el cuello. Olía al calor que desprendía. Siempre hacía calor en el edificio, no se abría ninguna ventana. Olía a lo que hubieran estado bebiendo. Acto seguido olió a Glen, que apareció e hizo que le mordía la nariz. Después solo era capaz de recordar la sensación de estar dormida. El calor, las sábanas limpias, los labios secos de su madre–. Buenas noches, cariño.

Una estrella fugaz trazó una línea azul sobre ellos.

Qué horrible tuvo que ser abandonar una vida tan agradable, pensó Agnes.

Después de la caza matutina, mientras los Recién Llegados exploraban la zona, Agnes y otros Originalistas estuvieron cerca del fuego raspando, lavando y estirando pieles.

Val apareció junto a Agnes y se sentó.

–Nena, ¿cómo lo llevas?

–Bien.

–¿Amigas? –Val le tendió la mano y Agnes se la estrechó.

–Amigas.

Val le acarició la cabeza.

–Por cierto, menudos pelos llevas. –Había cierto reproche

en su voz, aunque también había algo de ternura. A su manera intentaba ser amable.

Agnes se tocó la cabeza; que todo el pelo le creciera al mismo tiempo le recordó a una escena de un antiguo programa especial de fauna que guardaba en su memoria como una imagen en la niebla. La de un león inmaduro con su melena. Un león que se escondía tras la manada, no estaba preparado para ser el alfa. Aún no.

–Tendrás que decidir si quieres tener amor propio y volverte a cortar el pelo, o si quieres ir hecha un adefesio mientras te crece hasta la cintura. –Val arqueó las cejas, tan definidas y negras que parecían pintadas–. La verdad es que tienes una pinta de lo más absurda –recalcó sonriendo.

–Córtamelo, por favor.

–Bien. –Dio unas palmadas–. Vas a dar miedo.

–Quiero parecer una leona joven que está preparada para ser la líder.

–Vaya, eso sí que tiene que dar miedo.

Val se puso de rodillas, Agnes se sentó frente a ella y se quitó la camisa.

Cerró los ojos mientras Val le separaba el pelo en secciones antes de cortárselo.

El cabello flotaba por el aire como semillas de diente de león.

–Pide un deseo –dijo Val.

–Ya.

–¿Qué has pedido?

–Si te lo cuento, no se va a cumplir.

–Ay, cariño, no se va a cumplir de todas formas. ¿Qué has pedido?

–Que mi madre no sufra –respondió. No había pedido eso, pero pensó que así quedaría como una persona noble.

–Vaya, qué altruista. Aunque la próxima vez, mejor que pidas algo para ti.

–Pero si has dicho que no se cumple.

–Si pides deseos para otros, como ahora, no llegarás a saberlo nunca. En cambio, si pides algo para ti, al menos lo descubrirás. ¿Ves la lógica?

—Sí. ¿Qué has pedido tú?

—Un bebé.

—Tampoco es que los bebés sean tan maravillosos.

—Tienes razón.

—¿Y entonces? —Agnes oyó el rumor del tijereteo detrás de la oreja.

—Pues que quiero uno. Y odio no conseguir lo que quiero. Se puso a pensar en la vida de Val, o en lo que sabía de ella. Le caía bien. Mucho mejor que a los demás. Nunca la había considerado alguien que no conseguía lo que quería. Pero supuso que tampoco llegaba a imaginarse todo lo que quería. Y, si se trataba de un bebé, era evidente que no lo tenía, y no precisamente por no haberlo intentado. Muchas veces. Eso todos lo sabían.

—Bueno, ya está, cariño. Aunque esté mal que yo lo diga, ha quedado muy bien. —Val le colocó la mano delante, a modo de espejo—. Mira. A ver qué te parece.

Agnes se quedó mirando la mano callosa mientras se atusaba el pelo. Soltaba murmullos de aprobación, algo que había aprendido al ver a mujeres saludándose a la puerta de los edificios de oficinas con besos al aire.

—Me encanta —exclamó. Hacía como si llevara varias capas de pintalabios y sonreía como se imaginaba que se hacía. Tenía los labios pegajosos, cubiertos de barro, y le costaba moverlos. Le resultaba curioso recordar unas imágenes tan extrañas que no tenían nada que ver con su vida cotidiana actual y que nunca lo tendrían. Mujeres maquilladas en un mundo inconcebible. Se reía como las había visto hacer, con los dedos en la clavícula y alzando la barbilla en busca de atención.

—Estás hecha un bicho raro muy gracioso —dijo Val, que le plantó un beso rápido en la cabeza rapada y se fue a ayudar a preparar la comida. Agnes decidió que ir a nadar sería una buena manera de quitarse la pelusa, y que a Glen también le sentaría bien.

Estaba sentado en un tronco tallando un trozo de madera para hacer un gancho y tenía las manos llenas de cortecitos sangrantes. Agnes se paró enfrente de él, Glen levantó la vista con un movimiento rígido y doloroso y sonrió.

—Qué *bonita** —dijo tocándose el pelo para que entendiera lo que quería decir.

—Gracias, Glen.

—Pide un deseo —le propuso tras cogerle un cabello que tenía en el blusón.

—Ya lo he hecho.

—Pues lo pido yo. —Cerró los ojos, se llevó el cabello a los labios y, antes de soplarlo al viento, lo besó. Sonreía entornando los ojos por el sol que ella tenía a sus espaldas.

—¿Quieres venir a nadar conmigo?

Él negó con la cabeza y pronunció un no mudo, aunque seguía sonriendo. Le cogió una mano y se la meneó.

—Estoy muy orgulloso de ti, mi niña. —Su voz volvía a ser frágil y, al final, terminó en susurro.

—Gracias, Glen.

Le soltó la mano y volvió a ponerse a tallar. Ella se quedó un rato más, quería lograr convencerlo, pero no supo cómo.

Todos, hasta los más pequeños de los Recién Llegados, estaban ajetreados en el campamento, pero Agnes quería ir al río igualmente. Sabía que desatendía tareas importantes. Sentía el cosquilleo de la irresponsabilidad entre las costillas, era como volver a ser una niña, sin preocupaciones ni obligaciones, y disfrutó en secreto la sensación.

Con los dedos de los pies sumergidos en el agua fría, pensó en las veces que iba con su madre a lavar al río los andrajos más preciados que tenían. Eran los últimos retales de camisetas de algodón que Debra había reciclado, y uno de los últimos vestigios de la Ciudad en los que habían confiado a diario. Ella era mucho más pequeña y a veces su madre parecía inquietarse al ver que se adentraba tanto en el agua. Ahora, sin embargo, era una nadadora de verdad. Se tiró a una parte más honda del río remolón, sumergiéndose por completo y frotándose cabeza, hombros y pecho para deshacerse de los pelos que hubieran podido quedar.

Dio una voltereta, movió las manos para seguir sumergida

y abrió los ojos para ver el azul del cielo a través del agua, con los efectos del sol diluidos por la profundidad a la que se encontraba. En otras partes, el río ganaba velocidad y se volvía peligroso. Allí, si intentaba quedarse quieta, sentía el tirón. Delicado, pero inconfundible. Estando de pie, lavando o incluso caminando, no se habría dado cuenta. Pero si se relajaba, empezaría a desplazarse bastante rápido río abajo. En cambio, donde estaba ahora, el río zigzagueaba como una serpiente fría. Y, que ella supiera, no había peligro.

Se acordó del Agente Bob. De cómo la había mirado después de darle las piruletas. Había arrugado el entrecejo con un gesto preocupado. Recordaba haber visto esa misma expresión durante su primer día aquí. El viaje había sido extenuante. Su madre estaba agotada, con la cara llena de manchas y unas telarañas de venitas rojas de haber llorado. Agnes recordó que el último día que habían pasado en casa, su madre y la yaya se habían peleado.

—No te puedes ir —había dicho su abuela.

Su madre estaba inquieta y alterada, pero sobre todo, desconcertada.

—Tengo que irme. ¿Por qué lo pones tan difícil?

—Porque es tremendamente ridículo. —La yaya se apretaba la cara con los puños, como en los dibujos que veía en los que si alguien se enfadaba, le salía humo por las orejas. Estaba furiosa.

—No es ridículo, mamá, es importante. ¿Es que Agnes no te preocupa?

La abuela abrió los ojos de par en par y pestañeó al ver a Agnes, como si por primera vez reparara en ella. Se aplacó su ira y sonrió. Fue a abrazarla y la niña dio un paso hacia ella, pero su madre la devolvió atrás de un empujón. Entonces la yaya empezó a berrear.

Al verla, a Agnes se le constriñó el pecho. Sintió que le faltaba el aire y los ojos se le inundaban de lágrimas, y oyó que su madre se enfurecía. Aunque todo quedó interrumpido cuando estrelló un vaso contra la pared.

—¡No me digas lo que tengo que hacer!

—¡Es que estoy muy asustada! —había respondido la yaya. Agnes se escabulló del brazo de su madre y se deslizó hacia su cuarto para pasar desapercibida. Aunque no debería haberse preocupado por eso. Ninguna de las dos mujeres advirtió que se había ido. A pesar de que aseguraban discutir por ella, habían olvidado que estaba allí. Pegaban berridos que acentuaban con palabras histéricas. Nunca había visto nada igual. Ahora conocía a las Gemelas, que actuaban de un modo muy similar, y las observaba maravillada, pero, en ese momento, recordaba haber pasado miedo.

Esa noche había cerrado la puerta de su habitación soltando el pomo poco a poco para que no se oyera el clic. El dolor de las voces quedaba amortiguado por la barrera de la puerta. Agnes daba vueltas por el cuarto y tocaba las cosas que le pertenecían, intentando oír si tenían algo que decirle. Dio unos toquecitos con los dedos en la ventana y esperó una respuesta. Metió la cabeza dentro de la funda de la almohada, se cubrió la cara y respiró a través del algodón. Se echó sobre la cama, con la cabeza dentro de la funda, y se quedó dormida. Se despertó mientras su madre sacaba cosas de los cajones.

—¿Qué haces? —preguntó sin quitarse la funda de la boca.

—Menos mal, estás viva —comentó su madre distraída mientras llenaba la mochila de prendas de abrigo. Tenía la voz áspera, quebrada, y los ojos enrojecidos. No había dormido. Llevaba una camiseta extragrande que Agnes no había visto nunca, unos calcetines largos hasta la rodilla y el pelo recogido en una cola de caballo que le caía de costado. Tenía el aspecto de una adulta infeliz vestida como una niña que había sido feliz—. Cielo, escoge dos cosas que sean muy especiales para ti que no te importe llevar encima durante mucho tiempo.

—¿Por qué?

—Porque nos vamos. Y puede que no veas tus cosas durante una temporada.

Agnes asintió con solemnidad.

—¿Se ha ido la yaya?

—La yaya se ha ido. Tráeme las dos cosas a mi cuarto, ¿quieres? —Le dio un beso en la cabeza apresuradamente.

Agnes eligió su unicornio de peluche y el collar de mariposa, que perdió durante los dos primeros meses en la Reserva.

—Vaya, lo habíamos buscado por todas partes. ¿Cómo lo ha encontrado? —exclamó su madre cuando un Agente Forestal anunció el descubrimiento.

—Lo encontramos todo. —Su rostro glacial aplastó la sonrisa de su madre. No le devolvió el collar, le dijo que lo guardarían en la sala de pruebas.

—¿Prueba de qué? —había preguntado ella.

—De vuestra incapacidad para cumplir las reglas.

Era la primera interacción que recordaba con un Agente que no fuera Bob, quien los había guiado en su primer día.

Pensó en su madre viviendo en la Ciudad, a donde había vuelto por la yaya aunque esta hubiera muerto, y no lo comprendía. Agnes también quería a la yaya. *Pero yo estoy viva.*

Por debajo de la corriente, sintió una perturbación que llegaba de la orilla y sacó la cabeza, alarmada.

Patty y Celeste, desnudas y patizambas, se metían en el río.

—Eres una vaga —canturreó Celeste—. Cómo te escaqueas del curro.

A Agnes la vergüenza la reconcomía.

—No me había escaqueado nunca —dijo, sumergiéndose hasta la nariz y mirando con tristeza el campamento.

—Ah. —Celeste frunció el ceño—. Yo creía que eras una rebelde. Deberías hacerlo más.

—Uf, yo he tenido que ponerme a tallar madera —se quejó Patty—. Y ahora estoy llena de astillas. —Enseñó los dedos rojos e hinchados. Tenía astillas clavadas y seguramente tendría que ir a ver al doctor Harold.

—Por lo menos no has tenido que tocar cosas muertas, como yo. —Celeste se apretó la cara con asco.

—Pero si te gustan las cosas muertas —le dijo Agnes, y Celeste puso los ojos en blanco.

Las chicas hacían el muerto y miraban las nubes en forma de bala que cruzaban veloces el cielo. Aunque arriba soplaba el viento, a su alrededor no se movía nada.

—Este lugar está bastante bien –dijo Celeste, con una ligera melancolía.

—Es el primer lugar del que tengo memoria –dijo Agnes.

—¿Fue el primer sitio donde estuviste?

—Uno de ellos, sí. Está cerca del Control por donde entramos.

—Aún no hemos ido al Control –se lamentó Patty.

—No tiene nada especial.

—Pero ¡hay cosas para picar!

—Solo en alguno. Casi no queda nada en las máquinas. Pero hay agua. Eso es lo mejor.

—¿Y Forestales guapos? –preguntó Patty.

—Los Forestales son viejos –dijo Agnes. Celeste y ella se rieron de Patty.

—Pues no lo parecen –repuso en voz baja.

—No vale la pena que pierdas el tiempo con ellos –dijo Celeste.

—¿Por qué lo dices? –quiso saber Agnes.

—Bueno, es evidente, ¿no?

A Agnes le sorprendió que Celeste hubiese llegado tan rápido a esa conclusión.

—Sí, supongo.

—Supongo –se burló Patty sin motivo.

Siguieron flotando en el agua. Agnes quería oír el sonido del aleteo de los pájaros y el chapoteo ocasional de sus manos.

Sintió que se adormecía, pero no sabía si eso era posible en el agua. Cuando oyó gritar a las Gemelas, tardó en reaccionar, como si flotara en savia. Se revolvió para ponerse en pie, miró alrededor y no vio ninguna amenaza. Las Gemelas se encogieron bajo el agua y solo se les veía la cabeza. Entonces se dio cuenta de que, aunque chillaban, también sonreían. Volvió a frotarse los ojos y miró.

Jake estaba en la orilla, desconcertado, con los brazos caídos y la boca abierta sin poder decir nada debido al barullo. Agnes comprendió que eran gritos de placer.

—¡Jake, que estamos desnudas! –chilló Celeste.

Las chicas se volvieron hacia Agnes.

—Agáchate, Agnes –gritó Patty, cerrando los ojos con fuerza.

–¿Por qué? –exclamó ella.
–¡Porque estás desnuda!
–¿Y?
Las Gemelas reían histéricas y tragaban agua. Parecía que estuviesen ahogándose.
Agnes se volvió hacia Jake, con las manos sobre las caderas huesudas, y le preguntó:
–¿A ti te molesta?
–No –respondió él, sin levantar la vista del suelo.
–¿Lo veis? –les dijo a las Gemelas, sumergidas hasta los hombros. Se reían a carcajada limpia, como hacía Debra. Como a veces aún hacía Val. Sus risas se oían por todas partes.
–¡Qué rara eres! –exclamaron ambas. Y Agnes sintió una punzada de celos. Nunca había dicho lo mismo que otra persona a la vez. Parecía algo imposible. *¿Cómo se hacía?*, quería preguntar, pero ahora le miraban el cuerpo fijamente y sintió que sobraba.
–Me voy. –Caminó hacia donde estaba Jake en la orilla y él retrocedió, como si tuviera miedo, se dio la vuelta y echó a andar en pequeños círculos, cabizbajo.
Agnes volvió a ponerse el blusón.
–Vamos –le dijo a Jake.
Él la siguió en dirección contraria a las Gemelas.
–Veo que te has cortado el pelo –observó sin levantar la vista.
–Sí.
–¿Y eso?
–Me daba un aspecto inmaduro, como de cachorro de león.
–¿Qué aspecto tienen los cachorros de león?
–Son como bolas de pelo.
–Ah.
–¿Qué?
–Nada, que a mí me gustaba. Me parecía que molaban tus greñas. –Sonrió–. Bueno, ahora también mola.
Agnes sintió que se ruborizaba y rápidamente transformó el sentimiento en rabia.
–Pues a mí me parece que tu corte de pelo es ridículo y siempre lo he pensado.

–¿Por qué? –dijo con un tono agudo y triste.

–Por el flequillo. Te vas a matar.

–¿Por el flequillo?

–Te tapa los ojos. Tropezarás con una roca y te atacará un puma desde arriba. Te tirará del pelo y te partirás el cuello. –Se detuvo, casi sin aliento.

–Parece que has estado pensando mucho en mi pelo.

–¿En que te acabará matando? Pues sí.

–Me lo tomaré como un cumplido porque quiere decir que piensas en mí.

De nuevo, Agnes sintió calor en el cuello y las mejillas.

–Solo porque eres nuevo. Llevas un pelo ridículo y un día te matarás por su culpa, alguien tiene que decírtelo.

–¿También lo piensan los demás?

–Bueno, tampoco es que vaya por ahí hablando de tu pelo –le espetó–. Pero estoy segura de que todos lo saben menos tú.

Jake asintió.

–¿Me lo cortarías?

Pensó en sus dedos entre el flequillo suave y ridículo, intentando cortárselo recto para que Jake siguiera conservando su aspecto. Se percató de que estaba conteniendo la respiración y se puso a expulsar el aire poco a poco.

Jake vio cómo le cruzaban los pensamientos por el rostro, pero dejó de sonreír al ver que ella permanecía en silencio.

–Bueno, no hace falta –tartamudeó.

–No, me apetece.

–De acuerdo. –No parecía convencido.

–Tengo ganas. Me apetece mucho.

–Vale. –Parecía más contento.

–Quédate ahí –gritó Agnes mientras se echaba a correr, y él obedeció. Fue a buscar las tijeras de Val con una sonrisa de oreja a oreja durante todo el camino y volvió a donde estaba él con el corazón a mil por hora. Hizo varias respiraciones profundas.

–¿Cómo quieres que te lo corte?

–¿Como lo llevas tú?

–Pero yo creía que solo íbamos a cortarte el flequillo.

–Haz lo que quieras. Me fío de ti.

Agnes lo miró nerviosa. Pensó en que le tendría que tocar el cuero cabelludo, que tendría que doblarle las orejas como había hecho Val con ella para no cortarla, que para hacerlo bien tendría que acercársele a la nuca, que respiraría cerca de su cuello, que él lo notaría y descubriría algo nuevo sobre ella.

–De momento solo el flequillo.

Ahuecó las manos, cogió agua del río y le humedeció el pelo. Se lo echó hacia delante y las puntas se le curvaron por debajo del mentón. Como él estaba sentado y ella de pie, se inclinó para llegar a la altura de su cara. Le alzó la barbilla, pero entonces el pelo se le separó en dos y cada mechón cayó a un lado de las orejas. Oía el chapoteo de las Gemelas río arriba. Jake observaba todo lo que hacía.

Se sentó delante de él con las piernas cruzadas e intentó estabilizarse, pero estaba demasiado lejos, de modo que se puso de rodillas y le tocó las suyas. Se inclinó hacia él y se dio cuenta de que tendría que acercar mucho la cara. Intentó retroceder y se tambaleó, como si fuera a caerse de lado, así que él le puso una mano en la cadera para sujetarla y la dejó ahí después de que se hubiera estabilizado. Era un tacto sutil e inseguro, pero ella percibía su calor a través del blusón.

Agnes contuvo la respiración y, cuando ya no podía aguantar más, fue exhalando poco a poco por una comisura de la boca, procurando que el aire estancado de sus pulmones no fuera a parar a la cara de él.

La verdad es que no sabía cómo cortarle el pelo. Además, ¿qué era un flequillo?

Se lo estiró y fue cortando mechones pequeños. Jake fijó la vista a un lado, con una expresión a medio camino entre sonriente y ceñuda, como si estuviera concentrado en algo. A medida que iban cayendo los mechones, ella quería guardárselos en el bolsillo. Quería acariciarse la cara con ellos cuando se secaran, como si fueran una pluma. No quería terminar porque él quitaría la mano y ese momento no volvería a repetirse.

–Oh, no –dijo al final.

–¿Qué?

–Lo he hecho mal. Estás raro –dijo intentando disimular su disgusto.

–¿Cómo raro?

–No contaba con que se te quedaría de punta si te lo cortaba tanto.

Era como si tuviera musgo en la cabeza.

Jake se tocó el pelo. Agnes sintió el aire fresco en la zona donde antes había estado su mano y se estremeció.

–Creo que está bien –dijo con una sonrisa–. Gracias. –Se levantó y la ayudó. Algunos mechones que le habían caído en el pecho se quedaron flotando por el aire.

–Pide un deseo –dijo Agnes.

–Eso es para críos. Pídelo tú. –Y empezó a alejarse.

–¿No te metes en el agua para quitarte el pelo que te haya podido quedar?

–No, no hace falta.

–Vale.

–Oye, gracias, ¿eh? –repitió y se dio la vuelta. Se echó para atrás el pelo que ya no tenía y empezó a correr.

–Deja de hacer eso –susurró Agnes a la silueta en retirada.

En lugar de cruzar el campamento para ir a la cueva, cogió el camino largo. No quería que la vieran y la hicieran trabajar. Hoy no le apetecía. Intentó recordar si ya había tenido esa sensación antes. ¿Qué le pasaba hoy que tenía ganas de estar separada de todos? Había sentido un extraño peso en el pecho, y cuando llegó a la cueva se tiró al suelo.

Se preguntó por qué había huido Jake después de un momento que, para ella, había sido importante, intenso, como si le hubieran colocado encima decenas de pieles de uapití. Le había costado mover los brazos bajo el peso de lo que fuese aquello que sentía. ¿No lo había experimentado él también? ¿Cabía la posibilidad? Intentó recordar su suspiro de placer cuando le había cogido la mano junto a la hoguera, o el cálido hormigueo en la zona de la cadera donde él la había tocado, pero ahora lo percibía todo de un modo distinto y no sabía si lo había interpretado mal. Tal vez había sido un gesto amistoso y fraternal. El calor que había sentido había sido el de su propia vergüenza, y no quería decir que hubiera algo entre ellos. El suspiro de él había sido de alarma, de incomodidad. En vez de sentir afecto por ella, puede que la odiara. Quizá le repugnaba.

Dio un respingo al notar un roce en la pierna y, al mirar, vio que se trataba de una ardilla descarada que le estaba cogiendo algo del blusón. Ni siquiera la había visto acercarse. Había estado demasiado ensimismada preguntándose qué pensaría Jake.

–Se acabó –se dijo a sí misma. Pensar en él se había convertido en algo peligroso. Sus sentimientos podían hacer que acabara lisiada o muerta–. ¿Y si hubieras sido un puma? –le preguntó a la ardilla–. Estaría muerta.

La ardilla chilló, como si estuviera de acuerdo en que había cometido un error.

Sí, canturreó, *mejor que no pienses en el chico.*

–Gracias. Dejaré de pensar en él. –Se sacudió las manos delante del pecho–. Ya está –dijo, y suspiró.

Se levantó, se sacudió las piernas, se adentró en la cueva y fue hasta el fondo, donde su madre había escondido el cojín y la revista, pero ya no estaban.

El peso del pecho le subió a la garganta. Imaginó que tendría relación con el hecho de estar en un lugar tan familiar cuando esa familiaridad ya no existía. O no para ellos. No en esta vida. ¿No se trataba de eso en parte? ¿De destruir esa sensación de hogar? ¿De que se sintieran en cualquier sitio como en casa? ¿O en ninguno? ¿Era lo mismo?

Cuando volvió al punto donde había estado sentada, se fijó en que había una mancha en el suelo de color óxido rojizo. Miró alrededor, se agachó para tocarla y sintió que se le desprendía algo. Dio un paso atrás y vio otra gota. Se palpó el interior del muslo y en la mano advirtió una pequeña mancha del mismo tono. Se llevó el dedo a la lengua: hierro, metal, invierno. Sangre. Se acuclilló y se levantó el blusón para poder ver el suelo entre sus pies. Unas gotitas rojas caían lentamente. Una a una. Como el tiempo que pasa. Observó su contorno irregular en la tierra. Las sentía caer con un ligero y húmedo cosquilleo. Una gota. Dos. Tres. Hasta diez. Y entonces paró.

Sabía qué era. Tenía ganas de contárselo a Val. Le daba un poco de vergüenza decírselo a Glen. No sabía si habrían imaginado algún ritual especial para este tipo de ocasión. Como era obvio, las mujeres de la Comunidad tenían la regla, pero ella era la primera a quien le venía aquí por primera vez. Se sentía salvaje. Útil. A gusto. Sonrió y sintió una burbuja en el pecho que interpretó como entusiasmo, pero cuando subió y estalló en la garganta, lo que quedó fue soledad. Al mirarse el blusón, se fijó en unos pelos. Largos y oscuros. Tenían que ser del flequillo de Jake. Con cuidado los fue cogiendo, los reunió como si fueran la punta de un pincel muy fino y se acarició con ellos la mejilla. Se los pasó suavemente por el cuello, era un roce tan delicado que tuvo que concentrarse para sentirlo, pero entonces se le aceleró el pulso. Oteó el campamento y vio la silueta borrosa de Jake atizando el fuego. Se llevó el cabello a los labios y sonrió. Lo olió. No olía a nada. Lo recorrió con la lengua. No sabía a nada. Se lo metió en la boca. Lo masticó, acumuló saliva y se lo tragó.

Habían llegado nuevos vientos fríos que cargaban el aire a su alrededor de silbidos y lo tornaban cortante. Esa mañana la Comunidad encendió una hoguera un poco más grande y todos se taparon con pieles en la cama. Pronto los animales se retirarían a las laderas y ellos harían lo mismo, se congregarían en las hondonadas hasta que los ríos crecieran con el deshielo.

Habían permanecido demasiado tiempo en este campamento. Era fácil quedarse en el Valle. La caza era buena y el río estaba cerca. Para algunos, este seguía siendo su hogar. Estaban evitando planificar la próxima caminata cuando vieron que se acercaba una silueta. Dando por sentado que sería un Agente Forestal que venía a ordenarles marcharse, unos cuantos refunfuñaron y todos en general volvieron la vista al fuego mientras se comían las gachas.

Sin embargo, a medida que la silueta se aproximaba, vieron que no se trataba de ningún Agente. Era demasiado pequeño, no llevaba uniforme, ni iba en camión.

Tanto los Originalistas como los Recién Llegados se llevaron la mano a donde guardaban su cuchillo o su piedra, el arma que llevaran para protegerse.

Cada vez estaba más cerca, y observaron que era una mujer de mediana edad con sombrero de ala, un corte de pelo práctico, un poco de barriga y que calzaba un buen par de botas de senderismo, como las que llevaría un Agente Forestal. Como las que llevaría alguien que supiera lo que había que caminar en el Estado de la Reserva. Todo lo contrario al calzado con el que habían venido los Recién Llegados.

El rostro de la desconocida quedaba en penumbra, pero ella avanzaba deprisa entre la salvia y las rocas, como si conociera el terreno.

–¿Es una de los vuestros? –le preguntó Carl a Frank en un susurro.

–No.

–Entonces será nueva. ¿Por qué no nos han avisado de que vendría alguien?

Frank se encogió de hombros.

–A mí no me preguntes.

Carl se levantó para saludar a la desconocida con la mano sobre el cuchillo.

Agnes avanzó hacia una roca, por delante de Carl, sentía la necesidad de estar más cerca. Vio cómo se aproximaba la forastera. Se le aceleró el pulso y le empezó a picar el cuello.

Finalmente la mujer llegó a los límites del campamento, con el rostro oculto bajo el sombrero. Se dirigía a Carl, que había ido avanzando con paso enérgico pero que de repente, preso de la incertidumbre, redujo la marcha.

La mujer se quitó el sombrero y entonces la vieron. Se hizo el silencio en el campamento. Incluso entre los pájaros. Los ciervos bufaron, patalearon y se fueron dando saltos.

–Bueno, no me saludéis todos a la vez –dijo Bea, en jarras. Se echó a reír con una mueca sardónica, una risa que no le habían oído nunca. Su aliento se convirtió en humo con el aire gélido de la mañana.

Quinta parte

AMIGO O ENEMIGO

Ese primer día Agnes observó a su madre como desde las profundidades de un sueño. A veces verla era tan desagradable como una pesadilla. Bea se había aproximado al campamento como un peligroso desconocido. Como un Agente Forestal: jocosa y brusca, con la espalda y el cuello tensos, preparada para empezar a enumerar incumplimientos y formular amenazas. El aliento le había salido empañado de la boca, como si fuera un animal furioso de invierno. Aunque Agnes la había reconocido antes que nadie. Mientras los demás seguían con la mano en el cuchillo o la piedra, ella se encogía de miedo en un intento por desaparecer.

Carl había sido el primero en saludar a su madre.

—Pero bueno, mirad quién es —dijo galante, dándole un abrazo que duró más de lo necesario, riéndole al oído y, por extraño que parezca, inclinándose como si estuvieran bailando pegados.

Su madre frunció el ceño y le dijo:

—¿Me he equivocado de lugar?

—Sí —respondió él—. Ahora es todo distinto.

—No me digas —murmuró mientras se apartaba y miraba a su alrededor.

La gente se había empezado a reunir. Los rostros curiosos la escrutaban.

Su madre agachó la cabeza y bajó la voz, como si fuera a contarle un secreto, y en cierto modo fue así. Agnes no logró oírlo.

—Son de la lista de espera —exclamó Carl, haciendo un barrido con el brazo y señalando al resto del campamento–. ¡Hemos duplicado el tamaño!

–Son muchas bocas que alimentar.

–Nada que no podamos manejar –le aseguró Carl, cogiéndole la mano.

Agnes vio que su madre volvía a fruncir el ceño y echaba un vistazo alrededor buscando algo; primero como si nada, pero después inquieta, como si temiera no encontrarlo. Entonces clavó los ojos en Agnes. Por su rostro cruzaron destellos de emociones. Enseguida se materializaron en una mirada de desaprobación. Y, acto seguido, en una sonrisa llorosa. Aunque Agnes solo vio que arrugaba el gesto y que, ausente, masajeaba la mano de Carl mientras no le quitaba ojo.

Llegó hasta ella flotando, como atraída por un imán.

–Oye, te veo estupenda –le gritó Carl, relamiéndose los labios. Parecía famélico.

Agnes se quedó paralizada sobre la roca a la que se había encaramado y se obligó a convertirse en piedra, o a mimetizarse con ella y pasar a ser como un muro. Volverse piedra ante esa persona. Aunque el corazón le latía con fuerza y los ojos se le llenaban de lágrimas como si hubiera comido algo amargo y agrio, algo verde. *Hazte la muerta*, se ordenó.

Sintió una mano en el hombro y se dio cuenta de que Val estaba a su lado. Tal vez había estado allí todo el tiempo, observando a Carl y a su madre, tal vez tan perpleja como ella misma. Tenía el rostro desencajado, sin duda se había llevado una decepción al volver a ver a Bea. Tenía sus sentimientos mucho más claros. Agnes intentó invocar una sensación de desilusión similar, pero no lo logró.

Su madre se detuvo a un palmo de ella, su cara era como una máscara de sentimientos que no comprendía. No fue a abrazarla. La frialdad de Agnes la mantuvo a distancia. Ella temblaba sobre la roca solitaria, abrazándose las rodillas y sujetándose con los dedos de los pies.

Por fin su madre carraspeó, y Agnes se abrió inmediatamente a lo que fuese a decir después de tanto tiempo.

–¿Por qué está tan flaca mi hija? –vociferó mirando a Val.

Agnes pestañeó. *Ni siquiera me dirige la palabra.*

Val le apretó el hombro.

–Siempre ha sido delgada.

Bea miró a su alrededor, a todas las caras nuevas que la miraban con la boca abierta. Aunque su expresión era acusadora, tenía los ojos llenos de lágrimas.

–Está más flaca que todos los demás –dijo al borde del llanto.

–No me había dado cuenta –se excusó Val.

Bea le levantó la barbilla a Agnes con el nudillo.

–¿Por qué estás tan delgada? ¿Es que no te dan de comer? Su voz fue como un azote para sus oídos. Como un golpe. Agnes volvió a mirar al suelo. Se sentía avergonzada, asustada, enfadada. Cerró la boca con fuerza.

–¿Qué coño está pasando aquí, Carl? –dijo Bea, alejándose.

–Cálmate, hostia –murmuró él, y toda la cordialidad del saludo inicial se esfumó–. Pareces una maldita lunática. Agnes está bien.

Su madre había bajado el tono de voz para que quedase entre ellos, pero no lo había logrado.

–Como le hayáis estado dando menos comida... ¿Dónde está Glen? Más vale que no esté consumiéndose también, cabronazo.

Agnes se miró. Creía que su aspecto era normal. El de siempre. El estómago le rugía como siempre. ¿Acaso no les pasaba a todos? Se ahuecó el blusón y lo soltó.

Carl agarró a su madre del brazo, se inclinó para decirle algo al oído y le puso un dedo en el cuello, como si fuera la punta de algo más cortante. Por el rostro de su madre pasaron muchas emociones, suspiró y se apartó de Carl con una mezcla de asco y tristeza. Aún con un temblor en la mano, lo vio alejarse. Miró a todas las personas que la observaban, a todos los ojos nuevos. Agnes observó que los Originalistas fingían estar ocupados en algo, atentos pero con la cabeza gacha, como ella misma había hecho. Sin embargo, los Recién Llegados estaban allí plantados, boquiabiertos, mirando descaradamente el intercambio entre Carl y su madre.

Bea se enderezó y se volvió hacia Agnes, que estaba blanca

como el papel. Se le aproximó poco a poco, respirando con cautela como para recobrar el aliento.

–Hay que ver –dijo al final agudizando la voz–. Ya eres mayor. Me voy cuatro días y cuando vuelvo eres adulta, ¿no? Hasta con esa simpatía fingida, Agnes percibía su tono acusador.

–Supongo... –titubeó Agnes. Intentó serenarse, pero la voz le salía entrecortada, como si fuera a ponerse a llorar. Notaba el calor en la garganta y le daba la sensación de que pronto empezaría a farfullar y no quería–. Supongo que has pasado mucho tiempo fuera, Bea –murmuró, y cuando vio que su madre se estremecía, se le calmó un poco el temblor. Incluso Val tomó aire. ¿O es que estaba ahogando una risa?

Su madre se recobró.

–Creo que sigo prefiriendo «mamá» –dijo volviendo a sonreír–. Además, no ha pasado tanto tiempo, ¿no? –Pasó de dirigirse a Agnes a Val, y después a su alrededor, para ver si había alguien más atento.

Todos miraban, y Val dijo:

–Ha pasado mucho tiempo.

–No –insistió Bea, irritada–. No tanto.

Pero Agnes sabía que habían visto nieve justo después de que su madre se hubiera ido, a continuación habían vivido entre flores, después, entre pastos secos en verano, habían caído las hojas y ahora el olor a nieve volvía a estar en el ambiente. Es lo que solía llamarse un año, y ese era el intervalo de tiempo durante el que su madre no había estado. Aunque ella no lo reconocería nunca, diría que no se podía confiar en la meteorología. Agnes abrió la boca para hablar, pero los ojos de su madre le hicieron cerrarla. No había discusión posible. La emoción del encuentro había llegado a su punto álgido cuando se habían clavado la mirada. Si su madre se sentía mal o se arrepentía de algo, Agnes no había advertido la señal. Y ahora había pasado a ser un recuerdo.

–¿Y este pelo? –siguió–. ¿Qué ha pasado con tu preciosa melena? –Se le acercó y le pasó una mano por la cabeza.

Agnes se escabulló.

–A ver, basta. –Su madre chasqueó los dedos y ella, a regañadientes, volvió a poner la cabeza para que se la inspeccionara.
–¿Quién te lo ha cortado?

Agnes se encogió de hombros.

–Al menos –dijo su madre, acariciándole la cabeza–, tienes
un cráneo perfectamente redondo. Lo hice bien cuando te
daba vueltas en la cuna. No todos los días se ve un cráneo tan
redondo y perfecto. Supongo que al final fui buena madre,
¿no? –Se rio y miró a Val, que le devolvió una sonrisa falsa y
agridulce–. Bueno, me encanta cómo te queda. Es muy tú.

–Estoy dejándomelo crecer –dijo Agnes entre dientes, cogiendo la mugre que tenía entre los dedos de los pies y haciendo bolas con ella.

Su madre avanzó un paso en su dirección.

–Ven aquí –le ordenó, rodeándola con los brazos, tirando
de ella poco a poco, desde su posición elevada en la piedra,
para que descruzara las piernas y se plantara ante ella. Agnes
apoyó las manos en la cadera de Bea y se limpió en ella la
porquería de los dedos. Su madre le ofrecía un intento de
afecto, una versión estudiada. Era lo que solía ofrecer. Después se escurrió para volver a la roca, como si siempre hubiera formado parte de ella. Se cogió las rodillas con los brazos y
apoyó encima la cabeza, aburrida. Se puso a contemplar el
fuego. Estaba mareada. Quiso que su madre cambiara de
tema.

–¿Cómo es que has vuelto? –dijo Val, con un tono que parecía más una acusación que una pregunta.

–Eso mismo me preguntaba yo –respondió su madre–.
¿Dónde está Glen? –Aunque eso no iba dirigido a nadie en
concreto, ella sabía dónde estaba.

La agarró del brazo y Agnes se tambaleó en la piedra. Las
piernas le temblaban. Nunca se había sentido tan inestable,
tan atropellada.

Su madre fue directa a las cuevas. Fue algo tan natural
como si hubiese planeado el encuentro con Glen hacía tiempo.
Lo percibía, como si lo hubiera olfateado. ¿También habría
percibido a Agnes si hubiese sido ella quien estaba en la cueva?

Pensó en su rostro atribulado cuando miraba entre las caras conocidas y las nuevas hasta encontrar la suya. No se había dirigido a ella, sino a Val. Lo ridícula que se había sentido en el fondo. Lo estúpido que era querer o sentir algo. Paró la progresión de sus pensamientos y rebobinó, intentó pensar en el momento en que sus ojos se habían encontrado. ¿Y acaso no había habido una calma momentánea una vez que, para ambas, se había interrumpido el tumulto? *Ojalá pudiera quedarme ahí*, pensó. Era un pensamiento, un deseo que la ayudó a recobrar el equilibrio, a colocar bien los pies. Un pensamiento que le relajó el brazo y el hombro y le permitió coger la mano de su madre al echar a andar.

Glen estaba echado bocabajo sobre una piel en la entrada de la cueva, con un brazo sobre la cabeza. Parecía un montón de ramas desechadas. Agnes volvió a sentir un pinchazo. Solo había dormido allí un par de noches hasta que él insistió en que volviera al campamento. No quería que se convirtiera en una marginada. Ayer no había ido a verlo. Había tenido mucho que hacer. Pero, sin ella, él no tenía compañía. A medida que se aproximaban, Agnes escudriñó la cara de su madre, intentando detectar sus sentimientos. ¿Le haría ahora compañía a Glen? ¿Le parecería bien a él? No recordaba haberlo visto nunca enfadado después de que su madre se fuera. Agnes se preparó para lo que pudiera pasar.

Su madre rozó con el pie la axila de Glen, que movió el brazo y alzó la vista.

–Has vuelto –dijo con voz ronca.

–He vuelto.

–He oído las ovaciones.

Ambos rieron.

Agnes arrugó el entrecejo. No había habido ninguna ovación. Miraba una cara y luego la otra, sus ojos parecían grillos saltando adelante y atrás. No es lo que se había esperado.

–Perdona que no me levante –dijo Glen, dándose la vuelta.

–Tranquilo.

–Estoy débil.

–Lo sé.

–Has estado fuera mucho tiempo.

–Lo sé.

Se quedó callado y después dijo:

–No pasa nada. –Agnes sabía que lo decía de verdad, pero se quedó atónita. ¿Cómo podía no estar enfadado? Su madre ni siquiera se había disculpado. Glen se incorporó un poco y se apoyó contra una roca–. Pero no me esperaba que volvieras.

–Casi no vuelvo. –Miró en dirección a Agnes pero evitó cruzarse con su mirada.

–Ojalá no hubieras vuelto –dijo Glen. Y Agnes se sobresaltó con la declaración y el tono. Parecía triste.

Glen se apartó para hacer espacio sobre la piel y su madre se echó a su lado.

–Pobrecito. Si estás en los huesos.

Bea echó una piel por encima de los dos y él intento retirarla, pero ella insistió y al final él claudicó. Se quedaron así tumbados, en silencio. Parecía que se hubieran olvidado de que estaba Agnes, que se acuclilló a sus pies.

Veía los ojos abiertos y atentos de su madre. Centelleaban, con el reflejo de la luz a medida que recorría el cuerpo demacrado y consumido de Glen. Después los cerró, ambos se quedaron quietos como si estuvieran durmiendo. Había mucha paz. Agnes no había imaginado que podrían volver a estar así: sus padres juntos a punto de quedarse dormidos. Empezó a inquietarse. Deseaba unirse a ellos pero, aunque resultara extraño, sentía que sobraba.

Aguardó unos minutos y se coló debajo de la piel, a los pies de sus padres. Se acurrucó, encontró el tobillo de su madre y lo agarró, pero Bea lo retiró. Agnes lo tomó como prueba de que realmente molestaba y se preparó para irse. Pero entonces su madre volvió a bajar el pie y ella se aferró para que no pudiera volver a quitarlo.

Glen suspiró.

–Las cosas han cambiado.

–Ya lo veo.

—No, pero hay más.

Agnes contuvo la respiración en espera de ese más. Glen alzó un poco la cabeza, como para mirarla desde arriba, y ella cerró los ojos.

Su madre carraspeó y cambió de tema.

—¿No me vas a preguntar por qué me fui?

—Ya sé por qué te fuiste. Murió tu madre —dijo en voz más baja.

—Pero cuando murió la tuya, tú no te fuiste —repuso ella tras unos minutos callada.

—Mi madre no me caía bien.

—A mí tampoco.

Ambos rieron.

—¿Te sientes mejor? —le preguntó Glen.

—No. —Suspiró—. ¿Cómo van las cosas aquí ahora?

—No muy bien. ¿Y en la Ciudad?

—No muy bien.

Volvieron a reír. A Agnes nada de esto le parecía divertido.

—¿Es Carl el que manda?

—Básicamente.

—¿Y a todos les parece bien? —La pregunta le salió disparada con tono acusador.

—Bueno, no, pero sí a los suficientes. Los Recién Llegados se decantaron por él.

—Ya veo. —Hizo una pausa—. Deberías seguir tú al mando.

—Yo nunca estuve al mando, Bea. Éramos todos. —Suspiró, cansado de hablar.

—Nunca hubo auténtico consenso.

—Sí que lo había. —Glen alzó la voz tanto como fue capaz.

—Debatíamos. Tú planteabas una idea, y nosotros estábamos de acuerdo.

—Eso no es cierto.

—Es bastante cierto. Y funcionaba.

Glen suspiró.

—Ahora son Carl y su gente quienes toman las decisiones.

—Como no daros de comer a ti y a Agnes. Ni a los demás, por lo que he visto. ¿Cómo ha podido pasar?

–Un par de Recién Llegados empezaron a encargarse de servir la comida.

–¿Y os dan menos?

–No hay pruebas de que sea así.

–Pero...

–Simplemente cuidan primero de los suyos. Puede que sea algo inconsciente. Ni siquiera saben que lo hacen. A ver, son todos muy majos. Es un buen grupo –dijo, y Bea se rio a carcajada limpia.

–Tú siempre buscando el lado positivo. Es imposible que no sepan lo que hacen.

–Bueno, me imagino que tú sí que lo sabrías. –Ahora su voz era severa. Estaba cansado y perplejo, y debajo de todo eso puede que estuviera enfadado. Agnes se sintió estúpida por no haberlo visto antes.

Oyó que la respiración de su madre se agitaba, como si fuera a escupir una explicación, y notó que se le tensaba todo el cuerpo para defender su posición. Sin embargo, lo soltó todo con una exhalación larga.

Volvían a estar en silencio.

Agnes sintió que su madre se movía y se apoyaba en Glen.

–Entonces, ¿quieres que me libre de ellos? –preguntó en voz baja. Glen se rio entre dientes–. Y me refiero a asesinarlos.

Él estalló en risas, lo que le provocó un ataque de tos, y se ahogaba. Agnes miró a su madre, que reía en silencio mientras disfrutaba el momento de felicidad de Glen. No lo oía reír tanto desde que ella se había ido. Desde antes incluso. Se dio cuenta de que era desde antes de lo de Madeline.

Él recobró el aliento y abrazó a su madre.

–Te he echado de menos.

–Yo también. –Se acercó más a él, apartando un poco los pies de Agnes, que seguía sujetándola con fuerza–. ¿Qué puedo hacer? –La voz de su madre sonaba débil. Como la de Agnes hacía tiempo. Cuando vivía en la Ciudad. Cuando había muchas cosas que la superaban. Demasiadas cosas que escapaban a su control. Cuando no era consciente de que no tenía ningún control.

–Sé amable –dijo él–. Solo eso.

Agnes oyó que se besaban.

–Me siento tan idiota por haberos traído aquí –dijo Glen–. A las dos.

–Ya sabes qué habría pasado si no.

–Es que me siento tonto por no habérmelo imaginado. Pensé que un grupo de personas que querían estar aquí serían capaces de encontrar la manera de convivir.

–¿Deberíamos separarnos del resto de la Comunidad?

–Creo que es más seguro formar parte de ella que ser un enemigo potencial –dijo él. Su madre asintió–. Además, dividirse va en contra del Manual.

–Y cómo vamos a llevarle la contraria...

–Bea.

–Perdón.

Agnes notó que se fundían en un abrazo más intenso. Y que Glen se ablandaba a medida que se iba durmiendo. Pero sabía que su madre seguía despierta. Y que ambas controlaban la respiración de Glen.

Cerca de sus pies, unos pájaros llamaron sombríamente a sus amigos que estaban en la artemisa. Por el cielo una nube oscura se extendía como un camino de tierra.

–¿Por qué has vuelto? –susurró Agnes, sin saber si en realidad era una pregunta o una queja.

La respuesta ahogada de su madre le llegó flotando por encima de la piel, por encima del cuerpo frágil de Glen.

–Porque tú y Glen me necesitabais.

Agnes se ofendió. Por un momento le dio la impresión de que el tiempo que su madre había pasado fuera la había convertido en alguien fácil de interpretar. Ya no la desconcertaba tanto.

–Te equivocas –le soltó.

El suspiro de su madre le llegó flotando.

–Entonces, ¿por qué he vuelto, Agnes?

–Porque tú eres la que nos necesita a nosotros –respondió, con toda la seguridad que logró reunir para sonar convincente.

–Eso también es verdad –dijo su madre. Su voz era tan plana como las sombras que se arrastraban a lo lejos ahora que el sol había llegado a su cénit y había empezado a descender. No dijo nada más.

A Agnes le sorprendió el silencio. Haber acertado con su madre tampoco le ofrecía ningún alivio. Conocer su razonamiento no significaba que lo comprendiese. Si de verdad su madre la necesitaba, seguía sin saber cómo era esa necesidad. Se metió las manos entre las rodillas y se ovilló para proporcionarse calor ella sola.

Agnes encontró a su madre espiando cómo hacían las tareas matutinas, como si intentara volver a aprenderlas. Ese día el equipo de la mañana en gran parte estaba compuesto por Recién Llegados a quienes por algún motivo aún no se les daba muy bien su labor. Daba la sensación de que tampoco sabían a qué atenerse con su madre, así que ella se limitó a observar desde un costado con el ceño fruncido y los brazos cruzados mientras ellos distribuían las gachas desordenadamente y, más tarde, se ponían a limpiar de cualquier manera la cocina del campamento. Más que volver a aprender, Agnes intuyó que estaba criticando.

Una vez hubieron guardado la comida, limpiado las escudillas, añadido leña y atizado el fuego, Frank se levantó, se limpió las manos en los vaqueros, que aún conservaba aunque habían tenido que remendarlos con parches de piel de uapití, y se acercó a su madre.

—Hola —dijo, tendiéndole la mano.

—Hola —respondió ella.

—Soy Frank.

—Hola, Frank.

Él sonreía expectante. Al no obtener respuesta, saludó con la cabeza a Agnes, que le devolvió el saludo sin ganas y se les acercó poco a poco.

—Hola, Agnes. —Frank le sonrió.

—Hola.

—Tú debes de ser la mamá de Agnes —le dijo a Bea.

—Sí.

—Has vuelto de las Tierras Privadas, ¿no?

—¿Perdona?

—¿Decidiste volverte?

—Sí, de la Ciudad.

—Ah. –Frank arrugó el entrecejo–. Creía que estabas en las Tierras Privadas.

—Pues no sé por qué lo creías, pero estaba en la Ciudad.

—Alguien lo dijo. Que te habías fugado a las Tierras Privadas con un Agente Forestal y que habías formado una familia allí.

—Eso es absurdo. Mi familia está aquí. –Le dio un pellizco a Agnes en el hombro y la atrajo hacia sí.

Frank señaló a Agnes.

—Pensaba que me lo habías dicho tú.

—Ah, ¿sí? –preguntó la madre.

—No –respondió Agnes–. Yo dije que habías muerto.

Su madre dio un respingo, y ella lo vio.

Frank las observaba nervioso.

—Bueno, no me acuerdo de quién dijo qué. En realidad, tanto da, ¿no? –Se rio–. Pero imagino que estás orgullosa de esta jovencita. Casi la tomo por la líder de la Comunidad cuando la conocí.

—Qué interesante. Y, dime, ¿cómo de orgullosa imaginas que estoy?

—Bueno –titubeó Frank, mirando a las dos alternativamente–, diría que orgullosísima.

Los tres asintieron y guardaron silencio, como si esperaran la confirmación de su madre, pero Agnes sabía que no la daría. Y menos cuando se la pedía un desconocido. No le gustaba que le dijeran cómo debía sentirse. Y se daba cuenta de que no le caían bien los Recién Llegados. Entonces, sin mediar palabra, se fue del campamento. Se dirigió a donde estaba Glen. Agnes se quedó allí, sin saber qué hacer, dolida por que no la invitaran. No sabía si ir también a ver a Glen, algo que hasta ahora no le había planteado ninguna duda.

Cuando su madre volvió, se pasó el resto del día presentándose y saludando a todo el mundo. Agnes no la había visto nunca tan sociable. Se acercó a los antiguos Originalistas con abrazos y susurros. Primero fue con Juan. Ambos reían y hablaban entre confidencias. «Cuéntamelo todo», la oyó decir. Después con Debra, que la abrazaba y no quería soltarla. Hasta le dio un abrazo al doctor Harold. Era como si nadie le guardara rencor por haberse ido. Menos Val, observó Agnes. *Pero eso es porque ella quiere protegerme*, pensó. A Val no se le acercó, y ella fingió no advertir su ronda. Varias veces durante el día fue a hablar con Carl, como si fuera acordándose de cosas que quería contarle. Le ponía una mano en el hombro, le hablaba y acto seguido ambos se reían o se ponían serios. Era como si trataran asuntos muy importantes, aunque antes nunca hubiera sido así. Agnes vio que Val observaba la situación. Se pasó el día con cara de pocos amigos.

Cada vez que su madre iba a hablar con algún Recién Llegado, se deshacía en sonrisas. Se mostraba humilde y agradable. Se inclinaba hacia la persona y le tocaba el brazo. Volvió a acercarse a Frank y, a los pocos segundos, lo tenía riendo a carcajadas.

Después de hacer todas las presentaciones, saludar a los conocidos, camelarlos, reconfortarlos y deleitarlos, se retiró a observar. Cuando ayudaba en las tareas, ni mandaba, ni opinaba, no decía gran cosa. Se limitaba a mirar. Estudiaba cómo había llegado a funcionar la Comunidad durante su ausencia.

Agnes observó a su madre observar a los demás. Quería saber lo que veía para saber qué pensaba. Se fijaba en lo que advertía de cada uno después de haber estado fuera o al verlos por primera vez.

Agnes vio que Frank era alto y corpulento, pero débil. Le colgaba el pellejo arrugado y fofo de la barriga, como si acabara de dar a luz. Había sido un hombre bien alimentado. Un hombre con barriga cervecera. Vio que en las yemas de los dedos tenía manchas, padrastros y costras como todos habían tenido al llegar, no estaba acostumbrado a la rudeza de la corteza de los árboles y las piedras, ni a los taninos de las pieles, ni a las cascarillas de las nueces y la comida silvestre. Sin embargo, mientras los Recién Llegados ya tenían callos en las manos, él seguía con costras. No trabajaba tanto como los demás, aunque siempre daba la impresión de estar ocupado. Pero se llevaba bien con Carl y eso quería decir algo. Se dio cuenta de que a la madre de Patty no le hacía gracia que su hija pasara tanto tiempo con Celeste. Ni tampoco que Frank pasara tanto tiempo con Carl. Se buscaba cosas que hacer en el campamento. Se hacía la ocupada para disimular que se aburría, se sentía sola y puede que también menospreciada. Agnes vio que Joven y Dolores estaban más con Jake que con su madre, Linda, que pasaba gran parte del tiempo con Carl, cuando este no estaba con Val o Frank. O con Helen, como advirtió Agnes. Su madre dedicó mucho tiempo a observar a Carl. A él y a sus sienes grises, algo en lo que ella no había reparado hasta ahora. Se fijó en que Debra ocultaba una sutil cojera. Se sintió estúpida porque esos detalles le hubieran pasado por alto.

Vio que Val llevaba la cazadora de ante de Carl, que le quedaba grande, como si estuviera escondiendo –o protegiendo– su barriga. Lo hacía siempre que tenía la esperanza de estar embarazada, lo cual ocurría a menudo. Quería un hijo a toda costa, pero acababa de venirle la regla. Era uno de esos detalles que no podían mantenerse en privado en una comunidad como esta. Agnes se compadeció de ella y se temió que si no lograba su objetivo, estaría de morros hasta el último aliento.

Con la chaqueta de Carl, Val parecía pequeña, pero en realidad tenía un aspecto saludable, puede que hasta estuviera rellenita. De lo que entonces fue consciente Agnes es de lo flacos que estaban los Originalistas. Parecía que los Recién Llegados aún conservaban algo de grasa de la Ciudad. Carl y Val estaban de buen ver. En cambio, el resto de Originalistas eran largas sombras de lo que habían sido. El que estaba más flaco era Glen.

Observó a su madre observar a Glen y se le partió el alma. Se dio cuenta de que, en gran parte, los Recién Llegados evitaban a Glen, que había vuelto al campamento para comer y hacía cola con una escudilla en la mano y expresión serena.

Las piernas se le arqueaban de un modo poco natural. Se le marcaban las costillas en la espalda encorvada. Nada de eso era demasiado distinto a los cuerpos que había alrededor, que era lo que Agnes ya había visto. Pero lo que vio por primera vez, y estaba segura de que su madre también se habría fijado en ello, era que renqueaba. Su paso seguro había desaparecido. Caminaba peor que los Recién Llegados, que no estaban acostumbrados a las piedras y a las raíces, a las variaciones naturales de la tierra, tan distintas a los suelos lisos de hormigón de la Ciudad y a sus calles regulares. Había una gran diferencia. Era como si los pies de Glen se hubieran olvidado de la textura de la tierra. Era la típica cosa de la que costaba recuperarse.

Esa noche después de cenar Bea se sumó a la Comunidad alrededor de la hoguera. Era el momento en que todos podían relajarse. El momento en que contaban historias o compartían recuerdos. Bea conocía la tradición. Sabía que la gente tenía preguntas para ella. Agnes supuso que ese era el motivo por el que había estado evitándolo durante todo ese tiempo. Hacía tres días que había vuelto. Cuando Bea se sentó, el grupo murmuró y Carl anunció: «Ha llegado nuestra narradora». Hasta hubo un amago de aplauso. Al sentarse, Bea se sonrojó, era visible incluso en la lumbre. Hablaba en voz baja y la Comunidad se acercó más a escucharla.

Para volver a la Ciudad había cogido cuatro camiones y un avión de carga. Lo primero que hizo al llegar fue ducharse hasta que se acabó el agua del depósito. Luego, veinticuatro horas más tarde, se duchó de nuevo hasta que volvió a gastar el depósito. A continuación se pegó un atracón de espaguetis y patatas fritas. Estuvo mala varios días. Y durante varios más le dio miedo salir del edificio. En la Ciudad había mucho ruido y mucha luz, el sol relucía en todas las superficies. Cerró todas las cortinas y se pasó unos cuantos días metida en la cama. Alrededor de la fogata, la gente cerró los ojos, imaginándose que hacían lo mismo. Cuando reunió valor suficiente, salió y se ocupó de algunos asuntos, dijo, y se estremeció al recordarlo, por lo que Agnes supo que se refería a los asuntos de la yaya. Y después se puso a explorar, contó.

—¿Qué viste? —le preguntaron.

—Vi unas preciosas puestas de sol debido al esmog. Aún hay más que antes. Los edificios parecen más altos, algo que tenía por imposible, el sol se reflejaba en el acero y el cristal, y la verdad es que era muy bonito.

—¿Qué más?

—Había muchísima verdura distinta en el mercado, con unos colores muy vivos. Podría haberme pasado el día mirándola.

—¿Qué comiste?

—Bueno... —Hizo una pausa, avergonzada—. Las colas eran increíblemente largas y, a menudo, cuando llegaba a la tienda, ya no quedaba ningún producto fresco. —Vio cómo se decepcionaban—. Pero algunas veces logré comprar una fruta estupenda y también verdura. —Se le iluminó la cara.

—¿Y?

—Estaba rico. —La invitaron a seguir con la mirada—. De aspecto todo era perfecto. —Negó con la cabeza—. Pero no era como recordaba. La fruta y la verdura tenían buen color, pero no sabían a nada. Las cebolletas de aquí son espectaculares en comparación.

La gente empezó a moverse incómoda.

—Bueno, ¿y qué más viste? —preguntó Debra, un poco crispada.

—Entré en una tienda que vendía artículos de cocina y había unas ollas y sartenes preciosas y limpísimas.

Aguardaron.

—¿Y?

—La verdad —dijo después de pensar y que ellos se aferraran a su silencio— es que lo que vi fueron sobre todo cosas horribles —añadió exhausta, y los Recién Llegados asintieron.

—¿Distintas o lo mismo que antes? —preguntaron los Originalistas.

—Lo mismo, pero peor.

Les explicó que en las calles había más escombros. Que el esmog estaba tan bajo que parecía niebla al caminar. Que de todas las tiendas salían colas serpenteantes y estallaban peleas por chorradas como un brócoli. Que cada vez vivía más gente en los edificios ya existentes porque no había espacio para construir más.

–Además, ya no queda arena para el hormigón.

–¿Qué?

Bea se encogió de hombros.

–Mirad, no sé. Es lo que oí.

En la planta de su edificio, era como si en cada piso hubiera varias familias en lugar de solo una. Aun así, les contó, varios niños del edificio habían muerto. Miró a Agnes con los ojos húmedos y ella sintió una sacudida interna al intentar recordar los nombres de sus amigos. Si Glen se había acordado, ¿por qué no podía ella? Ahora estaban muertos y ella no.

Bea dijo que había mucha más gente viviendo en la calle, pero que no sabía a dónde iban después del toque de queda.

–Bajo tierra –dijo Frank impasible.

La madre de Patty le dio un golpe.

–Déjala hablar –le soltó. Estaba absorta escuchando la información de Bea. Como si secretamente amara la Ciudad y todos sus defectos.

–Justo en los márgenes de la Ciudad, hay campamentos. Creo que van ahí. Aunque no sé cómo pasan los controles.

Frank susurró «bajo tierra» con la boca pequeña, alejado de su esposa.

–Los árboles, ¿sabéis ese puñado de árboles que habían sobrevivido y estaban con verjas esparcidos por toda la ciudad? Todos muertos. Los bombardearon. Un grupo contracultural.

Los Recién Llegados volvieron a asentir.

–Bandas –vocalizó Frank.

–Había violencia por todas partes y no solo en puntos concretos. Cuando estaba en la calle tenía miedo. La gente llama al timbre y no puedes responder. No es seguro.

Los Recién Llegados también asintieron al oír eso. Parecían estar al tanto de todo. Bea había visto la Ciudad que ellos habían dejado atrás. No había nada nuevo que pudiera contarles, y aun así era como si esperaran oír otra cosa.

Bea se sumió en el silencio y todos, especialmente los Originalistas, parecían decepcionados. No se habían imaginado de esa manera las nuevas historias de la Ciudad.

No hacía tanto, recordó Agnes, las historias que contaban giraban en torno a su madre. Y se referían a ella como la Desertora. Imaginaban la multitud de vidas que llevaba. Las llamaban «baladas» y, como pasa con todas las historias, tenían giros inesperados. Algunas terminaban con ella al mando de una nueva Administración que derribaba los edificios de la Ciudad, aunque no llegaban a ponerse de acuerdo sobre dónde viviría la gente después de eso. Ese no era el objetivo de las narraciones en la hoguera. Hacía poco, tras pasar la estación en las montañas, Juan había contado una Balada que terminaba con Bea abriendo las fronteras del Estado de la Reserva para que otros pudieran acceder.

–Pero no queremos que ocurra eso, ¿verdad? –había dicho la madre de Patty.

Se miraron junto al fuego y negaron con la cabeza. Nadie quería que llegara más gente. A quienes más disgustaba la idea era a los Recién Llegados.

–Si dejas que entre más gente, esto se pondrá en menos de nada como la Ciudad –objetó Frank.

Había seguido contando la historia Linda, y Bea había vuelto sana y salva a la Ciudad, donde había encontrado un tugurio de ratas en las afueras y era la líder de la banda. Se había casado y se había vuelto a quedar embarazada, esta vez de una camada de ratas con manos de humano. Su banda de ratas y ella eran insumisos que esperaban acabar con la Administración.

–¿Qué es una Administración? –había preguntado Piña. Nadie le había respondido.

Al principio, cuando la ausencia de su madre aún era reciente y le dolía, Agnes odiaba las historias. Las bloqueó en su mente. A medida que fue pasando el tiempo y se puso a escucharlas, se llegó a plantear añadir algo pero se daba cuenta de que no tenía nada que decir. Le resultaba imposible imaginar qué hacía su madre en la Ciudad, que tenía que haber cambiado seguro. Y, sin duda, su madre también. Por eso parecía imposible que pudiera estar allí.

Fue entonces cuando Agnes introdujo un nuevo tono en las baladas.

—Sabéis que no llegó a la Ciudad, ¿verdad? —había dicho una noche junto al fuego.

Guardaron silencio un momento.

A continuación, Debra empezó a asentir.

—He oído que falleció en las Tierras Improductivas.

—Yo oí que la encarcelaron y que ahora trabaja en las Minas —añadió Linda.

Les salían distintas versiones a borbotones.

—Echaba tanto de menos el verde que se fue a trabajar a los Invernaderos.

—Le prohibieron la entrada en la Ciudad y se esconde en las Refinerías.

—Está poniendo sacos de arena por la Costa Nueva.

—Hace Carne®.

—Está en la Flotilla.

—Está en las Tierras Privadas —sugirió Val.

Algunos Recién Llegados exclamaron ante la idea. Creían que las Tierras Privadas existían, y Agnes sabía que si hubieran podido elegir, preferían estar allí y no en la Reserva.

—Anda ya, Val. Eso no existe —zanjó Carl.

Pero si hubieran existido, todos se hubieran sentido traicionados. Y Val lo sabía.

—Está en la Granja bebiendo leche —dijo Juan, y todos gruñeron extasiados pensando en la leche.

—Está sentada en ese cerro de allí —dijo Agnes—. Observándonos.

En el fondo, todos creían que eso era lo más verosímil.

Se fueron a dormir pensando en la Desertora velando por ellos. Había quien la daba por muerta porque era menos escalofriante imaginársela como un espíritu que como alguien al acecho. Eso es lo que quería Agnes. Que los demás pensaran que su madre estaba muerta. Estaba harta de ser la única que lo creía.

Ahora, en frente de la hoguera, su madre parecía cansada, agotada. Dejó caer los hombros como si el hecho de haber conjurado la Ciudad la hubiera puesto a prueba más allá de sus límites.

—¿Algo más que queráis saber? —dijo entre dientes, intentando mostrar interés. Estaba intentando impresionarlos. Ahora era ella la Recién Llegada, o así es como debía de sentirse. Agnes lo veía y supuso que no le gustaba.

Juan carraspeó.

—Bien, ya sabemos que la Ciudad es lo peor. —Miró a su alrededor y todos asintieron. Unos cuantos pusieron los ojos en blanco. Su madre inclinó la cabeza, como si estuviera avergonzada. Siempre había sido la mejor narradora, pero esta historia se le resistía. Juan continuó, animado—: Pero yo lo que quiero saber es si... —Hizo una pausa dramática—. ¿Bebiste leche?

Al grupo le entró la risa tonta. Querían oír anécdotas divertidas, no advertencias. Su madre se rio, casi con regocijo, como si le hubiera encontrado sentido a todo. Y con ánimo renovado, dijo:

—¿Que si bebí leche? ¡No veas si bebí!

Agnes se levantó y se alejó del fuego.

Oía cómo su madre por fin había cautivado al grupo. Se sentía cómoda. La Comunidad exclamaba, suspiraba y se desternillaba, y su madre se reía de esa manera extraña. Ahora debía de estar inventándoselo todo. O contaba la verdad y antes se había inventado las cosas malas. ¿Cómo podía ser que un sitio tan horrible pusiera feliz a tanta gente?

Agnes se acurrucó en la parte inferior de la cama y se puso a temblar. Glen estaba en la cueva, seguía durmiendo allí. Ella sola no podía calentar las pieles. Por eso aquí estaba bien tener familia.

Se puso a contemplar el cielo, pasó un buen rato con los ojos como platos, siguiendo el rastro de las criaturas nocturnas que sobrevolaban y mirando las estrellas errantes. Llegó un punto en que oyó que la gente se retiraba a dormir y que la cháchara alrededor de la hoguera se reducía a un murmullo. Su madre llegó sin hacer ruido. Cogió una piel, se metió en la cama y se abrazó las rodillas, alejando los pies de su hija. Agnes resopló.

–Pero ¿por qué no vienes a dormir aquí, que se está mejor? –murmuró su madre.

–Porque yo duermo aquí abajo. Además, a lo mejor viene Glen.

–No vendrá. –Y entonces la agarró de un brazo y una pierna y la arrastró hacía sí para poder abrazarla. El mentón de su madre se le clavaba en la coronilla.

–¿Te lo has pasado bien vigilándome todo el día? –le dijo con dulzura. Agnes se retorció–. No hace falta que estés controlándome todo el tiempo. No me voy a ir.

A Agnes le fallaron las fuerzas, como a una presa. No se le había pasado por la cabeza que estaba pendiente de ella por miedo a que se fuera.

–Sé que estás enfadada conmigo, pero algún día dejarás de estarlo.

Hablaba pausadamente, como si quisiera hipnotizarla. Le pasó bruscamente la mano por el pelo recién cortado, y Agnes sintió un pinchazo, el recuerdo de un dolor reconfortante, de su madre cepillándole los enredones de la larga cabellera bajo la luz eléctrica del piso.

–Siento haberme ido, pero ahora estoy aquí. Tenía mis razones, ¿vale? –El cuerpo de su madre calentó la cama rápidamente, la ablandó y se ovilló con Bea. Había añorado esa sensación. Sintió como si se hubiera quitado de encima un peso que había cargado durante muchos kilómetros. A medida que se relajaban, los músculos le quemaban.

Agnes volvió a sentirse pequeña. En algún lugar recóndito de su memoria, recordó que cuando se encontraba realmente mal, pero también en otras ocasiones, la única manera que tenía de sentirse mejor era arrastrarse hasta la cama de su madre. Para aprender algo del mundo, de la vida o de su madre, Agnes tenía que arrimarse a ella.

Soltó un suspiro de alivio tan largo que sonó afligido.

–¿De verdad bebiste mucha leche?

–A veces hay que darle a la gente lo que quiere. –Agnes arrugó el gesto y su madre debió de notarlo porque añadió–: Bebí un poco, cariño. Es demasiado cara para estar bebiendo siempre.

–Descríbemela.

–Es fría y cremosa. Como el agua fresca de primavera y la grasa animal. Te envuelve toda la boca. Y cuando tienes sed, es mejor que el agua. Si está fría.

–Ya me acuerdo.

–¿Sí? Pero ¿recuerdas que no tiene buen sabor cuando tragas? Al cabo de un momento, ya se te ha agriado en la boca. Es un asco.

–¿Siempre fue así?

–Me parece que nos ha cambiado el gusto, pero eso no puedo decírselo a ellos. No quiero estropearles la leche a todos.

–Pero has conseguido que la echen más de menos.

–Es mejor echar de menos algo que no puedes conseguir que pensar que no hay nada que echar de menos.

–Entonces ¿por qué me lo cuentas a mí? –A Agnes le había encantado la leche.

–Porque tú puedes soportarlo.

Se sonrojó. Sabía que era un cumplido y se estrechó más contra su madre.

–¿Qué más no les has explicado?

–¿Seguro que quieres saberlo?

Agnes asintió con entusiasmo.

Su madre le contó que en la Ciudad había animales. No solo las ratas de algunas partes, ahora también había otras criaturas. Nadie las veía nunca porque salían de noche, después del toque de queda. Pero ella salió a esa hora y vagó sola por las calles vacías bajo las torres de acero, cristal y piedra, y vio sus ojos en los callejones cuando pasaban corriendo. Por supuesto que había ratas, pero también mapaches, zarigüeyas, serpientes y coyotes. Justo antes de que terminara el toque de queda, volvían a sus escondites. Le contó a Agnes que las estrellas se veían incluso mejor que aquí. Algo que antes no sabía porque nunca había salido después del toque de queda, cuando cortaban las luces de la Ciudad. Sin embargo, en plena noche, se despejaba el esmog y pudo ver el polvo de las galaxias.

—¿Eso quiere decir que volveremos? —preguntó Agnes. A lo mejor su madre había pasado allí tanto tiempo para preparar su inevitable retorno. En realidad nunca había querido estar aquí en la Reserva. Agnes lo sabía.

Pero su madre se puso seria, daba miedo.

—¡No! No podremos volver nunca.

—¿Por qué?

—No hay nada para nosotros allí. No hay nada para nadie. Y cada vez hay más gente consciente de eso.

—¿Como los Recién Llegados?

Su madre hizo un leve gruñido de reconocimiento.

—Estoy segura de que cuanto más tiempo pasemos aquí, más Recién Llegados vendrán. Pero te lo prometo, pase lo que pase, no volveremos a la Ciudad.

—Pero ¿y si tenemos que irnos de aquí? —Agnes tragó saliva. Hasta ahora no había considerado esa posibilidad, pero, al regresar, su madre había traído el mundo exterior de vuelta. Y eso estaba afectando la manera que tenía de ver el futuro.

—No nos iremos.

—Pero si fuera necesario, ¿a dónde iríamos?

Su madre hizo una pausa, bajó la voz y dijo:

—Os llevaría a las Tierras Privadas.

Agnes esperó su risa. Su madre no soportaba las teorías conspirativas y la historia de las Tierras Privadas era la más importante que conocía. Su madre solía decir que eso era lo que creía la gente cuando ya había perdido toda esperanza. Y lo decía con desprecio. Agnes había oído muchas más cosas de ese lugar a través de Jake y las Gemelas. Sus padres, los Recién Llegados adultos, creían que existían. Sin embargo, Jake y las Gemelas no. Habían nacido en este mundo tal como era. No imaginaban que pudiera haber una alternativa secreta. ¿Por qué tendría que haberla?

—Pero si no existen —se aventuró Agnes.

Su madre se le acercó más y le susurró:

–Eso es lo que pensaba yo también, pero te diré algo que no les he contado a ellos. –Y señaló en dirección a la hoguera–. Sí existen. Y sé dónde están.

–¿Dónde? –Agnes se sentía como si hablara con una cría que exponía su mundo de fantasía.

–Cerca de aquí. Hay que pasar el saliente de las Minas, pero luego estás allí, en uno de los extremos. Al parecer es enorme.

–¿Intentaste ir? –preguntó, sabiendo que debía de haberlo hecho. Si había pasado tanto tiempo en un sitio tan horrible como la Ciudad, tenía que ser porque intentaba llegar a un lugar que prometía ser mejor.

–No, por supuesto que no. Intentaba volver con vosotros.

–Seguro que sí. Por eso estuviste fuera tanto tiempo.

–No fue tanto tiempo –insistió su madre, como si no fuera capaz de aceptar la duración real de su ausencia.

–Estuviste fuera mucho tiempo –dijo Agnes llorando.

–Agnes. –El tono de su madre era de advertencia.

–¿No me echaste de menos? –le espetó parapetada tras su muro privado.

–Claro que te eché de menos.

Agnes se incorporó de golpe.

–Entonces ¿cómo fuiste capaz?

Una idea, un pensamiento que hasta ahora no había tenido, le presionaba como un dedo frío entre los ojos. *Me habría ido contigo.* Se había pasado todo ese tiempo preguntándose por qué se había ido su madre, pero no se le había ocurrido plantearse por qué no la había agarrado a ella del brazo mientras echaba a correr. Por qué no le había dicho «Vamos, vamos» y había huido, pero no de Agnes, sino con ella. A Agnes no se le había ocurrido incluirse en las posibilidades de esa vida porque a su madre tampoco. ¿Es que había pensado en algo?

Su madre la hizo callar y la volvió a poner en su regazo.

–Ven –le chistó y la estrechó con fuerza, de manera posesiva–. Te quiero más de lo que puedes llegar a imaginarte. Haría cualquier cosa por ti. Eres mía –dijo como con un quejido, reclamando a Agnes como si fuera una criatura que no pudiera existir sin ella.

Ella se puso rígida, retiró el cuerpo, todo su ser y se arrastró hasta el otro rincón de la piel, donde se hizo un ovillo. No quería esos actos de amor agresivos de su madre. Quería que le frotara la espalda, que le acariciara las mejillas. Quería susurros en la nuca. Que le cogiera la mano con ligereza. Deseaba no tener que hacer preguntas. No estar confundida. Deseaba confesiones sin tener que exigirlas. Odiaba el amor descarnado de su madre. Porque el amor descarnado no duraba nunca. El amor descarnado ahora significaba que, después, no habría amor, o por lo menos que esa sería la sensación. Agnes deseaba tener una madre dócil, una madre que pareciera quererla igual cada día. *Las madres dóciles no huyen,* pensó.

Su madre no intentó forzarla a volver con ella. Se limitó a observarla unos instantes antes de cerrar sus brillantes ojos de animal.

Agnes odiaba que su mente no la dejara volver a acurrucarse con ella. Que no la dejara acudir a ella sin reparos, sin preocupaciones ni resentimiento. Que no la dejara olvidar aquella nube de polvo tras la que su madre había desaparecido. Aun así, seguía estremeciéndose en su ausencia. ¿Dejarían de importarle alguna vez sus antojos? Se quedó dormida con la exhalación de su madre y con el apremio de sus propios latidos monótonos.

Por la mañana, Agnes despertó bajo una sombra. Las Gemelas se interponían entre el sol y ella con sendas caras de desaprobación. Su madre no estaba por ninguna parte.

–Venga, vámonos –ordenaron al unísono.

Agnes se desperezó, salió de la cama y obedeció en silencio.

–Hemos decidido una cosa –anunció Celeste a medida que se acercaban al límite del campamento.

–Sí –afirmó Patty–. Hemos decidido que hay algo turbio en lo de tu madre.

—Dijiste que estaba muerta –dijo Celeste–. ¿Cómo es que no está muerta?

—Es que yo pensaba que sí.

—¿Eres una mentirosa?

—¡No! –exclamó Agnes–. De verdad, pensaba que lo estaba –repitió entre dientes.

—Bueno, ¿y te alegras de que no lo esté? –quiso saber Patty.

Agnes repasó mentalmente la conversación de la noche anterior, lo relajada que se había sentido entre los brazos de su madre, lo reconfortante que podía ser una simple caricia y lo dolorosa que podía ser la falta de ellas. Pensó en el frío que había sentido al despertar sola. No recordaba haber experimentado semejante vacío durante todo el tiempo en que su madre no había estado. Había mantenido el calor. Era como si notara más la ausencia de su madre cuando la tenía lo suficientemente cerca como para tocarla.

Agnes se encogió de hombros.

—Supongo. No lo sé. –Se detuvo. Las Gemelas pararon–. ¿Vuestras madres serían capaces de dejaros?

Patty negó con la cabeza y Agnes la creyó.

—Ni de coña –respondió Celeste–. Pero no creo que sea porque me quiere. Simplemente le acojona separarse de mí. No soporta hacer nada por sí sola. Es incapaz de ir sola a la letrina.

—¿En serio?

—Sí. Durante el día me hace acompañarla.

—¿Y si no estás tú?

—Igual se busca a otra persona, pero a mí me da que se lo aguanta, la verdad. Y por las noches... No debería contároslo.

—¿El qué?

—Que mea justo detrás de su cama.

—¿En el círculo de dormir?

—Sí. Me despierta para que monte guardia, se pone una piel alrededor y se acuclilla. Es ridícula.

—¡Qué marranada! –protestó Patty.

—¿Y la han pillado?

—Una vez. Volvió a meterse en la cama y oímos que alguien chistó y dijo: «Uy, uy, uy, Helen, chica mala».

–¿Quién era?
Celeste puso los ojos en blanco.
–¿Quién iba a ser? Pues Carl...
–Puaj. –Patty se arrimó a Celeste.
–¿Y por la mañana dijo algo?
–Probablemente. Estoy segura de que mi madre se lo tiró y asunto olvidado.
–¡¿Qué?! –aullaron Agnes y Patty.
–Nada, eso –contestó Celeste–. Que follan. Fijo.
–¿Carl? –dijo Agnes.
–Carl se folla a todo el mundo.
–A mi madre no –repuso Patty.
Celeste levantó las cejas mirando a Agnes.
Reanudaron la marcha, en silencio.
Agnes sintió una mano en el hombro y ahí estaba Celeste, caminando a su paso e inclinándose hacia ella.
–Alguna razón tendría la mujer –dijo y se encogió de hombros–. ¿O no?
Agnes, a su vez, repitió el gesto.
–Digo yo.
Las Gemelas condujeron a Agnes a un sitio al que llamaban el Terreno, un enclave que habían descubierto con una vista bonita y un suave lecho de brotes de hierba. Era el lugar de Madeline, aunque las Gemelas lo ignoraban y Agnes tampoco se lo contó. Les habría dado mal rollo y no habrían vuelto a poner los pies allí. Y Agnes creyó que a Madeline le gustaría tener un poco de compañía.
Jake ya estaba allí, recostado sobre una roca, con la cabeza apoyada en el cojín de liebre que le había confeccionado Agnes. Ella sonrió al verlo. Allí, los cojines resultaban de lo más absurdos, pero, en cierto modo, Jake también. Sus vaqueros negros tenían los bajos hechos una pena. Aunque recordó que ya estaban en ese estado la primera vez que lo vio. No tenía nada que ver con las calamidades. Era una cuestión de estilo. La caña de sus zapatillas de loneta estaba perfectamente doblada y la puntera de goma seguía blanca, a pesar de que llevara pateando con ellas muchas pero que muchas estaciones. El

flequillo estaba creciéndole rápido. Tendría que ofrecerse a volverle a cortar el pelo. Se ruborizó.

Se suponía que no podían usar la piel para cosas superfluas. En teoría debía destinarse única y exclusivamente a abrigar. A hacer sombreros, manoplas forradas o cosas por el estilo. O para enrollársela alrededor del cuello o del torso en los días más fríos. Había atrapado el conejo porque estaba cojo, tembloroso bajo una mata de salvia. Solo. Se había abalanzado sobre el animal y lo había agarrado por las orejas cuando se quedó atascado entre la maleza al tratar de salir huyendo. Era demasiado joven para saber por dónde escapar. Agnes odiaba pillar así a los animales. Era injusto. Ella era mejor cazadora que eso y creía que ellos merecían la oportunidad de ser mejores animales. Además, cazar presas jóvenes también contravenía las reglas. Sin embargo, el animalillo parecía haber sido abandonado por la madre y el resto de la camada. En aquel momento, cogerlo y retorcerle el pescuezo de un gesto parecía mejor opción que el futuro que le aguardaba.

Debería haber entregado la piel a la Comunidad, y también la carne. Sin embargo, se las quedó. Le dijo a Jake que tendría que esconder el cojín. Le gustaba compartir un secreto con él. Y también saltarse las reglas con él. Así que el muchacho solo sacaba el cojín fuera del campamento. Y únicamente delante de ella y las Gemelas. El cojín era suave y a Agnes le encantaba mirar a Jake cuando restregaba la mejilla contra él, o lo abrazaba abstraído mientras le hablaba de alguna curiosidad que había visto ese día, o cuando quería recordar los viejos tiempos de la Ciudad, porque, de todos los Recién Llegados, Jake era el que más parecía echarla en falta.

Se sentaron en corro y Jake rebuscó en su morral. Sacó una bolsita de piel, aflojó la cincha y se la pasó a Patty.

—Un trozo cada una —recordó.

Patty sacó un trozo de cecina y le entregó la bolsa a Celeste.

Celeste ojeó el interior.

—Te has cogido el más grande —refunfuñó. Escogió un pedazo, con el ceño fruncido, y le pasó la bolsa a Agnes. Cuando regresó a Jake, el muchacho contó el contenido restante.

—Cuatro trozos más —anunció, tras coger su parte—. Creo que deberíamos preparar más.

Aquel conejo cojo fue el primero. Atraparon otro par, secaron la carne, curtieron las pieles. Ahora las Gemelas también tenían cojines secretos. Pero los guardaban en un escondite secreto.

—¿Quién va a mirar la trampa? —preguntó Jake mientras masticaban concienzudamente la cecina.

—Voy yo —se ofreció Celeste. Se levantó y desapareció entre la espesura de arbustos donde habían colocado la trampa que Agnes había fabricado con unas ramas y una piedra plana. Al cabo de unos minutos oyeron unos pasos y un susurro de hojas.

—¿Ha pillado algo? —preguntó Agnes.

—¿Que si ha pillado qué?

Todos a una, volvieron la cabeza hacia la nueva voz.

Bea emergió entre la maleza.

—¿Que si ha pillado el qué? —repitió. Tenía cara de pocos amigos y fusiló a Agnes con la mirada, como si ya supiese la respuesta.

—Nada —farfulló Agnes.

—¿Qué estáis haciendo aquí? —preguntó su madre. En su voz había una mezcla estremecedora de calma y furia.

A Agnes se le secó la boca. Su madre echó un vistazo alrededor, mientras su boca pasaba del enfado al disgusto. Agnes siguió su mirada y vio lo que estaba viendo su madre. A Jake con sus ridículas zapatillas. A Patty tironeándose de los pantalones, lo que implicaría que necesitarían un remendón mucho antes de lo que habría hecho falta si se hubiera estado quieta. Agnes reparó en lo cerca que estaba sentada de Jake. En el roce de sus rodillas abiertas en mariposa. Agnes enderezó las piernas, se las abrazó y se balanceó. Se mordió los labios. Observó a su madre mirándolos, repantingados en el lugar exacto donde yacía Madeline. Quizá Agnes estuviera encima de un montón de huesos limpios y blanqueados. Se sintió como un monstruo.

—Responde.

–Nada.

Reparó en el temblor de la mano de su madre cuando la levantó para pasársela por la frente y masajearse las cuencas de los ojos. Bea miró alrededor y se detuvo en Jake.

–¿Qué es eso?

–Un cojín.

–¿De dónde lo has sacado?

Jake señaló a Agnes con la cabeza.

–Se lo hice yo.

–Agnes, no usamos las pieles para hacer cojines. Lo sabes de sobra.

–Pero solo ha sido una –mintió.

–Jake puede usar pieles como todo el mundo. Si quieres tener un detalle con él, puedes enseñarle cómo doblarla para que sea igual que un cojín.

–Tú tienes un cojín.

–Tenía –corrigió su madre–. Ya no lo tengo. Y no estaba hecho a expensas de la Comunidad.

–¡Ha pillado!

Celeste apareció dando saltos entre los arbustos con una liebre atrapada por las orejas. El animal sacudía las patas con cada brinco de la muchacha, que lo zarandeaba como si fuera una extensión de su brazo. Parecía tener la pelvis aplastada, pero seguía con vida. Al ver a Bea, Celeste frenó en seco. Miró a la liebre, que emitió un quejido lastimero para que lo oyeran sus compañeros.

Su madre evaluó la situación. Celeste, la liebre, Agnes, su proximidad con Jake y los esfuerzos de Patty por mascar cecina de tapadillo.

–Una cosa es el cojín –dijo–, pero, Agnes, en serio. ¿Cazar por vuestra cuenta? ¿Esconder comida a la Comunidad? Es inaceptable.

–¿Y a ti qué te importa la Comunidad? –le espetó Agnes, poniéndose en pie de un salto–. Tú que vas bebiendo leche, saltándote el toque de queda. Nos iba mejor cuando te creíamos muerta.

Agnes oyó un sobresalto. No estaba segura de dónde había

venido, y no le habría sorprendido que hubiera salido de su propia garganta reseca.

El rostro de su madre se le desencajó por la sorpresa. Le soltó un bofetón.

En los arbustos, los pájaros permanecieron inmóviles y en silencio. Jake se había levantado, pero no se acercó. El rostro de su madre estaba rojo de ira.

—Te crees que porque guías las marchas ya eres adulta. Los adultos cumplen las reglas o asumen las consecuencias. Pero a ti todavía se te perdona. No siempre seré capaz de protegerte, Agnes.

Celeste resopló.

—¿Y cuándo has estado tú para protegerla? Porque yo no lo he visto nunca.

—¿Y tú quién coño eres? —le espetó Bea.

Celeste cerró la boca de golpe. Parecía más pequeña, una chiquilla al borde del llanto. Retorció el pescuezo de la liebre con urgencia, en un intento por reclamar cierta posición.

—Puedes meterte en líos muy serios, Agnes. Esto no es ningún juego.

—Ya lo sé.

—¿De verdad?

En su rostro hubo un asomo de preocupación, pero el enfado no tardó en sustituirla. ¿Por qué estaba tan enfadada? Vio a su madre clavar los ojos en el conejo rengo durante una fracción de segundo antes de arrebatárselo a Celeste y dejarla con las manos vacías, cubiertas de tiras de piel.

—Este animal no es vuestro —advirtió su madre a las Gemelas y a Jake, rociándolos con las gotitas de sangre que caían de la boca del flácido animal—. Es de todos. En cuanto a ti... —Se volvió hacia Agnes con los ojos inyectados en sangre y, señalando al suelo, masculló—: Este sitio tampoco es tuyo.

Un sentimiento fantasmal anidó en sus entrañas. Familiar pero empañado por telas de araña. Pisoteó el suelo con fuerza. Apretó los puños.

—Te odio —dijo, convirtiendo cada palabra en una roca que se desenrolló de su lengua y rodó hasta los pies de su madre.

Durante el fugaz instante que transcurrió entre el cambio de posición, su madre se delató, se hundió con una desesperación que Agnes no había visto jamás. Sus ojos se cruzaron brevemente. En la mirada de su madre había un interrogante, tan desesperado como su postura, tan cargado de necesidad y añoranza. Entonces, aquella expresión vulnerable quedó oculta, como eclipsada, tras una mirada severa, intimidadora, desapegada. Se dio media vuelta y soltó una de aquellas nuevas carcajadas suyas tan extrañas.

–Pues claro que me odias –ladró–. Soy tu madre.

Con el conejo balanceándose contra el muslo, desapareció entre los matorrales dejando un reguero de sangre. Volvía a ser intocable.

Aquella noche, cuando Agnes se acercó a la cama, Glen yacía muy tieso sobre las pieles. Su madre estaba a su lado. Sus manos se tocaban, tenían el dedo índice entrelazado, pero ninguna otra parte de su cuerpo estaba en contacto. Miraban al cielo como paralizados, comatosos, muertos. Pero cuando Agnes apareció encima de ellos, Glen, con los ojos enrojecidos, se esforzó por sonreír. La sonrisa de su madre fue tensa y hierática. A pesar de todo, se hicieron a un lado para dejarle un hueco entre los dos. Agnes no entendía nada.

–Túmbate aquí, anda. A dormir –dijo Glen.

Su madre se había orillado casi hasta el extremo de la cama. *Seguro que para tenerme lo más lejos posible*, pensó Agnes.

Agnes se tendió entre ellos. Su madre y Glen se dieron la mano por encima de ella. Su madre estaba inquieta, le pellizcaba los dedos a Glen como si estuviera preocupada o nerviosa. Agnes se preguntó si tendría que ver con lo que le había dicho. Nunca se lo había dicho. En realidad no la odiaba. Y, sin embargo, su madre se había reído. Como si se lo esperara.

Agnes se volvió ligeramente hacia su madre. Le vinieron a la cabeza todas las veces en que se colaba en su habitación al despuntar el alba. Agnes se despertaba demasiado pronto, antes de que el sol iluminara el cielo, pero ni su cuerpo ni su mente le permitían volver a conciliar el sueño. Su madre todavía dormía, a un lado de la cama. Siempre abierta a ella, incluso dormida. Agnes se acurrucaba contra ella, y el brazo de su madre la envolvía automáticamente. Y así, Agnes conseguía dormitar hasta que sonaba el despertador.

Se arrimó a su madre, pero esta le dio la espalda. Su cuerpo estaba tenso, era una barrera, una muralla. Glen intentó arrastrarla hacia sí, pero Agnes se zafó, agarró del hombro a su madre y trató de darle la vuelta.

—Lo siento, mamá —susurró, intentando acercársele, hozando en su cuello, en su mejilla suave.

Pero su madre estaba rodando sobre un costado y levantándose, ya en pie. Sigilosa como un animal.

Agnes se incorporó. Glen intentó volverla a tumbar.

—Venga, a dormir —canturreó, ansioso.

Pero Agnes se desprendió de un tirón.

Su madre recorrió subrepticiamente el corro de camas. Se detuvo ante la de Carl y Val, y se metió lentamente bajo la piel. La luz de la hoguera los iluminaba. Alrededor del círculo, algunos ojos escrutaban, curiosos. Un momento después, se oyó un gemido confundido y, al poco, una Val aún dormida rodó bajo la manta hasta la tierra fría. Val, en sueños, arañó el aire, y, cuando se despertó del todo, ya alerta, los buscó, buscó a Carl, bajo las pieles. Pero Bea emergió de nuevo, echó el puño atrás y lo estampó contra la cara de Val. Agnes oyó el crujir de huesos. El grito de dolor de Val. Las exclamaciones quedas de la Comunidad en el corro de camas. Val se agarró la nariz, pero su madre le quitó la mano y le propinó otro puñetazo. Y otro. Val chillaba y aullaba hasta que, finalmente, se alejó gorjeando. Encorvada, con la mano en la cara, resollando a través de una nariz destrozada.

Agnes vio cómo su madre manejaba la pierna para expulsar de la cama el cuerpo ovillado de Val, para alejarlo bajo el brillo vacilante de la media luna.

De donde su madre yacía con Carl llegó un rumor, un forcejeo; después, Agnes oyó unos sonidos inconfundibles. Animales. Algo que había visto infinidad de veces en la naturaleza pero que no lograba conciliar con la escena que se desarrollaba ante sus ojos. Su madre encima de Carl, moviéndose como si cabalgara a lomos de un caballo. Este acto de la vida corriente que daba por entendido volvía a antojársele extraño. Estaba indignada. Alrededor del círculo, la gente contemplaba el espectáculo con descaro. Val aullaba de rabia mientras se alejaba a gatas, le arrebató su piel al doctor Harold y se la llevó. Él se lo permitió.

Finalmente, Agnes consiguió desprenderse del estupor causado por lo que acababa de ver y se incorporó como un resorte. Para detener a su madre. Para exigirle una explicación. Para castigarla. Para consolar a Val. Para pegar a Carl. No sabía qué emoción podía más. Pero según se levantaba, una mano la agarró del brazo y la devolvió al suelo con brusquedad. Era Glen.

–Quédate aquí.

–Pero Glen...

–Que te quedes aquí –masculló. Su mano era como un grillete.

–Pero...

Antes de que pudiera pronunciar otra palabra, Glen le tapó la boca. Agnes notó que estaba tembloroso, superado por la emoción. La rabia. La tristeza. No lo sabía. Jamás lo había visto abrumado por ninguno de esos dos sentimientos.

–No pasa nada –dijo. Su voz emergió de las profundidades de su garganta.

Agnes rememoró la pelea con su madre de ese mismo día. La postura de abatimiento que había precedido a su risa sagaz. No había vuelto a hablar con ella en todo el día. Durante la cena, su madre se había mantenido distante. Había charlado con todo el mundo, con todas las personas a las que no solía dedicar ni un pensamiento. La había visto echar la cabeza para atrás desternillándose de algo que había dicho el doctor Harold. El doctor Harold ni más ni menos. Después se había sentado a dar cuenta de su ración junto a Carl. Se habían acurrucado extrañamente juntos, habían intercambiado intensos susurros entre la cháchara ligera de las cenas. Su conversación era seria, acalorada a veces. Estaban muy, muy, muy cerca. Agnes negó con la cabeza, tratando de desalojar la imagen, de arrojarla a la tierra. Sintió un mareo.

–Glen, es por mi culpa.

–No, no lo es.

–Hemos discutido.

–No es culpa tuya –afirmó Glen–. Ahora no puedes entenderlo, pero te prometo que no es culpa tuya.

Estaba harta de no entender. Ignorar cómo funcionaba el mundo la enajenaba.

Glen no añadió nada más. Cerró los ojos con fuerza y empezó a tararear. Se inclinó hacia ella y le canturreó al oído, envolviéndola con una melodía que le resultaba familiar, aunque no era nada de lo que Debra o Juan cantaban alrededor del fuego. Tampoco era una canción de las que le hubieran hablado Patty, Celeste o Jake cuando charlaban de la música que echaban de menos. Era algo que le recordaba a cuando era pequeña. A cuando estaba enferma. Una canción que flotaba bajo su puerta cerrada. Una canción que Glen y su madre escuchaban por las noches cuando se terminaban una botella de vino juntos. Cuando el tintineo de los cubiertos de plata contra los platos de la cena sonaba como una débil campanilla que señalaba el inicio de algo. Glen se la tarareaba a la oreja mientras le tapaba la otra con su mano caliente. Y Agnes regresó a su cama, al colchón en el que estaba marcada su pequeña huella por todo el tiempo que había pasado tumbada encima a lo largo de su corta vida; regresó al lugar donde había estado peor que mal, pero donde, pensó, había sido feliz.

Cerró los ojos con fuerza y en sus pestañas se acumularon las lágrimas tibias.

Aquel mismo día, después del tortazo, después de la liebre, Jake le había preguntado a Agnes cómo se llamaba su madre.

–¿Por qué me lo preguntas?

Agnes había sentido una punzada de pánico. No quería pensar en ella.

–Porque me he fijado en que nadie, o sea, nadie de nosotros, los nuevos, la llama por su nombre. Todos nos referimos a ella como tu madre. «La madre de Agnes».

—Pues llamadla así —había contestado airada, sin pensar en que esa respuesta podía significar un sinfín de cosas.

Ahora, pese a tener los ojos cerrados y los oídos tapados, Agnes percibía la tensión alrededor del fuego. La quietud de los oídos aguzados, atentos al ritmo apasionado de los cuerpos, a Carl diciendo «Bea», y a un sonido que debió de provenir de su madre; un gruñido que pareció salir de unos dientes apretados. Todo el mundo quería estar atento cuando sucedía algo gordo, cuando el mundo que conocían cambiaba. Incluso los ciervos que ronzaban la hierba perlada de rocío en las inmediaciones del campamento estaban a la escucha. Llamaron a sus crías, a sus parejas, para asegurarse de que estaban sanos y salvos. Después, resoplaron a la inmensidad de la noche: *¿Amigo o enemigo? ¿Amigo o enemigo?*, para ahuyentar las presencias indeseadas. Agnes estaba convencida de que oyó a los lobos, en la lejanía, devolver un aullido de respuesta. *Enemigo*.

Los Recién Llegados habían llamado a esa desconocida que había llegado del desierto «la madre de Agnes» porque así era como había aceptado ser presentada.

Ahora ya sabían su nombre.

Sexta parte

RUMBO A LA CALDERA

Esperaban a que los Recolectores regresaran del monte con la cosecha de piñones cuando apareció un Agente Forestal solitario a lomos de un caballo. Llevaban tres inviernos sin verlos. Tal vez cuatro. Por alguna razón, Agnes todavía recordaba que contar inviernos equivalía a contar años, aunque no sabía a ciencia cierta cuántos habían transcurrido. Las cosas habían cambiado desde que Bea y Carl habían asumido el mando. Los inviernos eran más suaves. La temporada de incendios, más larga. El agua se hacía cada vez más difícil de encontrar. Pasaban cada vez menos tiempo en las montañas. Después de la última Gran Caminata, Bea y Carl se habían negado a migrar a la otra punta del mapa como en las estaciones previas. En cambio, confinaron a la Comunidad en una extensa cuenca rodeada de pequeñas sierras. La Cuenca era lo suficientemente agradable. Tenía todo lo que precisaban. No era un lugar especialmente bonito, pero en él hallaron mucha comodidad. Aterrizaron en el mismo sitio en dos ocasiones. Luego en tres. Y en cinco. Orbitaban a su alrededor. Desde que dieron con la Cuenca, siempre rondaban por los parajes sin llegar a marcharse del todo.

Sin embargo, algunas veces implicaba expediciones más largas para ir a cazar o a recolectar a los lugares a los que antes, sencillamente, habrían migrado. Cuando los Recolectores ponían rumbo a las estribaciones y a las montañas para recoger piñones, el resto de la Comunidad aguardaba en un sitio durante periodos más largos, hasta que los Recolectores volvieran. Lo mismo sucedía con los Cazadores, que, en función de la estación, partían en busca de animales a esas mismas estribaciones o esos mismos montes. Sus campamentos eran mucho más duraderos. En una reunión, la Comunidad llegó a plantearse construir un ahumadero más robusto. Más estable. Tuvieron que morderse la lengua y no llamarlo permanente, a pesar de que era precisamente a lo que se referían. Nadie dijo: *No podemos*. O: *No deberíamos*. Ni: *Esto va completamente en contra de las reglas*. Simplemente lo comentaron como si fuera normal que un grupo de nómadas construyera una estructura permanente en ese Estado de la Reserva en el que estaba estrictamente prohibido dejar huella.

Le echaron la culpa a la Quinta Gran Caminata. La Quinta Gran Caminata fue una caminata dura y agotadora. Más dura y agotadora que la Tercera o la Cuarta, que, a su vez, habían sido muchísimo más duras y agotadoras que la Primera y la Segunda. Habían vivido la Quinta Caminata como una marcha forzada. Los Agentes Forestales habían sido como ascuas bajo sus pies, su calor insoportable. Cada vez que aparecían, la Comunidad tenía que ponerse en marcha y seguir adelante. Y daba la sensación de que se presentaban cada vez que ellos paraban para reponer fuerzas. Sus provisiones menguaban y tan solo se les permitía realizar algunas paradas junto a los ríos lo suficientemente largas para tener tiempo suficiente de cazar y preparar sus matanzas para engrosar sus reservas de víveres. De modo que cazaban a diario, mascaban cecina, comían pemmican y confiaban en que sus lechos, sus pieles y sus ropas resistieran, y cuando no era el caso, seguían usándolas hechas jirones.

Perdieron a un neonato Recién Llegado en aquella marcha. El primer nacimiento en bastante tiempo. La primera muerte en bastante tiempo, también. Fue una pérdida sorprendentemente difícil para un grupo de personas acostumbrado a las pérdidas. Linda, que ni siquiera había deseado otro bebé, lloró durante días.

Pero ¿qué más cabe decir sobre el caminar a estas alturas? Se tarda lo que se tarda. Su dificultad se corresponde con la del terreno, ni más ni menos. El tiempo varía. Aunque vieran cosas nuevas, eran simples variaciones de lo que habían visto en marchas precedentes. Los montes que parecían moverse tan solo se diferenciaban de los anteriores en que, por algún motivo, parecían moverse más rápido. Y, en realidad, ninguno de ellos se había movido nunca. Sus puntas parecían más afiladas, más cornudas que las lenguas de los montes de las marchas precedentes. Y todos eran montes inmóviles. Y la Comunidad seguía jadeando al ascender, incluso a pesar de todo este tiempo. No es que se hubieran cansado o aburrido del entorno. Experimentar esa monotonía era un privilegio. Ser capaces de acostumbrarse a una rutina. De deleitarse en un mismo lugar durante un tiempo sobradamente largo sin que nada llegara a sorprenderles demasiado. Un bosque frío, húmedo y frondoso siempre sería placentero, por mucho que las salamandras que encontraban bajo la eterna podredumbre hubiesen dejado de llamarles la atención. Seguían inspeccionando las viscosas bolsas de huevas redonditas en cualquier cavidad con agua que se topaban. No porque les resultara apasionante, sino porque podían. Y porque tenían hambre. ¿Habían sido aventureros de verdad alguna vez?

Si la crueldad de la Quinta Gran Marcha había tenido un lado bueno era el haber recalado en un lugar tranquilo, apacible. Un lugar que, por lo visto, los Agentes Forestales no tenían el menor interés en visitar. O quizá, esperaban, tuvieran otros asuntos que tratar. A veces Glen expresaba su preocupación por el estudio. Durante su tercer invierno en las inmediaciones de la Cuenca, despreocupados de los Agentes Forestales o de las directrices de acudir al Control, se preguntaba qué implicaciones tendría no presentarse a los cuestionarios, ni a los análisis de sangre, ni a las revisiones médicas. Pero a nadie más le preocupaba el asunto. Nadie más echaba de menos el estudio.

—No he dicho que lo eche de menos —solía repetir Glen, aunque tampoco añadía más.

Val por fin se había quedado embarazada después de que cayera la última nieve. Estaba oronda, tenía las mejillas coloradas y se tambaleaba como una bellota para cuando aquel

Forestal llegó a lomos de un caballo. Era más una aparición que una persona. Había pasado tanto tiempo, que aquel hombre no podía ser real. No se presentó.

—Tenéis que marcharos —murmuró sin apearse de su yegua de motitas argentadas—. Lleváis demasiado tiempo aquí.

—Y vosotros lleváis demasiado tiempo desaparecidos —repuso Bea, recalcando la última palabra.

—Estamos hasta arriba —contestó con desgana. Cerró los ojos como recordando una pesadilla. Suspiró—. Trabajamos duro, para que lo sepáis. Y no es un trabajo fácil. Así que, por favor, dejadme hacerlo rápido. —Se pellizcó el puente nasal con cansancio—. Lleváis demasiado tiempo aquí. Es hora de ir a otro sitio.

—¿Y el caballo? —preguntó Bea.

—No me cambies de tema, por favor.

Bea puso ojos de corderito.

—¿Qué pasa? Me interesa. Me encantan los caballos.

Le rascó el mentón a la yegua y el animal respondió con un bufido de agradecimiento.

—Los estudios han demostrado que las camionetas son nocivas para el ecosistema.

—¿Necesitáis estudios para eso?

El Agente Forestal frunció el ceño.

—Pues claro que no. Pero desconocíamos el grado de deterioro. Dejan una superhuella. —Su rostro se crispó de dolor al pensar en toda la superhuella que había dejado en la tierra—. Así que ahora nos desplazamos a caballo.

Se bajó de la silla con torpeza.

—Menudo cambio.

—Ahora hay muchos cambios con la nueva Administración.

—¿Qué Administración? —preguntó Carl.

Todos los adultos rieron, especialmente los Recién Llegados. Mientras reían, el Agente Forestal arrugó la expresión y tomó notas.

—Venga, andando que es gerundio —ordenó cuando terminó de escribir.

—Tenemos que esperar a que vuelvan nuestros Recolectores —dijo Bea.

–¿Dónde están?

–En el monte.

–¿Y por qué no estáis allí con ellos?

–Porque estamos aquí.

El Forestal volvió a abrir su libreta con aire de fastidio.

–Deberíais estar recolectando todos juntos –dijo apretando los dientes mientras, con furiosos garabatos, dejaba constancia de sus infracciones–. No deberíais esperar a nadie. Sois nómadas. No se os está permitido andar esperando en ninguna parte. Se supone que, punto número uno, tenéis que permanecer juntos; punto número dos, desplazaros constantemente; y punto número tres, ocuparos de todas vuestras labores en itinerancia. –Los dedos que había usado para contar formaban una pistola de dos cañones.

–Tenemos que pararnos para cazar, recolectar y preparar los alimentos.

–Además, incluso las comunidades nómadas se establecían de vez en cuando –apuntó Carl. Era un comentario muy poco propio de él, pero aquel año se había hecho un esguince en el tobillo y las caminatas no le hacían tanta gracia.

En aquel momento, el Agente reparó en el ahumadero. Negó con la cabeza, disgustado.

–Hay que ver...

Lo rodeó, levantó la cubierta, tomó alguna fotografía y garabateó más notas. Después, se sacó un frasco del bolsillo trasero y una caja de cerillas de la mochila, roció el ahumadero con el líquido del frasco y lanzó una cerilla. Prendió en llamas.

Para construir el ahumadero habían pasado todo un verano recogiendo madera en las estribaciones y cargándola hasta el campamento. Era lo más agotador que habían hecho. Incluso en la época en que habían caminado lo que les habían parecido años. Al final resultaba que la permanencia requería mucho más esfuerzo que la itinerancia. Miraron el ahumadero en llamas. No podían hacer nada. Al fin y al cabo, iba en contra de las reglas.

–¿No te da miedo que se propague el fuego? –preguntó Bea, con la voz quebrada por la ira, y, quizá, una sombra de tristeza.

–No mucho. Mi caballo es rápido. –El Agente le guiñó un ojo a Bea y esta le escupió a los pies–. Cuidadito –amenazó con desdén.

Tras un leve forcejeo y unas cuantas maldiciones, volvió a montarse en el caballo. Señaló con la cabeza el ahumadero ardiendo y, mientras se alejaba al galope, gritó:

–¡Nada de huellas!

Aquel día todavía no se habían abastecido de agua, de modo que apagaron el fuego con algunos de los cobertores de sus camas. Las pieles de ciervo ardían y humeaban. Les entraron arcadas.

Al día siguiente, enviaron a los Cazadores a las estribaciones en busca de más carne.

Les preocupaba que marcharse de allí implicara renunciar a su derecho sobre la tierra, a pesar de que no tuvieran derecho alguno. De modo que no levantaron el campamento. Se quedaron allí contra toda lógica. Así se lo dictó su instinto.

Mientras los Cazadores estaban de partida de caza y los Recolectores cosechando, Agnes y Glen echaban una mano a Debra y a Jake con la costura. Hermana, Hermano y Piña también los acompañaban, aunque no se dedicaran más que a hacer nudos en los tendones y llevarse broncas de Debra.

Permanecer en la Cuenca había conllevado un incremento en los víveres, el crecimiento y el contorno y, por ende, una necesidad de renovar la vestimenta. Especialmente para Agnes. Quizá sí que había estado esquelética, como decía su madre, pero ahora, sin embargo, al tocarse las mejillas, notaba cómo se hundían, cómo cedían bajo la yema de sus dedos. Ya no era un saco de huesos. Ahora tenía cierta forma, si bien es cierto que más bien menuda. No estaba segura de que los demás se hubiesen dado cuenta, pero ella lo había notado. Al tumbarse, todo era diferente. El contacto de su cuerpo con el suelo era distinto. También había pegado un estirón. Era casi tan alta como Val. Cuando se colocaban frente a frente, los ojos le quedaban justo a la altura de su nariz. Con todo, seguía siendo de las más bajitas de la Comunidad. Muchísimo más baja que su madre, que era tan alta como los hombres.

Agnes observó a Glen que deshilachaba lentamente un tendón seco de ciervo. Volvía a tener carrillos, que temblaban conforme sus dedos trabajaban las fibras. La primera orden dictada por su madre para inaugurar su mandato nada más unirse a Carl como líder fue reintegrar a Glen en la Comunidad. Se prohibió a los cocineros recortarle las raciones, a él y a todos los Originalistas. Estos aseguraron que nunca lo habían hecho, pero, tras la estación que siguió a esta nueva directriz, los Originalistas estaban innegablemente más rellenitos. Bea ordenó incluso que le aumentaran las raciones, hasta que volvió a estar fornido, hubo recuperado fuerzas y volvió a sostenerse con firmeza sobre los pies. Se estableció la obligatoriedad de incluir a Glen en al menos una conversación al día con algún miembro de la Comunidad que no fuera Agnes. Iban turnándose. A los Originalistas no les costó demasiado, ya que conocían a Glen desde hacía largo tiempo, aunque charlar bajo la mirada inquisitiva de Carl llegaba a hacerse incómodo. Pero si no pasaban tiempo con él, era Bea quien los miraba mal. A veces era difícil ser Originalista.

Para los Recién Llegados resultaba todavía más duro. Debían hacer un auténtico esfuerzo para considerar a Glen parte de la Comunidad. Siempre se quedaba al margen o muy rezagado durante las caminatas. El hecho de que Agnes pasara mucho tiempo con él, le llevara comida o le limpiara las heridas que acumulaba de todos los tropezones y las caídas les había demostrado que, en cierto modo, pertenecía a la Comunidad, pero no habían llegado a creerse que fuera el pionero del grupo, que hubiera iniciado la Comunidad en la Reserva, a pesar de que así se lo habían contado. Siempre asumieron que había sido Carl, y él nunca los sacó de su error. Con todo, incluso después de enterarse, preferían pensar que había sido él. Carl era fuerte, decidido e implacable cuando había que serlo. Simple y llanamente, les gustaba más. La historia de Carl, tal y como él mismo se la contaba, era una historia mejor.

Sin embargo, resultó que Carl no tenía grandes planes de

liderazgo. Ni propósitos ni rumbo. Solo quería estar al mando y que todo pasara por él. Una vez lo hubo conseguido, se recreaba siendo el mandamás.

Era Bea quien llevaba la batuta. Sin embargo, lejos de ejercer un liderazgo disruptivo, imponía a la Comunidad unas normas todavía más rigurosas que antes. «No hay que darles motivos para acordarse de nosotros», decía a propósito de los Agentes Forestales. «Lo mejor es que se olviden de que estamos aquí». Seguían a rajatabla hasta la última norma del Manual. Hasta llegar a la Cuenca.

El sol trazaba un arco por encima de sus cabezas gachas. Agnes notó que las piernas le ardían. Las tenía abiertas delante de ella. Se detuvo y cubrió la cabeza de Glen con un paño para evitarle una insolación.

Agnes reblandecía un tendón con la boca mientras miraba a Jake coser unos retales de cuero. Estaba confeccionando una manta de gamuza de *patchwork*. Tenía los dedos blancos por la fuerza que requería atravesar la piel con la aguja de hueso y el tendón. Sus manos eran puro callo. Cuando la tocaba, la yema de sus dedos era tan áspera como una vaina reseca. Apenas notaba el tacto de su piel, decía. Así que a veces la recorría con la mejilla, la punta de la nariz o la cara interna de la muñeca. Con zonas más sensibles. Jake era su compañero de vida. Así lo habían decidido. Formarían una familia y procrearían y, después, cuando sus crías pudieran valerse por sí mismas, las enviarían en busca de su propia tierra. Y entonces tendrían más crías.

–¿Qué edad tenías en mente? –le había preguntado Jake.

–Creo que a los seis o así –contestó Agnes.

Jake palideció.

–¿Cómo?

–¿No te parece bien? –Agnes absorbió el silencio de él, estudió la mirada de desconcierto en su rostro–. Supongo que podrías convencerme para esperar hasta que tengan siete u ocho.

–Agnes, es muy pronto. Prontísimo.

Ahora era ella quien estaba desconcertada.

–Los osos lo hacen a los dos. ¿Por qué nuestros bebés no?

–Porque no somos osos.

–¡Nuestros bebés serán mejores que los osos! –exclamó, aunque para sus adentros reconociera que, en realidad, nada podía ser mejor que un oso.

–¿Tú no tenías seis años cuando llegaste aquí?

–Cinco. Creo... No me acuerdo.

–Piensa en cuando eras así de pequeña. ¿Te habría gustado estar sola? Tener que buscarte la comida, defenderte de los depredadores. Tú, a los cinco o seis años, sola.

Claro que no valía para nada cuando llegó a la Reserva. Pero porque venía de la Ciudad. Ella conocía las camas y los platos limpios. Los baños. Los depredadores que acechaban en la Ciudad, aunque eran otro tipo de depredadores y representaban un peligro distinto. Le había hecho falta un tiempo para adaptarse y aprender cómo funcionaban las cosas en este sitio. La primavera siguiente, sin embargo, ya había adquirido las habilidades y los conocimientos necesarios para liderar la Comunidad, si se lo hubiesen permitido. Por aquel entonces sabía casi todo lo que sabía ahora acerca de la vida en la Reserva. Lo que peor se le daba eran las personas y eso apenas había cambiado. Pero en lo que a supervivencia respectaba... eso lo entendía a la perfección. Era de las primeras cosas que había entendido cuando llegó. En el fondo, ¿qué otra cosa había? La caza, la conserva, el rastreo, las fuentes de agua, lo básico en vestimenta y cobijo, el clima, la panoplia de regalos y amenazas de la flora y la fauna. Estar sola en una noche de tormenta. Estar sola sabiendo que acecha un felino. Estar sola y oír unas pisadas desconocidas e inesperadas. Todo eso es duro a cualquier edad. Pero los niños de seis años ya razonan. Son capaces de pensar por sí mismos y vencer el miedo si no les queda otra. Si se los deja solos. A ella su madre la había dejado sola cuando tenía diez años. ¿O eran once? ¿Doce? Había sido muy duro, pero no porque no estuviera preparada para sobrevivir. Y si toda la Comunidad la hubiera abandonado a su suerte, se habría puesto triste, pero se las habría arreglado. ¿Qué más daba la edad?

–No lo sé –respondió. Jake seguía mirándola dubitativo–. ¿Por qué? ¿Tú a qué edad pensabas?

–¿A los dieciséis o diecisiete? O cuando fuera legal.

–¿Legal? ¿Qué es eso?

Jake dejó caer la cabeza exasperado. Agnes sintió que empezaba a acalorarse. No quería unos niños mimados. Ni siquiera sabía cuántos años tenía ella. Lo mismo catorce o quince, que cincuenta y nueve. Algunas veces le daba la impresión de ser la mayor del grupo. Llevaba mucho tiempo guiando las caminatas. Y se las habría arreglado perfectamente para sobrevivir por sí sola, gracias. Era valiente. Hábil. Observadora. Podía cuidar de sí misma. Y cuidaría de Jake. Y de un bebé. Y de quien hiciera falta. Hasta que ya no la necesitaran.

–Mejor lo dejamos –dijo Jake, probablemente intuyendo que Agnes se estaba enfurruñando.

Agnes estuvo de acuerdo. No necesitaban ninguna «filosofía de crianza», como decía Jake, porque Agnes sangraba cada mes.

Según las Gemelas, para quedarse embarazada tendrían que hacerlo de verdad, y lo que ellos hacían no era sexo de verdad. Agnes lo sabía, pero ignoraba qué hacer para que fuera de verdad. Jake opinaba que eran demasiado jóvenes. Que las caminatas eran demasiado duras para tener hijos. Que el tiempo era demasiado impredecible. Le daba vergüenza tener que contárselo a Glen. Le daba miedo la madre de Agnes. ¿Acaso un recién nacido no era una carga para la Comunidad? No había ninguna prisa, en serio, repetía siempre.

–Pero quieres tener crías, ¿verdad? –le preguntaba Agnes.

Jake ponía los ojos en blanco.

–Yo los llamo hijos, y sí, me gustaría.

–Porque no parece que estés seguro.

–Que sí, que estoy seguro.

–Vale, muy bien.

Entonces Agnes alargaba la mano hacia sus pantalones y Jake la retenía por la muñeca.

–Agnes, por favor. No seas tan agresiva.

Esto siempre la descolocaba, puesto que ella no sabía ser de otra forma. Procuraba aproximarse a sus pantalones más despacio, esperando resultarle menos alarmante. Pero aun así la esquivaba.

Se lo había pedido con educación. Había recurrido a argumentos intelectuales. Había desplegado sus conocimientos estadísticos acerca de la necesidad de aumentar la población del Estado de la Reserva. De reivindicar algún derecho sobre el lugar. No se imaginaba a los alces con tantos problemas para aparearse. Incluso había llegado a engañarlo un día, alegando que habían estado sentados junto a un hormiguero de una especie venenosa y tenían que desnudarse rápidamente para asegurarse de que no les quedara ninguna hormiga en el cuerpo. Sin embargo, al verlo ruborizarse ante su desnudez, convencido de que ella solo quería protegerlo de las hormigas, se avergonzó de su treta. Se alejó, diciéndole entre dientes que se vistiera. La última vez que habían estado juntos a solas, estaba resuelta a no andarse con rodeos. Se dio media vuelta, se levantó el sayo y le restregó el culo. Los dos cayeron al suelo.

Jake rodó hacia un costado.

—Que no. Ya te lo he dicho.

Agnes apretó los puños, frustrada. Él sonrió.

—¿Vas a pegarme?

—No. —Escondió las manos tras la espalda para poder relajarlas y hacer como si nunca hubieran estado apretadas.

—Podemos hacer otras cosas.

—Vale —dijo ella, y lo condujo hasta un lugar entre unas matas de salvia, donde retozaron con la ropa puesta. No es que no lo disfrutara. Le gustaba forcejear con él hasta el jadeo. Se reían tontamente y chillaban como dos comadrejas juguetonas, y, después, siempre se sentían relajados y ligeros, como si flotaran en un río perezoso. Simplemente, no le encontraba el sentido. Ella tenía necesidades. Y eso no las satisfacía.

Agnes se sacó despacio el tendón reblandecido de la boca y Jake se ruborizó, a pesar de que no parecía haber estado mirándola. Oyó la señal que anunciaba la vuelta de los Recolectores. El silbido melodioso en hueso tallado, en ráfagas largas y cortas.

Acto seguido, pisándole los talones, resonó la trompa de los Cazadores, que Carl había labrado con el estriado cuerno de nácar de una oveja montesa.

Agnes dio un respingo, plantó el tendón humedecido en la mano de Jake.

—No me ha quedado nada mal.

—Más te vale.

El muchacho sonrió con timidez a la palma de su mano, donde el tendón relucía con la saliva de Agnes.

Regresaron los Cazadores y los Recolectores, y Agnes avistó cuatro cabezas de liebre, las orejas inertes rebotando con cada paso. Un ciervo a hombros de Juan. En la avanzadilla, Joven caminaba junto a sus ciervos, probablemente para no asustarlos con el olor del muerto.

Los ciervos de Joven eran una madre y una cría que habían estado merodeando alrededor del campamento de la Cuenca. Posiblemente buscasen guarida ante los depredadores, con la esperanza de que la Comunidad no fuese uno de ellos. Una mañana, Joven les dio de comer unos piñones. Le habían dicho que no podía, pero no escuchó o, tal vez, no quiso hacer caso. Era un niño. Era un Recién Llegado. Tenía otra mentalidad.

Los adultos mantuvieron una larguísima reunión para hablar de Joven y los ciervos salvajes a los que alimentaba en la que hubo argumentos a favor y en contra de quebrantar las reglas. Algunos insistían en que, cuando anduviesen faltos de comida, los ciervos serían un buen recurso. Hacían feliz al muchacho, por lo general más bien tristón. Otros, en cambio, sostenían: «No podemos domesticar animales salvajes. Aunque sea por accidente. Nos meteremos en líos». «Pero si ya los tenemos aquí rondando todo el día —replicó el bando prociervos—. ¿En qué momento pasan a ser nuestros?». «Cuando les damos de comer», contestaron los anticiervos. «Bueno, pues ya les hemos dado de comer, así que ya son nuestros». Los partidarios de los ciervos estallaron en vítores y los detractores abuchearon, y el griterío subió tanto de volumen y de enfado que Carl y Bea tuvieron que intervenir. Decidieron que los ciervos se quedaran.

—Nuestra primera incursión en la ganadería —anunciaron, con sendas caras de alegría.

—Algo para lo que no estamos aquí —repuso Debra, paladina del bando anticiervos–. Estamos sentando un precedente nefasto, gente. –Negó con la cabeza.

–Bueno. También se suponía que deberíamos marcharnos de esta Cuenca de vez en cuando, así que, si quieres cumplir las normas, ¿por qué no te vas?

–Ay, cállate, Carl.

Debra echó a andar furiosa hacia Carl, pero Frank le salió al paso. Era imponente. Misteriosamente, cuanto más tiempo llevaba aquí, más fornido estaba, no más enclenque, como casi todos los demás. Debra retrocedió. Llevaba razón, no obstante. La domesticación contravenía las reglas. Hasta Agnes había leído esa norma. La regla número dos de la segunda página del Manual.

Ahora los ciervos no se separaban nunca de Joven, aunque se mantenían a una distancia prudencial de los demás.

Joven los paseaba alrededor del círculo de camas para que masticaran salvia, después se tendían junto a su cama y olisqueaban con curiosidad las mantas de piel de ciervo. Sus cuellos esbeltos reposaban sobre el torso del chiquillo mientras dormía.

La Comunidad procedió al secado de la carne. Linda encendió el ahumadero. Lo habían reparado después del incendio. Seguía funcionando casi igual de bien. Los Desolladores despellejaron las liebres, luego rascaron las pieles. Carl y las Gemelas se ocuparon del ciervo. Carl poseía la fuerza necesaria para bregar con su envergadura, y las Gemelas la delicadeza para desollarlo, vaciarlo y descuartizarlo con limpieza. Todo el mundo era capaz de despiezar un ciervo, pero ellas conseguían sacar unas pieles pulcras y unos cortes limpios.

Hacia la mitad de la noche ya tenían carne en el ahumadero. Las pieles ya estaban rascadas, empapadas y estiradas antes de que el sol desapareciera. Las cortaron a la luz de la hoguera. Formaron una cadena de manos para llevar las tiras desde el fuego hasta el ahumadero, donde las colgaron.

Y se metieron en la cama, exhaustos, donde ya dormían los más pequeños.

Con las primeras luces, tras unas pocas horas de sueño, cinco Agentes Forestales irrumpieron en el campamento a caballo. Entre ellos no estaba el que les había visitado por última vez. Vestían uniformes nuevos. Adiós al verde Forestal. Los nuevos uniformes eran de un azul celeste. Al cuello llevaban pañuelos blancos impecablemente planchados. Solo las insignias anunciaban que seguían siendo Agentes Forestales, aunque la Comunidad reconoció algunas caras. Llevaban fusiles colgados en bandolera. Tras apearse de los caballos, empuñaron las armas, preparados.

–¿Y esto qué es? –Carl se desperezó y se frotó los ojos. Un bostezo entrecortó sus palabras.

–Hemos venido para expulsaros de esta tierra –anunció uno de los Agentes Forestales. Debía de ser el superior. Llevaba el caballo más alto y un sombrero distinto.

–No, me refiero al modelito. Es nuevo. ¿Qué es?

–No es un modelito. Es un uniforme.

–Bueno, es nuevo.

–Efectivamente. –El superior se irguió. Parecía gustarle el nuevo estilo, el apresto de las prendas. Sus botas también eran nuevas.

–Parecéis militares.

–Tenemos nuevas instrucciones.

–¿A saber?

Los Agentes Forestales intercambiaron miradas largas y cómplices. El superior habló:

–Es confidencial.

–¿Y eso?

–Porque es confidencial.

–No, ¿que cómo es que tenéis nuevas instrucciones?

–Hay una Administración nueva.

–Qué rapidez.

La Comunidad rio.

–No te pases de listo –dijo el superior–. Tenéis que marcharos de aquí. Como ya se os ha dicho. Más de una vez.

–Una, para ser exactos –apuntó Bea.

–Con una basta y sobra. Hay que joderse... –El superior

dejó caer los hombros al reparar en los ciervos de Joven, tendidos junto al niño en su cama–. ¿Qué es eso de ahí?

–¿El qué? –preguntó Bea. Los ciervos se levantaron sobre sus patitas larguiruchas y empezaron a dar vueltas alrededor de Joven, que se incorporó y se frotó los ojos. El trío miró a los Forestales con los ojos muy abiertos.

El superior señaló a los ciervos:

–Eso de ahí.

–Ah, nada, son ciervos –contestó Bea.

–Pues parecen la mar de cómodos aquí con vosotros.

–Estábamos a punto de ahuyentarlos.

–Está prohibido.

–¿El qué? ¿Ahuyentarlos?

–No sigas por ahí. No deberíais tener a ciervos que os vayan detrás como si fueran perros.

Los ciervos no se movieron, aguardaron valientes, con las orejas tiesas, como si supieran que estaban hablando de ellos.

Un Forestal barbudo echó a correr en su dirección, pero los animales se limitaron a agachar la cabeza.

Los Agentes miraron a Carl.

–Sucedió sin más. –Carl se encogió de hombros.

La madre se inclinó hacia Joven y le restregó el morro contra el puño cerrado hasta que el muchacho lo abrió. Le lamió la palma.

–Lo hacen por la sal –explicó, con su vocecilla tímida y aguda y su pelo de velvetón resplandeciendo al sol.

El superior negó con la cabeza. Desenfundó la pistola.

–Sabéis que tengo que eliminarlos. –Se volvió hacia Carl–. A menos que quieras encargarte. ¿No eres tú el amo del cotarro?

Carl frunció el ceño.

Bea dio un paso al frente.

–No, soy yo.

–Han dejado de ser salvajes. Confundirán a los otros ciervos –dijo y amartilló la pistola. Los ciervos se quedaron mirando fijamente el revólver en su mano, esperando que fuera alimento. Sus grandes ojos temblaban dentro de las cuencas, las orejas oscilaban, asimilando toda la naturaleza que los rodeaba, todos los indicios, todas las señales. A Agnes le pareció que sonreían.

–*Jovencito, ven acá rápido, rápido** –dijo Linda entre dientes, moviendo la mano con urgencia.

Pero el superior recorrió rápidamente los pasos que lo separaban de los ciervos y descerrajó un tiro en la cabeza de la cría primero y en la de la madre después, y los animales se desplomaron en el suelo, se convulsionaron, levantaron polvo con las pezuñas, gruñeron, gimotearon y, por último, pararon. Joven se quedó muy quieto, parpadeando para intentar desalojar el susto. De sus ojos brotaron lágrimas silenciosas. Los ciervos habían caído a su lado. Uno de los esbeltos cuellos yacía encima de su tobillo. La sangre le había salpicado en el pecho y encima del ojo. Se encharcaba en su cama. Linda corrió hacia él.

El superior de los Agentes Forestales le lanzó una mirada victoriosa.

–Vaya, sí que le gustan los ciervos al crío.

Carl le dio un empujón, pero Bea se interpuso entre ambos. El jefe de los Agentes Forestales miró a sus hombres.

–Esto es contrabando, así que supongo que nos los tenemos que llevar. –Trazó un círculo en el aire con los dedos, y los otros cuatro Forestales cogieron a los animales y los cargaron en la grupa de sus caballos. Los ciervos colgaban inertes, las lenguas colgantes y rojas, la sangre saliendo a borbotones de los balazos como si manara de una fuente. Los caballos relincharon nerviosos. No les gustaba acarrear el peso de la muerte. Pero los Agentes no se montaron. Se volvieron hacia la Comunidad, con los fusiles sujetos frente al pecho.

–¿Y bien? –preguntó el superior de los Agentes Forestales.

–¿Y bien qué? –dijo Bea.

–¿Qué estáis esperando?

–Una disculpa, por ejemplo.

Los Agentes Forestales se carcajearon y Bea se rio con ellos, altanera.

–Espera sentada –dijo el superior.

–Pues entonces órdenes, supongo.

—Recoged.

—¿Ahora?

—Sí.

—¿Pensáis quedaros ahí mirando como pasmarotes?

—Venga, os echaremos una manita —dijo con una sonrisa.

Los Agentes Forestales se acercaron al ahumadero, ese que habían arreglado, que ahora estaba operativo y funcionando, y volvieron a prenderle fuego. Acto seguido, se subieron a los caballos y se alejaron.

La Comunidad usó varias pieles más para apagar el fuego. Inspeccionaron lo que se había salvado. Limpiaron un poco el campamento, prepararon el desayuno y contemplaron la hoguera en silencio mientras los niños, salvo Joven, bostezaban y se desperezaban a su alrededor. Nadie hizo amago de recoger.

Al día siguiente enviaron a los Cazadores a las estribaciones durante un par de noches, para reemplazar las pieles que acababan de sacrificar en el fuego y la carne que habían perdido en el ahumadero.

Dos mañanas después oyeron un zumbido mecánico al tiempo que se levantaba un viento en la Cuenca. A lo lejos, volando bajo en su dirección, avistaron un helicóptero. Poco después estaban escupiendo polvo y tapándose oídos y ojos. El helicóptero planeaba encima de ellos. Un áspero megáfono tronó:

—Han recibido órdenes de despejar inmediatamente este campamento.

—¿No podemos dormir primero? —chilló Carl.

—Han recibido órdenes de despejar inmediatamente este campamento.

—Ah, no es un helicóptero de verdad —observó Frank—. Es demasiado pequeño. Será un dron.

—Es demasiado grande para ser un dron —dijo Carl.

—Pero demasiado pequeño para ser un helicóptero.

—A lo mejor ahora los drones son más grandes.

—A lo mejor los helicópteros son más pequeños.

—Es un puto juguetito de los Forestales —dijo Val.

Y entonces se oyó un estruendo —una suerte de golpeteo,

traqueteo, chirrido y chillido a un tiempo– y todos se taparon los oídos.

Los pájaros salieron volando de los arbustos. Los niños gritaron.

–Han recibido órdenes de despejar inmediatamente este campamento –repitió el estruendo industrial.

Los miembros de la Comunidad se miraron.

Bea exhaló un suspiro sonoro y chilló:

–Bueno, parece que ha llegado la hora de despedirnos de nuestra querida Cuenca.

Todos asintieron. Se taparon los oídos y empezaron a recoger reptando por el campamento. Se habían asentado mucho tiempo. Ya no recordaban cuál era la mejor manera de empaquetarlo todo. Tenían demasiadas cosas. ¿Cómo habían acumulado tanto? ¿Cómo habían podido hacer acopio de algo que no fuera comida? Tardaron dos días en recoger. Para entonces, los Cazadores habían regresado. Nada pudieron hacer con sus piezas más que dejárselas a los carroñeros. No tuvieron tiempo de desollar, despedazar, raspar, remojar, estirar, ahumar y secar. Un verdadero desperdicio. Peinaron el campamento en busca de restos de microbasura, vigilados constantemente desde el cielo por lo que ahora llamaban el pájaro metálico, que seguía ordenándoles desalojar a gritos y no desapareció más que un par de veces para buscar gasolina o electricidad, supusieron, aunque no se imaginaran dónde.

Cuando hubieron terminado, aguardaron bajo el pájaro metálico y miraron hacia arriba, cubriéndose los ojos con la mano.

–¿Y ahora qué? –chilló Bea.

Una luz amarilla parpadeó en la panza del artefacto como si transmitiera el mensaje. «Esperen instrucciones», entonó, y se alejó zigzagueando, dejándolos con el eco fantasma de aquella banda sonora chirriante. Se sentaron sobre sus fardos de gamuza y aguardaron. Al cabo de unas horas, emergió en el horizonte una nube de polvo baja pero veloz. Oyeron los relinchos de los caballos y el repiqueteo de los cascos. Eran los cinco Agentes Forestales, con los uniformes tan impolutos como la última vez. Sin pronunciar palabra, el superior le entregó un sobre a Bea.

Dentro había una nueva directriz: ¡ABRIMOS UN NUEVO PUESTO DE CONTROL! ¡VENGAN A LA CUMBRE DE LA CALDERA PARA LA GRAN FIESTA DE INAUGURACIÓN! En las esquinas del papel había globos dibujados a mano.

–¿Montáis una fiesta?

El superior se encogió de hombros.

–Pues sí, ¿por qué no? No se abre un Control nuevo todos los días.

–¿Por qué nos invitáis?

El superior de los Agentes Forestales esbozó una sonrisa severa, con todos sus dientes.

–Bueno, porque el Control es para vosotros.

–¿La fiesta se celebra un día concreto?

–No, la daremos cuando lleguéis.

–O sea, ¿que estaréis listos para la fiesta?

–Sí, ¿algún problema? –Se había cansado de la conversación.

–¿Tenéis idea de cuánto se tarda en llegar allí?

–Yo, haciendo una buena kilometrada al día, tardaría unas seis semanas. Y vosotros... –Soltó una risita–. Unos seis meses. Como mínimo.

Los demás Agentes Forestales, detrás de él, se rieron a carcajadas.

Los adultos asintieron, pero Agnes no se hacía una idea.

–¿Y eso cuántas lunas son? –preguntó.

–Muchas. En la vida he visto nada más lento que vuestra caravana.

Bea puso los ojos en blanco.

–Ya, ya, eso dicen. Por si no lo sabe, transportamos un montón de trastos.

–Bueno, a lo mejor deberíais recortar un poco. Estoy seguro de que los nómadas de verdad no tenían tantas pertenencias.

–Somos nómadas de verdad.

Los Agentes Forestales volvieron a carcajearse.

Bea se cruzó de brazos.

—También vamos con niños, y nos ralentizan.

La cara de Agnes se encendió. Pisoteó el suelo con fuerza.

—¡No os retrasamos! Soy yo la que tiene que esperaros. —Sintió que las lágrimas asomaban. Ella era una buena líder.

—No me refiero a ti —replicó su madre con dureza—. Me refiero a los niños.

Agnes se quedó de una pieza. Ignoraba que para su madre no fuera una niña. Pensaba que solo la consideraba como la chica rarita que la imitaba en la cueva. Su madre no le hacía ni caso y luego, otras veces, exaltaba sus destrezas. Casi nunca parecía gustarle que Agnes liderara, pero jamás se metía. Había sido idea de Carl y había empezado cuando ella no estaba. Pero su madre podía ser displicente con todo el mundo. Entonces, quizá, ese trato solo quería decir que su madre la veía como una igual.

Bea observó al superior de los Agentes Forestales con escepticismo.

—En nuestro mapa apenas se ve la Caldera, no nos sirve de nada. —Miró dentro del sobre—. ¿Hay un mapa nuevo?

—Se os entregará un mapa cuando lo necesitéis —dijo y, sin previo aviso, apuntó al horizonte con el fusil y disparó. El sonido se alejó zumbando, atravesó la Cuenca sin detenerse, agitando las ramas de salvia resecas y espantando a los insectos, los ratones y los pájaros que seguían por allí.

Los cinco Agentes Forestales, montados en sus caballos, los acorralaron como si fueran ganado.

—Venga, vamos, ¡arreando! —chillaron.

Bea, sobresaltada, pasó a la acción y se puso a la cabeza del trastabillante grupo para atravesar la Cuenca. No pensaba dejar a Agnes guiar sola a la Comunidad y, por muy rápido que intentara avanzar, se mantenía siempre un paso por delante de ella.

Hacia lo que debía de ser la mitad del otoño, los Agentes Forestales los habían pastoreado fuera de su amada Cuenca. Desaparecían al caer el sol y volvían a aparecer por la mañana para espolear a la Comunidad. Los forzaron a regresar a aquellas zonas desérticas en las que tantos años habían pasado. Los hicieron adentrarse en el mar de salvia, favoreciendo malos puntos de acampada en lugar de los buenos. Pasaban de largo las fuentes de agua buena y tan solo les ofrecían raquíticos arroyos de aguas estancadas y larvarias. Allí donde los llevaban, la caza era escasa. Como también la sombra. Costaba creer que la elección de la ruta no fuera deliberadamente cruel. El superior de los Forestales tenía por costumbre pasarse el día silbando a lomos de su caballo mientras la Comunidad se arrastraba hacia delante. Ya se encontraban lejos de la Cuenca. Entregados de nuevo al más vacío de los desiertos altos, que en nada incitaba a holgazanear. Una noche los Forestales se marcharon y la mañana siguiente no aparecieron. Ni la de después. Les dejaron un mapa nuevo y nunca más volvieron. Habían hecho su trabajo.

Los Originalistas habían visto la Caldera nada más llegar. El primer día. No porque quedara muy cerca del Control Medio –aunque lejos tampoco estaba–, sino porque se alzaba imponente y solitaria en su altura. Se elevaba inmensa en el horizonte, un triángulo invertido, blanco en invierno y verde en primavera, cuya cúspide achatada creaba un cajón de sastre en el que todo podía caer. Tras ella, en la lejanía, la primera de las cordilleras que habían explorado. Una joroba sombría en el horizonte. La Caldera estaba sola.

Agnes la recordaba como un sombrero blanco que cubría la cabeza pelada y quemada del desierto alto. Aquel desierto infinito, de tierra rojiza y aroma a alcanfor después de las lluvias. Sus errantes brazos de salvia, su maleza y sus pastos. Y ahí estaba. El capirote de un necio.

–Es como una pirámide de bolas de nieve –les explicaron a los Recién Llegados, que no la habían visto nunca.

–Como una cometa descolorida atascada en la arena.

–Como una mesita de mármol geométrica.

–Como un trozo de pizza blanca con la punta mordida.

–Pizza blanca –murmuró Patty.

Pero el único dato serio que los Originalistas poseían sobre la Caldera era que se trataba de un lugar prohibido. En el mapa anterior había un círculo negro en la posición que debía de ocupar la Caldera. Y los círculos negros significaban «no pasar».

En aquel mapa nuevo, la Caldera se encontraba en el centro, un triángulo blanco con una banderita roja plantada en su cumbre cóncava. A su alrededor había un montón de triángulos verdes que representaban árboles.

—En los mapas de antes salía información de verdad, ¿no? —protestó Val, con los brazos cruzados sobre su barrigón.

—No empieces otra vez con los mapas —dijo Bea.

—Pero es que siempre están mal. ¿Quién es su cartógrafo? ¿Uno de sus putos críos?

—El mapa incluye toda la información que necesitamos. Sale el agua, hay datos topográficos y todos los tipos de paisaje siguen un código de colores. ¿Qué más necesitas?

—Ya, ¿y qué es todo esto? —preguntó Val, moviendo la mano alrededor de una franja que se extendía entre el punto donde se encontraban y la Caldera. Era del mismo color del pergamino en el que estaba impreso el mapa.

—Es... —Bea miró la leyenda—. No es nada importante.

—Me apuesto diez piñones a que nos parecerá bastante importante cuando estemos ahí metidos.

—¿A ti qué mosca te ha picado?

—¿Y a ti? Sí que te ha dado fuerte con el mapa. ¿Lo has hecho tú o qué?

—Ay, Val, venga —dijo Carl—. Te estás portando como una estúpida.

—No, el estúpido eres tú —gritó ella. Su postura era defensiva, amenazante incluso. Cerró la boca de golpe y tamborileó con los dedos sobre la panza, como para distraerse. Carl la miró y puso los ojos en blanco. Entonces Agnes le dio una palmadita en la espalda, y Val, sollozando, la tomó de la mano y la apretó. Val no era ella misma. O, pensándolo bien, se dijo Agnes, era una versión muy extrema de sí misma.

—Tenemos que encontrar agua —dijo Bea—. Agua buena.

–Señaló con el dedo todos los puntos azules del mapa entre su ubicación y la Caldera–. Creo que deberíamos dirigirnos hacia aquí. –Apuntó a una gran mancha azul que aparentaba estar a unos pocos días de marcha–. Esta línea azul de aquí debe de ser un arroyo. Queda a mitad de camino. Con suerte no estará seco.

–Bueno, en la Caldera tendremos agua seguro, algo es algo –comentó el doctor Harold.

–Necesitamos agua antes, Harold –dijo Debra.

–Sí, ya lo sé, Debra. –Esbozó una sonrisa agresiva.

–¿Estamos seguros de que hay un lago en la Caldera? En el mapa no se ve la parte de arriba –dijo Frank.

–Hay dos lagos –murmuró Bea, midiendo distancias con los dedos extendidos.

–¿Cómo lo sabes? –preguntó Carl.

Bea levantó la vista.

–Me lo dijo Bob. Me dijo que había un lago bueno y uno malo. Y que el bueno servía tanto para beber como para nadar.

–¡Nadar! –exclamó Debra.

–¿Cuándo te dijo eso? –preguntó Carl.

–Ay, Dios –dijo, poniéndose en pie y estirando las rodillas–. En la admisión. En nuestro primer día –tradujo para los Recién Llegados–, se avistaba en el horizonte. Le pregunté por ello.

–¿Y todavía te acuerdas?

–¿Estás de broma? Lo pienso todo el tiempo.

–No me puedo creer que no me contaras nada de los lagos –le reprochó Debra.

–Te habrías largado ese mismo día.

–Anda, y que lo digas, tienes razón.

Rieron. A Debra le encantaban los lagos y le entristecía no encontrar más que riachuelos enclenques y manantiales turbios.

Agnes miró el mapa por encima del hombro de su madre. Para ella no cabía ninguna duda, mirándolo ahora, de que esos lagos que su madre buscaba ya no eran tales. La prueba estaba en el contorno. El contorno del lago era más grueso y más azul que el interior, como si marcara una barrera entre épocas distintas, entre el entonces y el ahora. Lo mismo que en los salitrales, aunque estuviesen pintados de azul celeste. Alrededor de aquel celeste también había un borde azul. Azul oscuro. Azul sediento. Esa línea entre el entonces y el ahora. O entre lo que esperaban encontrar y lo que encontrarían.

Agnes empezó a considerar el mapa más como una historia que como una prueba objetiva. Algo que cambiaba en función de sus necesidades. Algo que no debería orientar sus vidas. Era una sugerencia más que una directriz. No tenían que seguirlo. ¿Se daban cuenta de eso? Observó la posición del sol en el cielo y miró a su alrededor, escudriñando cada porción de tierra ante ella. Podía nombrar todos los lugares por los que habían pasado, que se desplegaban en todas direcciones. Tras contrastarlo con el mapa, comprobó que no había fallado ni uno. Tenían sentido común. ¿Por qué seguían un mapa que los perdía tanto como los orientaba?

Porque se lo habían dicho. Porque el Manual establecía que siempre deberían guiarse por el mapa. Por eso. Porque los Controles aparecían en el mapa y los Controles eran importantes. Pero ella era capaz de localizar las ubicaciones de los Controles en cada porción de paisaje. ¿Acaso era la única? Incluso el nuevo Control de la Caldera. Si de verdad estaba allí, sabía llegar. No, el mapa no servía para nada y, para colmo, les estaba poniendo en peligro. Era la última mano de la civilización a la que se aferrarían.

–Deberíamos limitarnos a seguir a los animales –interrumpió Agnes.

–¿Cómo? –preguntó su madre.

–Si seguimos a los animales, nos enseñarán dónde está el agua.

Su madre sonrió.

–Es una idea estupenda, cariño –dijo, acariciándole la cabeza–, pero hemos trazado un plan seguro y lo vamos a seguir. Tengo un buen presentimiento.

Esperaban alcanzar el lago en cuestión de días, pero cuando la luna ya había pasado de creciente a llena, aún no habían llegado. Encontraron un arroyo y siguieron su curso durante un día, pero estaba prácticamente seco. Racionaron el agua. Agnes volvió a sugerir que siguieran a los animales y su madre la mandó callar.

Tenían que estar cerca, aseguraba.

Estaban cerca. De hecho, pronto comprendieron que estaban al lado del lago. Llevaban kilómetros bordeándolo. Era un lago enorme, o lo había sido en otro tiempo. Ahora no era más que un lecho. Ni siquiera, era un antiguo lecho. Un lago que probablemente llevaba varias generaciones sin serlo. Lleno ahora de cimbreantes hierbajos enhiestos y amarillentos. Un lago de hierba. En el mapa era de un calmante azul claro.

–Os lo dije. Los mapas siempre están mal –rezongó Val.

–Ay, cállate, Val –farfulló Bea, rabiosa–. ¡El arroyo estaba bien indicado! –Se mordisqueaba los dedos con ansia.

–Supongo que seguimos avanzando hasta el siguiente lago del mapa –dijo Carl–. ¿No, Bea?

–No entiendo cómo no hay ningún lago –farfulló entre sus dedos, como hablando para sus adentros.

–El mapa es antiguo –dijo el doctor Harold.

–Pero así no deberían ser las cosas.

–¿Y cómo deberían ser? –preguntó Glen, amable.

Bea lo miró con preocupación, pestañeó.

–Según el mapa aquí había agua.

–Y estaba mal –se atrevió a decir Val.

–Dejadme pensar –replicó Bea con brusquedad. Respiró hondo, despacio–. Tiene que haber agua en esta ruta. La necesitamos. –En su voz resonaba la derrota–. Esta noche acampamos aquí.

La Comunidad se puso manos a la obra para montar un campamento rápido. No podían encender una fogata. No aquí, en este mar de hierba parcheado. De modo que sacaron la cecina para cenar. Desenrollaron las camas. Todos estaban demasiado atareados para darse cuenta cuando Bea murmuró: «Me voy a dar una vuelta», y echó a andar hacia las hierbas altas. Pero Agnes sí se percató. Aguardó y se escabulló tras ella, siguiéndole el rastro, la hierba sutilmente agitada, apartada, que había dejado a su paso.

Su madre bordeaba el lago de hierbas trazando una larga curva; de pronto, al cabo de un buen rato caminando a ciegas entre las hierbas altas, Agnes distinguió la copa de un árbol que sobresalía a lo lejos y, justo después de donde se encontraba, constató que la hierba terminaba. Se acercó con sigilo hasta el borde y escudriñó entre los brotes recios.

Su madre estaba frente al árbol con algo en la mano, mirándolo fijamente. Rebuscó en su morral y sacó un bloc de notas y un pequeño lápiz que se había traído de la Ciudad. Garabateó algo, arrancó la hoja, la hizo una bola y la introdujo en un agujero del árbol. Retrocedió unos pasos, mirando las ramas como si se planteara treparlo. Entonces dio media vuelta y se encaminó hacia las hierbas donde Agnes se ocultaba.

–Ya puedes salir, Agnes –le dijo al lago de hierba.

Agnes se sonrojó y emergió despacio de su escondite.

–Puedes preguntármelo, ya lo sabes.

–Pero no me lo vas a contar.

–Bueno, no quita para que puedas preguntar. –Su madre esbozó una sonrisita.

–¿Qué hacías?

–Estaba saludando a una ardilla amiga mía.

–Mamá.

–Agnes.

–¿Qué pasa?

–Nada. Y es la pura verdad. A veces me gusta dejar algo detrás. Nunca se sabe quién o qué lo encontrará. Es una de las cosas que me ayudan a no perder el juicio en este sitio.

Agnes sabía que no llegaría más lejos con el interrogatorio y se enfadó con su madre y sus jueguecitos.

Bea vio su enojo.

–Cuando haya algo que saber, te lo contaré. –Le pellizcó la mejilla y dijo–: No tengas prisa en crecer. –Y se rio cuando Agnes le apartó la mano. Sabía que aquel gesto la enfadaría aún más, y por eso lo había hecho.

Apoyó una mano sobre el hombro de Agnes y apretó, y así deshicieron juntas el camino entre las hierbas. Aunque su madre intentó que el gesto pareciera maternal, Agnes sabía que estaba siendo escoltada.

Su madre compartió cama con ella aquella noche, y cada vez que Agnes se daba la vuelta para comprobar si dormía, se encontraba con sus ojos clavados en ella, ámbar claro y avizor. «Duérmete, Agnes», le ordenaba con el mismo sonsonete. Finalmente, Agnes terminó por ceder a un sueño frustrado, y no le habría sorprendido que su madre se hubiese pasado la noche en vela solo para que no hubiese salido a hurtadillas a buscar lo que había escondido.

Cuando Agnes despertó, era tarde. Estaba amodorrada. Entumecida. El racionamiento de agua estaba haciendo mella. Permaneció tumbada, intentando tapar el sol, que ascendía por el cielo y parecía empeñado en brillar justo en sus ojos, única y exclusivamente.

El campamento zanganeaba. La gente deambulaba letárgica, reseca. Cuando hubieron recogido todo, se congregaron en un círculo mustio. Allí donde habían dormido la tierra estaba aplanada, parecían acorralados por un cercado de hierbas que los rodeaba por los cuatro costados.

–Ayer salí a explorar un poco los lagos –comentó Bea sin mucho entusiasmo.

–¿Y bien? –preguntó Carl.

–Me da que es un callejón sin salida. Así que deberíamos hacerle caso a Agnes.

Se volvió hacia Agnes. «Seguir a los animales». Bea le sonrió, el instinto centelleaba en sus ojos. Agnes notó que el corazón le latía con fuerza, debatiéndose entre el orgullo y la repulsión, el amor y la ira. Su madre estaba mintiendo a la Comunidad. Pero también estaba poniéndola al mando. Le devolvió la sonrisa, desde lo más profundo de su ser. No pudo evitarlo, incluso a pesar del dolor que le nacía en el vientre. Odiaba lo fácil que le resultaba querer a su madre. Lo difícil que era no ceder en su indignación cuando su madre le hacía daño. Siempre querría a su madre. Incluso cuando no se lo mereciera. Le invadía la vergüenza, pero también el anhelo. Agnes se mordió la sonrisa para retraerla. Observó entonces cómo la sonrisa de su madre se retrajo también.

Agnes sabía que estaban siguiendo sendas animales días antes de que los demás se percataran de ello. Las había visto nítidamente grabadas en la uniformidad del mar de salvia varios atardeceres. Reparó en las ramas partidas y, al mirar hacia delante, distinguió un camino labrado entre sus puntas quebradas. Las sendas como aquellas salían como rayos en todas direcciones. Se cruzaban entre sí y, a medida que Agnes avanzaba, todas convergían en una especie de amplia avenida pisoteada por centenares de criaturas.

Cuando se toparon con la primera congregación animal, se detuvo, puso los brazos en jarras y dijo: «¿Lo veis?».

La víspera se había desatado una tormenta que había descargado una lluvia fugaz mientras caminaban por la llanura. Habían conseguido algún trago de agua, volviendo escudillas y sombreros, ahuecando las palmas de las manos o alzando al cielo sus bocas abiertas. Sin embargo, la tierra la absorbió enseguida, y con la misma rapidez con la que había caído la lluvia, el suelo volvió a estar seco.

En cambio, en el lugar donde estaban ahora, una depresión había recogido una buena cantidad de esa tormenta. Parecía una fuente de agua fiable, concurrida, pisoteada a conciencia. Apenas quedaba salvia.

El agua había languidecido a los animales. Los alces descansaban en la tierra refrescada por la humedad de sus cuerpos. Los búfalos daban coletazos dentro del agua. Sobre ellos, los pájaros, vigorizados por la humedad creciente, remontaban el vuelo y descendían en picado. Los conejos se limpiaban detrás de las orejas. Reinaba un silencio únicamente interrumpido por los gorjeos y los aullidos regulares de los centinelas que montaban guardia por si aparecían depredadores.

La Comunidad instaló el campamento a varios caminos de la fuente de agua para evitar posibles pisoteos. Empezaron a preparar la cena y montar las camas en silencio, para corresponder a la serenidad del abrevadero al atardecer. Oyeron los chasquidos de los murciélagos y el zumbido de las patas de los insectos. Los animales más grandes murmuraban entre sí conforme iba cayendo la noche. Y justo cuando parecía que todo se había acostado, se produjo una cacofonía momentánea. Los alces berrearon; los búfalos resoplaron. Los patos graznaron. Las alimañas chillaron y los lejanos lobos aullaron. Fue como si todos se dieran las buenas noches. Se hacía extraño haber dejado de estar solos.

Cuando el abrevadero quedó convertido en un barrizal y los animales se marcharon, la Comunidad recogió y se fue también. Y así permanecieron en el agua, migrando con los animales de abrevadero en abrevadero.

Desde que dejaron el lago de hierba, Val estaba sofocada e hinchada como un globo. Tenía siempre los brazos alrededor de la cintura como si intentara abarcarla en su totalidad. Se quedó en blanco en mitad de una conversación cuando su cuerpo se contrajo, empezaba el principio del parto. Val gruñía y sonreía a partes iguales porque por fin estaba sucediendo.

Dio a luz a Bebé Garceta entre los mugidos de los animales en su tercer abrevadero. Lo llamó Bebé Garceta para asegurarse de que nadie lo confundiría con uno de los pájaros blancos como la leche que caminaban de puntillas por el barro. El parto fue fácil y rápido, y Val parecía muy satisfecha al respecto. Limpiaron a Bebé Garceta y lo envolvieron en una nueva faja de gamuza que le había hecho Debra. El campamento trajinaba de acá para allá para ofrecerles comodidad, pero enseguida todo se calmó y el día pasó a ser como cualquier otro. Solo que con una voz nueva en el barullo. Una voz chillona y atiplada.

Agnes se percató de que los animales de aquel abrevadero estaban muy interesados por el nuevo sonido que provenía de su campamento. Hembras y madres se les aproximaban olisqueando el aire, excitadas y alerta. Volvían las orejas. Los ruidos de Bebé Garceta eran similares a los de sus crías. Quejumbrosos, necesitados, demandantes. Agnes sabía que querían ayudar. Enseñarle a Val a calmar al pequeño. A alimentarlo. A protegerlo. Asumían que Bebé Garceta era uno de los suyos, y Agnes sintió una punzada de envidia.

Pero mientras caminaba al frente de la Comunidad, Agnes se sintió orgullosa de ir en cabeza, de ser una criatura más en medio de una migración multitudinaria. De que ellos también fueran criaturas en busca de agua, igual que debían hacerlo todas las demás. No era que no se hubiera sentido así desde que llegó a este lugar. Como otro animal más. Sin embargo, ahora se daba cuenta de la dimensión. De lo multitudinario que era. Veían animales con frecuencia: un rebaño de ciervos, una pareja de halcones apareándose, una manada de lobos. El rebaño de alces era el grupo de animales más numeroso con el que se habían topado nunca, sin contar con las bandadas de pájaros. Pero las bandadas no tenían las pezuñas maltrechas de los alces, ni su pelaje sudoroso.

Contemplando la vasta llanura, los animales avanzando en la misma dirección, impelidos por las mismas necesidades, todos a una, Agnes sintió que formaba parte de aquel lugar como jamás lo había sentido. No era consciente de haberse sentido al margen. Pero intuía que, de algún modo inefable, así era. Era su confianza en las espitas. En los mapas. En las consultas a los Forestales. Nunca llegaban a vivir del todo por sí solos. No como hacían esos animales día tras día. No hasta ahora. Y ella iba en cabeza. Pensó en la conversación que tuvo con Jake al poco de su llegada, cuando él le preguntó cuánto tiempo creía que se quedaría. Él, recién llegado como estaba, apabullado, no concebía que el Estado de la Reserva pudiese durar para siempre. Ella, en cambio, nunca se había planteado que algún día se marcharían de allí. Cuando se fueron de la Ciudad, su madre no habló de viaje, ni de aventura, ni de nada temporal. Lo que dijo fue: «Es nuestro nuevo hogar». Con la mera idea de marcharse se le hacía un nudo en la garganta. Volvía a sentirse aquella chiquilla lánguida que tosía sin parar, que teñía de rojo los pañuelos. Que era incapaz de imponer su fuerza en el mundo. Pero no, esa ya no era ella. Ella ya no era aquella niña que curioseaba desde la distancia, protegida tras su madre o Glen. Que alargaba cautelosamente la mano para tocar el hocico húmedo de un ciervo, que por la mañana rompía una tela de araña nueva, que se sacudía el rocío y la seda de la cara sorprendida. Ahora ella era la matriarca del rebaño de ciervos. El vértice de la escuadra. La hembra dominante. Era parte de un todo. Un todo que dependía de ella. Agnes echó a correr. Oyó a Val, gritándole que esperase. La voz ronca de Glen pidiéndole que aflojara el paso. A su madre, ordenándole que se detuviera. En cambio, profirió un alarido de alegría por toda respuesta y aceleró aún más. Los ciervos, espantados, viraron para cambiar de rumbo. Los gansos se empequeñecieron conforme se elevaban para alejarse de semejante éxtasis. Era el último aliento de aquella chiquilla. Agnes sonrió. Hizo la rueda, más alaridos. De haber tenido a mano algo con lo que cavar bien hondo en la tierra, habría enterrado su antiguo ser. A falta de ello, resollaba mientras fingía excavarse las tripas. Después, con un ademán teatral, se extrajo algo del interior, el corazón de la chiquilla, y con un último alarido se lo arrojó a los gansos, que graznaron y viraron de nuevo, descargando sus heces a su alrededor.

Y Agnes aguardó a que los demás le dieran alcance.

Cuanto más se acercaban a las estribaciones, más verde y más suave se volvía el mundo. El peso del aire había cambiado. Volvía a haber agua en el ambiente y pronto albergaron la esperanza de encontrársela fluyendo mansa y cristalina, brotando de pequeños manantiales y arroyos. Pasaron de largo pinos solitarios y recolectaron los piñones cuando podían para conservarlos después. Piña se pidió transportar la bolsa. «Por mi nombre», aclaró. La cargaba con una seriedad que a Agnes le provocaba risa, un poco malévola, comprendió al darse cuenta de que el afán de Piña hacía sonreír a los demás. Finalmente, aparecieron las afiladas cumbres de las montañas y la Comunidad puso rumbo hacia ellas. Atrás quedaron las masas migratorias. Los abrevaderos. La camaradería. La seguridad del grupo.

Glen volvía a estar demacrado, ronco, débil. Le había salido una cojera del mero movimiento, no a raíz de una herida traumática. La disimulaba como podía. Por la noche, volvía a tener accesos de tos y, por la mañana, se estremecía con cada pasito, como si incluso los más leves gestos le dolieran. Ahora la Comunidad volvía a disponer de agua, pero el racionamiento que habían padecido había hecho mella en Glen.

Una de las noches después de dejar el último abrevadero, Agnes lo vio alejarse al atardecer, arrastrando una manta individual. Quiso acompañarlo, pero él se lo impidió. Había empezado a leer el deterioro físico de Glen como quien lee las señales del clima en el cielo. Un halo alrededor de la luna significaba lluvia. Que Glen desapareciera, que algo malo iba a suceder.

Bea tardó varias noches en darse cuenta de que Glen volvía a dormir al margen del campamento. Que su madre tardara tanto en percatarse ratificaba la sospecha de Agnes de que no solo era mala madre, sino que, además, era una mala esposa. *Como si necesitara que me lo confirmaran*, se dijo para sus adentros.

−¿Por qué no me lo has dicho? −preguntó su madre, lanzando restos a la lumbre.

−No pensaba que te importara.

−Pues claro que me importa −masculló−. ¿Sabes por qué lo hace?

−A lo mejor se está muriendo.

El rostro de su madre se encendió.

−¿Qué acabas de decir?

Agnes tragó saliva.

−Que a lo mejor se está muriendo −repitió, bajando la voz, asustada.

Lo dijo porque pensaba que tal vez fuera verdad. Eso hacían muchos animales cuando estaban cerca de la muerte. Agnes se preparó para desarrollar la explicación. Sin embargo, Bea se volvió hacia ella con el rostro desencajado, pero no de ira, sino de miedo, y toda ella avanzó como para abofetearla con todas las partes de su cuerpo. Agnes se encogió, convencida de que notaría la mano de su madre en la mejilla. Pero el tortazo no llegó. Agnes abrió un ojo y vio a su madre alejándose de la luz de la hoguera, avanzando derechita hacia donde estaba Glen, como si fuera el norte geográfico. No volvió al campamento antes de que Agnes se acostara. Y tampoco estaba cuando Agnes se despertó con los albores argentados del amanecer.

Agnes los encontró abrazados lo suficientemente lejos para que la luz de la hoguera fuera un resplandor visible en el horizonte, y no unas llamas titilantes. Se acuclilló a tan solo un viejo pino de distancia, y, si Bea y Glen la vieron, no se lo hicieron saber. Se comportaban como si estuvieran solos, en un rincón íntimo, no bajo el cielo abierto.

Glen estaba recostado sobre sus pertenencias. Su barba tenía zonas grises y cubría lo que Agnes sabía que eran unas mejillas hundidas. Tenía el aspecto de una tira de piel demasiado pequeña y esmirriada para sacarle provecho.

Bea estaba sentada a su vera, inclinada sobre él, tumbada casi. En la mano tenía un tosco cuenco de madera y un paño. Lo humedeció en el cuenco y la tela emergió goteando. Le pasó el trapo húmedo por el centro del pecho.

Glen exhaló un suspiro y sus hombros se relajaron hacia los costados, como si Bea se los hubiera desbloqueado desde el esternón. Dejó caer la cabeza hacia atrás.

Agnes observaba, perpleja. ¿Cómo podía sentirse relajado en sus manos después de que se largara y luego lo abandonara por Carl? ¿Cómo podía aceptar su amor? Para significar algo, la ternura debía ir acompañada de algo más, de algo como la lealtad.

Después de unirse a Carl, Bea se aseguró de que Glen estuviera atendido. Pero, por lo que Agnes había visto, nunca se había ocupado personalmente de los cuidados. Hasta ahora, Bea había mantenido las distancias. Si alguna vez lo miraba de reojo, era desde lejos. Tal vez el mutismo de su madre había dado a entender que su amor por Glen se había acabado. Pero en aquel momento, en aquel lugar, esa impresión era a todas luces falsa. En ocasiones Agnes dudaba de los motivos que impulsaban a su madre a hacer las cosas, asumía que albergaba otros deseos adicionales y secretos. Pero en aquella estampa no había nada ambiguo, mientras Agnes miraba a su madre besándole con ternura en las mejillas, en la sien, en los párpados cerrados, en la frente, mientras Glen esbozaba una sonrisa feliz y triste; después, cuando lo besó en la boca, el cuerpo de él buscó el de ella. Glen estaba enamorado. Y, por lo visto, su madre también. Agnes pensó en todo aquel tiempo sin su madre después de que los abandonara. No recordaba que Glen hubiera mostrado un momento de enfado. Como si estuviera convencido de que había actuado desde la necesidad, y, en consecuencia, no pudiera culparla.

Desde las sombras, Agnes observó a Bea recostada en los brazos de Glen, su cabeza apoyada en su pecho huesudo, ascendiendo ligeramente con cada respiración. Tenían los ojos cerrados, pero no estaban dormidos. Agnes sintió una calidez dentro del pecho, y recordó que así habían dormido durante años. Su madre y Glen abrazados y ella a sus pies. Al verlos juntos, le sobrevino el abatimiento. Quería volver a formar parte del lecho familiar, volver a ser la persona con quien desearan compartir momentos de ternura. ¿Estarían echándola de menos ahora mismo? ¿Echarían de menos el tacto de sus manos aferradas a sus tobillos?

La Comunidad mantuvo el campamento unas cuantas noches y secó los faisanes que habían traído los Cazadores.

Ahora que Glen estaba fuera del campamento, Bea dormía con Agnes. Pero su madre se encogía en una pelota muy rígida, a propósito, pensaba Agnes, que no le brindaba ni tranquilidad ni calor durante la noche. No estaba dispuesta a seguir durmiendo así. Una noche, Agnes renunció al calor del fuego y fue en busca de Glen.

Parecía que él también tenía lumbre. Sin embargo, Agnes constató que lo que creía haber visto, un fulgor en el horizonte, una negra culebrilla de humo que serpenteaba por el azul oscuro del cielo crepuscular, se encontraba lejos, muchísimo más lejos, y no debía de ser fuego. Quizá fueran vestigios del atardecer. Y el humo una mera ilusión.

–Hola, cielo –saludó Glen.

–¿Cómo has sabido que era yo?

–Por el sonido de tus pisadas.

Agnes estaba orgullosa de que Glen hubiera reconocido su aproximación, pero, al mismo tiempo, se avergonzaba de que le hubiera costado tan poco detectarla.

–No te preocupes –dijo Glen, intuyendo su decepción. Cuando lo tuvo más cerca, Agnes vio que sonreía–. Tus pisadas son las únicas que reconozco. Y es porque me paso mucho tiempo esperándolas. Nadie más habría podido oírlas.

–Mejor. –Agnes se acuclilló a su lado–. ¿Puedes volver al campamento?

–Preferiría quedarme aquí.

–Pero es que tengo frío.

–¿No está durmiendo tu madre contigo? Dijo que lo haría.

–Sí, pero no me da calor. No le gusta que la toque.

–Claro que le gusta.

–No, se aparta cuando le busco los pies.

–Igual es porque está dormida.

–No, está despierta. Lo hace a propósito.

–Agnes, me cuesta creerlo.

–Es verdad. No quiere que esté con ella. No le gusto. –Agnes sintió una presión en el pecho, como si estuviera a punto de estallar y toser. Se le humedecieron los ojos.

–Tu madre te quiere mucho. Todo lo que hace lo hace por ti.

–Eso no es verdad.

–Es mayoritariamente verdad.

–Hace un montón de cosas pensando en ella.

–¿Y tú no?

Aquel revés era injusto, pensó Agnes. Ella no era la madre de nadie. Sin embargo, no dijo eso.

–Tú no.

–Claro que sí.

–No, tú no, y seguro que no lo harías si tuvieras tus propios hijos.

–Vaya... –Glen frunció el ceño.

–¿Qué pasa?

–Pensaba que tenía una hija. Es esa niña tan graciosa que de vez en cuando suelta tonterías. Como, por ejemplo, que su padre no tiene hijos.

—Ya me entiendes, tú no eres mi padre de verdad.

—Para mí es como si lo fuera.

—Lo sé. Es solo que estaba pensando en Madeline.

Glen sintió una bofetada.

—Ah.

—Lo siento.

—No, no pasa nada. Me gusta oír su nombre. No sabía que estuvieras al corriente.

—Pues sí.

—¿Te lo dijo tu madre?

—No.

—Pero lo oíste.

—Sí.

Glen sonrió.

—Tú lo oyes todo, ¿verdad?

Agnes sonrió y agachó la cabeza con orgullo.

—Es mi misión.

—No —repuso él, volviendo a arrugar la frente—. Tu misión es ser joven.

—Siento haber pronunciado su nombre.

Glen soltó una risita.

—Puedes decirlo. Me gusta oírlo... Iba en serio. —Sonrió—. No hablo de ella porque no está entre nosotros. Y tú sí. Y tú eres mi niña. Pero si ella estuviera aquí, la trataría igual que a ti. Igual que tu madre te trata a ti.

—Hum... —Agnes no estaba convencida.

Frente a ellos, un par de ojos ambarinos parpadeó cerca del suelo.

—¿Topo, topillo, ratón o gnomillo?

—Gnomillo.

—Eso me ha parecido. Largo de aquí, gnomo —dijo, y la criatura se alejó correteando. Glen tosió—. A veces me embarga la culpa por tenerte aquí. Quizá deberíamos habernos marchado cuando te recuperaste.

—No. —Agnes fue tajante.

—Ah, ¿no?

Agnes deseaba decirle más, pero al abrir la boca para hablar, se le atragantaba un sentimiento cada vez más intenso. Contempló el cielo negro a su alrededor, la línea del horizonte casi invisible. Escuchó a los murciélagos que anunciaban su paradero y la localizaban. La brisa le refrescaba la piel después de un día tan caluroso. Allí sentada a solas con Glen, su padre, a cielo abierto entre los animales y la Comunidad. ¿Quién sería ella ahora si no hubieran venido aquí?

—No quiero marcharme nunca.

Glen la atrajo hacia sí y le dio un beso en la frente.

—Ya lo sé –dijo, aún ceñudo.

—¿Volverás al campamento? Por favor. Me siento sola por las noches.

—Pero está tu madre.

—Se irá a dormir con Carl. De todas formas, es donde quiere estar.

Agnes se estremeció un poco por haberle dicho algo así a Glen. Era cruel. Pero él rio, con una risa aflautada y vacía.

—Ay, Agnes. Podrías llenar un abismo con todo lo que no sabes de tu madre.

—Sé más cosas de las que te piensas.

—Ah, ¿sí?

—Sé que se piensa que nos está protegiendo.

—Pero...

—Yo no necesito que me proteja. Y tú tampoco. Y aunque necesitáramos ayuda, hay otras maneras.

—Tu madre sabe lo que se hace. Y yo también. Somos un equipo.

—¿Cómo puedes decir esto cuando está con Carl?

La voz de Glen se tornó lenta y enfática.

—Yo sé lo que se hace –repitió, intentando convertirlo en verdad–. Ella sabe lo que se hace. Somos un equipo.

Agnes lo miró.

—Eres tonto –murmuró con un hilo de voz. Aunque sabía que había sido maleducada, no se le ocurría otra forma de decirlo.

Glen pestañeó. Agnes creyó ver que sus ojos se humedecieron un instante, pero nada escapó de ellos.

–Puede.

Guardaban silencio. Un mochuelo llenaba los vacíos. Una nube se precipitó y ocultó la luna. Agnes tiritó.

Glen se estiró teatralmente y se dio una palmada en los muslos.

–Pero –dijo subiendo el tono e impostando una alegría forzada–, para responderte a tu pregunta, sí, volveré a dormir al círculo. Se me estaban quedando los pies helados aquí fuera.

Agnes sonrió. Lo ayudó a ponerse de pie, observó el temblor de sus rodillas. Glen, sin embargo, recuperó el equilibrio sin su ayuda. Agnes recogió su manta y echaron a andar. Se sentía como si fuera el miembro más joven de un rebaño y él el más anciano, el más importante. Sabía que nadie más pensaría en Glen en esos términos, pero sintió orgullo a su lado. No creía que Glen necesitara ser el líder para seguir siendo importante, aunque comprendía que no era el estilo del rebaño. Se echó las pieles al hombro para liberarse la mano, y la deslizó en la de Glen.

Agnes sonreía mientras caminaban y no borró la sonrisa ni al reparar en que su madre los observaba acercarse, con el semblante arrugado y una mirada de reproche. Cuando llegaron al borde del campamento, Bea se levantó de donde estaba sentada y fue hacia la cama que Agnes y ella habían compartido. Recogió su piel justo cuando llegaron al rincón de la familia. Le dedicó a Agnes una sonrisa dura. Agnes trató de imitarla, para burlarse de ella. Sin embargo, en lugar de sentirse humillada, a Agnes le pareció que tras los ojos de su madre asomaba una risa. Su madre no cruzó palabra con Glen. Se encaminó hacia donde Carl yacía y extendió sus pieles junto a él.

Agnes miró a Glen y le sorprendió constatar que no estaba mirando a su madre. Estaba sonriéndole. Le pellizcó la mejilla.

–Venga, a dormir. ¿Lista, Calixta?

–Que no me llamo Calixta.

–Ah, ¿no? –Se rascó la cabeza–. Lo habría jurado...

Era lo que solía decirle cuando se preparaban para salir de

casa. En ese pasado remoto en el que ella era una niña pequeña, él era el novio de su madre, y se disponían a aventurarse al mundo hostil y abarrotado que existía más allá de la calidez de su hogar.

Mientras la Comunidad cenaba y el horizonte devoraba el sol, a Agnes se le pusieron los pelos de punta. Miró alrededor de la hoguera y vio que la mayoría permanecía inmóvil, alerta, a la escucha. Todos volvieron la cabeza como un látigo hacia el sonido de un único crujido. Examinaron el avance del crepúsculo. Agnes avistó la sombra de un hombre encorvado. Daba la impresión de que tenía las manos metidas en los bolsillos, pero los detalles se perdían entre la penumbra y la salvia que lo rodeaban.

–¿Quién narices eres? –preguntó Carl.

La sombra dio un respingo, se agachó y se encogió de miedo. Su pelo atrapó los destellos rojos del sol.

–¡Largo de aquí, hostia! –gritó Carl.

La sombra se escabulló, mirando hacia atrás cada pocos pasos, iba con la lengua fuera y el triste blanco de sus ojos relucía en la oscuridad.

–Necesita agua –dijo Debra.

–Y nosotros –contestó Carl.

–Pero nosotros tenemos. –Debra miró a Bea.

–Nada de agua –zanjó Bea.

La Comunidad fingió desviar la atención a la hoguera, donde el fuego ardía sin control. Dejaron la mano sobre sus armas primitivas.

–Juan y yo nos quedaremos vigilando hasta que se haga de día –anunció Carl. La sombra se retiró, y no volvieron a percibirla durante la noche.

Al día siguiente, la Comunidad estaba tensa, todos interrumpían sus tareas para otear el horizonte por si volvía la elusiva silueta.

La noche siguiente regresó. Esta vez se acercó, y su aspecto se parecía más al de un hombre. Un hombre con el tipo de barba dejada que tienen los cadáveres. Como el muerto de la cordillera y su barba. *El tío de Brad.* Agnes hizo una mueca al recordarlo. Este hombre que tenían delante llevaba un pantalón corto de madrás y calzaba unos zapatos de suela fina de la Ciudad. Llevaba un flotador desinflado alrededor de la cintura. Se arrodilló. Extendió las manos con las palmas hacia arriba. Mantuvo la mirada gacha, evitando el contacto visual.

–Necesita agua –dijo Debra.

–Y nosotros –contestó Carl.

–Pero nosotros tenemos –insistió Debra. Y volvió a mirar a Bea.

Ella suspiró e hizo un gesto con la mano.

–Dadle un cuenco de agua.

Carl se asestó un puñetazo en el muslo con los labios apretados y pálidos, se levantó y recogió una escudilla de madera que había tirada por el suelo. Sin limpiarlo, lo llenó de agua y se alejó con él de la hoguera, pero no hacia el hombre, sino más a la derecha, para que tuviera que arrastrarse para llegar.

La Comunidad volvió a concentrarse en la lumbre. Oyeron murmullos, el gruñido del esfuerzo. Un sorbo, un jadeo, una tos. A continuación, silencio. Cuando se fueron a dormir, asumieron que él había hecho lo mismo, en el mismo lugar donde se había bebido el agua. Esa noche se encargaron de patrullar Frank y Linda.

A primera hora de la mañana, despertaron con un chillido. El de Debra. Estaba de pie y se aferraba a una piel con la que se tapaba. El hombre con el pantalón de madrás estaba en su cama, acurrucado como un bicho bolita. Tenía los ojos bien abiertos y tensaba los músculos preparándose para escapar, aunque no se movió.

–Bueno, se acabó –dijo Carl–. Levanta.

–Perdón –dijo el hombre mirándose las manos.

–Levántate.

–Tenía frío –dijo al suelo.

–Le-ván-ta-te.

–¿Puedo tomar un poco de sopa?

–Que te levantes.

340

–Soy muy trabajador.

Carl lo levantó por las axilas y, por un instante, el hombre se quedó hecho un ovillo, con las piernas pegadas al pecho, con todo el cuerpo suspendido sobre el suelo. Poco a poco bajó las piernas, y vieron que era muy alto y fibroso. Carl lo evaluó. Tanto podía ser muy fuerte como muy débil.

–Andando –le ordenó, y lo hizo regresar a los arbustos. Cuando Carl se dio la vuelta para volver al campamento, el hombre con pantalón de madrás quiso alcanzarlo. Fue un gesto lastimero, fruto de la desesperación, podría decirse que hasta penoso y todos se dieron cuenta. Carl, sin embargo, lo interpretó como una agresión, lo cogió del brazo y se le lanzó a la yugular. Los dos se enzarzaron a golpes. Clavaban manos y dedos, pero no tenían fuerza en las muñecas y los movimientos eran en vano. Nunca habían visto a Carl pelearse, y resultó que no se le daba demasiado bien.

Giraban en círculo, arrastraban los pies como si estuvieran bailando y se daban manotadas para evitar los bofetones del otro. Al final, Carl logró asestarle un puñetazo en la cara, y el hombre se desmoronó con una rodilla doblaba y sujetándose la nariz. Carl le dio una patada y el tipo terminó cayendo de lado, con las manos en la cara y las rodillas otra vez flexionadas. Se quedó en el suelo.

Carl regresó al campamento y la Comunidad continuó con sus quehaceres. Después de desayunar recogieron. Hicieron tareas poco importantes y se pusieron a ordenar como si esperaran invitados. Dieron la vuelta a la carne en el ahumadero, extendieron las pieles. Los Recolectores salieron en pequeños grupos. Hicieron todo lo posible por no pensar en la presencia del hombre. Pero, como estaban nerviosos, no trabajaban bien. Le hicieron un agujero a una de las pieles. La carne se les cayó en el fuego humeante y una remesa de piñones salió mal.

Durante la cena, el hombre se aproximó a rastras, con la lengua fuera llena de tierra. Carl fue hacia él, lo cogió del cuello del jersey de lana y volvió a arrastrar su largo y flácido cuerpo hasta el límite del campamento.

El tipo se sentó entre los arbustos de salvia, en el punto

exacto donde había caído esa mañana. Desmenuzó unas hojas y se las empezó a comer poco a poco. No servían de sustento y al final terminarían sentándole mal. Cuando estaban quedándose dormidos, oyeron cómo se alejaba reptando. Oyeron el chorro de diarrea contra el suelo y sus gimoteos.

Por la mañana, Debra volvió a despertar con el hombre enredado entre sus pieles, y, a empujones, Carl lo llevó hasta el límite del campamento y se volvieron a pelear. Hicieron el mismo baile que la otra vez, pero duró mucho menos. Al poco de empezar, Carl le atizó un puñetazo sobre la polvorienta pista de baile y el hombre se vino abajo.

Este ciclo se repitió durante dos noches y dos mañanas. Debra empezó a dormir en la cama de Juan. Al amanecer, encontraban al hombre en la cama de ella, regocijándose en la comodidad y el espacio. Y Carl volvía a llevárselo a rastras del campamento.

La tercera noche, en la hoguera, Debra confesó:

—Ayer le llevé unas sobras.

—No se puede —dijo con amargura el doctor Harold.

—Me da igual. Y esta noche volveré a hacerlo.

—Pero, Debra, ¿por qué? —preguntó Bea.

—Porque quiero recuperar mi cama. —Juan la miró mal y ella también a él—. Da patadas cuando duerme.

—Ella me roba las mantas. —Ambos se frotaron los ojos cansados.

—No se va a ir —dijo Glen con voz ronca—. Tal vez deberíamos discutir qué hacer, ¿no?

—Yo me ocupo —terció Carl, y la conversación terminó ahí.

Mientras se retiraban para acostarse, Carl fue donde estaba el hombre agazapado y le dio un puntapié. Vieron que el intruso trataba de aplanarse contra el suelo mientras Carl le pateaba el abdomen.

—No te levantes —le exigió, aunque era evidente que no tenía ninguna intención de defenderse. De una patada le dio la vuelta y se colocó a horcajadas sobre él. Lo agarró del pelo y le pegó cuatro puñetazos en la cara. Cuando lo soltó, la cabeza volvió al suelo, como si quisiera regresar al sitio al que pertenecía. Carl se le acercó, como si fuera a contarle un secreto, y permaneció así mientras los demás contenían el aliento. Después regresó al campamento y se metió en su cama, donde Bea lo estaba esperando.

Por la mañana, el hombre encendía un fuego con poca maña. Tenía los labios morados e hinchados y las mejillas infladas como una ardilla listada comiendo.

El equipo del desayuno se puso a trabajar, bajo la mirada atenta del hombre, que tomaba notas sin papel. Cuando todos se sentaron a comer alrededor de la hoguera, él los imitó. Y cuando sirvieron una escudilla de arroz calcinado a cada uno, a él también.

–Os presento a Adam –anunció Carl.

–Hola, Adam –contestaron todos.

Él intentó sonreír, pero de su rostro hinchado no escapó ningún sentimiento.

–Háblanos un poco de ti –dijo Debra.

Y entonces fue cuando se enteraron de que había más gente en el Estado de la Reserva. Que llevaban allí un tiempo. Y que llegarían más.

A Carl la barbilla le temblaba por la rabia y los declaró Intrusos, fuesen quienes fuesen. Pero Adam les explicó que ya tenían un nombre, se hacían llamar los Disidentes.

Hermana, Hermano y Piña tuvieron unas pesadillas en las que, en plena noche púrpura, les tapaban los ojos y los llevaban a rastras a las barracas cochambrosas de los Disidentes. Dijeron que se les aparecía una clase de hombre asalvajado que los adultos sabían que no existía. Alguien manchado de tierra y con sangre de animal goteándole de la boca. La imagen de hombre asalvajado que los habitantes de la Ciudad quizá se hacían de la Comunidad. Aunque probablemente esa otra gente tuviera un aspecto parecido al de Adam. Su ropa estaría sucia y hecha jirones, pero aun así era de la Ciudad. A pesar de que el pelo les hubiera crecido bastante, seguiría evocando su último corte de peluquería. Las suelas de los zapatos se les partirían, pero eran de goma. Todavía tendrían vaqueros y conservarían las gafas sin romper. Estarían estropeados por la Reserva, no estarían en sintonía con ella. Lo que se preguntaban, por más que Adam pareciese bastante inofensivo, era si los demás también lo serían.

Según Adam, la Ciudad que había conocido la Comunidad no tenía nada que ver con su estado actual, y por eso la gente se escapaba, se aventuraban a emprender una caminata muy arriesgada para esconderse en el último sitio que encontraran. La última reserva. Cuando los Recién Llegados intentaban asentir dándole la razón, ya que habían sido los últimos habitantes más recientes de la Ciudad, Adam los señalaba y vociferaba: «No, no sabéis nada. No tenéis ni idea».

Sus historias se alargaron durante días, pero de repente, una noche, guardó silencio. A ellos les pareció que estaría bien contar con público nuevo que no hubiese oído sus historias, las del principio, las Baladas que habían creado a partir de su experiencia. De modo que Juan se puso a contarlas, daba vueltas por el corro muy despacio, con los ojos radiantes de emoción, gesticulando con la cara y las manos. Les explicó que en la Ciudad había hecho teatro de aficionados, algo que hasta ahora no sabían. La primera noche Adam permaneció sentado educadamente, y la segunda los escuchó distraído. A la tercera, sacó el pulgar y lo colocó hacia abajo.

—¡Fuera! —exclamó abucheando a Juan, que se quedó helado, mientras relataba una caza en la que habían surgido imprevistos.

—¿Perdona? —intervino Bea.

—Digo que fuera. —Adam sacó la lengua—. Vuestras historias son soporíferas. Uy, sí, pobrecitos. —Se frotó los ojos con los puños y dijo—: ¿Quéééé? ¿Muchas adversidades? ¡Con lo fácil que lo tuvisteis! Si solo tuvisteis que entrar. Seguro que os trajeron en un avión de carga.

La Comunidad no dijo nada, era cierto.

—Llegasteis a la puerta del Estado de la Reserva y estaba abierta de par en par. Prácticamente os pusieron la alfombra roja. Y ahora queréis hablar de adversidades, pues yo os las cuento. Tuvimos que escaparnos de la Ciudad. No hubo ningún avión que nos trajera. Tuvimos que llegar a pie. Sobornamos a camioneros si teníamos la suerte de encontrar alguno. Tardamos meses y meses. Escapamos a las autoridades todo el tiempo. Por lo menos los que lo logramos, porque hay muchos que no lo consiguieron, ¿vale? ¿Vale? —gritaba mientras los demás lo miraban sobresaltados y algunos asentían obedientemente con la cabeza—. Pero hace años que estamos aquí, y vosotros ni siquiera os habíais enterado. Todos sabemos quiénes sois. Os hemos visto cagando con el culo al aire. Y jamás habéis sospechado de nuestra existencia.

La Comunidad se quedó de piedra.

Carl asimiló lo que pudo.

—¿Años? —dijo—. Entonces, ¿por qué tienes la ropa tan nueva?

—Yo no he dicho que lleve años aquí. Nosotros. Los nuestros. Los Disidentes.

–¿Cómo conseguiste conectar con ellos si nosotros no los hemos visto?

–Supongo que soy mejor explorador que vosotros.

–A mí lo que me parece –dijo Carl enfurecido– es que eres un antiguo Agente Forestal al que echaron, se le fue la olla y no quiso irse.

–No, soy Disidente. Formo parte del equipo. No seguimos sus reglas. Creamos las nuestras. –Adam sacó el brazo e hizo músculo, que le tembló por el esfuerzo. Seguía teniendo un aspecto gravemente desnutrido. Costaba distinguir si les estaba diciendo la verdad o inventándose un cuento.

–Somos nosotros quienes tenemos problemas cuando vosotros no seguís las reglas –se quejó Carl–. Nos culpan a nosotros.

De nuevo, Adam hizo una mueca.

–Bua, hay que joderse. Intentad vosotros estar a la fuga todo el tiempo.

–Nosotros no tenemos que huir –dijo Carl–. Porque tenemos permiso para estar aquí.

Adam gruñó, afloraron sus celos.

Bea se animó.

–Y esa es una buena distinción. Nosotros tenemos permiso para estar aquí. Tú no. Mira, podríamos llamar a los Agentes Forestales ahora mismo y contarles que tenemos a un Disidente. Quizá es lo que deberíamos hacer.

Por primera vez, Adam parecía consternado, desinflado, sin aires de superioridad.

–¿Es que tenéis teléfono?

–Por supuesto –se rio Bea a carcajadas. No tenían ningún teléfono.

Adam palideció.

–No llaméis, por favor. –Fue de rodillas hasta Bea–. Por favor, no puedo volver. No volveré a hablar de los Disidentes. Me portaré bien. Lo prometo.

Como estaba muerto de miedo, fue difícil seguir con la amenaza y Bea asintió.

Debra se la quedó mirando mientras Adam se levantaba temblando y se iba a dormir bajo un árbol.

—Has sido muy cruel, Bea —le reprochó.

Debra siguió a Adam, y Agnes supuso que era para consolarlo. También debió de decirle que no tenían teléfonos porque después de aquello, durante días, los Disidentes aparecieron hasta en la sopa. A veces era como si Adam fuera admirador acérrimo del grupo sin necesariamente formar parte de él.

Después de eso, Debra y Adam se hicieron inseparables, algo que no le hizo ninguna gracia al doctor Harold.

—No entiendo por qué le damos refugio a este... a este fugitivo —murmuraba cada vez que tenía a alguien cerca.

—Ay, basta —dijo Debra ofendida—. Tiene el mismo derecho a estar aquí que nosotros.

—Eso es rotundamente falso —replicó el doctor—. Él no lo tiene, mientras que nosotros tenemos todo el derecho del mundo. Tenemos documentos oficiales.

—Este es un país libre —dijo ella.

Juan resopló:

—De eso nada, Debra. —Seguía resentido por haber tenido que compartir cama con ella.

—Pero va en contra de las reglas —protestó en voz baja el doctor Harold.

—¿Desde cuándo te importan tanto las reglas? —saltó ella.

Él no daba crédito.

—Siempre me han importado, Debra —dijo claramente dolido—. ¿Es que no lo sabías?

Ella se encogió de hombros, irritada y distraída. Llamó a Adam a voces y de repente él levantó la mano desde el corro de camas donde estaba pasando el rato, y ella fue a echarse con él.

El doctor Harold miró al suelo, abatido. La madre de Patty le dio una palmadita en el brazo.

Era difícil saber a qué atenerse con Adam. Le enseñaron las tareas del campamento. No trabajaba mal, pero tampoco era nada del otro mundo. No querían enseñarle demasiadas cosas porque sentían que todo lo que habían aprendido durante todos esos años era valioso. Tenían la impresión de que era un saber que debían proteger y mantener en secreto. Así que le daban la espalda cuando mataban animales, cuando curtían, zurcían, remendaban y cosían, cuando disparaban flechas, descascaraban el arroz, pelaban piñones y filtraban el agua. Debra le enseñó a coser con tendones aunque le habían pedido que no lo hiciera, pero al margen de eso, creían mantener ocultos sus saberes y sus secretos. No sabían si sería un enemigo, pero quedaba claro que un amigo no era.

Aun así, Adam se enteró de cosas que ellos hubieran preferido que no supiese.

–¿Por qué os dirigís a la Caldera? –preguntó una noche mientras se escondía entre las sombras. Carl y Bea estaban explicando la ruta que habían planeado para los próximos días.

–Es donde nos han dicho que vayamos –contestó Bea.

–Ajá –dijo él.

Retomaron la discusión, pero esta vez susurrando.

–¿Por qué os dijeron que fuerais allí? –volvió a interrumpir. Los miraba con los ojos entrecerrados–. A ver, ¿es que lo sabéis?

–Pues claro que lo sabemos. Hay una fiesta.

–¿Una fiesta? –se rio.

–Sí, hay un Control nuevo en la Caldera y han organizado una fiesta para celebrarlo.

–Lo único que hay en la Caldera es su Refugio, que es su sitio de encuentro especial. Creedme, los Agentes Forestales no os invitarían a ninguna fiesta que dieran allí. Os odian.

–No, no nos odian. –Bea se sentó con la espalda un poco más recta–. Celebran la fiesta para nosotros.

–Ajá –volvió a decir él, acariciándose el mentón y escudriñando a Bea–. Y yo que creía que eras... bueno, la lista.

–No empieces –intervino Carl.

Adam levantó las manos.

–Eh, yo solo digo que no me fiaría de lo que me dijeran los Agentes Forestales. Sobre todo si me invitaran a una fiesta. ¿Qué van a hacer cuando lleguéis, os asarán en la hoguera?

Bea puso los ojos en blanco.

–No seas imbécil. Hace tiempo que los conocemos. Sí, hay unos cuantos que son gilipollas. Puede que bastantes, pero no todos. Tenemos una relación con ellos.

Adam volvió a reírse a carcajadas, pero se guardó para sí lo que le parecía tan divertido.

—Bueno —dijo Helen—, yo estoy impaciente por ir. El cuerpo me pide fiesta.

—Yo siempre he querido ver la Caldera —comentó el doctor Harold—. Antes no nos dejaban ir.

Los ojos de Adam bailaban sobre sus rostros.

—Es increíble que solo vayáis donde os dicen que tenéis que ir y evitéis lo que os digan que hay que evitar. «Sí, señor. No, señor». A ver, hicisteis gala de cierta creatividad para llegar hasta aquí, eso lo reconozco. Pero, sinceramente, ¿no habéis evolucionado o qué? ¿Qué ha pasado con el libre albedrío? Carl, ¿tú no hablaste de eso en una de esas estúpidas entrevistas que diste hace una eternidad?

—¿Tú quieres volver a comer? —lo amenazó Carl.

Adam levantó las manos.

—No pretendía ofender —dijo, aunque era obvio que esa había sido su intención. Debra se reía sola.

Adam ganduleaba junto al fuego, con los pies apoyados en el Hierro Colado, mordisqueando una rama.

—Yo lo que sé es que no iría. —Y se encogió de hombros.

Bea se lo quedó mirando.

—Bueno, nadie te ha pedido que vayas —repuso impasible—. Tú puedes ir a donde te dé la gana, pero nosotros iremos a la Caldera. Y saldremos por la mañana.

Adam sonrió satisfecho.

—Una decisión unánime, por lo que veo.

—Esta conversación ha terminado —dijo Carl—. Tú puedes dormir ahí. —Señaló hacia la oscuridad—. Con Glen.

—Adam, puedes dormir conmigo —añadió Debra, mofándose de Carl.

Agnes miró a Carl, que estaba hecho una furia. Después miró a su madre y vio que ella también estaba enfadada, pero de otra manera.

Se quedó dormida oyendo sus breves susurros entrecruzados.

La Comunidad se despertó con un grito. El de Debra. Estaba de pie junto a su cama, envuelta con una piel y con los ojos clavados en la ropa a sus pies. Adam solía dormir allí, pero ahora el sitio estaba vacío y solo había un charco de sangre sobre las pieles.

Carl se arrodilló y mojó un dedo en la sangre. Lo olió, lo lamió y arrugó el gesto.

–Esto es sangre de conejo.

–¿Cómo lo sabes? –preguntó Debra.

–Porque sabe a conejo. –Agitó la mano–. Compruébalo tú misma.

Unos cuantos probaron la sangre y coincidieron.

Era sangre de conejo.

–Menudo aficionado –se burló Carl–. ¿Se pensaba que no íbamos a probarla?

Alguien había saqueado el campamento. Había desaparecido un morral con carne, material para coser y remendar, dos pieles que acababan de curtir y el Hierro Colado.

–Qué hijo de puta –dijo Frank.

–Bueno, está claro que lo han ayudado –añadió Carl–. Él solo no podría haberse llevado el Hierro.

Debra se sorbió la nariz.

–Es más fuerte de lo que crees.

–¿Por qué lo defiendes? –le preguntó Carl.

–Yo qué sé –dijo llorando con el rostro desencajado. Se lanzó a la cama, con la sangre y todo lo demás.

El grupo estrechó el círculo. Algunos creían que había actuado en solitario y había fingido un secuestro violento. Otros pensaban que habría retomado el contacto con los Disidentes, que lo habrían ayudado. Tal vez había sido un montaje desde el principio y él era un infiltrado. Un topo. En cualquier caso, también era un canalla.

Agnes lo creyó bastante fuerte como para llevarse todo aquello él solo. Y por eso solo había robado un morral de carne. Un grupo habría cogido más cosas.

Se pusieron a buscar pistas para ver en qué dirección podía haberse llevado el Hierro Colado y encontraron algunas pruebas. Unas ramas rotas y una pisada, una corteza rascada y un trozo de cecina que había caído en la linde del bosque, en dirección a la Caldera.

–Pues ya sabemos hacia dónde ha ido –dijo Helen.

–O han ido –susurró la madre de Patty.

–Creo que deberíamos intentar alcanzarlo –propuso Carl–. No puede llegar muy lejos con el Hierro Colado encima. –Retorció el puño, lo abrió y lo cerró, como si tuviera a Adam delante de las narices.

A Debra se le volvieron a llenar los ojos de lágrimas.

–No le hagas daño.

Agnes no recordaba haberla visto llorar nunca, ni siquiera al principio cuando se había ido su mujer. Ni cuando había muerto Caroline. Creía que Debra no tenía esa capacidad. Se agachó hasta donde estaba acurrucada y le puso una mano en la espalda.

–Lo siento, Debra.

–No la compadezcas –dijo Bea–. Todo esto es culpa suya.

–¿Culpa mía? –gritó ella entre sollozos–. Fuiste tú quien le dijo que no podía venir a la Caldera.

–Y tú quien quiso darle agua.

–Pero tú nos diste permiso –insistió Debra–. Tú eres la líder. Tú tienes la obligación de decir que no, así que esto es culpa tuya –gritó.

Hasta entonces, Agnes no recordaba haberla oído gritar nunca. Estaba siendo un día interesante para Debra.

Bea apretó los puños sin despegar los brazos de los costados. Parecía como si, al morderse la lengua, contuviese al ejército de palabras que se le acumulaba, y al final dijo:

–Tenemos que intentar dar con él. Esa olla es demasiado valiosa. Había mucha carne en ese morral. Cuando llegue el invierno, el pemmican es insustituible. Ay, Debra, por favor, deja de llorar.

Recogieron deprisa y se dirigieron al bosque de conos de ceniza, que se extendía ante ellos frondoso y con árboles altos, pero no recóndito como parecía desde fuera. Bajo el dosel, los pájaros iban de árbol en árbol y todos los sonidos reverberaban, aunque no estaba claro por qué. Después de un par de días Agnes vio lo que parecían dunas a través de aberturas en la vegetación. Conos de ceniza desperdigados por la base de la Caldera. Las cimas eran áridas y arenosas, y las pendientes estaban moteadas de abetos finos. Habían sido calderas minúsculas en ebullición, pero hacía tiempo que estaban extintas.

Habían estado yendo a la carrera, acampando a toda prisa, durmiendo apenas unas horas por noche y comiendo cecina sobre la marcha. Carl era el líder, era como un lobo con carne en el hocico. A veces los niños tenían que correr para seguir el ritmo, y se formaba una larga fila que se adentraba en el bosque. Pero quien más tenía que esforzarse era Glen. Después de un par de noches, apenas había logrado llegar al campamento cuando los demás ya estaban volviendo a ponerse en marcha. Él no se levantó con ellos. Estaba encorvado sobre las rodillas, sacudiendo la cabeza asfixiado, y Agnes se quedó con él. Carl ya abría camino más allá de donde les alcanzaba la vista.

–¡Mamá! –llamó Agnes. Desde lo alto del camino, su madre reapareció rápidamente y vio a Glen. Parecía que le iba a dar algo.

–¡Dejadlo todo! –vociferó enrabietada–. Esta noche acampamos. –Soltó su fardo y fue corriendo hasta donde se encontraba Carl.

Los demás dejaron los morrales y se pusieron a dar vueltas. Unos cuantos Recién Llegados y también algún Originalista miraron mal a Glen. En otras ocasiones ya habían dejado a gente atrás, pero ahora se trataba de Glen. Y era distinto, pensaba Agnes, ¿no?

Su madre tardó mucho en volver. Habían montado un campamento que era una combinación entre uno temporal y uno más permanente, ya que la Comunidad no sabía cuánto tiempo iba a pasar allí. Habían encendido un fuego, pero las camas eran básicas, un corro de una piel por familia.

Antes de llegar a verlos, Agnes oyó la cacofonía progresiva de dos voces airadas. Cuando Bea volvió de la montaña, miraba en todas direcciones y tenía la mandíbula tensa. Se tiró junto a Glen, que estaba acurrucado cerca del fuego. Estaban lo bastante cerca como para tocarse, pero no lo tocó. En cambio, se puso a morderse los nudillos. Carl llegó después, furioso en todos sus gestos. Era una discusión andante, pero mantuvo la boca cerrada.

Debra fue la primera en hablar.

–¿Cuánto tiempo estaremos aquí?

–Nos quedaremos hasta que todos hayamos descansado y podamos continuar –dijo Bea con un tono apagado.

Carl iba de acá para allá entre unos arbolillos enclenques. A veces se detenía y extendía un brazo como si se dispusiera a hablar, pero no decía nada. Bajaba el brazo y seguía caminando. Nadie hablaba y nadie quería mirar a los demás. Al final, Carl cogió su piel y se marchó al bosque. Agnes esperaba que Val lo siguiera con Bebé Garceta, pero no lo hizo. Era como si ni se hubiera dado cuenta de que se había ido.

La tensión en el campamento se redujo un poco. Bea emitió un largo suspiro torturado. Debra cogió un morral de cecina y lo fue pasando.

Agnes se sentó con su madre.

–¿Qué le has dicho a Carl?

–Que éramos tan fuertes como nuestro miembro más débil.

–¿Y qué ha dicho él?

Ella negó con la cabeza.

–Glen solo necesita dormir un poco. Mañana estará bien, y yo iré en cabeza para que podamos llevar un ritmo razonable.

–Podría ir yo –dijo Agnes.

Pero su madre la miró. Estaba agotada y preocupada.

–No, no quiero que vayas tú delante. Por si nos encontramos con algo.

Justo entonces el aullido de Bebé Garceta rebotó entre los troncos de los árboles y Agnes se estremeció.

Su madre se rio.

–¿Te parece exagerado? Eso no es nada comparado con lo que hacías tú. Los vecinos se tuvieron que mudar a otra planta.

–Anda, ya –dijo Agnes, con un amago de sonrisa.

–Que sí –insistió su madre–. Se te oía mucho. Armabas cada escándalo... Pero no tenías cólicos como Bebé Garceta, simplemente te gustaba gritar. En general eras feliz, así que yo no me preocupaba.

Escuchaba a Garceta e intentaba imaginarse así, de pequeña, pero no lo logró. Ahora era mucho más mayor, la infancia le quedaba tan lejos que le costaba evocarla. Se ruborizó y se llevó los brazos a la cintura. Había pasado mucho tiempo desde la última vez que había sangrado y no sabía si era porque estaba embarazada. Sonrió un poco al pensarlo. Todavía no quería contarle a nadie sus sospechas. Se le antojaba como una especie de secreto que debía guardar para sí. Por lo menos un tiempo. Había convencido a Jake para acabar haciéndolo de verdad. Él tenía la cara muy rosada, hablaba bajito, con murmullos, y ella tenía que estar todo el rato preguntándole qué decía. «Te quiero», le susurraba él al cuello. De eso ella no sabía qué pensar, pero cuando él se tensó y se quedó muy quieto, con los ojos mirando al cielo, supo que por primera vez tenía la vida de alguien en su interior.

–¿Por qué lo hiciste?

–¿Por qué hice qué?

–Tenerme. Tener un bebé. –Agnes no sabía si ya se lo había preguntado, pero cuando su madre la miró como presa de una gran emoción, que no quería compartir, vio que no.

Su madre abrió y cerró varias veces la boca.

–No sé cómo responder a eso.

Agnes intentó ayudarla.

–Bueno, ¿puede ser que fuera porque querías ser madre? –Eso parecía bastante fácil, pensó.

Bea sonrió. Se le humedecieron los ojos y le tocó la mejilla, como si le estuviera quitando una mancha.

–Algo así. –Se puso a reír al ver que en el rostro de su hija se reflejaba la irritación por la respuesta equivocada. La mueca de Agnes se convirtió en sonrisa. Siempre sonreía cuando la hacía reír.

–La respuesta larga, por favor –dijo cantarina mientras alargaba una de sus pequeñas manos para juguetear con los flecos del sayo de su madre. Bea también lo toqueteaba y sus dedos se entrelazaron.

—La respuesta corta es que quería ser madre.

—Vale.

—Y supongo que la larga es que quería ser mi madre. Vivir su vida. La vida que sabía que saldría bien. Con una hija y todo solucionado. No era necesariamente lo que deseaba, pero daba por hecho que ocurriría así. Supongo que no era demasiado aventurera.

—¿Y fue así, sin más?

—Uy, no, no fue así para nada.

—¿Por qué?

—Bueno, mi madre ya me había criado. Y sabía que todo había salido bien. Pero cuando te tuve a ti, me di cuenta de que no había nada seguro. Era al principio de estar juntas y podía ocurrir cualquier cosa. Ahora eso cae por su propio peso, pero por algún motivo a mí me llegó de sopetón. Cuando te pusiste enferma, me costó mucho creérmelo. Me acuerdo de que pensé: *Esto no debería pasar.* Así que me entró miedo. No por todo, claro que no, pero recuerdo que cuando eras pequeña me asustaba muy a menudo.

Agnes no necesitaba que le dijera que tener un hijo era algo bonito y que a la vez no lo era. Eso lo veía siempre en su cara.

—Yo no sé si tendré hijos —le comentó nerviosa. Tuvo la esperanza de haber empleado un tono despreocupado que no delatara por qué lo decía.

—Si quieres, los tendrás —repuso Bea con una sonrisa.

—¿Crees que se me dará bien?

—Creo que se te dará estupendamente.

—¿Me dolerá? —preguntó Agnes, sin saber qué imaginarse, pero pensó que ocurriría en un bosque tupido, a oscuras, o en un salitral maloliente, donde su angustia haría graznar y alejarse a las aves. Había oído a algunas mujeres parir y parecía algo espantoso. Sin embargo, recordaba haber mirado a hurtadillas cómo su madre había dado a luz al cuerpecito de Madeline. No le había dado la impresión de que hubiera sufrido mucho y, en general, había estado en silencio, hasta que todo terminó, cuando cerró los puños y se puso a gritar.

—Te dolerá seguro —dijo Bea—. Pero el dolor del parto no dura para siempre. Es solo la primera parte. Ser madre es mucho más que eso.

—¿Cómo qué?

Bea se reía.

—Cómo qué —dijo—. Cómo qué —repitió, tirando de Agnes y abrazándola. Agnes se retorcía, pero no podía liberarse. Se puso a toser y a farfullar, a hacer patente su infelicidad a través de gruñidos. Aunque lo único que consiguió fue que Bea riera y la abrazara más, meciéndola como si volviera a ser un bebé. Agnes siempre se sentía mucho más pequeña entre sus brazos. Tenía las piernas extendidas sobre su regazo y los brazos pegados inútilmente a los costados, como los de una muñeca. De modo que sucumbió al balanceo y al amor bruto de su madre y casi, prácticamente, se quedó dormida.

Despertó con una sensación de calor y contenta porque los tres, Glen, Bea y Agnes, habían dormido acurrucados junto al fuego. Era la primera vez que dormían como familia desde el regreso de su madre. O que hacían cualquier cosa como una familia. El sol, en su recorrido hacia el suelo, cortó entre los árboles. Parecía que el resto del campamento aún dormía. Vio que un petirrojo se apresuraba hacia ella como si tuviera algo urgente que contarle. Después se detuvo. Y se apresuró. Y se detuvo. Entonces el pájaro alzó el vuelo, una sombra se adueñó del sol, y ella sintió frío. Se incorporó con los ojos entrecerrados. El rostro de Carl bloqueaba la luz y los observaba en el suelo. No dijo nada. No despertó ni a Bea ni a Glen. Seguían amontonados, su madre con la cabeza sobre las manos, que tenía apoyadas en el costado de Glen, el hombro encajado en el vientre de él, que, acurrucado, la protegía con su cuerpo flaco. La pausa de Carl fue breve y siguió merodeando, asimilándolo todo con ojos brillantes.

Tres días después, Glen volvía a andar con brío y entusiasmo. Se colocó en la cola del desayuno y se comió una escudilla entera de gachas. Ayudó a recoger a pesar de que no era su tarea. Después se puso a buscar microbasura aunque tampoco se iban todavía. Tenía una sonrisa muy rara, pensó Agnes. Se lo veía sereno. Daba la impresión de que descansar le había sentado de maravilla. Agnes había advertido que su madre, contenta, lo había estado controlando los días antes. Como admirando su logro.

Después de desayunar, Carl convocó una reunión alrededor de la hoguera.

—Ya hemos descansado y parece que es hora de ponerse en marcha. La suerte es que Adam no puede haber ido muy lejos con el Hierro Colado. Aunque quizá haya cambiado de rumbo. Quiero que salgan dos grupos en distintas direcciones para localizarlo. Nos volveremos a encontrar aquí después de que el sol llegue a su punto más alto. Así aún podremos caminar algo más durante el día. Linda, Juan y Helen, seguiréis el arco de la puesta de sol. Madre de Patty, doctor Harold y Jake, iréis en dirección a la salida del sol. Y Frank, Glen y yo subiremos a la montaña. Los demás os quedaréis aquí con Val y Bea.

—Espera —dijo Bea, sin comprender—. Glen debería quedarse. Puedo ir yo en su lugar.

—Bea, quiero ir —dijo Glen con su sonrisa rara—. Yo soy la razón por la que le hemos perdido el rastro a Adam. Quiero ayudar a retomar el hilo.

Bea entornó los ojos.

—No, no es buena idea. Deberías quedarte aquí.

Todos miraron.

—No, Bea, tengo que poner de mi parte. Carl tiene razón.

Su madre miró a Carl y los ojos le echaban chispas.

—¿Cómo que Carl tiene razón? ¿Qué ha dicho? —La expresión de Bea era de pánico y desprecio total, en cambio, Carl tenía un aspecto calmado y aburrido.

—No puedo sucumbir sin más. No vine a eso.

—Viniste porque la vida de nuestra hija dependía de ello, ¿recuerdas? Y porque te gusta dártelas de cavernícola.

Glen hizo una mueca.

—Eso no está bien, Bea.

—Me trae sin cuidado. Tú no te vas. Iré yo.

Carl intervino:

—No quiero que vayas tú, Bea. Necesitamos liderazgo aquí. Sin ánimo de ofender, pero no podemos dejar a los niños solos con Val y Glen, de quien tú misma dices que está demasiado débil para caminar. No sabemos quién anda por ahí. Además, va a estar caminando muchos días, mejor que empiece ahora.

—Bea —dijo Glen—. Necesito hacerlo.

—Tal vez deberías hacerle caso para variar —medió Carl—. Él entiende que debemos mantenernos ágiles. Tenemos que ser flexibles. Si no, no sobreviviremos.

Bea se quedó mirando a Carl y después a Glen. Parecía como si fuese a ponerse a llorar, pero terminó riéndose con su arrogancia habitual.

—Bueno, si quiere, ir, ¿quién soy yo para detenerlo?

Glen acercó la mejilla a la de Agnes.

—Adiós, cielo.

Apretó la mano de su madre y parecía que no quisiera soltarla, la sonrisa rara de la mañana dio paso a la melancolía en la comisura de los labios.

Agnes observó cómo procesaba su madre toda la información que le llegaba, tratando de descifrar lo que era real y lo que no. Tanto Carl como Glen miraban cómo le agarraba la mano a Glen, esforzándose por permanecer neutral. Agnes vio una profunda desconfianza en su mirada, una preocupación acuciante, y el corazón le dio un vuelco. Cayó en la cuenta de que era la primera vez que los veía interactuar en público desde que su madre había llegado. Ni siquiera habían hablado cuando habían dormido los tres juntos cerca de la hoguera. Al despertar, su madre se había ido en silencio y Agnes había ocupado su lugar, dándole calor a Glen y haciéndole compañía.

El primero en soltarse fue Glen, pero tuvo que hacer fuerza porque ella no quería dejarlo ir.

Habían regresado todos cuando Carl y Frank volvieron solos. Carl llevaba un zorro colgando del cuello, con la lengua flácida y rosa, y se detuvo delante de Bea. «Ha sido un accidente, te lo prometo», dijo hierático y evitando mirarla. «He intentado traerlo de vuelta, pero ha insistido en que lo dejara allí». Sacudió la cabeza en dirección de donde había venido. «Está a unos tres kilómetros hacia arriba».

Se arrodilló, sacó su cuchillo de desollar y se puso manos a la obra con el zorro, que tenía los ojos tan muertos que parecían cruces.

Sin mediar palabra, Bea se fue con paso enérgico en la dirección por la que Carl había venido. Agnes la siguió varios pasos por detrás, en silencio, sin saber si su madre se daba cuenta de que estaba allí. Le costó seguir el ritmo. No recordaba la última vez que la había visto ir tan deprisa. Se detuvo. No, sí que se acordaba.

La observó correr montaña arriba, decidida, con un único propósito, y la vio corriendo detrás de aquel camión, cuando pasó por encima del conductor y desapareció. Aunque esta vez no había nadie con quien pudiese huir. No tenía ningún sitio al que ir. Agnes se lo repitió a sí misma, como el reclamo de un pájaro en su cabeza. Corrió a toda velocidad para alcanzarla, para seguir a su madre desde una distancia prudente, como hacía tan a menudo.

En el bosque, Bea llamó a Glen y al cabo de un rato Agnes oyó que él respondía: «Ah, hola», con una resignación ambivalente. Volvió a decir «hola» para que Bea lograra encontrarlo. Cuando llegó donde estaba y lo vio en el suelo, se llevó las manos a la cara, pero él sonrió y su voz se volvió cariñosa y melancólica. «Eh, hola», repitió con una sonrisa triste.

Bea rompió a llorar.

Agnes se quedó de piedra.

–Ay, no. Ay, no. Ay, no. –Bea cayó de rodillas–. Pero ¿qué has hecho? –dijo tapándose la cara.

–Me caí.

Tenía la pierna torcida y la cadera desencajada. La rodilla casi apuntaba hacia atrás. Tenía un tajo en la sien y se le veía el rosa de la carne. Agnes trepó hasta que estuvo junto a ellos y vio que a Glen le manaba sangre de la oreja.

–Debes de estar sufriendo un montón –dijo Bea.

–Es bastante insoportable.

–Pero estás muy tranquilo –observó Agnes.

–Estoy contento de veros a las dos. –Sonrió y Agnes se fijó en los regueros de lágrimas que se le habían secado en el rostro sucio. Le vibraban los ojos al verla. Estaba conmocionado.

–Carl ha dicho que ha sido un accidente –dijo Bea–. ¿Es así?

Glen se encogió de hombros.

–Sí. –Sonrió a Bea, y después a Agnes, alzando la vista, con lágrimas en los ojos–. Ha sido un accidente.

Ninguno de ellos habló de intentar llevarlo de vuelta al campamento. No se podía hacer nada y los tres lo sabían.

Glen suspiró.

–Imagino que, después de todo, tendríamos que haber ido a las Tierras Privadas –dijo mirando a Bea.

Ella apoyó la cabeza en el pecho de él.

–Ay, Glen –dijo con la voz entrecortada.

Él se humedeció el dedo y le acarició la mejilla.

–Estás ridícula.

Bea rio entre lágrimas.

Pero Glen continuó:

–No, lo digo en serio. Tienes un aspecto ridículo. Esto es absurdo. Toda esta historia. Volved a casa. –Era como si se hubiera despertado lúcido y seguro de sí mismo después de un sueño.

Bea se incorporó.

–¿Qué quieres decir con que volvamos a casa?

–Pues que os volváis. Todo esto es estúpido. El objetivo se ha cumplido: Agnes está sana. No hace falta que sigáis viviendo de esta manera, ¿verdad que no? Id a casa.

Bea se puso de pie. Cruzó los brazos sobre su abrigo de piel de ciervo como si se avergonzara de él. Por un momento era como si no supiera qué hacer, acto seguido le tiró tierra con un puntapié.

Él soltó una risita y le cogió el tobillo. Lo agarró y se puso a hacerle un masaje en el hueso con el pulgar.

–Eso mismo. Cabréate por algo perfectamente lógico. Mi cabecita loca.

–No.

–Siempre tan cabra loca –continuó, subiendo la mano por la pantorrilla–. Eso es lo primero que me gustó de ti. Que hacías las cosas. Las terminabas. No hay más que verla a ella. –Señaló a Agnes–. Y ahora volved a casa.

–Es que no hay casa –dijo ella, con la voz entrecortándosele de nuevo.

–¿Ves? Ya estamos otra vez. Pues claro que hay.

Esta vez le dio un puntapié de verdad, y él se estremeció.

–Tenía planes para nosotros y estaban funcionando.

Instintivamente, Agnes avanzó un paso hacia ellos para proteger a Glen, pero él no parecía afectado.

–Siento haberlos estropeado –dijo, subiendo la mano por la pantorrilla, por el músculo fibroso, mugriento y lleno de tierra–. Te quiero, mi cabecita loca. Haz el favor de llevar a Agnes a casa.

–No me digas qué tengo que hacer.

–Se ha acabado.

–No sabes cómo está la Ciudad.

–Sé que está mal. Siempre fue así, pero íbamos trampeando. Volveos. Piensa en qué hacer. Tenías razón, esto siempre estuvo abocado al fracaso.

–Yo nunca he dicho eso.

–Ya lo creo que sí. Lo decías siempre. Y tenías razón.

–No digas eso.

–Hazlo por Agnes. Ahora es fuerte, ya no necesita que la protejas de esa manera.

–No me digas qué hacer con mi hija.

Su sonrisa se desdibujó. Le soltó la pierna, le sacudió el polvo con la mano y el músculo tembló. Rodó hacia un costado quejándose e intentó ovillarse tanto como pudo. La pierna muerta se arrastró detrás.

Agnes contempló a su madre de pie, sobre él, examinándole la espalda, la piel de ciervo gastada que lo cubría, raída en varios puntos porque nadie le había dado una nueva que ponerse, ni siquiera una sin curtir para que se hiciera algo con ella. Glen no era buen cazador y, cuando conseguía capturar algo, nunca se quedaba nada bueno como el cuero para él. Agnes recordó todos los pantalones que le había hecho con las pieles de ciervo que había cazado. Todo el mundo le daba pequeñas prendas o retales con los que hacerse ropa. Todos lo hacían por los niños. Así que ni había caído en la cuenta de que Glen hacía lo mismo con sus pocas cantidades, aunque eso significara quedarse sin.

—Deberías haber hecho más —lo acusó Bea, atragantándose con las palabras, con rabia y desesperación a partes iguales. Colocó el pie contra la piel gastada y empujó el cuerpo flácido.

—Por favor, no me des más patadas. —Se hizo más ovillo y se tapó la cabeza con las manos como si esperara recibir una paliza—. Habrás observado que no me encuentro bien.

Bea volvió a empujarlo con el pie.

Con todas sus fuerzas, Agnes echó su pierna menuda hacia atrás y le propinó una patada en la pierna a su madre.

—¡Eh! —gritaron Glen y Bea.

Con un tono sorprendentemente severo, Glen saltó:

—No des patadas a tu madre.

A Agnes le brotaron las lágrimas.

—¡Pero si te está dando patadas a ti!

—Ella puede, pero tú a ella no. ¿Me oyes?

Agnes no recordaba que Glen le hubiera levantado nunca la voz. La cabeza le daba vueltas. Estaba acalorada y le faltaba el aire. Cerró los ojos con fuerza. *Cuenta hasta diez*, pensó. *Así todo tendrá sentido*. Contó hasta diez y abrió los ojos.

Glen le puso la mano en el pie, la miraba con su sonrisa sombría y los ojos llenos de lágrimas.

—Oye, te quiero.

Agnes sabía que tenía los ojos humedecidos, pero no sentía las lágrimas.

Bea gimoteó y se sacudió el abrigo, que se había hecho justo antes de que terminaran las últimas nieves, abrigaba y era mullido, aún olía a humo y a animal, y se lo echó a él por encima.

—Gracias —dijo él, acercándose la manga y metiéndose el

borde en la boca. Lo mordió y gruñó. Fue un ruido oscuro y violento.

Después miró a Agnes.

—He estado pensando —dijo con la voz un poco amortiguada por el abrigo— que a lo mejor deberías estudiar algo.

Bea le tocó la frente.

—¿Es que no te enteras?

—De veras.

—Y rima —dijo Agnes, que le dedicó su mejor sonrisa torcida.

Glen empezó a toser y a convulsionarse. Volvió a abrazar el abrigo.

A Agnes se le cerró la garganta y se sintió avergonzada de haber dicho algo tan frívolo. Se le cayó el alma a los pies.

Pero entonces Glen dijo «ja, ja, ja», con su nuevo tono indiferente, casi gracioso, y los tres, por increíble que parezca, se echaron a reír. Su madre y Glen se descacharraban hasta que se les agolparon más lágrimas en los ojos.

Las risas se fueron apagando y Agnes observó que la sonrisa de Glen iba desvaneciéndose. Se fijó en cada una de sus contracciones a medida que se iban esfumando porque sería la última vez que las vería. Sentía que se estaba yendo. Miró a su madre. ¿Lo sentía ella también?

—Shhh —dijo Bea, aunque nadie hacía ningún ruido, como si quisiera desaconsejar que siguieran hablando, o a lo mejor intentaba aplacarlos. Seguía acariciándole la mejilla a Glen y dijo—: Agnes, creo que es hora de que te vuelvas.

—¿Por qué? —preguntó con un tono agudo, descontrolado.

—Porque sí.

—¿Es que vas a volver tú?

—No, yo me quedaré un poco más.

—No me quiero ir. —Agnes cayó de rodillas junto a Glen. Él seguía sonriéndole, con tristeza, agonizando, pero sin interrupción. Cerró los puños en su regazo.

—Agnes —dijo su madre—, quiero que te vuelvas y les digas a todos que estamos aquí. Quiero que te quedes allí hasta que yo regrese. Diles que no se vayan. Dile a Carl que no se vaya.

—No. Por favor.

—Agnes, vuelve al campamento.

Glen le tocó el pie.

—Tranquila. Podemos despedirnos ahora.

Agnes no lograba moverse. Sabía que no vería más a Glen, y eso ya era bastante horrible, pero tampoco confiaba en volver a ver a su madre.

—Agnes —repitió su madre con firmeza.

Se llevó los dedos a la boca y se mordió las yemas. Con delicadeza Glen se los sacó y le apretó la mano.

—Volverá, te lo prometo.

Su madre palideció y ella se sonrojó: se sentía expuesta y en carne viva, descubierta.

¿Qué harían sin las traducciones de Glen?

Agnes se inclinó y le dio un beso en la frente.

—Mi hija querida —dijo él. Tenía los labios secos y la sonrisa se le fue borrando, pero tenía los ojos húmedos y le brillaban al mirarla—. No podría estar más orgulloso de ti.

Su madre le puso la mano en el hombro y la levantó, le dio la vuelta y con el brazo estirado la dirigió hacia el campamento.

Se fue poco a poco y de repente se detuvo.

—Agnes —advirtió su madre.

Empezó a caminar de nuevo, parando cada tanto a esperar hasta que su madre le obligaba a seguir adelante. Cuando dejó de recibir órdenes, quizá porque había quedado oculta, o sencillamente porque ya no le prestaban atención, se detuvo a escuchar.

Hablaban en un tono muy bajo, lo que decían era ininteligible, salvo algunas palabras sueltas. *Por favor. Nunca. Pronto.* Era igual que cuando era pequeña y estaba en su dormitorio, en su camita rosa, escuchando a los adultos en la cocina mientras preparaban una comida que no compartían con ella, un plato mucho más especial que lo que le habían servido a ella. El tintineo de las copas y el plop de una botella de vino. La música de fondo, su risa feliz o su tono de preocupación si hablaban de algún asunto importante. Recomponiéndolo todo sin verlo, simplemente mirando en la penumbra de su cuarto, y la Ciudad, fuera, a oscuras, después del toque de queda. Siempre se sintió segura.

Ahora no era tanto lo que decían. De hecho, igual que en aquella época, no lograba descifrar el contenido de la conversación. Era más el sentimiento, el poso que quedaba en el tono de sus voces. Una especie de comodidad, de facilidad. Era el mismo tono de entonces. Era familiar. En la voz siempre se reflejaba cómo se sentía la gente en compañía de otros. Cómo se hablaban cuando creían estar solos.

Agnes regresó al campamento y, sin esperar a que anocheciera, se metió en la cama, entre las pieles que había compartido con sus padres en el pasado. Llegó Jake y se coló dentro. Intentó abrazarla, pero ella lo apartó a empujones. Esa era la cama de su familia. Él volvió a intentarlo, como si supiera mejor que ella lo que necesitaba, y ella le dio patadas. Sorprendido, chilló y se fue. Agnes se quedó tiritando en un duermevela medio despierta hasta que el sol se puso y volvió a salir. Por la mañana, Jake le llevó un desayuno que ni tocó. Observó cómo las hormigas se apoderaban del cuenco y pensó en toda la comida que le había pasado Glen. Comida que no había comido él, lo que lo había llevado a debilitarse y morir. Y ella la había aceptado con mucho gusto, sin pensar, porque era la niña y eso era lo que la gente hacía por los niños. Se le ocurrió que podía cargar con más cosas durante las caminatas, y eso había sido todo lo que había hecho para ayudarlo, para protegerlo. Había tantas cosas que había necesitado.

Al día siguiente, justo cuando empezaban a hacer cola para la cena, su madre emergió de la oscuridad y regresó al campamento. Volvía a llevar el abrigo. En el brazo quedaba un hilillo de la sangre de Glen.

No se dirigió primero a Agnes, sino a Carl. Él le puso la mano en el hombro y ella se sacudió. Intercambiaron algunas palabras, primero serios, en voz baja, incluso enfadados. Luego menos. Silencio. Y al final rieron. Bea echaba la cabeza hacia atrás, como despreocupada. Agnes estaba tan furiosa que vio estrellas.

Después de cenar, finalmente Bea se le acercó junto al fuego. La rodeó con los brazos y le besó la frente.

—Glen te quería mucho.

Agnes permaneció rígida e inmóvil, como si su madre fuera una depredadora y ella la presa. Quería huir. Quería lanzarse al cuello de su madre y llorar. No movió ni un músculo.

Bea la apretó más fuerte.

—Agnes, no pasa nada si tienes ganas de llorar.

Agnes masculló:

—Vale.

Su madre la agarró de los hombros y la miró a la cara, pero ella apartó los ojos. Miró los bichos marrones que salían de la madera, intentando escapar al fuego que probablemente estaba destrozando su hogar. Vio a su madre riendo con Carl. La vio corriendo al camión. Recordó ir con Glen de la mano en todas las caminatas que tuvieron que hacer sin su madre.

—Moveré mis pieles y volveremos a compartir cama. Creo que estaría bien. ¿Quieres?

—No. Estoy bien sola.

—¿Segura?

Su madre parecía decepcionada, así que le dio un vuelco el corazón y después cayó a plomo.

—Sí.

—Bien —dijo su madre, e intentó volver a darle un abrazo.

—¿Ha muerto? —preguntó Agnes, que seguía sin levantar la vista del suelo. Por supuesto que sí, pero quería oírselo decir.

—Sí, así es.

—¿Tuviste que matarlo tú o murió él solo? —A Agnes se le tensó la boca, tenía un gusto amargo, se le revolvió el estómago. Su voz era firme.

A su madre le temblaron las piernas con la pregunta. Parecía que fuera a tambalearse y caer en la hoguera.

—Agnes —jadeó. A continuación, con voz ahogada, anunció—: Murió.

—¿Hiciste el ritual? ¿Te quedaste a que llegaran los buitres? ¿Y los coyotes? —Quería hundirla como lo haría un vendaval. Quería ser implacable.

Agnes miró a su madre por primera vez. Quería ver el daño. Verla sufrir tanto como ella había sufrido. Tanto como Glen.

El rostro de su madre era un nubarrón. Tenía los ojos rojos y la piel de alrededor hinchada, como si la hubieran aporreado. Los regueros de lágrimas secas le habían dejado la cara casi limpia. Parecía que había estado llorando, y mucho, durante días. Entonces, ¿cómo se había podido reír con Carl? A Agnes le faltaba el aire. Entró en pánico. Se daba cuenta de que había abierto la puerta a un nuevo tipo de dureza entre ellas cuando antes simplemente había habido dolor. Algo que habrían podido compartir. Agnes sintió que le invadía la vergüenza, un impulso de caer de rodillas, de borrar lo que acababa de decir. Pero no había manera de volver atrás. Era demasiado tarde. ¿Por qué insistía su madre en ser tantas personas a la vez cuando ella solo necesitaba que fuera una? La cara de su madre se transformó, era como si no correspondiera ni con ella misma. Tenía el mismo aspecto que un ciervo cuando Agnes estaba a punto de cortarle el cuello. Notaba una corriente de desesperanza, pero también la atravesaba un rayo. Sabía que debía aguantar, apoyarse en las piernas. Porque ese rayo era la última defensa.

Su madre se volvió hacia el fuego, ahora se tocaban los hombros. Sin mirarla, dijo:

–Hay cosas que no entiendes. Te crees que sí, pero no. Espero que no tengas que entenderlas nunca.

Por primera vez creyó que en eso su madre llevaba razón. Contempló su perfil en la lumbre. Era un horror.

–Te quiero –dijo con violencia–. Y sé que tú a mí también.

A Agnes se le llenaron los ojos de lágrimas de remordimiento. Fue hacia ella, pero Bea se retiró ofendida y Agnes se quedó inmóvil.

Siguió hablando con el tono más pausado y duro que le había oído nunca.

–Pero si no te gusta lo que ves, Agnes Day... –Escupió al fuego y el centro rojo del carbón chisporroteó–. Más vale que te tapes los ojos, coño.

Toda la luz de la noche se extinguió.

Su madre se dio la vuelta y se fue a la cama con Carl.

Les resultó obvio que habían llegado a la cima de la Caldera porque los vientos pasaron de soplarles por la espalda a soplarles de cara. El terreno que tenían por delante parecía llano, pero era porque habían estado mucho tiempo en la ladera. Hacía mucho que no tenían una visión panorámica. Aunque aquí, en lo alto, en el punto más elevado que había, vieron de dónde habían venido. El alcance de sus caminatas arriba y abajo a lo largo de las últimas estaciones. La Caldera tenía unas amplias y henchidas estribaciones. Vieron todos los conos de ceniza que emergían del paisaje cubierto de árboles. Algunos no tenían nada en la cima, sin embargo, otros eran volcanes canijos, calderos llenos de burbujas negras ahora cubiertos casi hasta arriba de árboles.

A lo lejos vieron columnas de humo y cielos neblinosos en el horizonte en todas direcciones. Incendios en el mar de salvia. Incendios en las montañas. Había cenizas por el aire. Era como si la cima pareciera una fotografía antigua de un lugar que ya no existía.

A medida que se aproximaban al centro, volvieron a descender. Se estaban adentrando en la Caldera propiamente dicha, en el agujero del volcán. En la herida. El silencio era espeluznante, como si allí no viviera nada. No se parecía a ningún paisaje en el que hubieran estado, era yermo y completo a un tiempo.

Tras un recodo, emergieron los lagos. Uno negro y otro azul. Cuanto más se acercaban, más se transformaba el negro en intenso verde oliva y el azul en blanco, como el cielo nublado que había arriba.

Los lagos estaban ribeteados por altos pinos con las agujas más verdes que Agnes había visto en mucho tiempo y altos troncos de un óxido anaranjado. Árboles sanos. No sedientos como los que habían encontrado últimamente. Estos estaban bien irrigados gracias a los lagos y el deshielo. Había mucha vitalidad para ser un paisaje estropeado por la lava. Los flujos de obsidiana eran dedos espejados que querían alcanzar los lagos. En otras partes, los dedos eran rugosos, con la roca afilada, enrojecida y traicionera. Precipicios y picos de piedra pómez rodeaban los lagos y el borde de la Caldera. Entre los lagos había un flujo de lava solidificada que al fundirse se había arremolinado, como un huracán alrededor de su propio ojo.

–En estos lagos vamos a nadar –dijo Debra susurrando con respeto–. Me da igual lo fría que esté el agua.

Aceleraron el paso.

Al pisar, se oían crujidos y el sonido rebotaba hacia donde descendían. Caminaban sobre lava solidificada en lugar de abrirse camino entre los árboles, aunque el sotobosque estaba limpio. Muerto incluso. El camino despejado. Pero necesitaban tener vistas despejadas. No sabían quién más había allí. Era probable que estuvieran solos. Sin duda daba esa impresión. No habían vuelto a encontrar el rastro de Adam, pero también era posible que estuviera por allí cerca al acecho. Y a lo mejor había otros Intrusos con él.

Arriba planeaban aves de presa, pero Agnes no oía pájaros cantores ni insectos, ni el castañeteo cauteloso de las ardillas. Sin embargo, tenía que haber algo vivo. Aunque solo fuera para alimentar al círculo de rapaces. Entonces vio bajar en picado una gran águila, que metió las garras en el lago y salió con unos peces de tamaño considerable. En algún momento los lagos habían estado repletos.

–Por fin, pesca decente –dijo Carl.

Descendieron y encontraron una estructura, lo que se suponía que era el Control de la Caldera. Estaba tapiado y parecía llevar así un tiempo, destartalado, y las tablas tapaban algunas ventanas. A Agnes le recordó a algo que quizá había visto tiempo atrás en un libro o revista. A una cabaña. En un lago en la montaña. Una sala espaciosa con ventanales que se elevaban tres pisos. A los costados se extendían dos alas, con lo que debían de ser habitaciones de huéspedes. Algo construido para disfrutarlo. Estaba claro que era el Refugio de los Agentes Forestales. Intentaron con poco entusiasmo abrir puertas, aunque en realidad ninguno de ellos quería entrar. Fuera, soplaba la brisa; el sol centelleaba sobre la superficie del lago. Enfrente del Refugio había un tramo de playa de arena. A cada lado surgían acantilados espectaculares. Era hermoso. La incomodidad previa se disipó a medida que montaban el campamento en la orilla. Carl mandó a los niños a buscar palos y él se puso a fabricar varas para pescar. Sacó mosca y sedal que llevaba guardando desde el principio en el morral. Puede que fuera lo único que hubiese sobrevivido desde que llegaron, aparte del Manual. Y algunos libros y cuchillos.

Esa noche acamparon en semicírculo alrededor del fuego a la orilla del lago. Parecía que las estrellas estuvieran más cerca que antes. Brillaban mucho y pendían del cielo como luces colgantes. El viento se llevó el olor a incendio. El esmog se disipó. Por primera vez notaron el fuerte olor del agua y de la piedra caliente enfriándose bajo el cielo nocturno. Tenían el estómago lleno de pescado asado al fuego y los dedos pegajosos del aceite del pescado. Se sacaban de los dientes las escamas y quemaban las espinas en la hoguera.

Se despertaron por la mañana y estuvieron por ahí. Había pescado suficiente para desayunar, comer y cenar. El campamento estaba montado, habían cogido leña y había de sobra.

–¿No deberíamos estar haciendo algo? –dudó el doctor Harold.

–¿A qué solemos dedicar el tiempo? –preguntó Linda.

–A cazar, desollar, curtir, ahumar, coser, recolectar –contestó Carl.

–Pero ahora no hay nada empezado y tenemos cosas de sobra –repuso Linda–. Así que tenemos...

–¿La mañana libre? –preguntó Debra.

Antes de que nadie respondiera, ella misma salió corriendo hacia el lago mientras se sacaba el blusón por la cabeza.

Linda y el doctor Harold la siguieron. Después Val con Bebé Garceta y Carl. Y luego Frank y la madre de Patty. Al poco, estaban todos desnudos en el agua.

En realidad solo sabían nadar los adultos, el resto había aprendido en las partes más profundas de los arroyos más grandes. Una o dos veces en tramos muy lentos de algunos de los pocos ríos anchos que encontraban.

Los niños chapoteaban cerca de la playa. Los adolescentes se mojaban los pies despreocupados donde el agua no cubría. Los adultos daban suaves brazadas y se sumergían, moviendo los pies cual cola de pez.

A Agnes su madre le había enseñado a nadar en el primer río donde habían acampado. Y antes de eso, cuando estaban en la Ciudad, le había hecho practicar aguantar la respiración en la bañera. Cuando resoplaba debajo del agua y manoteaba porque no podía más su madre estaba allí con una toalla para secarle la cara.

–¿Ves? –le decía–. Te ha entrado miedo, pero no ha pasado nada. El agua no te hará daño si sabes cómo comportarte en ella.

En los ríos, durante esos primeros días, la sujetaba de la cintura y hacía que Agnes se pusiera boca abajo en la corriente lenta. La niña se agitaba hasta que se calmaba y empezaba a batir los pies, sin que su madre dejara nunca de sostenerla.

Había visto a Debra enseñar a nadar a Piña. Y Hermana y Hermano habían aprendido de Juan. Todos estuvieron a punto de ahogarse en el intento. Aprendieron rápido, pero ahora no les gustaba el agua. Se quedaban cerca de la orilla y solo se metían hasta el ombligo.

Agnes fue donde estaban Jake y las Gemelas. Formaban un corro y daban saltos de puntillas, mirando al cielo y después al agua cristalina.

Agnes veía los dedos de los pies de todos rozando la arena. El agua parecía aceitosa, pero cuando sacaba la mano, salía limpia y no quedaba nada en su piel tersa y fría. Ni sedimento.

Ni cieno. Pura. Dio unas brazadas hasta donde se hacía más hondo, metió la cabeza y miró por debajo. Abajo, lejos, muy lejos, daba la impresión de que las dunas del fondo del lago se transformaban con el batir de los pies. Sobre su cabeza una pendiente de roca pura se inclinaba tan vertical como podía hacerlo una pendiente.

Agnes miró en la superficie y espió a su madre haciendo volteretas un poco más lejos. Veía solo la cabeza, después la curva de la parte superior de la espalda, el culo, los tobillos cruzados y los pies. Era torpe. Parecía divertido. Tenía el aspecto de la niña que debió de haber sido la última vez que hizo una voltereta en el agua. Salió escupiendo agua y sonriendo.

Una vez, en la Ciudad, después de una clase de respiración en la bañera, se había metido dentro con ella.

–Vale, siéntate así –le había indicado, cruzando las piernas y estirando mucho la espalda–. Hacíamos esto cuando era pequeña. Es una tontería, pero es divertido. No sé si en la bañera hará tanta gracia, pero lo probaremos.

–Vale –había dicho Agnes con su voz de pito. Delante de ella, su madre parecía un gigante. Había mucho allí. Mucha piel, mucho rostro y mucha pierna. Mucho pelo. Recordó pensar que en su interior cabían unas diez Agnes. Y luego cayó en la cuenta de que ella había salido de allí dentro. De que había vivido allí, respirando agua en la tripa de su madre.

–Imagínate que estamos debajo del agua. El pelo flota a tu alrededor, igual que cuando te tumbas en el fondo de la bañera. –Su madre se despeinó la melena para darle un aspecto alborotado y que pareciera que estuviese flotando en el agua. Le despeinó el pelo a Agnes–. Imagínate que aguantamos la respiración –dijo hinchando los carrillos y abriendo mucho los ojos–. Vale, pon la mano así. –Colocó la palma izquierda hacia arriba–. Y la otra, así. –Juntó todos los dedos menos el meñique, que sobresalía–. Es como si sujetaras una taza de té. Y ahora te lo bebes así. –Se llevó los dedos juntos a la boca–. Es una merienda bajo el agua –le dijo, sorbiendo un té imaginario de una taza imaginaria, con el agua apenas cubriéndole la cadera.

Era un juego ridículo porque ninguna de las dos estaba bajo el agua. La situación absurda les hizo reír, y las caras que ponía Agnes –que solo intentaba imitar a su madre– hacían reír a Bea y se le saltaban las lágrimas.

Agnes sonrió al recordar un momento tan cómodo entre ambas y fue nadando tímidamente hasta donde estaba su madre dando volteretas.

Cuando la alcanzó, Bea paró y se mantuvo a flote con cautela. Miró a Agnes con recelo. La había evitado desde lo de Glen. Y pensaba que su madre también la había evitado a ella. No sabía qué decir para mejorar las cosas. Para disculparse. Para que la perdonara. Así que no dijo nada de nada. Sin embargo, por primera vez en mucho tiempo, pensar en su madre la había hecho feliz y tenía que aprovecharlo.

–¿Quieres hacer una merienda bajo el agua? –le preguntó con timidez.

Su madre escupió agua como si fuese una fuente. Sonrió, parecía aliviada.

–¡Por supuesto! ¿Recuerdas cómo se hace?

–Me parece que sí –respondió Agnes. Extendió la mano, juntó los dedos y redondeó la boca para sorber mientras batía los pies como una posesa.

Su madre se rio.

–Tienes que sentarte con las piernas cruzadas también.

Agnes elevó las piernas e hizo un nudo con ellas. Perdió el equilibrio, se hundió, se reía. Chapoteó con las manos para enderezarse.

–Vale, ahora inténtalo bajo el agua.

Agnes se sumergió.

Su madre también y vio cómo se esforzaba por permanecer erguida con la taza en la mano. Sonrió y señaló muy abajo y se fue hacia una parte más honda. Agnes volvió a la superficie a coger aire y después la siguió.

El peso del agua encima y a su alrededor la mantenía recta y le permitía sentarse y sorber en momentos ocasionales sin que los brazos tuvieran que permanecer abajo.

Su madre bebía sentada sin ningún esfuerzo. Subía y bajaba

las manos hasta los labios. No tenía los carrillos hinchados, guardaba el aire dentro. Sus ojos brillaban como el agua que la rodeaba. Era como si estuviera en casa sentada a la mesa. Salvo por sus cabellos, que se enredaban como ramas de salvia. Su madre era más bella que las sirenas de la fábula de su libro favorito, el que había perdido. Agnes miró al fondo. Las ondas arenosas estaban quietas. Fue consciente de lo tranquilo e inmóvil que estaba todo. Solo percibía un sonido sordo en los oídos. Su propio latido. Miró a su madre, le latía la arteria en el cuello. Con cada vibración, ella oía otra en sus oídos. El único sonido que había bajo el agua era el latido de sus corazones juntos, el discurrir de su sangre. Y después, cuando su madre se rio, le salieron burbujas como si la vida se le escapara. Agnes quería atraparlas todas y engullirlas para quedárselas para siempre.

Sentía un anhelo apesadumbrado por su madre, como si estuviera lejos y fuera intocable. Con el agua, parecía que estuviese detrás de una pared de cristal. Agnes intentaba alcanzarla, pero no llegaba. Volvió a intentarlo y su madre esquivó su mano y sonrió. Se creía que era un juego, por lo que Agnes negó con la cabeza, extendió las manos ansiosamente para demostrarle lo mucho que la necesitaba y, al final, logró agarrarle un mechón de cabello y tirar, intentando llegar hasta ella.

Su madre hizo una mueca de dolor y, mientras se separaba de la mano de Agnes, se le escapó un gemido burbujeante. La miró mal, pero le invadió el pánico y la atrajo hacía sí, la cogió por la cintura y la llevó a la superficie.

Agnes escupió agua, empezó a toser y se dio cuenta de que había intentado respirar bajo el agua. No había sido consciente de ello, de lo obsesionada que estaba con alcanzar a su madre. Sentía como si hubiera estado durmiendo. La única prueba de que no era un sueño era todo a su alrededor. El agua. Los acantilados. Estaba entre los brazos de su madre, que la devolvía a la orilla. Miró alrededor aturdida, los destellos del sol en las rocas basálticas, la obsidiana blanquinegra. Las matas cerosas de las agujas de pino. Era como si toda la Caldera reluciera.

Celeste, Patty y Jake miraban cómo la llevaban hasta la orilla.

–Muy bien, Agnes –dijo Celeste–. Tú sí que estás en forma.

–Las Gemelas se rieron tontamente.

A ella no le importó. Se dejó arrastrar, liviana en el agua, con la cabeza fuera, a salvo, el cuerpo frío, el brazo de su madre que la rodeaba, como en los ríos de los primeros tiempos, cuando ella era solo la niña de su madre, que había crecido y había dejado de ser un bebé. Volvía a sentirse bebé. Dejó sueltos brazos y piernas y se puso a hacer pompas en la superficie mientras la arrastraba su madre.

Bea la llevó hasta la hoguera y le puso el abrigo encima. Los demás seguían nadando. Agnes oía el eco de todas las voces entre las paredes de la Caldera, sonaban tan lejanas como fantasmas.

–Ya no nadas más.

–Vale.

Su madre arqueó las cejas.

–¿Vale? Pues bueno, vale.

Había esperado una discusión, pero Agnes ya no tenía ganas de peleas. Dejó que su madre la cuidara mientras se desplomaba y miraba fijamente el fuego. Le recordó a cuando estaba enferma. Sentir revolotear el calor, envolverse con mantas, apartarse el pelo de los ojos. Limpiarse las babas o los mocos, o la sangre si había estado tosiendo. Sentir que la cogían de la mano cuando estaba en algún punto entre el sueño y la vigilia. Estar enferma había sido horrible, pero que la cuidaran era agradable. Lo echaba de menos. Sabía que su madre seguía preocupándose por ella todo el tiempo. Aunque fuese entre bastidores. Era algo secreto. Estratégico. No era lo mismo.

Ahora muchos en la Comunidad estaban flotando. Tenían los brazos extendidos y las cabezas sobresalían de la superficie. Parecían dormidos. El sol se deslizaba en su recorrido diario por el cielo. ¿Qué le parecía ir cada día en la misma dirección?

Agnes apoyó la cabeza sobre el hombro de su madre, que aún estaba fresco del agua.

—¿Tendremos que irnos de aquí? —Sintió un dolor en el pecho al pronunciar las palabras.

—¿Por qué lo preguntas?

—No sabía si seguiría el estudio ahora que Glen ya no está.

—Notó que el cuerpo de su madre se tensaba bajo su cabeza.

Bea suspiró.

—El estudio puede seguir sin Glen.

Agnes se avergonzó por haber dicho su nombre. Hacía poco que no estaba, pero daba la sensación de que hubieran pasado años. Y aun así era como si no se hubiese ido. Estaba aislado en algún lugar, procurando no perturbar el sueño de los demás con su tos. Ella se debatía entre el dolor por su ausencia y la ilusión por su regreso. Se trataba de un punto esperanzador del que no quería que la sacaran. Ambas volvieron a sumirse en el silencio. Glen era algo que compartían. Agnes pensó que quizá en cierto modo eso era algo que no les gustaba, y que cada una prefería guardárselo para ella sola.

Observó una libélula patrullar donde el agua se convertía en orilla, buscando bichitos. Agnes estaba segura de que oía el temblor veloz del tejido de sus alas porque estaba segura de oírlo todo. Había creído oír en su vientre un latido de corazón y se lo había hecho escuchar a Jake. «Eso son tus tripas», le había dicho él. «No, es otra cosa», había respondido ella. Poco después, había sangrado, y mucho. Estaba decepcionada, pero había algo más, se avergonzaba de que le fallara su cuerpo. Le comunicó bruscamente a Jake el supuesto aborto y respondió a sus preguntas con evasivas hasta que él dejó de hacerlas. Él quería comprender cómo se sentía, pero ella no lo sabía. No entendía por qué lloraba por un saco de sangre que, al final, ni había tenido corazón. Había deslizado los dedos buscándolo entre la masa viscosa. No estaba. Había querido contárselo a su madre, pero le dio vergüenza. Ella había perdido a Madeline, a quien sí le había oído el latido. Su madre le había hecho poner la oreja en el vientre y había dicho: «Ahora no digas nada». Y allí estaba. Igual que una liebre asustada. Madeline había sido un bebé formado y real, solo que no había madurado del todo. Agnes había parido sangre sin corazón, de modo que, igual que con el embarazo, no le contó a su madre la pérdida.

Aunque lo raro que se encontró queriendo preguntarle a su madre no era acerca de tener y perder a un bebé inacabado, quería preguntarle por la preocupación que había empezado a sentir, antes de la pérdida, e incluso después. Si su bebé, de algún modo, sufría o había sufrido. Se trataba de un sentimiento abrumador pero impreciso que en distintos momentos la envolvía. Cuando se iba a dormir. Cuando sentía una sacudida eléctrica y sabía que era su cuerpo y el del bebé comunicándose. Incluso cuando ya no estaba embarazada, la sensación de tener hormigas en el estómago le provocaba un cosquilleo de inquietud. Sentía las cosas de otra manera ahora. Porque Glen ya no estaba. Aunque era más que eso. Lo sentía, pero no tenía palabras para expresarlo. ¿Y si ya hubiera un final escrito para ellos? Pero no podía preguntarle todo eso a su madre. Le parecía demasiado humano. Racionalizarlo todo, preocuparse y prepararse. No era propio de ella. Como si la criatura ya la hubiera cambiado, aunque nunca llegarían a conocerse.

En la parte poco profunda, los niños y los adolescentes jugaban al antiguo juego de Marco Polo. Los mayores se acercaban para sumarse. Sus gritos y sus chillidos rebotaban en las rocas y parecía que hubiera nuevos exploradores llamando desde detrás de los árboles, por toda la cumbre.

—¿Es cierto lo que dijo Adam? —preguntó Agnes—. ¿Que hay gente llegando en tropel al Estado de la Reserva?

—Supongo que exageró bastante, pero quizá no sea del todo falso.

—¿Eso quiere decir que tendremos que irnos?

—Agnes, ¿por qué estás tan empecinada en lo de irnos?

—Porque no quiero volver a la Ciudad.

—Pero ¿por qué te preocupa?

Agnes se encogió de hombros.

—Ahora todo es distinto.

Su madre no le pidió que se explicara.

—Intenta no preocuparte. Además, irse de aquí no tiene por

qué ser el fin del mundo. –Su madre hizo una pausa y se alisó el pelo mate, como si estuviera sopesando decir lo que dijo a continuación–. Tenemos las Tierras Privadas.

–¡Otra vez con eso! –Agnes se incorporó. La rabia le bullía por dentro–. Supongo que este es el gran plan en el que has estado trabajando. Y que lo tienes todo pensado.

Su madre inspiró por la nariz.

–La verdad es que sí.

–Vale, ¿y cómo vas a lograr que lleguemos?

–Conozco a un tipo –dijo su madre.

–¿Y el dinero?

Bea se sorprendió.

–¿Qué sabes de eso?

–Sé que se necesita dinero. Me lo han dicho los Recién Llegados.

–Bueno. –Entornó los ojos–. El dinero lo tenemos.

–¿Para todos?

Bea se encogió de hombros.

–Habría que verlo, pero para nosotros tenemos seguro.

Agnes sabía que eso significaba que no. Y que en algún momento en el futuro su madre planeaba dejar atrás a los demás. No le sorprendió. La vida en la Reserva era así. Y tampoco le sorprendía que pareciera que a su madre le daba igual tomar esa decisión. Lo que más le sorprendía era que se embarcara en algo así basándose solo en la fe.

–¿Quién es ese tipo?

–Alguien que conozco.

–¿Cuánto hace que lo conoces?

–Hace tiempo.

–¿Cuándo lo conociste?

Su madre se puso a pensar.

–Más o menos cuando nos fuimos de la Ciudad.

–¿Es de fiar esa persona?

–Agnes –dijo su madre con brusquedad–. Por supuesto que lo es. ¿Te crees que trabajaría con alguien en quien no puedo confiar?

Pero ella en lo único que podía pensar era en que había un

379

tío dispuesto a llevar a su madre a algún lugar que no existía si ella le daba todo su dinero. Y eso no le parecía de fiar.

–¿Cómo se llama?

–Cariño, no te preocupes.

–Mamá.

–No te lo voy a decir.

–¿Lo sabía Glen?

Su madre se estremeció.

–Sabía lo suficiente.

Agnes se sintió traicionada. Su madre planeaba llevársela de aquí sin siquiera preguntarle lo que quería.

–Pero a mí esto me gusta.

–Pero no podemos quedarnos aquí para siempre.

–¿Por qué no?

–Ay, Agnes, porque no podemos. –Lo dijo como si fuera la cosa más obvia.

–Vaya, pues a mí nadie me lo ha dicho –le espetó para ocultar la irregularidad de su voz. Se tragó los sentimientos y se frotó la cara con rudeza para contener las lágrimas y el miedo.

Su madre se ablandó e intentó suavizar la conversación.

–Mira, seguramente no tendremos que irnos. Lo que no quiero es que te atormentes preocupándote. Pase lo que pase, tengo un plan para nosotras. Intenta confiar en mí esta vez. Las Tierras Privadas son una opción real para nosotras. Te prometo que puedo lograr que lleguemos. Sería una buena vida.

–A mí me gusta esta.

–Y a mí. Es solo un plan B. –Pero Agnes no la creyó.

Dos días después de llegar a la cumbre de la Caldera, asentarse, pasarse horas nadando y hartarse de comer pescado, mientras recogían después de desayunar, oyeron a través del eco en las paredes de la Caldera el lejano crujido de unos pasos. Parecía un ejército, una horda ominosa, pero sabían que allí el sonido se magnificaba, por lo que se alarmaron, pero sin llegar a aterrorizarse. A medida que se oían cada vez más cerca, la Comunidad se hizo con palos y cuchillos, arcos y flechas, piedras grandes y todo lo que pudieron agarrar. Juntos avanzaron hacia el sonido, empuñando las armas. Varios Agentes Forestales avanzaban en fila india desde el bosque. Y de detrás de la Comunidad llegó el pitido de un claxon. Al sobresaltarse, se dieron la vuelta y vieron aparecer una camioneta por detrás del Refugio. Bob se apeó de ella y saludó alegre.

Su madre se rio.

—¿Cómo has logrado subir hasta aquí con eso? —le gritó mientras él se acercaba junto con otros Agentes.

—Hay una vía de acceso del otro lado —contestó. Y Agnes vio a algún Forestal sonreír ante la revelación y recordó que para algunos esto era un juego. Se puso a observar a Bob, tenía curiosidad por ver cómo encajaba en todo aquello. Él se limitaba a poner su típica sonrisa.

Se congregaron en la playa, y daba la sensación de ser una reunión entre familiares distanciados. Bob dio la mano a los miembros de la Comunidad, un gesto que, al parecer, les desorientó. Le dio una palmadita a Agnes en la cabeza diciendo: «Y por último, pero no menos importante», mientras miraba alrededor buscando a alguien más. Al no encontrarlo, arrugó el entrecejo y rodeó a Agnes con el brazo. Tenía la misma estatura de Glen. Era un poco más fornido, pero igual de mayor que él. Le dio un apretujón y fue agradable.

—Creía que habías dicho que estaban haciendo reformas aquí —dijo Bea.

—Así es. Deberías haberlo visto antes.

—Pero si está todo tapiado —dijo Juan.

—Lo hacemos para que la gente no la líe.

—¿Quién la va a liar?

Los Agentes Forestales se miraron.

—¿Por qué no entramos a charlar? Los líderes. —Carl y Bea dieron un paso adelante.

—¿Por qué solo los líderes? —preguntó Debra.

—Porque hay que tomar decisiones.

Agnes también dio un paso al frente.

—Yo soy líder.

—Que nos guíes a los sitios no te convierte en líder —intervino Carl.

—Para mí sí —dijo Debra.

—Y para mí —añadió Val.

—Si se van a tomar decisiones, quiero que Agnes esté presente —observó Celeste—. Quiero que haya uno de nosotros.

—¿Cómo que uno de nosotros?

—Un crío.

—Pensaba que no erais críos —dijo Carl.

—Nuestros valores son distintos a los vuestros, y este es un momento en el que no quiero que me metan en el bando de los mayores.

Bea resopló y echó a andar. Carl la siguió y Agnes también. Al entrar en el Refugio, Agnes se fijó en una caja de blocs, con lápices, como los que llevaba su madre. Se quedó uno. En la mesa había Forestales nuevos. Nadie le dio la bienvenida. Agnes se sentó y esperó a que terminara el silencio confuso.

—No pasa nada —dijo Bea, señalándola—. Puede quedarse.

—Aunque no dejaba de sacudir la cabeza.

Había dos Forestales a cada lado de la puerta, con las piernas separadas y agarrándose la hebilla del cinturón con las manos. *Vigilan la puerta*, pensó Agnes. Había otro en la puerta del fondo del vestíbulo, y otro más donde estaban los inmensos ventanales con vistas al lago. Desde allí veía a su Comunidad. Debra y Piña nadaban mientras otros preparaban la cena. Jake y las Gemelas pululaban cerca de la ventana entre unos arbustos, con curiosidad, tal vez con afán protector, hasta que dos Agentes los devolvieron al campamento.

Bob presidía la mesa y los puso al día sobre el incendio que habían olido y la llegada de una manada de lobos a la zona. «Por si tenéis la suerte de verlos», dijo. Como siempre, no dejaba de sonreír y hablaba con un tono amable. Sin embargo, a su lado tenía a alguien que no paraba de apretar los dientes y poner cara de fastidio. Lo presentaron como el jefe de Bob y en el uniforme tenía un galón más que él. Solo uno, pero parecía que eso suponía una gran diferencia. Bob lo miraba mucho.

Estaba claro que quería contentarlo, pero no si lo estaba logrando.

Bob hizo una pausa y carraspeó.

–Bueno, esto es importante. Ha finalizado el estudio.

Carl y Bea empezaron a pestañear como dos ciervos estúpidos.

–¿Y qué significa eso para nosotros? –preguntó Carl.

–Bueno –sonrió Bob–, significa que tenéis que iros a casa.

–A... –dijo Carl.

–La Ciudad.

–¿Qué? –El tono de su madre era brusco y furioso. Aunque le hubiera explicado a Agnes que, llegado el momento, tenía planes de contingencia, daba la impresión de que la había pillado completamente desprevenida.

–Espera –dijo Bob–. Puede que tengamos otra opción que ofreceros. Pero necesitaremos que nos deis algo a cambio. –Lanzó una mirada a su jefe–. Durante varios años hemos estado luchando contra una lacra. Algo que queríamos ocultaros. Por el bien del estudio. Pero me he enterado de que ya no ignoráis que tenemos Intrusos entre nosotros.

Carl sonrió, estaba contento de que hubieran usado ese término, pero rápidamente torció el gesto para intentar ocultar su euforia.

Bea puso cara de sorpresa y abrió la boca para mostrar su asombro, pero Bob levantó la mano.

–Ahórratelo, Bea. Sabemos lo de Adam.

Bea volvió a aparentar desconcierto, como si estuviera pensando: *¿Cómo?*

Les explicaron la misma historia que Adam les había contado, pero esta vez parecía mucho más real y verosímil. Un grupo de gente –nadie sabía cuántos eran– llevaba varios años viviendo en la Reserva. Lo más probable es que hubieran cruzado el territorio desde las Minas, pero también era posible que hubiese sido en otros puntos. Gente que había desaparecido de la Ciudad, a quienes habían expulsado o no lograban sobrevivir allí, lo hacían aquí. Al principio, se creyó a medias en su presencia. Algunos Agentes Forestales lo veían factible, otros lo negaban. Bob, avergonzado, bajó la cabeza.

A él le había parecido inconcebible. Al final reunieron pruebas. Unas cámaras de movimiento instaladas en el bosque habían captado vídeos de imágenes borrosas detrás de los árboles en lugares que estaban lejos de donde debería haber estado la Comunidad. Tenían pruebas suficientes, no solo de que estaban aquí, sino de que llevaban bastante tiempo. Y eran muchos.

—¿Y eso qué tiene que ver con nosotros? —preguntó Carl.

—Nos gustaría que nos ayudarais. No hemos podido infiltrarnos en el grupo, pero creemos que a lo mejor vosotros sí.

—¿Qué tenemos que hacer?

—Lo que habéis hecho siempre —explicó Bob—. Caminar, cazar, vivir, pero en un sitio predeterminado. Hemos identificado el cuadrante donde pensamos que se esconde la mayoría. Os llevaremos hasta allí. Y yo me uniré a la Comunidad, me haré pasar por uno de vosotros. Llevaré un rastreador y avisaré a la sede cuando demos con ellos.

—Y si lo hacemos, ¿podremos quedarnos?

Bob sonrió.

—No, no exactamente. Podréis quedaros mientras establezcáis contacto, por supuesto. Pero en cuanto interceptemos a los Intrusos y los acorralemos, os facilitaremos el acceso a las Tierras Privadas.

Carl se rio.

—Que te follen, Bob.

—Ya sé que no es el Estado de la Reserva, pero...

—Es una patraña, eso es lo que es. Las Tierras Privadas no existen.

—Te aseguro que sí. Y si nos ayudáis, podréis vivir allí el resto de vuestra vida sin tener que volver nunca más a la Ciudad.

Carl hizo un amago de ponerse en pie, enfadado, pero Bea lo agarró del brazo y lo atrajo hacia ella. Estaba furiosa, le susurró algo al oído, y él volvió a sentarse.

—¿Y si no podemos contactar con ellos? —preguntó Bea—. ¿Y si lo intentamos y fracasamos? ¿Aun así podremos ir a las Tierras Privadas?

Bob y su jefe se miraron con las cejas arqueadas. El jefe puso mala cara, Bob volvió a mirar a Bea y sonrió.

–No tenemos ninguna duda de que los encontraréis.

–Pero si no nos los hemos cruzado nunca. Fue Adam quien vino a nosotros. ¿Por qué creéis que ahora sabremos cómo encontrarlos?

–Encontrasteis a ese tipo muerto –le espetó el Jefe, y fue mirándolos uno por uno, profundamente receloso de lo que veía.

–¿Era uno de ellos?

–Sí.

–Pero estaba muerto. No sabía esconderse.

El Jefe se reclinó en su asiento y le hizo señas a Bob para que prosiguiera. Agnes no entendía qué lo contrariaba tanto.

–Sabemos que quieren una cita con vosotros –dijo el Agente.

–Quieren robarnos nuestras cosas –se aventuró Carl.

–Es muy probable.

–¿Cómo lo sabes?

–Tenemos información.

–¿Qué información? ¿Cómo?

–Es confidencial.

Bea resopló.

–Anda ya.

Bob levantó una mano para hacerla callar y ella enmudeció de inmediato.

–Se trata de una operación importante. Tenemos que sacar a la luz esta intrusión. Enviar un mensaje a cualquiera que crea que es buena idea seguir sus pasos.

–Y el mensaje es «no os acerquéis» –dijo Bea, atando cabos.

–Sí.

Agnes miró por la ventana. Vio a la Comunidad y el vasto ecosistema de la Caldera tras ellos. Eran como motas. Y la Caldera una más en el mapa. Habían tardado varias estaciones en llegar allí desde la Cuenca, a donde también les había costado llegar varias estaciones.

–Pero si hay sitio de sobra –observó Agnes.

–¿Qué quieres decir? –preguntó Bob.

—Pues que esto es una gran Reserva. ¿Qué pasa si algunas personas se quedan?

—El Estado de la Reserva está cambiando. Hay nuevas órdenes. Nadie puede quedarse.

Agnes se mofó:

—¿Cómo puede haber una Reserva sin personas?

—El estudio ha demostrado claramente que no puede haber una Reserva con personas —respondió el Jefe.

A Agnes le pareció ridículo.

—Si nos escondiéramos, ni os enteraríais de que estamos aquí. No dejaríamos ni rastro.

El Jefe comentó con desdén:

—Si os escondierais, os encontraríamos y os acorralaríamos.

Antes de que dijera nada más, su madre le chistó.

—Calla, Agnes.

—Una pregunta. ¿Por qué no somos nosotros los que llevemos el rastreador y os avisamos cuando los encontremos?

—Carl parecía abatido. La vida como la conocían había terminado, ¿y encima tenían que trabajar con los Forestales?

Bob y el Jefe se miraron para decidir qué decir. Entonces el Agente sonrió.

—No confiamos en que lo hagáis. —Se encogió de hombros—. Lo siento.

Agnes se preparó para que Carl se pusiera como una fiera, como si sintiera que tenían niñera. Sin embargo, se quedó considerándolo.

—Me parece justo —dijo sorprendentemente aceptando las medidas. Y añadió—: Mientras sigamos nosotros al mando.

Bob levantó las manos, en señal de leve rendición.

—Por supuesto. Yo solo estaré ahí para darle al botón. —Sonrió—. Y también para vivir algo de aventura. No me importa alejarme del uniforme. —El Jefe puso los ojos en blanco y apretó los labios en un mohín de desaprobación, pero Bob continuó sonriendo.

—¿Y qué pasa si no colaboramos?

—Bueno, la verdad es que esperamos que lo hagáis.

—Pero ¿y si no lo hacemos?

–Como os hemos dicho, el estudio ha terminado –dijo el Jefe–. Rellenaréis unos formularios. Y después os volveréis a casa. A la Ciudad. –Cruzó los brazos–. Mañana.

–Es un buen trato –repuso Bob con un tono tranquilizador y zalamero, como el que usaba Agnes con las liebres raquíticas, necesitadas y hambrientas cuando se fijaban en ella pero aún no habían emprendido la huida. Se quedó mirando a Bea y sonrió hasta que ya no pudo más. Brevemente frunció el entrecejo, y Agnes vio lo cansados que estaban todos. Lo sucio y arrugado que llevaban el uniforme, con los faldones de la camisa por fuera y la lengüeta de las botas torcida. Cuando por lo general se los veía orgullosos y limpios, con aspecto oficial.

Bea clavó la mirada un buen rato en Carl. A continuación miró por la ventana a la Comunidad. Todos disfrutaban el momento, se relajaban, y tal vez pensaban en lo agradable que sería quedarse allí para siempre. Tal vez ella pensaba en ellos volviendo a la Ciudad en autobús, llorando. Agnes no lograba descifrar qué calculaba, sin embargo, no se sorprendió cuando su madre dijo:

–Bien. Lo haremos. Colaboraremos. –Asintió mirando a Carl y él hizo lo mismo, huraño, retraído. No le pidió a Agnes su opinión. Nadie lo hizo. Y Agnes tampoco se la dio. Había oído lo que necesitaba oír.

Se levantaron de la mesa y se fueron a sus rincones. El Jefe miró a Bob claramente descontento. A lo mejor lo único que había querido hacer era echarlos, y el Agente había logrado que ganaran tiempo. Agnes vio que el Jefe comprobaba las puertas, susurraba algo a los Agentes Forestales que montaban guardia e iba echando vistazos a su madre, a Carl, a Bob y a ella. Le llamó la atención su mirada, del color del cielo cuando resplandecía. El color de la nada. Supuso que Bob confiaba en él porque era su jefe y supuso que la gente confiaba en sus jefes. Y ella sabía que su madre también porque confiaba en Bob. Pero Agnes no confiaba en ese hombre. En absoluto.

Bea comunicó la noticia a la Comunidad alrededor del fuego, como si fuera una directriz más. Como si pudieran darse con un canto en los dientes por tener la oportunidad de quedarse un poquito más. Y después, la guinda del pastel, a relajarse y a disfrutar de una plácida vida en las Tierras Privadas.

—O sea, ¿que nos obligan a ir contra esa pobre gente? —Debra frunció el ceño.

—Intrusos, Debra —puntualizó Carl con brusquedad.

—O eso, o nos mandan a casa —dijo Bea—. Mañana. —Ya lo había repetido unas cuantas veces, resuelta a que fuera el dato clave del asunto. Adoptó un aire atribulado y Agnes, consciente de que era fingido, dedujo que de alguna u otra manera aquello debía de formar parte del plan de su madre. Lo que no sabía era cómo.

—O sea, ¿que había elección? —La voz de Val era chillona, soltó una carcajada atronadora—. ¿Y esto fue lo que escogisteis para todo el mundo? —preguntó mirando a Carl, las palabras brotaban con asco de su boca.

—Es un buen trato —le respondió él con el mismo tono convincente que había empleado el Agente Bob.

Val negó con la cabeza. Se volvió hacia Agnes, desamparada.

—¿Tú también, Agnes?

Agnes contempló a todo el grupo y al muro de la Caldera, tratando de encontrar algo a lo que aferrarse, algo sólido. Sintió los ojos de su madre clavados en ella.

—Yo no.

—Agnes. —El tono de su madre denotaba advertencia. Agnes encontró su mirada.

—Yo me quedo. Yo me quedaré aquí y desapareceré. Como los Intrusos.

Bea abrió la boca pasmada, pero fue Carl quien contestó, beligerante:

—Y una mierda. No es una decisión que puedas tomar tú sola.

Pero Celeste se le adelantó:

—No podemos cargar solos con todo lo necesario —calculó, consciente de que sus filas menguarían.

—Tendríamos que dejar prácticamente todas nuestras cosas. No podemos llevarnos los libros. Ni la cocina. El Manual ya no nos hará falta. El Hierro Colado ya no está. Solo podemos coger algo de abrigo. Un poco de comida, agua. Cuchillos. Armas. Únicamente lo que podáis cargaros a hombros. Bien atado a la espalda.

—Pero las necesitamos —dijo Juan. Agnes sabía que pensaba básicamente en sus pinturas.

—Volveremos a empezar —dijo Agnes—. Cuencos nuevos, camas nuevas, ropa nueva. Lo único que nos va a hacer falta será lo estrictamente imprescindible. Y luego ya encontraremos cualquier cosa que podamos necesitar cuando tengamos otra guarida donde escondernos. Ya lo hicimos una vez, cuando éramos nuevos. Lo volveremos a hacer.

Su madre la miraba como si acabaran de pegarle un tortazo. De nuevo, Carl intervino:

—Aquí no se separa nadie. O vamos todos a una o esto no funciona.

—No le digas lo que tiene que hacer —gruñó Debra, colocándose al lado de Agnes—. Y a mí tampoco, Carl.

—Y tanto que sí. Soy el líder. Así que permitidme que os diga que no estáis siendo muy listas. Si algunos se marchan, nos vamos todos a tomar por culo. Dejarán de confiar en nosotros para establecer contacto con los Intrusos si la mitad nos largamos y nos convertimos ni más ni menos que en Intrusos. Nos mandarán de vuelta a la Ciudad. A todos. —Se le quebró la voz y Agnes sintió un escalofrío—. Como os marchéis, os cargáis la oportunidad de aspirar a algo más.

—No necesariamente —apuntó Val, aunque ahora su tono se había suavizado. Se mordía el labio.

—Venga ya, Val —repuso Carl con desdén—. Usa un poco esa cabecita tuya de chorlito.

—Serás cabrón. —En ese momento Bebé Garceta se despertó y empezó a berrear, hambriento, apretado contra ella dentro del rebozo—. Mierda —gruñó, mientras maniobraba por la parte baja del torso para aproximarse a la criatura—. Hostia puta —le gritó a su mano mientras Garceta mamaba.

Agnes se había dado cuenta de que Carl llevaba razón, y suponía que Val acababa de verlo también. Los Agentes Forestales nunca recompensarían a los que se quedaran. Solo se fijarían en los que se hubieran largado. Y los penalizarían a todos. Notó una mano en el brazo y retrocedió, pensando que aquel gesto pretendía atraparla. Pero era Jake. Descendió los dedos hasta la mano de Agnes y se la apretó con fuerza.

—Pero ¡si tú odias cumplir las reglas! —exclamó Val, acusadora.

—No pienso escaparme y esconderme como un fugitivo. Tengo derecho a estar aquí. —Carl levantó la barbilla y añadió—: Escapar es de cobardes.

Val soltó una carcajada. Y siguió riendo, mientras las lágrimas resbalaban y ella se agitaba con violentas sacudidas hasta que Bebé Garceta se desenganchó del pezón y volvió a berrear.

—No sé qué es tan gracioso, la verdad —repuso desdeñoso. Miró alrededor—. Eso que pretendéis hacer supone buscarnos la ruina a todos.

—No puedes fiarte de los Forestales, Carl —imploró Val—. Y lo sabes. No miran más que por sí mismos. ¿Qué te hace pensar que no te pillarán a ti cuando atrapen a los Intrusos?

—Me fío más de ellos que de una gente que se ha plantado aquí sin que nadie la invitara y nos está jodiendo el panorama.

La saliva se le agolpaba en las comisuras de la boca y Agnes comprendió. Carl estaba resentido. Le habían concedido algo especial que ahora le arrebataban, y necesitaba culpar a alguien. Val asintió y dio un paso hacia Agnes. Agnes advirtió los movimientos de los miembros de la Comunidad. La gente se acercaba a ella o a su madre. Sin pronunciar palabra, estaban tomando una decisión que los afectaría de por vida.

Miró a su madre, que había permanecido extrañamente callada. Su expresión era indescifrable. En algún lugar de su cabeza estaba perdida en un laberinto de elucubraciones.

—Bueno, a mí me parece fácil creerlos en lo de que las Tierras Privadas existen. Todos hemos visto las imágenes —dijo Frank.

—No, todos no —puntualizó Agnes—. La Comunidad original

no. Nosotros nos marchamos de la Ciudad pensando que las Tierras Privadas eran un cuento inventado por una panda de tarados. Ahora se supone que nos tenemos que creer que existen y, mejor aún, que podemos irnos a vivir allí. ¿Quiénes somos nosotros para merecernos vivir allí? ¿Qué hemos hecho aparte de traicionar a los que deseaban lo mismo que nosotros? Estar aquí. Podemos escaparnos, todos juntos. Sabemos cómo escondernos.

Celeste, detrás de Agnes, llamaba a Patty entre murmullos y gestos con la mano. Los padres de Patty, detrás de Bea, le ordenaban entre dientes que fuera con ellos. Pobre Patty, ahí en medio. Los Recién Llegados adultos siempre habían querido ir a las Tierras Privadas. El trato con los Agentes Forestales les habría parecido un milagro, y no tenían la menor intención de desaprovecharlo. En cambio, los Recién Llegados más jóvenes veían su futuro con otros ojos, como suele ocurrirle a la juventud.

–No pienso volver –dijo Carl–. Tu madre me ha contado todo lo que necesito saber sobre la Ciudad. Y ahora sobre las Tierras Privadas. –Agnes se dio cuenta de que se estaba dirigiendo a ella. Pese al temblor de su voz, su mirada era firme–. Tenemos que estar unidos en esto.

–Anda, ¿así que ahora necesitas una decisión unánime? ¡Necesitas consenso! –Debra se mofó–. Esta sí que es buena.

–Mira, cállate, Debra.

–Que te den, Carl. Has alcanzado el límite de tu poder.

–No estés tan segura –repuso él, alzando el dedo hacia el rostro de Debra.

Lo que pasó a continuación sucedió en cuestión de segundos, pero a Agnes le pareció que hubieran trascurrido varios amaneceres y varios atardeceres, y, para cuando quiso darse cuenta, estaba agarrotada, muerta de hambre, afligida, pero lúcida.

Carl se volvió raudo como un conejo hacia el Refugio al grito de «¡Agentes!».

Y, con idéntica celeridad, Jake lo tiró al suelo. Jake, nervudo y desesperado, le pisó la rodilla y lo agarró del pie ante la mirada atónita de todos. Carl aullaba y manoteaba intentando zafarse, pero estaba paralizado. Agnes veía el instinto que se había apoderado de Jake y sabía que estaba a punto de soltar su peso y girarse de tal forma que le rompería irremediablemente la pierna. Una pierna rota lo dejaría indefenso. No sobreviviría. Los Agentes Forestales lo dejarían morir. O, tal vez, si tenía suerte, se apiadarían de él y lo sacarían de allí para que pudiera regresar a la Ciudad. ¿Eso también era una sentencia de muerte?

Carl resollaba y babeaba:

–Por favor, por favor.

–¡Para! –gritó Agnes. Jake se quedó petrificado, levantó la mirada–. Lo vas a matar.

–¿Y? –Jake frunció el ceño.

Agnes pensó en Glen. En su porte encorvado, su pierna torcida y en cómo no había dejado de protegerlas ni en esas circunstancias. Negó con la cabeza.

–No lo hagas.

Jake, airado y avergonzado, deshizo el amarre y soltó bruscamente la pierna de Carl. Era incapaz de mirar los rostros de su alrededor. Echó a correr hacia el bosque, gritando: «¡Agnes, venga ya!».

En ese momento Agnes vio que algunos ya habían puesto pies en polvorosa. Linda, Dolores y Joven arramblaban con lo que podían y huían por las laderas boscosas armados hasta los dientes. Celeste arrastraba hacia el bosque a Patty, que lloriqueaba, con el brazo extendido hacia su madre y su padre, mientras sus piernas corrían con Celeste. Helen, Frank y la madre de Patty se desgañitaban llamando a sus hijas, en vano. Una vez se echaron el morral a la espalda, las Gemelas no volvieron la vista atrás. Debra se había escabullido con Piña, pero Hermana y Hermano se habían quedado agazapados tras Juan, plantado detrás de Bea, pasmado. Val y Bebé Garceta se alejaban tranquilamente, sin una sombra de miedo o de pánico. Garceta iba colocado de lado, seguía mamando, y Val no se molestó en acomodarlo.

Agnes sabía que también estaba moviéndose, pero era incapaz de notarlo. Se sentía atrapada, inmóvil. Su taciturna madre también parecía atrapada, su semblante cambiaba como los cielos de tormenta, mientras, a su espalda, Carl rodaba por el suelo, quizá a estas alturas lesionado sin remedio. Su madre estaba de pie con las manos abiertas, ofreciendo las palmas vacías, con los hombros tensos y relajados al mismo tiempo, como la curva de una roca. Agnes advirtió el temblor en la boca de su madre, como si deseara abrirla y chillar «¡Agentes!» para que capturaran a Agnes. También la mano le temblaba y Agnes se imaginó que estaba alargándola para retenerla o, quizá, simplemente para despedirse. Agnes reculó, indecisa, observando toda esa emoción contenida en su madre. Quedaban pocos miembros de la Comunidad. Los que habían escogido la huida habían huido.

Agnes se vio a sí misma en los ojos de los que se habían quedado. Estaba demasiado asilvestrada, era un ser incontrolable e irremediablemente egoísta, y aunque eso les hubiera beneficiado en otro tiempo, ahora su instinto de supervivencia parecía repugnarles. Volvió a mirar a su madre y le sobrevino una nostalgia que por poco la tumba, deseaba estar abrazada a ella, y no bajo las pieles alrededor del fuego, ni con la mano agarrada a su tobillo helado. Deseaba estar en su regazo hecha una bola, dentro de su camita, o en la cama de matrimonio de su madre, o en el sofá junto a la ventana, mirando el cielo blanquecino por cualquier ventana, viviendo una vida en aquel piso de la Ciudad porque nunca hubieran conocido la vida en ninguna otra parte. Si no hubiera venido aquí, si no hubiera conocido nada más, ¿no podría ser feliz con lo que tenían?

–Mamá –dijo Agnes, retrocediendo otro paso.

Su madre tensó la boca en una línea fina y dura, y dio un paso precipitado hacia Agnes, decidida a alcanzarla.

Agnes echó a correr.

Agnes llegó a un afloramiento despejado y miró hacia la tierra de abajo, enfadada, confundida y aterrada por estar desconectada de los demás. ¿Dónde se había metido Jake? ¿Y Dolores, y su madre y su hermano? ¿Las Gemelas? ¿Val y Bebé Garceta? ¿Cómo podía haber cambiado todo tan de repente? El enmarañado bosque de conos de ceniza abrazaba la Caldera como un parásito. A lo lejos distinguió unas luces que atravesaban el desierto en dirección a la Caldera. Un vehículo. Grande. Y entonces una mano le cubrió la boca.

–Que no te oigan –le susurró su madre al oído. Sintió un alivio momentáneo hasta que su madre la arrastró hacia la arboleda.

Intentó hincar los talones.

–Mamá –dijo entre dientes.

–No hables.

–¡Mamá! –chilló. Su madre se detuvo en seco, desconcertada.

–¿Qué quieres, que te atrapen?

–¿Dónde vamos? –susurró Agnes.

–Tenemos que llegar a la ladera oriental de la Caldera.

–¿Por qué? –La voz de Agnes temblaba. Estaba desorientada y enfurecida por el agarre tenaz de su madre en su brazo.

–Porque allí nos encontramos con Bob.

–De eso nada. Yo no pienso ir a ver a un Agente Forestal.

–Tenemos que hacerlo. Está todo planeado.

–¿Qué quieres decir? ¿Cómo que está todo planeado?

–Para llegar a las Tierras Privadas. Estábamos intentando que nos dejaran en la frontera antes de escaparnos, pero gracias a ti, ahora nos tocará colarnos de polizones en alguna camioneta. Y comernos la caminata desde aquí. No va a ser plato de gusto, pero no creo que nos atrapen.

—¿De qué hablas?

—¡Ese era mi plan! —Su madre apretó los puños, parecía una fiera—. El plan que tracé con Bob. Iba a acercarnos hasta la frontera, nos ayudaría a cruzar y a llegar hasta las Tierras Privadas. —Frunció el ceño—. No me mires con esa cara. Era un buen plan, Agnes.

—¿Y por eso estamos en la Caldera? ¿Para encontrarnos con Bob?

—Sí, así le daríamos una razón para mandarnos derechitos a la frontera.

—Pero ¿por qué?

—¡Porque iban a enviarnos a la Ciudad!

—Entonces, ¿no hay ningunos Intrusos a los que encontrar? Bea abrió unos ojos como platos.

—Ah, yo no he dicho eso. Sí que hay Intrusos. Esa gente de la que nos habló Adam. Nosotros no los vemos, pero ellos a nosotros sí.

—O sea, ¿que Adam no era parte de esto?

—No, qué va, Adam fue una sorpresa. Pero resultó ser de ayuda.

—¿Le hablaste a Bob de Adam?

—No me quedaba otra.

—Pero ¿cómo? Si llevamos años sin pisar un Control.

—Nos dejamos notas.

—¿Dónde?

—En los árboles —farfulló.

El lago de hierba. Agnes recordaba a su madre metiendo algo en el tronco de un árbol. Era para Bob.

—¿Desde cuándo?

—Desde que volví. Llevamos comunicándonos desde entonces. —Su madre estaba avergonzada, la habían desenmascarado. Volvió a parecerle una persona insondablemente complicada y misteriosa. Por un instante. Justo después, su semblante traslucía puro terror.

—¿Y por qué iba a arriesgarse por nosotros?

–Porque somos amigos.

–Mamá.

–Él también quiere estar allí. No es solo el estudio. El Estado de la Reserva se acaba. Necesita un lugar al que ir.

–Entonces, ¿vendría con nosotros?

–No hay otro sitio al que ir –replicó su madre impaciente.

–¿No está casado?

–¿Desde cuándo eres tan anticuada?

–¿Está casado?

–No –contestó con brusquedad–. Ya no. Además, ni que eso importara. –Su madre se ruborizó–. Es un buen plan. Funcionará. Tienes que venir conmigo.

–¿Ahora?

–¡Ahora!

Agnes se dio cuenta de que lo que la gente había tomado por fortaleza y liderazgo en su madre podría haber sido pura desesperación, un instinto irrefrenable de supervivencia. No sabía si existía alguna diferencia. ¿No debería de haberla?

–No pienso ir.

–Agnes. Te encontrarán. Te mandarán de vuelta. O algo peor.

–Yo me quedo aquí.

–¿A qué? ¿Con quién? Están todos desperdigados.

–Podemos encontrarlos, igual que tú me has encontrado a mí. –Agnes emitió el reclamo de reagrupamiento. Su madre volvió a taparle la boca con la mano.

–Yo no te he encontrado, Agnes. Te he seguido. Y te diré que no me ha costado nada. Y lo mismo harán los Agentes Forestales.

Agnes se debatía entre pensamientos, presa del pánico.

–Pero las Tierras Privadas ni siquiera existen.

–Claro que sí.

–¿Cómo lo sabes?

–Me lo ha dicho Bob.

–¿Cómo lo sabe?

–¡Porque ha estado!

–¿Te lo ha dicho?

–Bueno, conoce a gente que ha estado. Joder, Agnes, no sé. Solo sé que necesitamos ir. –En su voz resonaba una histeria contenida.

Agnes rechinó los dientes. Todos esos planes descabellados. ¿Cómo podía ella estar tan convencida de algo mientras su madre creía ciegamente en lo contrario? Intentó sonar comedida:

–Sé que estás intentando protegerme, pero si nos vamos con él, acabaremos en la Ciudad. Nos necesitan como cebo. Para nosotros no existe más recompensa que este lugar. Las Tierras Privadas no son reales. Te ha mentido.

–Bob no me mentiría –contestó su madre. Y tenía verdadera fe. Era lo único en lo que podía creer. Probablemente llevara tiempo creyendo en ello. Años de dejar notas en los árboles, de planear el momento en el que le tocaría encontrar otro modo de salvar a Agnes, de salvarse a sí misma. Probablemente no tenía elección.

Agnes oyó un reclamo. Aguardó, a la escucha. Volvió a oírlo.

–¿Lo ves? Uno de los nuestros. Tenemos que reagruparnos.

–Ni hablar –dijo su madre y la volvió a agarrar. Agnes, de nuevo, volvió a zafarse.

–¡Que no pienso ir! Esta es mi casa.

–¡Basta! –Su madre la zarandeó por los hombros, desesperada–. Esta no es la casa de nadie. –Parecía exasperada, como si Agnes no comprendiera algo muy sencillo del mundo–. No puedes esconderte para siempre.

Agnes se desprendió de su madre. Brotaron las lágrimas. Por supuesto que podía esconderse para siempre, pensó indignada. Conocía esta tierra mejor que nadie. No la atraparían. Le ofendía que su madre lo viera de otra manera.

–¿Y por qué iba yo a irme contigo a ninguna parte? Tú me abandonaste.

–¿Ya estamos con esas? –rugió su madre, frustrada–. ¿Por qué no puedes fijarte en todas las veces en que sí que he estado? ¿Por qué toda nuestra relación gira en torno a eso?

–Porque me dejaste sola.

–No estabas sola.

—Me dejaste en la Reserva.

—Te chifla la Reserva.

—Porque las madres no hacen esas cosas.

—Bueno, pues esta madre sí. —Las palabras salieron tan atropelladas que su madre se atragantó—. A ver cómo lidias con eso. Esta madre te quiere. Y esta madre se marchó. Y volvió. Y jamás conseguirá que la perdonen por ello.

—Exacto.

—Ya, ya lo sé. No hace falta que me lo digas.

Su madre se derrumbó en el suelo, como si sus piernas fueran de tierra, como si la aguantaran un par de hormigueros que se desmoronaban. Abrió las rodillas y juntó las manos, como para que le colocaran los grilletes, como si acabara de renunciar a cualquier plan de futuro. Agnes la imitó. Hizo exactamente los mismos gestos. Como una sombra.

—Sé que te hice daño —dijo su madre—. No quería. Nunca quise. Nunca en toda mi vida he querido. Pero lo hice. Lo siento.

—No deberías haberlo hecho.

—Pero lo hice.

—Quiero que digas que no deberías haberlo hecho.

—No puedo.

—¿Por qué no?

—Porque no sería verdad. Para mí era importante. Puede que no fuera bueno para nosotras, pero me parece que fue bueno para ti. Nos ha traído hasta aquí. Y ahora tenemos una oportunidad. —Negó con la cabeza—. Agnes, nunca te he mentido, y no pienso empezar ahora.

—Ojalá lo hicieras.

Bea pestañeó, sorprendida.

—No hablas en serio.

—Sí, es lo que pienso —repuso Agnes, la voz empañada por la histeria, los puños apretados.

—No debería haberlo hecho —rectificó su madre rápidamente, tratando de darle lo que quería—. No debería haberte abandonado. Fue un error. Lo estropeé todo.

Claro que su madre ya le había mentido —ambas lo sabían—, pero aun así, estaba en lo cierto con respecto a esa mentira.

Esa mentira cayó a los pies de Agnes como un animal muerto. Pensar que todo había sido en vano le hizo sentirse fatal. Aunque en el rostro de su madre viese que una parte de ella también deseaba no haberse marchado nunca, ya daba igual. Se había ido. Y todo, en última instancia, había salido bien. Nadie había muerto. Esta madre se fue. Esta madre volvió. Esta madre la quería. Y Agnes no sabía cómo perdonarla. Aunque la mentira le sentara fatal, la verdad era aún peor. No había nada que hacer salvo dejar que pasara el tiempo.

—Yo te quiero, mamá —susurró.

Su madre sollozaba. Estaba desfigurada, como si los sentimientos que había sentido durante toda su vida le desgarraran el rostro.

Bea se inclinó hacia delante y se colgó de Agnes, le besó la cara y la cabeza, hundió la nariz en su cuello como solía hacerle cuando era pequeña.

—¿Me equivoqué? ¿No debería haberte traído aquí? —Su madre lloraba ahora.

—No, mamá, este es mi sitio.

—A eso me refiero —sollozó—. Cuando nos marchemos de aquí, ¿tú cómo vas a vivir?

—Es que yo no voy a marcharme de aquí.

—No puedes quedarte. —Un gruñido penetró en los sollozos.

—Yo no me voy.

—Es lo único que tiene sentido. —Su madre se retorcía de ira.

—Yo no me voy a ninguna parte. —Agnes alzó la voz, apretó los puños con vehemencia.

—Es un suicidio.

—Mamá, no voy a irme contigo.

Los ojos de su madre centellearon de furia.

—Ya lo creo que sí.

Bea la cogió del brazo. Su mano era una garra, su voz un grito afligido.

Pero Agnes la enganchó por la garganta y la tiró al suelo. Su madre se ahogaba, pero aun así, no la soltó. Agnes le estampó el puño en el ojo, y el rostro de su madre se demudó en una sorpresa angustiada. El ojo enrojeció y se hinchó al instante y su madre balbuceó una maldición, pero Agnes necesitó asestarle otro puñetazo antes de que la soltara.

—Ay, no —dijo Bea, jadeante, sin resuello. Entonces abrió la boca y prorrumpió en una risa frenética y ahogada.

Agnes le soltó la garganta.

Su madre recuperó el aliento, sin apartar de ella unos centelleantes ojos conmocionados.

—Ay, no —repitió, y su carcajada estalló como un relámpago escalofriante que Agnes solo había oído en boca de su abuela.

Agnes se puso de pie.

—Ay, no —volvió a decir, y un gemido emergió bajo la risa. Un sonido grave que parecía remontar directamente desde sus entrañas—. Ay, no. Ay, no. Ay, no.

Agnes se dio la vuelta.

—Mi niña —balbuceó Bea, toda mocos y lágrimas—. Ay, mi niña. Mi chiquitina. —Se retorcía las manos con violencia—. Espero que consigas quedarte.

Agnes empezó a adentrarse en el bosque, alejándose del afloramiento. Alejándose de su madre.

—Eres una auténtica maravilla. —Oyó decir a su madre, pero no se dirigía a ella, sino al aire, a la tierra que se extendía más abajo, al cielo, al bosque, a sí misma—. ¿Lo ves? Mírala. —Bea hablaba como si le confiara un secreto a una amiga—. Mira a esa auténtica maravilla. He sido una buena madre.

¿Estaba montando una última bronca? No. Había algo más en su voz. A lo mejor era su manera de despedirse. O tal vez, pensó Agnes, estaba dándose cuenta de que podía ser verdad.

Agnes miró hacia atrás de reojo. Su madre estaba doblada por la mitad, agachada como un animal, la garra de su mano se arrancaba su propio corazón, sin dejar de mirarla. Sollozante. Sonriente. Más que eso. Exultante.

Sintió una mezcla de alivio e ira. Se sintió respetada, libre. Y sola. Condenadamente sola.

A través de los árboles que quedaban detrás de su madre, Agnes atisbó la línea quebrada del horizonte donde se ocultaba el sol. La luz del día se difuminaba como si en algún sitio alguien estuviera pintando sombras.

Séptima parte

LA REDADA

Agnes pasó la noche dormida en un árbol. Desde allí vio a su madre incorporarse, aturdida, recomponerse y renquear colina abajo en busca de Bob, hasta perderse entre la vegetación. Oyó un zumbido. Un helicóptero o un dron de madrugada. Una luz rastreadora que barría las laderas de la Caldera. Los miembros de la Comunidad que quedaran por ahí no tenían ninguna posibilidad, no le cabía la menor duda. Una de dos, o se habían escapado o estarían montándose en el autobús. ¿Y si todos estaban escondidos? Pero, salvo por la vigilancia, en el bosque reinaba el silencio. Los animales que lo habitaban permanecían a la escucha. Tratando de averiguar qué hacer después.

Por la mañana, Agnes bajó del árbol para localizar a los demás. Emitió algunos de sus reclamos, como el parloteo de una ardilla seguido del trino irritado de un arrendajo, el aullido de un coyote tras el gañido quejumbroso de un halcón. Finalmente, oyó otro reclamo que le respondía. Al cabo de días, o tal vez semanas, encontró a las Gemelas, a Val y Bebé Garceta, a Linda, Dolores y Joven, a Debra y a Piña, y al doctor Harold, que había salido corriendo en el último minuto. Después, afortunadamente, encontró a Jake.

El grupo se adentró en el bosque de conos de ceniza, con el objetivo de perderse. Sabían escuchar. Sabían esconderse. Se dispersaban por el bosque solos o en parejas, en lugar de avanzar todos juntos, aunque siempre a distancia de reclamo. Así, si se topaban con los Agentes Forestales, no los atraparían a todos a la vez. No acampaban juntos por si los Agentes les tendían una emboscada mientras dormían. Pero cada pocos días, cuando más se alargaban las sombras de los árboles, se congregaban simplemente para estar juntos.

Cada cierto tiempo, cuando se reagrupaban, faltaba alguien. El primero fue el doctor Harold. Tenían la esperanza de que hubiera decidido emprender la aventura por su cuenta, quizá pensando que correría mejor suerte. Cuando Linda y Dolores desaparecieron y solo Joven respondió a las llamadas de retorno, el muchacho regresó visiblemente afectado y tardó varios días en hablar. Finalmente les contó que habían sido los Agentes Forestales. Él se encontraba a unos pocos árboles de distancia, tratando de acorralar a una ardilla. Se metió dentro de un hueco en un tocón y esperó varios días antes de atreverse a abandonar su escondrijo. Con el paso de las estaciones, sus filas mermaron conforme aumentaba su distancia con la Caldera.

Lo que sucedió entonces fue que empezó a aparecer gente de la nada, personas vacilantes y asustadas. Salían de sus guaridas. Alguien que había escuchado, discernido, que se había aprendido el reclamo de la Comunidad y se había arriesgado a exponerse a cambio de un poco de compañía, de cierta seguridad. *¿Amigo? ¿Amigo? ¿Amigo?* Eran Intrusos. Buscaban a los Disidentes.

Algunos iban solos, aunque en su mayoría no hubieran comenzado así. Otros aún formaban parte de un grupillo todavía intacto que había pagado, sobornado, escapado de la Ciudad y se había colado por las Minas. Todos habían encontrado señales en el bosque, campamentos abandonados, despojos de ciervos desechados tras el despiece, hachas clavadas en los árboles. Pequeños indicios de la presencia de otra gente. Algunos llevaban prendas de piel de ciervo chapuceras, mal raspadas y aún con trozos de carne que olían a podrido. Otros venían equipados con botas, bastones, utensilios de cocina y sacos de dormir nuevos, del estilo de los que en su día trajeron los miembros de la Comunidad. Una de las parejas que absorbieron creía llevar más de un año en la Reserva. Otro grupo conservaba relojes que seguían funcionando. Estaban bastante convencidos de que todavía sabían en qué día vivían. Hombres, mujeres, niños. Abuelos, abuelas, madres y padres desparejados que habían dejado atrás a un consorte enfermo. O que no había querido venir. O que ni siquiera había llegado a estar al corriente del plan. Todos habían huido de la Ciudad, afirmaban, porque no les quedaba otra. Ahora estaban divididos y hambrientos. Contaban que los Agentes Forestales los perseguían sin descanso. Habían oído que los Disidentes podían vivir años en la Reserva pasando desapercibidos, que se las habían arreglado y habían conseguido eludir la captura. Querían que los Disidentes los ayudaran a esfumarse.

Cuando estas almas en pena se encontraban con la Comunidad, preguntaban con susurros esperanzados:

–¿Sois los Disidentes?

Agnes les ponía una mano en la espalda:

–No, pero también somos capaces de eso. Podemos ayudaros.

Cada día se dispersaban en lo que parecía una línea infinita, que se interrumpía y se unía cuando tocaba, como la escuadra de una bandada de gansos en migración. A veces, mientras caminaban por el bosque o la llanura, Agnes habría jurado que la Reserva estaba abarrotada de gente.

Agnes estaba agazapada en una arboleda cercana a las estribaciones al atardecer, atenta al reclamo de su grupo, cuando oyó el sonido inconfundible de algo curiosamente vivo en un árbol próximo. Habían conseguido desandar camino y cruzar al otro lado de las montañas, atravesar el mar de salvia hasta llegar a la Cuenca, con la esperanza de que los Agentes Forestales siguieran poco entusiasmados con la idea de desplazarse hasta allí.

Se acercó sigilosa, de árbol en árbol, con pisadas inaudibles, poniendo en práctica todo lo que había aprendido en su vida para pasar inadvertida. Oculta tras un aliso raquítico, se detuvo y observó un árbol que se agitaba con un temblor impropio de un árbol. En ese momento, una niña muy pequeña cayó al suelo y aterrizó cual felino, sobre pies y manos. Llevaba un sayo de piel de ciervo, barro en la cara y hierba en su enmarañada pelambrera. La chica abrió mucho la boca como para aullar o chillar, pero no emitió sonido alguno. Al cabo de un momento, ladeó la oreja y salió disparada en esa dirección, en silencio. No tendría más de cuatro años. Agnes emitió el reclamo. Escuchó. Volvió a llamar. Durante un instante, el bosquecillo se sumió en el silencio. Entonces oyó una respuesta vacilante. Agnes se encaminó hacia el sonido sin hacer ruido.

Desplomada bajo un árbol, una mujer cubierta con pieles mecía en brazos a una escuálida niña vestida con unos vaqueros andrajosos con manchas de orín y heces. La mujer tenía los ojos rodeados de un cardenal púrpura. Los labios resecos. Parecían estar muertas. Pero la niña pequeña, la que Agnes había visto, estaba apostada de cuclillas frente a ellas, cual centinela. Era eléctrica y, tras observar un instante a Agnes, trepó de un brinco al árbol bajo el que yacían las difuntas.

–Hola –saludó Agnes mientras la niña se encaramaba a una rama que se extendía hacia ella.

–Eh –maulló la niña.

–Me gusta tu vestido.

–*Gracias.**

–¿Es tu madre?

–Sí –contestó. Agnes esbozó una sonrisa amable y la niña susurró–: Y mi hermana.

Agnes asintió.

–¿Sabes cuánto tiempo lleváis aquí? –La niña se encogió de hombros–. ¿Sabes cuántos años tienes? –La niña volvió a encogerse de hombros–. No pasa nada. Da igual. ¿Ahora estás sola?

La muchacha asintió y sus ojos se agrandaron y se humedecieron, como si se hubiera permitido ver la situación tal y como era. Acto seguido, mientras se colocaba a horcajadas sobre la rama, comenzó a golpearse el pecho. Volvió a abrir la boca fingiendo gritar a voz en cuello, como Agnes la había visto hacer un rato antes, pero no emitió ruido alguno. Incluso sin sonido, su emoción desbocada resultaba obvia, natural. Miró a Agnes y se llevó un dedo a los labios.

–Shhh –siseó, sin duda replicando los intentos desesperados de una madre afanada por mantener oculta a una niña salvaje y desaforada.

Agnes se erizó. Ladeó la cabeza. La niña la imitó. Ambas habían oído algo.

Agnes sonrió.

–Tengo muchos amigos por aquí. Un montón de niños de tu edad. Y vivimos aquí. ¿Quieres conocerlos? La muchacha descendió del árbol deslizándose como un riachuelo. Tenía los pies sucios y encallecidos, y no se veían zapatos ni calcetines por ninguna parte. Permaneció junto a los cuerpos sin mirarlos.

–Venga, deprisa –dijo Agnes, tendiéndole una mano. La muchacha la aceptó, pero en cuanto estuvo cerca, se le subió a los brazos y recostó la cabeza en su cuello.

Agnes la llevó a cuestas el resto del día. De vez en cuando, la niña daba cabezadas sobre su hombro. Ocasionalmente, lloraba en sueños. Se orinó encima y Agnes sintió cómo el pis le resbalaba por la pierna. Sin embargo, no dejó de andar, cargando a la niña temblorosa, que por fin cedió a mostrar el cansancio y el miedo, mientras llamaba a sus compañeros en el aire silente de la noche. Y cuando fue incapaz de dar un paso más, se tumbaron las dos a dormir.

Por la mañana, Agnes despertó con la cara de la niña a cuatro dedos de la suya y su mirada clavada en la nariz.

–¿Cómo te llamas? –le preguntó dubitativa.

–Agnes. ¿Y tú?

La chiquilla la miró con sus ojos asustados e inteligentes.

–Yo Salvia.

–Qué bonito. Me encanta la salvia.

–No. –Frunció el ceño–. Viene de Salviana. –Sacó la lengua como si el nombre le dejara un regusto desagradable en la boca.

–Ah, pues es un nombre que suena muy bien.

–Y significa que tiene paz. Me lo dijo mi *mamá.**

–Qué bonito.

–Pero todo el mundo piensa en la planta.

—Es una planta muy bonita.

La chiquilla escudriñó a Agnes.

—Estoy buscando una cosa muy secreta y muy especial. ¿Puedo confiar en ti?

—Claro.

Salvia se sacó un mapa de debajo del sayo, de una tela que le envolvía el torso.

—*Aquí es donde lo guardo todo** —susurró.

Alisó el mapa para Agnes. Lo había dibujado ella. Bajo sus garabatos se distinguía lo que parecía un viejo horario de autobús. Había montañas en forma de zigzag, lagos azules con forma de herradura y de pico. Bosques de círculos verdes sobre gruesas líneas marrones. No era ningún lugar en concreto, aunque bien podría haberse tratado de cualquiera.

La chiquilla señaló una gran aspa que destacaba.

—Es el Lugar.

—¿Y qué hay allí?

Salvia levantó unos ojos argentados como la luna.

—Todo lo bueno —contestó con veneración.

—Vaya —dijo Agnes con una sonrisa—, en ese caso habrá que intentar encontrarlo.

Se puso de pie y la tomó de la mano. Durante el camino, la niña cotorreaba sin parar, nerviosa, y Agnes asentía, atenta a los peligros que pudieran venir de los matorrales.

Anduvieron un día entero llamando a los demás hasta que cayó la noche. Finalmente, en el claro de un valle, oyeron una respuesta. En una madriguera de coyotes abandonada, se encontró a algunos de sus compañeros apiñados. El blanco de sus ojos brillaba con la luz de las estrellas, capaz de adentrarse hasta las más remotas profundidades de la tierra. Jake y un chiquillo al que habían encontrado que decía llamarse Huevo. Val y Bebé Garceta. Debra y Piña. Las Gemelas ahora iban con Joven y con el niño de unos desconocidos del que cuidaban. Había más niños escondidos no muy lejos de allí. Ahora todo el mundo tenía una criatura. Se les aparecían mientras caminaban, deambulando solos por la Reserva, sobreviviendo a los cuidadores que los habían llevado allí.

Agnes sintió alivio al ver a sus compañeros, pero no pudo evitar pensar que llevaban una vida horrible. En comparación con lo que habían vivido en un tiempo no muy lejano, parecía una vida espantosa. Entonces le vinieron a la cabeza la madre y la hermana de Salvia. Por lo menos ellos seguían con vida. Y estaban juntos.

Atravesaron la Reserva fingiendo ir en busca del Lugar del mapa de Salvia, un sitio que llegaron a imaginar como el último lugar al que irían. La realidad, sin embargo, era que solo trataban de esquivar a los Agentes Forestales. Se encontraron con más gente. Gente que traía noticias, de otra gente, de los cambios en la Administración, de los Agentes Forestales, gente que ofrecía algo de comida y agua que podían ser providenciales, que compartía sus escondrijos. Gente que probablemente terminaría capturada, cuando no algo peor. La Reserva era un hervidero de gente.

Los Agentes Forestales eran como pumas acechantes que no parecían cansarse nunca. En los viejos tiempos, antes de la Redada, Agnes los veía como oficiales, al mando, pero también un poco desvalidos. Repartían su tiempo entre el Estado de la Reserva y el mostrador de un puesto de Control. Ahora, en cambio, se diría que galopaban a lomos de sus caballos siguiendo la estela de los forajidos. Con el arrojo de los depredadores alfa. Saltando tras ellos, tenaces, infatigables. Los Originalistas, los Recién Llegados, aquellos Intrusos, la gente que ahora formaba esta nueva Comunidad, todos los refugiados de la Reserva no eran más que ciervos de un rebaño que no tenía otra opción que la huida hacia delante. Antes se les agotarían las ganas de vivir que la tierra en la que sobrevivir. Los Agentes Forestales los habían gobernado con reglas. El tedio del papeleo y la burocracia había encubierto a los cazadores implacables que llevaban dentro.

Al cabo de un tiempo, la Comunidad ya no podía permanecer unida, ni siquiera aunque se dispersaran por el bosque y se llamaran puntualmente para reunirse durante breves momentos. Tenían que dividirse de verdad. Decidieron hacerlo en grupos de dos. Cada adulto iría con un niño. Todo el mundo necesitaba un compañero, les dijeron a los más pequeños. Pretendían que sonara divertido.

—Es como el escondite —explicó Agnes a los niños colocados junto a su pareja adulta, mientras sus acompañantes, ansiosos, volvían la cabeza al menor sonido inesperado—. Primero nos escondemos todos y después nos encontramos.

Piña parecía escéptico. Se había convertido en un chavalillo quisquilloso y amante de las reglas.

—Pero en el escondite solo se queda uno, y ese busca a todos los demás —observó, en tono de regañina.

—Bueno —dijo Agnes—, en este juego nos buscamos todos.

—O también podríamos quedarnos todos juntos —sugirió Salvia.

—No podemos.

—¿Por qué no?

—Así no va el juego.

—Pero sería más divertido quedarnos todos juntos.

Agnes sintió un nudo en la garganta.

—Es demasiado peligroso.

Salvia se inclinó hacia Agnes y susurró en voz alta:

—Creía que habías dicho que era un juego.

—Era mentira —le dijo, acariciándole la mejilla—. Te prometo que no lo volveré a hacer.

Los adultos se aprovisionaron como pudieron, pieles, agua, algo que los ayudara a arreglárselas por su cuenta, aunque nadie llevaba todo lo necesario. Se amarraron el cargamento al cuerpo para que no les molestara al correr.

Agnes miró a Jake, inmóvil con la mano sobre el hombro de Huevo. Recordó aquella vez en que había creído que a esa edad los niños eran capaces de vivir solos en la Reserva si habían tenido la exposición adecuada. Pensó en Huevo, que aún lloraba cada noche. Pero entonces miró a Salvia, que había vivido aquí la mayor parte de su vida. ¿Sería ella capaz? ¿Si no le quedara otra? *No importa*, se dijo, *porque nunca la abandonaré*. Eso fue lo que Jake comprendió durante aquella conversación y ella no. Le sonrió.

—Te encontraré —dijo Agnes.

Los demás adultos ya se alejaban a la carrera con los niños. Jake asintió, la atrajo hacia sí. Eran compañeros de vida. Se habían elegido. Jake le dio un beso en la cabeza. Oyeron un chasquido que provenía de la dirección que habían seguido. Grande. Tal vez fuera un oso. Tal vez un puma. *Ojalá.* Agnes notó cómo los dos se sobresaltaban, como perdidos en medio de un sueño, abrazados. Como si hubieran transcurrido días. Pero tan pronto oyeron el ruido, cada uno tomó de la mano a su niño y salió corriendo sin decir nada más.

Cuando las hojas amarilleaban en los montes pequeños y escarpados de lo que terminó por revelarse como una cordillera litoral, Agnes y Salvia se cruzaron con dos mujeres que se presentaron como Disidentes y les ofrecieron comida, agua y entretenimiento en una noche sin hoguera ni estrellas. Eran chismosas y manejaban cotilleos de muchos de los Agentes Forestales que Agnes había conocido tiempo atrás, o de ese extraño sitio nuevo cerca de la frontera del Estado de la Reserva donde había edificios de una o dos plantas rodeados de césped y de flores. Chismorreaban sobre los nuevos cargos de la Administración, gente de la que Agnes nunca había oído hablar. Gente que podría ni haber existido. Pero a ella le traía sin cuidado lo que dijeran. Sin contar a Salvia, no había visto a nadie desde que se habían fundido las últimas nieves. Era divertido volver a escuchar historias.

–Pero ¿cómo podéis saber todo esto? –preguntó Agnes.

–Hablamos con todo el mundo –contestó la mujer de ojos verdes.

–¡Si aquí no hay nadie! –repuso Agnes, con una risita comedida. Salvia tenía la cabeza apoyada en su regazo, la respiración de la niña dormida sonaba como el silbido del viento entre los árboles.

Las mujeres se miraron boquiabiertas.

–¿Que aquí no hay nadie? Querida, todo el que es alguien está aquí. Aunque eso sí, jamás te contarán quiénes son.

–¡Nosotras nos hemos cruzado con dos expresidentes!

–Y con un actor famoso. ¿Cómo se llamaba? El de las películas de acción. Aunque era un desastre. Me extrañaría que hubiera sobrevivido.

Las mujeres chasquearon la lengua.

—Ah, y el otro día conocimos a una mujer extraordinaria. Llevaba la tira de años viviendo aquí. Había criado a su familia y todo. Había sido una líder importante de una de las comunidades originales. Mientras nos contaba sus hazañas, nos dimos cuenta de que ya habíamos oído su historia antes. La historia era la Balada de Beatrice. Y la mujer era la mismísima Beatrice.

—No, no era ella —consiguió articular Agnes.

—¡Ya lo creo que era ella! —exclamó una de las dos—. Sabía todo lo que Beatrice sabría.

La mujer recitó una retahíla de anécdotas de su madre que podría haber manejado cualquiera, pero Agnes, sin embargo, sintió que el corazón le latía desbocado.

—¿Dónde la visteis? —preguntó con una brusquedad que asustó a las mujeres, que intercambiaron una mirada y mantuvieron una conversación muda pero prolongada.

—Se ha hecho tarde, cariño —dijo la mujer de ojos verdes.

—Nos vamos a dormir —añadió la otra, mirando a Agnes con recelo.

—No, por favor, ¿dónde la visteis? —insistió Agnes.

—Pues fue hace no mucho —contestó entre un bostezo fingido—. Así que a lo mejor sigue por aquí cerca.

Y aunque Agnes sabía que era imposible, se imaginó a su madre acuclillada en un árbol, lista para abalanzarse sobre ella y llevársela consigo. Agnes notó cómo se le humedecieron las mejillas y supo que en esta ocasión se iría con su madre.

En el fondo de su morral encontró el pequeño cuaderno idéntico al que su madre llevaba con ella, con el lapicerito metido en la espiral. Redactó una nota, combinando pictogramas y letras del alfabeto, porque aunque su madre le hubiese enseñado a escribir, nunca había tenido motivos para aprender del todo. Enrolló el papel y lo introdujo en el nudo del árbol cerca del que habían acampado. Quería que su madre pudiera encontrarla. Solo por si la estaba buscando. Agnes dejaba notas en los árboles de la apacible sierra por la que vagaba con Salvia. Afilaba su diminuto lápiz en las rocas. Escribió notas para su madre hasta que no quedaron más páginas en la libreta. Y entonces empezó a dejar cosas que pensó que su madre sabría reconocer. Hojas, bellotas, agujas de pino atadas con un lazo. Quería que su madre la encontrara.

Sin embargo, fue Bob quien la encontró.

Una mañana clara en los cabos, tras una noche neblinosa azotada por el viento, Agnes despertó bajo una sombra donde no debería haber habido sombra alguna.

—Buenos días, Agnes, arriba.

Agnes entreabrió un ojo y vio al Agente Bob, que se alzaba imponente encima de ella. En su mohín bigotudo asomaba la comprensión.

Distinguió el sonido de unos cascos de caballos encabritándose en la hierba, el anuncio de la llegada de más Forestales. Tanteó junto a ella en busca de Salvia, pero la niña no estaba. Se puso en pie de un salto.

—Nada de huir —le advirtió Bob. Lucía un uniforme nuevo. Era rojo escarlata y tenía insignias que bajaban por toda la manga. El grueso chaleco que le cubría el pecho refulgía bajo el sol con el lustre artificial del plástico. Llevaba dos pistolas, una en cada cadera, y su mano estaba preparada en una de ellas. El arma destellaba al sol, así como su alianza de bodas. Su sombrero y sus insignias eran distintas a las de los demás Agentes Forestales, que aguardaban detrás, alerta, a la espera de recibir órdenes—. Me temo que se ha terminado el juego.

—¿Ahora mandas tú?

—Llevo un tiempo al mando. —Bob se irguió de manera casi imperceptible, pero Agnes percibió su orgullo—. Me gustaría que esto transcurriera sin complicaciones. Siempre te he tenido cariño.

Agnes oyó un susurro por los matorrales.

Salvia apareció saltando entre la maleza.

—¡Agnes, Agnes, es el Lugar! ¡Creo que es el Lugar!

Los Agentes Forestales desenfundaron.

—¡No! —chilló Agnes, levantando las manos.

Salvia se detuvo en seco, con un ojos grandes y húmedos como estanques. Llevaba un conejo atrapado por las orejas que sacudía el aire con sus patitas luchadoras. El Agente Bob silbó con los dientes y agitó el brazo hacia abajo. Los Agentes Forestales bajaron las armas.

—¿Quién es? —preguntó Bob, suavizando la voz para no asustarla.

Agnes le indicó con señas a Salvia que se acercara y la rodeó con un brazo.

—Es mi hija.

Bob sonrió.

—Anda, mira qué bien.

Agnes la abrazó más fuerte.

Bob apartó la mano de la pistola y sacó unas arandelas de plástico que llevaba colgadas del cinturón. Las colocó alrededor de las muñecas de Agnes y las cerró.

—Creo que eres la última de la Comunidad.

—Lo dudo.

—No, estoy casi seguro de que los hemos pillado a todos. Fue fácil después de que os separarais.

—¿En serio?

—Sí. Deberíais haberos quedado juntos.

—¿Por qué?

—Porque en cuanto dejaste de estar en cabeza, pillarlos fue pan comido. —Bob la tomó del codo con suavidad—. No voy a esposar a tu hija. No quiero asustarla. Pero confío en que harás que se comporte. —Le sonrió con la misma sonrisa que siempre le había dedicado. Después, tiró de ellas para que empezaran a andar.

Bob caminaba un paso por delante, tirando de ellas como si fueran caballos salvajes embridados con correas nuevas y rígidas. La presión de Agnes en la mano de Salvia era desesperada y candente. ¿Había fracasado? ¿Podría haber hecho más? ¿Qué habría pasado si les hubiera dicho a todos que se marcharan con su madre? ¿Si se hubieran ido a las Tierras Privadas? ¿Estarían a salvo? ¿Estarían juntos?

Se detuvo.

—¿Dónde está mi madre?

—No sé dónde está tu madre.

—La última vez que la vi, me dijo que iba a tu encuentro. Me dijo que habías prometido llevarla a las Tierras Privadas. ¿Es verdad?

El bigote de Bob vibró y su rostro se ensombreció.

—Cielo, las Tierras Privadas no existen.

—Pero hicisteis un trato. Y me dijo que teníais un plan. Me dijo que dijiste que nos llevarías. ¿No le dijiste eso?

Bob aflojó el paso y tensó los hombros.

—La gente dice muchas cosas. Y no significa que vayan a suceder. Tu madre y yo... —Enmudeció—. Nos dijimos muchas cosas. —Parecía a punto de añadir algo más, pero lo dejó ahí.

Agnes terminó por hacerse una idea clara de qué se habían dicho y por qué. Su madre había dicho lo que necesitaba decir para que él la ayudara, a ella, a su hija, a su familia. Y el Agente Bob había dicho lo que le vino en gana porque podía.

Montó en cólera.

Epílogo

Oficialmente, la redada duró tres meses, pero un pequeño reducto de refugiados de la Reserva eludió la captura y vivió escondido otros tres años más. Los Agentes Forestales no lo hicieron público. Continuaron la búsqueda y no fueron precisamente amables cuando dieron con todos. Pero esa es otra historia.

Durante la redada, cerca de dos mil personas fueron encontradas y evacuadas del Estado de la Reserva. En teoría, solo debería haber habido veinte.

Esta historia se llamó la Gran Redada de la Reserva. Durante un breve periodo inesperadamente progresista, fue conocida como la Barbarie de los Forestales. Y algún día, cuando los que vivimos allí –los que escapábamos de la Redada para poder quedarnos allí– hayamos desaparecido, no me cabe duda de que ya no será conocida con ningún nombre.

Me contaron que duré trece años, los tres últimos como fugitiva. Cuando por fin me encontraron, ya tenía a Salvia a mi cargo. Una niña pequeña que solo había conocido el cielo estrellado bajo el que yo crecí. Que no conocía más que el calor de la piel de alce y el deleite de una ciruela silvestre inesperada, la emoción de caminar por un campo en el que crecía medio oculto el cebollino silvestre, de notar el aroma verde y amargo en sus fosas nasales. Yo arrancaba un poquito y se lo metía en la boca, y ella esbozaba una sonrisita de asco y familiaridad. Todo ser natural conoce y comprende en algún rincón de su fuero interno todas las cosas naturales. Fue una buena época, de forajida con Salvia. Yo la consideraba mi hija pese a que ella me llamara Agnes.

Cuando yo llegué a la Reserva, el infrecuente trajín de veinte humanos sacaba a los perritos de las praderas de sus madrigueras a curiosear. Los ciervos alzaban la cabeza entre las hierbas. Los halcones trazaban círculos cerrados sobre nuestras cabezas. Nada hacía ruido. Aunque fuese muy pequeña, es algo que nunca olvidé. Cuando nos marchamos de la Reserva, ya no era una reserva de verdad. Desde la parte trasera de la camioneta de un Agente Forestal, contemplamos el Valle en el que habíamos pasado nuestros primeros años. El de la cueva de mi familia. El que quedaba cerca del Control Medio. El que estaba dominado por la Caldera. El primer sitio al que llegamos a considerar un hogar. El Valle de Madeline. La cinta amarilla ondeaba al viento, delimitando cuadrados de tierra hasta donde me alcanzaba la vista. Algunos cuadrados estaban excavados. Muchos albergaban edificios en algún estado de construcción.

—¿Qué es eso? —preguntó Salvia.

—Son casas.

—¿Qué son las casas?

—Edificios donde vive la gente.

—¿Como en la Ciudad? —Salvia solo había oído hablar de los rascacielos de la Ciudad. A saber qué imagen estaría formándose en su cabeza.

—No, en la Ciudad no había de estas. En estas de aquí vivirá poca gente. Quizá solo una persona.

—¿Tú vivías en una casa?

—No, yo vivía en la Ciudad.

—Vale, y entonces, ¿cómo sabes lo que son?

—Las he visto en revistas.

—¿Quién va a vivir en ellas?

—Gente importante.

Salvia abrió unos ojos como platos.

—¿Y nosotras vamos a vivir ahí?

—No, *cariño,** esas casas no son para nosotras.

Pasamos de largo un edificio de piedra grande y bajo. Un rectángulo perfecto con grandes ventanales que flanqueaban una majestuosa puerta de entrada cuya inscripción grabada rezaba: ESCUELA PRIMARIA DEL VALLE ESCONDIDO. No había nadie fuera. Quizá nadie viviera allí todavía. O tal vez fuera uno de esos días festivos en los que las familias se montaban en el coche para recorrer la Carretera Fronteriza. Atravesamos un centro urbano, una calle principal con un pequeño colmado y algunos comercios más, pasamos de largo un parque con zona verde y columpios, también la Biblioteca del Valle Escondido, justo antes de girar por una calle que se alejaba del pueblo y salía de la Reserva. Todo estaba dispuesto conforme a algún mapa legendario de cómo eran las cosas en el pasado. Conque ese era el nuevo mandato del Estado de la Reserva. Al final, resultó que, después de todo, las Tierras Privadas sí que existían.

La carretera de salida estaba limpia y pavimentada en negro. Una línea amarilla recién pintada la dividía por la mitad. Al final de la carretera había una puerta y una alambrada como la que habíamos visto en el Río Envenenado. Cuando volvimos la mirada a la puerta que se deslizaba para cerrarse, avistamos la Caldera que se alzaba picuda y blanca sobre los tejados del pueblo.

En el complejo de Reasentamiento a las afueras de la Ciudad donde Salvia y yo nos alojamos, no reconozco a nadie, aunque en teoría nos sacaron a todos de la Reserva. Había un chiquillo al que tomé por Bebé Garceta, pero ya había dejado de ser un bebé, y entre medias habían transcurrido años de muchos cambios. Me dio la impresión de que se daba un aire a Carl y a Val, pero apenas hablaba y las manos le temblaban mientras recogía unos bloques de madera que parecía resuelto a apilar. Cuando me arrodillé frente a él no pareció recordarme. Una mujer mayor se ocupaba de él. Le pregunté por Val, pero se limitó a negar con la cabeza. No. Esa fue su respuesta a todas mis preguntas, incluso aunque fueran contradictorias. *¿Val está aquí? No. ¿La capturaron? No. ¿Está muerta? No.* Tampoco podía estar segura de que la mujer conociera a Val, ni de que el chiquillo fuese Bebé Garceta. De modo que después de aquello dejé a la mujer y al niño.

—¿Hay otro complejo? —le pregunté a un vigilante después de haber investigado y preguntado por Jake, Val, Celeste y la gente que conocimos durante nuestra época de fugitivos, de forajidos. El vigilante negó cabizbajo. Todos los capturados estaban aquí.

No es que creyera en las palabras del vigilante, pero tampoco sabía qué hacer con aquella ausencia. En mi fuero interno sentía que mis compañeros estaban en alguna parte, vivos. Al menos algunos. Al menos Jake. Lo intuía. Lo sentía. ¿Qué tenía de bueno el sentimiento si él no podía estar aquí conmigo?

En el complejo, hay más refugiados de la Reserva que afirman que les falta gente. Y juran que esas personas están vivas. La gente jura haber oído hablar de otros complejos de Reasentamiento ubicados en otras partes de la Ciudad, todos bien alejados entre sí, desperdigados por la frontera de la Ciudad. Lo que quiere decir que estamos todos aquí; solo que no estamos juntos. A algunos les hierve la sangre con esta hipótesis. A otros les da esperanza. Pero ¿quién puede afirmar que sea cierta?

Estuve buscando a mi madre pero nunca di con ella. Se habría enterado de nuestra captura porque salimos en la prensa durante un tiempo, pero nunca acudió en mi busca. Ignoro si lo logró. Me gusta pensar que mi madre, lo más parecido a una amiga que tuvieron los Agentes Forestales, pudo haber recibido algo de piedad.

Yo lo perdí casi todo en la Reserva. Perdí a todo el mundo. Perdí a Jake. Dos veces sangré mucho y tarde, y ambas fueron pérdidas para mí. A veces, hasta echaba de menos a Piña. Esta salvajita de Salvia, esta muchacha a la que llamo «hija», fue la hija de otra persona en la Reserva. Ella perdió a su madre, a una hermana, y terminó conmigo. He convivido con la pérdida, pero en ocasiones a quien más echo de menos es a mi madre.

Ahora solo estamos Salvia y yo.

Ya debe de tener unos siete años, va igual de despeluchada que un cachorrillo de coyote y tiene su misma curiosidad.

Cuando era más pequeña, estábamos en la Reserva y éramos fugitivas, a veces ni se molestaba en caminar. Echaba a correr a cuatro patas e iba tan rápido como cualquiera de nosotros a pie. Una vez, nos topamos con un coyote junto a un arroyo y Salvia trotó junto a él. El coyote, convencido de su naturaleza cánida y fiera, se puso a aullar y a dar brincos a su alrededor. Aquí, en la Ciudad, Salvia observa con interés todo este hormigón, todo este bullicio y esta decadencia. Deambula sin rumbo y con curiosidad, como si esto fuera otra reserva natural que explorar. Otra zona del mapa aún por desplegar. Algo de lo que formar parte. Ella lo llama su Nueva Tierra Salvaje. «También es tuya», me dice. Pero yo sé que no lo es.

Tiene sus noches malas, sueña con su madre, con su hermana. Sueña con todos los mensajes con los que creció, oyendo a coyotes, lobos, alces, urracas, ranas, grillos y serpientes. Aquí, el mensaje es intraducible. Un silbido, un borboteo, un zumbido monótono y, de pronto, un grito. Viene de las Refinerías. Pero Salvia lo escucha con gran atención, como si llegará el día en que entienda lo que dice.

–Tiene que estar diciendo algo, Agnes. Está haciendo ruido.

He descubierto una cosa. Siguiendo la valla de nuestro complejo de Reasentamiento hasta su extremo más lejano, donde se cruza en ángulo recto con otra valla, hay un hueco. Si nos colamos por el agujero de la valla, pasamos a una marisma. La marisma bordea las Refinerías. Absorbe el calor de la maquinaria y, por la noche, desprende su vapor al aire frío. De noche, tal y como decía mi madre, la marisma rebosa de vida. Durante el día una pensaría que el lugar está muerto. Pero eso pasa porque las criaturas saben que son escasas y que aquello que es escaso nunca dura. Atravesamos la valla y aguardamos el pitido que anuncia el toque de queda y, por fin, el sol se pone, y, en ese momento, muy bajito, una rana croará. Un ánade real protestará.

Algún día, alguien que no quiera que ese agujero esté ahí dará con él. Lo cerrará y entonces dejará de existir una manera de entrar. La valla es alta, está coronada de alambre de espino y electrificada. Estoy ahorrando para comprarme unas tenazas, así, cuando eso ocurra, podré abrir otro agujero y, cuando lo cierren, otro más.

El suelo bajo el agujero de la valla está pisoteado. Me consta que hay más gente que viene aquí. Algunas noches, mientras intercambiamos llamadas con una rana toro, he llegado a oír un susurro que reconozco como humano. Le tapo la boca a Salvia con la mano, porque ni siquiera durante la Redada aprendió del todo que hay que temer aquello que no se puede ver. Yo, en cambio, sí que aprendí. Ahora sé más. No es seguro hacerse notar en un lugar donde no deberías estar. Siempre debemos ocultarnos. Con todo, pese a que nos escondamos, algo me dice que la gente que acude aquí por las noches lo hace por los mismos motivos que nosotras. Para escapar del mundo tal y como hoy lo conocemos. Para conocer el mundo tal y como fue una vez.

Traigo aquí a mi pequeña Salvia, interrumpiendo su sueño nocturno, porque quiero que recuerde lo que conoció en los comienzos de su vida. Lo que yo conocí durante mi niñez y mi juventud. La otra noche cuando intenté levantarla, se frotó los ojos medio dormida, gimoteaba y pataleaba. No quería ir. Se tapó con la manta hasta la cabeza. Terminé por engatusarla para salir, pero temo cuando llegue el día en que no lo consiga. En que se vuelva terca. En que sea alguien distinto a mí. ¿Qué compartiremos entonces si ya no podemos compartir esto? ¿Pasaremos a ser un par de desconocidas? Deseo grabar en ella estos momentos, achucharla bien fuerte, gruñir en su pelo, no soltarla. Pero siempre se retuerce y se zafa, sin inmutarse, o quizá con un ademán de fastidio. Ella sabe que tiene todo lo que soy capaz de ofrecerle. En esos momentos pienso en mi madre. Fue alguien que nunca hacía lo que me esperaba. Cuando me miraba, no entendía el significado de su mirada. Me miraba con los ojos chicos, la boca torcida y afligida. Como si mirarme, a veces, le doliera. No lo comprendí hasta que se me presentó la oportunidad de cuidar de esta pequeña Salvia y, al mirarla, vi todo lo que había venido antes y todo lo que estaba por venir, toda la atrocidad en potencia y la belleza certera, y todo era demasiado para soportarlo. Aparté la vista, asustada, disgustada, abrumada por el amor, al borde del llanto y de la risa y, por fin, empecé a conocer a mi madre.

A veces le cuento historias a Salvia. Historias con las que crecí. De nuestro hogar en la Reserva.

Le cuento una historia que me he inventado y, al final, me pregunta que cómo la titulo.

—¿Que cómo la titulo?

—Sí, tienes que ponerle un nombre. Mi madre siempre ponía nombre a sus historias. Por ejemplo: «El cuento del lobo y la comadreja».

—Lo pillo.

—Vale, ¿y cómo se titula tu historia?

—La Balada de Salvia.

Salvia se sonroja.

—No, no —niega con timidez—. Esta no es tan buena como las demás.

—Lo será —le digo.

Le cuento esta historia y las demás con todas sus dificultades y sus confusiones porque esas dificultades y esas confusiones son lo que las hacen reales. A veces siento que es el único instinto que me queda. Es la única manera que conozco de criar a una hija. Es como mi madre me crio a mí.

Unos meses después de regresar a la Ciudad, entré en una tienda de bricolaje. El dependiente me miró de arriba abajo. Era imposible que fuera lo suficientemente rica como para comprar nada, vestida con mis rayas del Reasentamiento. Me dirigí al muestrario de pintura y cogí todos los colores que recordaba de mi vida anterior, de mi vida salvaje. Cogí las muestras, los generosos rectángulos de color, con un código y un nombre en la esquina. Los agarré todos, me los metí en la bolsa y salí corriendo de la tienda delante de las narices del dependiente.

Cuando llegué a casa, me pasé la noche en vela, pegando los cuadrados a la pared en un mosaico, colocando franjas y líneas de color tal y como las recordaba. Contemplando desde un promontorio de tierra que dominaba sobre una extensión de hierbas verdes que se extendían hasta un horizonte de montañas borrosas. Quizá en un día de lluvia, cuando todos los colores parecían difuminar sus fronteras. Era un lugar bello, tranquilo e íntimo. Un lugar del que nadie querría marcharse.

Cuando Salvia despertó, se frotó los ojos dos veces. «Conozco ese sitio», dijo con una sonrisa serena en su rostro y una voz pastosa, entre soñolienta y maravillada.

Agradecimiento a la tierra y nota de la autora

Esta es una obra de ficción ambientada en el futuro y toda conexión con el mundo o la gente real es fortuita. No obstante, visité lugares y entornos reales, investigué acerca de las tradiciones, las prácticas alimentarias y las destrezas tanto de las poblaciones tribales como de las culturas primitivas más tempranas, en busca de material para construir este mundo ficticio. Me gustaría expresar mi agradecimiento a las tribus paiute del Norte, shoshon, ute, klamath, modoc, molala, bannok y washo, cuya tierra ancestral ha servido como fuente de inspiración para el lugar en que estos personajes vivieron y caminaron.

Más agradecimientos

Gracias: Josie Sigler Sibara por la responsabilidad. Hilary Leichter, Amanda Goldblatt y Jorge Just por las lecturas de arriba abajo. Aric Knuth, Jessamine Chan, Heather Monley, Xuan Juliana Wang, Dennis Norris y John McManus por vuestra implicación parcial o total y por aportar ideas excelentes. Aziza Murray, Ben Parzybok y Kat Rondina por las travesuras del salitral. Berkley Carnine por una pregunta útil. Seth Fishman y Terry Karten por las infinitas lecturas concienzudas y por un apoyo incondicional. NELP por tantísimo, pero especialmente por la mesa de correo. Vaya un reconocimiento especial para el Summer Lake Hot Springs, donde, en realidad, el agua no está demasiado caliente.

Muy agradecida con National Endowment for the Arts, PLAYA Summer Lake, Sitka Center for Art and Ecology, Grass

Mountain y a Frank y Jane Boyden, Ucross Foundation, Caldera Arts Center, Sewanee Writers' Conference, Yaddo y MacDowell Colony por un apoyo en forma de fondos, tiempo y espacio.

La investigación para este libro ha sido general y amplia, pero la primera chispa de la inspiración vino de *Oregon Archaelogy* de Melvin C. Aikens, Thomas J. Connolly y Dennis L. Jenkins. Sarah Green y Fred Swanson, del Servicio Forestal de Estados Unidos, guiaron la caminata que sembró la idea para esta novela. Los libros de Alan Weisman me ayudaron a imaginarme un mundo futuro. Y toda la mina de información disponible en la red de expertos y apasionados de la vida primitiva hizo que indagar sobre el curtido con sesos y demás mañas necesarias para la vida a la intemperie fuera asombrosamente fácil.

Índice

Últimos títulos publicados